重松清
はるか、ブーメン
幻冬舎

はるか、ブレーメン

プロローグ

四十九日の法要と納骨が終わった。

わたしのたった一人の家族――おばあちゃんは、ホトケさまになって、静かにあっちの世界に旅立った。

息を引き取ったのは葉桜の頃で、いまはもう、あじさいの季節だ。おばあちゃんは桜よりもあじさいが好きだった。桜のようにパッと散ってしまうのではなく、花の色がくすんでもしぶとく咲いているところがいい。おばあちゃん自身、元気だった頃から「がんばって長生きせんと、はるちゃんがひとりぼっちになってしまうがな」が口癖だった。

実際、よほどわたしのことが心配だったのか、おばあちゃんは余命半年の末期がんを宣告されてから一年二ヶ月も生きた。享年七十三。お疲れさま。ありがとう。心の底から。

おばあちゃんの遺骨はお墓に納められ、法要まで一ヶ月半ほど続いた遺骨との同居生活も終わって、わたしはほんとうにひとりぼっちになった。

小川《おがわ》遥香《はるか》。十六歳。高校二年生。築三十年の一戸建てに、今度から一人暮らし。

おばあちゃんの貯金や生命保険があるので、お金の心配は要らない。奨学金やバイトの目処が立てば、大学にだって行けるだろう。寂しさや心細さも、だいじょうぶ。まったく平気。「高校卒業までウチから通う?」と言ってくれた親戚もいたけど、謹んでお断りした。なんとなく、おばあちゃんが遺したお金目あてだな、という気もしたし。

孤独には慣れている。三歳のとき、未婚のシングルマザーだった母親に捨てられた。父親は母親がわたしを身ごもったのを知ると、さっさと逃げた。つまり、わたしは、スジガネ入りのひとりぼっちなのだ。


法要と納骨は、東京に住んでいる大輔《だいすけ》さんが前日から帰省して取り仕切ってくれた。

大輔さんはおばあちゃんの長男で、わたしの母親の五つ年上のお兄さんだ。

五年前に亡くなったおじいちゃんが元気だった頃から、ずーっと、すごーく、お世話になってきた。おばあちゃんが亡くなったあとも、大輔さんが東京とこの街――周防《すおう》市を何往復もして弁護士や教育委員会と話し合ってくれなかったら、わたしはいまごろ施設にいたかもしれない。

法要にも家族そろって参列してくれた。ふだんの付き合いは、お盆やお正月に帰省する大輔さん一家をウチで迎えるぐらいのものだけど、奥さんの麻由子《まゆこ》さんも、年上のイトコになる雄彦《たけひこ》さんと美結《みゆ》さんも、みんなわたしに優しくしてくれる。

納骨を終えたあと、三十人ほどの参列者はタクシーや自家用車に分乗して、駅前のホテルの日本料理店に向かった。精進落としの予約や会計も大輔さんのお世話になった。

「困ったことがあったら、いつでもなんでも連絡してくれよ」

タクシーの中で大輔さんに言われた。一緒に乗っていた麻由子さんも「遠慮しなくていいからね」と続けた。「これから進路のこととか、いろいろあるんだから」

大輔さんも麻由子さんも、わたしがひとりぼっちになった経緯をよく知っている。

わたしは三歳まで、つまり親に捨てられるまで、東京にいた。

母親は、ときどきわたしを連れて大輔さんのウチを訪ねた。写真も残っている。赤ちゃんのわたしが麻由子さんに抱っこされていたり、大輔さんに「高い高い」されていたり、もうちょっと大きくなってから、雄彦さんと美結さんと三人でビニールプールで遊んでいたり……。

でも、母親が大輔さんのウチを訪ねた理由は、写真には写っていない。

大輔さんは「忘れたよ」としか言わないし、麻由子さんも「もう、昔のことなんだから」と寂しそうに笑って話を終えてしまう。

代わりにおばあちゃんが、わたしが中学を卒業するタイミングで「もう、はるちゃんも大きゅうなったし……」と教えてくれた。

母親は大輔さんに何百万円という額の借金をしていたのだ。

それを知って以来、わたしは大輔さんを「伯父さん」とは呼んでいない。「伯父さん」だと、否応なしに血のつながりを意識してしまう。ひどい母親の存在が、むくむくと迫《せ》り上がってきて、わたしを嫌な思いにさせてしまうから。

母親は、何年か前までは大輔さんにときどき連絡をしていたらしい。でも、自分の居場所は決して教えず、気まぐれな連絡も途絶えたきりで、だからおばあちゃんが亡くなったことを知らせるすべはなかった。そもそも、本人が生きているかどうかさえ、わからない。

母親の名前は、史恵《ふみえ》という。家族や仲良しの友だちには「ふうちゃん」と呼ばれていた。

そのあだ名には続きもある。親しみを込めて、からかいも交えながら、みんなは歌の一節を口ずさむように言っていた。

ふうちゃん、ふらふら、ふーわふわ――。

ふらふらと頼りなく、ふわふわといいかげん、そういう性格だったらしい。わかる。ものごころつくかどうかの頃に捨てられたわたしには、母親の記憶はない。でも、自分が産んだ子どもを田舎の親に押しつけて姿をくらましてしまうのは、ふらふらでふわふわなヤツでなければできないはずだ。

「悪い子と違うんよ」

いつだったか、おばあちゃんが母親について電話で話しているのを盗み聞きしたことがある。

「子どもの頃から、のんきでボーッとしとる子じゃったけど、勉強も人並みにはできとったし、人さまに迷惑をかけるようなこともなかったし、ウチはほら、お兄ちゃんがしっかりしとったけえ、そのぶん、下はどうしても甘えん坊になってしまうんよねえ……」

実際、大輔さんはふうちゃんを可愛がって、ボディガードのように守ってくれていたらしい。

「大学に受かって、お兄ちゃんを追いかけるように東京に出て行ってからは、もう、丸投げ。お兄ちゃんにぜんぶ任せきりにしとったけえ……まあ、そこは親として、いまでも、ほんま、お兄ちゃんにもあの子にも悪いことしたと思うとるんよ……」

甘いよ。大輔さんにはともかく、ふうちゃんには、もっと怒っていいと思う。

おばあちゃんの前では、結局一度も言えなかったけど。

精進落としの会食のあと、大輔さんは帰りのタクシーにワゴン車を指定して、「どうせ空港に行く通り道だから、ウチの前で降ろしてやるよ」と、家族四人にプラスしてわたしまで乗せてくれた。実際にはけっこう遠回りだけど、とにかく大輔さんはそういう人なのだ。

タクシーはホテルを出ると市街地を抜け、坂を登っていった。眼下に街並みが広がる。その先に海が見える。瀬戸内海だ。造船所やドックも見えてきた。

コンテナの積み下ろしをする港の岸壁には、ガントリークレーンが等間隔に四台並んでいる。あのクレーンを「キリンさん」と呼んでいたおばあちゃんや、「キリンさんは夜中になると歩きだして駅のほうまで散歩に行くんじゃ」と幼いわたしを怖がらせていたおじいちゃんのことを思いだすと、ちょっとしんみりしてしまう。

「やっぱり古くなったな、街全体が」

大輔さんはぽつりと言った。「いま、人口っていくらだっけ」

「十三万人とか四万人だと思います」

「そうか、じゃあそんなに減ってないのか。昔も十五、六万人ぐらいだったから」

「でも、平成の頃にまわりの町とたくさん合併して、すごく広くなってるから」

「だよな、街なかはやっぱり減ってるよな」

周防市は、地域を代表する工業都市だった。海岸地区には化学工場が建ち並び、造船所やドックには必ず建造中や修繕中の大型船が入っていて、三交代制で働く人たちが多かったので、飲み屋街は昼間でも大いににぎわっていたという。遠い昔、大輔さんやふうちゃんが子どもだった頃の話だ。

タクシーがウチの前に着くと、大輔さんの一家は全員そろって車から降りてお別れの挨拶をしてくれた。

大学一年生の美結さんとはハグ、三年生の雄彦さんとはハイタッチを交わした。麻由子さんは両手でわたしの手を握って「じゃあ、またお盆にね」と言った。

今年のお盆は、おばあちゃんの初盆になる。お寺への連絡や提灯《ちょうちん》などのお供えはすべて、大輔さんが東京から手配してくれることになっている。至れり尽くせりだ。

そして、その大輔さんは、麻由子さんたちを先に車に戻したあと、咳払いして口調を改めて言った。

「進路のこと、いつでも相談に乗るからな」

高校を卒業したら、どうするか――。

大学には進学するつもりだけど、地元の学校にするか、東京や大阪の学校にするかは、まだ決めていない。

「まだ二年生の一学期なんだから、あわてることはないけど、この家の、将来のこともあるからな……」

この家の、のところで大輔さんは二階を見上げた。

「俺は正直に言って、いまはまったく周防に帰ってくる気はないし、定年して、雄彦や美結が独立したあとも、おそらく……九十九パーセント、東京で歳をとって、そのまま最後まで……と思ってる。この家の建物にも、悪いけど全然思い入れはないんだよなあ」

いまの家はおじいちゃんとおばあちゃんが住み替えで買った物件なので、大輔さんにとっては実家とは言い切れない。

「はるちゃんも、ずっと先のことはアレだけど、大学受験とか就職とか、この家に縛られる必要はないからな。自分の行きたい大学が東京にあったら、遠慮なく東京に来ればいいし、大阪でも京都でも、なんだったら海外でもいいんだ、はるちゃんの人生なんだから、自分の一番やりたいことを、やりたい場所でやればいい」

実際、周防から通える距離にある大学で、行ってみたいな、と思う学校はゼロ――申し訳ないけど。

「都会で下宿するんだったら、その間、ここは空き家のままでもいいし、人に貸してもいいし……場合によっては、俺はもう、はるちゃんが高校を卒業するタイミングで処分してもいい、と思ってる」

だから、「家を守る」とか「継ぐ」というプレッシャーは感じなくていいからな、と大輔さんはあらかじめ言ってくれたのだ。

わたしは黙って小さくうなずいた。「ありがとう」と「ごめんなさい」のどちらを口に出せばいいか、わからない。

「おふくろの遺言でもあるんだ、それは」

「そうなんですか？」

「ああ……四十九日も終わったから、もういいかな、って」

亡くなる少し前、結果的に意識のあるうちの最後のお見舞いになったとき、おばあちゃんは大輔さんと二人きりになるタイミングを見計らって、わたしのことを話した。

最初は、昔ばなしから。

「はるちゃんは子どもの頃から遠くを見るのが大好きだった、って。目の前の景色じゃなくて、もっと遠く……二階の窓から、空の上になにか見えてるんじゃないかって思うほど、じーっと、いつまでも飽きずに見てた、って」

確かにそうだった。この家は、山の中腹に建っているので、見晴らしがいい。二階からはもちろん、庭に出て街と海と空を眺めるだけでも、一時間や二時間はあっという間にたってしまう。

おばあちゃんは、大輔さんに続けた。

「あの子は遠くに行きたいのかもしれんねえ」

さらに、もう一言。

「やっぱり、ふうちゃんと親子なんよ……」

わたしの母親も「ふうちゃん、ふらふら、ふーわふわ」の囃《はや》し文句どおり、風に吹かれた風船のように、遠くに行ってしまった。

おばあちゃんの話はそこでいったん途切れたらしい。急に涙ぐんでしまったのだ。

「おふくろは、最初はふうちゃんのことを話すつもりはなかったんだろうな。でも、つい名前を口にして、いろんな思いが込み上げてきたんじゃないかな」

「……うん」

「で、泣きやんだあと、おふくろは俺に言ったんだ。はるちゃんの自由にさせてやれ、って。遠くに行きたいなら行かせてやってくれ、って……」

俺もそれでいいと思ってる、と大輔さんは付け加えた。わたしは黙って、さっきよりさらに小さくうなずいた。

「まあ、まだ二年生だから、あわてて決めなくていい。迷ったらいつでも相談に乗るし、はるちゃんが自分でしっかり考えて決めたことなら、なんでも応援するから」

大輔さんは念を押してから、じゃあな、とわたしの返事を待たずにタクシーに戻って行った。

走りだしたタクシーを見送ってからウチに戻った。

郵便の配達が休みの日曜日だというのを忘れて、ついいつもの癖で郵便受けを覗くと、封書が一通入っていた。

速達のスタンプが捺《お》されている。宛名は手書きで〈御世帯主様〉。封筒を裏返す。差出人も手書きだった。

〈ブレーメン・ツアーズ　葛城圭一郎《かつらぎけいいちろう》〉

警戒心百パーセントの目つきで、ダイニングテーブルに置いた封筒を見つめた。

おばあちゃんの闘病中は、がんの治療法についてのダイレクトメールが何通も届いた。電話もかかってきた。業者だけでなく、知り合いが怪しげな水やパワーストーンを勧めてくることも多かった。おばあちゃんはSNSとは無縁だったけど、もしやっていたら、もっと大変なことになっていただろう。

亡くなってからも、「遺骨でペンダントをつくりませんか」とか「遺品を格安で処分しますよ」とか……昨日も、仏具店から営業の電話がかかってきたばかりだった。

だから、この手紙も怪しい。

ただし、住所や名前が手書きで、封筒も業務用ではなく、しかも速達にしているあたり、ダイレクトメールではないのかもしれない。細字のサインペンで書かれた文字も、達筆にはほど遠かったけど、何十通もいっぺんに書いているという感じではなかった。

ブレーメン・ツアーズ――。

スマホで検索したけど、ヒットしなかった。ツアーズということは旅行会社だと思うけど、ウェブサイトもつくっていないなんてありうる――？

住所は東京の渋谷区だった。都心の会社が本州の西端に近い街に、なぜわざわざ速達で手紙をよこすのだろう。それに〈御世帯主様〉ってなに？　名前、知らないの？　さらに、消印は周防市の郵便局のものだった。東京の人が、いま、この街に来ていて、じかに訪ねるのではなく手紙を書いた――？

さらにこっちの住所も違う。ただし、間違いではない。配達員さんが赤いボールペンで正しい住所を書き添えていた。封筒に記されていたのは、ずっと昔、この地区の住居表示が変更される前の所番地だったのだ。

ワケがわからない。

ブレーメン。グリム童話の『ブレーメンの音楽隊』と同じブレーメンなのだろうか。

葛城圭一郎。字面に見覚えはない。カツラギさん、カツラギさん、と何度かつぶやいてみたけど記憶はよみがえらなかった。

でも、まあいいや、怖くないっ。

自分に言い聞かせて、封を切った。

手紙の文面は、とてもていねいなものだった。

葛城圭一郎という人は、まず最初に突然の手紙を詫びて、我が家の住所を確認した。周防市山手三区778――封筒に書かれていた宛先の住所は、昭和の頃のものだ。いまは周防市山手東7丁目7番地の8。比較的わかりやすい住居表示変更とはいえ、ちゃんと届けてくれた配達員さん、グッジョブ。

ブレーメン・ツアーズは、やはり旅行会社だった。オーダーメイドの個人旅行を扱っていて、いま担当しているお客さんのリクエストを叶えるために手紙を書いたのだという。

そのリクエストとは――。

〈お客さまは、四十年ほど前に、そちらの住所にお住まいでした。その、かつてのお住まいを訪ねてみたいというのがお客さまのご希望です〉

もちろん、四十年も昔のことだから、建物がそのまま残っているとは思っていない。

〈ただ、お客さまのご記憶では、そちらの住所からの眺望は素晴らしかったとのこと。家の建物は当時と違っていても、その眺めをもう一度味わいたいと強く願っておられます〉

お客さまが貴宅を訪ねるのを許してもらえないでしょうか、というところで便箋の一枚目は終わっていた。

それくらいならべつにいいかな、と思いながら二枚目を読み進めたわたしは、ほどなく「えーっ？　マジ？」と声をあげた。

〈たいへん図々しいお願いだとはわかっているのですが、もしも可能なら、何日か貴宅で過ごさせていただけませんでしょうか。もちろん、お礼はいたします〉

お客さんは八十五歳の女性で、息子さんが付き添っている。

〈多少、認知症の症状が出ておられますが、息子さんがお世話しているので、大きなご迷惑をおかけすることはないはずです〉

葛城さんは週末から周防に来ている。明日の夕方に我が家を訪ねるので、そのときに意向をうかがいたい、という。

〈もちろん、貴宅以外の場所でお目にかかる用意もあります。いずれにしてもたいへん恐縮ですが、ご連絡をいただければ幸いです〉

手紙の末尾には、携帯電話の番号とメールアドレスが記してあった。

第一章

1

葛城圭一郎さんは約束の時間ぴったりにファミリーレストランに姿を見せた。

正真正銘の「ぴったり」――テーブルに置いたスマホの時計の表示が〈16：59〉から〈17：00〉に変わったのと同時に、エントランスの自動ドアが開いて、ブリーフケースを提げたひょろりとした男性が入ってきた。

それを見たとたん、あの人だ、とわかった。

昨日電話をして待ち合わせの場所と時間を決めたとき、「なにか目印とか特徴はありますか？」と訊いたわたしに、葛城さんは「黒の上下でうかがいます」と言った。

梅雨時に黒ずくめ――？　ずいぶん暑苦しい。

「会社の制服なんですか？」

「いえ、違います」

「じゃあ、そういうファッションが個人的に好みとか」

「ええ、まあ、そうなります」

葛城さんの声は低くて落ち着いていた。でも、笑いがちっとも交じっていない。無愛想なのか、業務に徹しているのか、とにかく会話がはずむタイプの声ではなく、電話の向こうから陰気なオーラが5Gに乗って漂ってきそうだった。

その印象は実際に会うといっそう強まった。黒いジャケットとパンツにダークグレイのシャツを着て、長めの前髪を垂らした風貌は、二十代終わりから三十代アタマという若さなのに、なんとも陰々滅々とした——譬《たと》えるなら「イマドキの死神」そのものだったのだ。

葛城さんは斜め向かいの席に座ると、まず、手紙を突然送りつけたことをていねいに詫びた。さらに、昨日の電話でこちらが説明したこと——世帯主のおばあちゃんが四月に亡くなって、いまは高校二年生のわたしが一人暮らしだというのをあらためて確認すると、背筋をまっすぐ伸ばして「お悔やみ申し上げます」と言ってくれた。

礼儀正しい。高校生相手でも見下したりせずに、きちんと接してくれる。

ただし、気になることがある。わたしはテーブルの上の葛城さんの名刺を指差して、「旅行会社って言ってましたよね」と念を押した。「でもウェブサイトもないのって、珍しいと思いますけど」

返事がなかったので、「あと——」と続けた。

「旅行会社って登録制ですよね。広告とかツアーのパンフレットに、ちっちゃく番号が載ってるのを見たことあるんですけど、この名刺にはどこにも出てませんよね。なんで?」

葛城さんは、ほとんど間を置かずに答えた。

「登録していないからです」

「それって……モグリってことですか?」

けっこう失礼な言い方だったけど、葛城さんは表情を変えずに聞き流し、ドリンクバーから持ってきた炭酸水を一口飲んで、言った。

「正確には、我々は旅行会社ではありません。お客さまをサポートする過程で、交通チケットや宿の手配などをすることもある、というだけです」

「サポートって、なにをするんですか？」

「いろいろなことです。たとえば、今回のように昔住んでいた家を訪ねたいお客さまもいれば、古い知り合いに再会したいというお客さまもいます。我々は、その手助けをするのが仕事です」

「ブレーメンって……グリム童話の『ブレーメンの音楽隊』に出てくる、あのブレーメンですか？」

「ご存じですか？」

「あらすじだけ、ですけど」

歳をとって仕事ができなくなったロバが、飼い主の虐待に耐えかねて「ブレーメンの街に行って音楽隊に入ろう」と家出をして、その旅の途中で、似たような境遇のイヌやネコやニワトリに出会うのだ。で、ブレーメンに向かう途中、森の中で休んでいたら、一軒の家でドロボーの一味が宴会をしていた。そこは悪人どものアジトだったのだ。

おなかが空いていたロバたちは、宴会のごちそうをいただこうと作戦を立てて、みんなで力を合わせてお化けになりすましました。作戦は大成功してドロボー軍団は逃げだしてしまった。おかげでロバたちはごちそうにありつくことができたけど、ドロボー軍団のほうもアジトを取り戻そうと、夜中に偵察の一人が家に忍び込んだ。でも、ロバたちはみごとに返り討ちにして、その後はみんなで幸せに暮らしました、とさ……めでたし、めでたし。

「『ブレーメンの音楽隊』と、会社の仕事、なにか関係あるんですか？」

わたしの質問に答える前に、葛城さんは「あらすじをご存じなら、おわかりかと思いますが」と言った。「結局、動物たちはブレーメンの街に着いたんでしたっけ」

「……いえ」

ラストシーンの舞台は森の中の家だから、ブレーメンには着いていない。

「我々のお客さまが向かっているのも、たどり着けない場所です」

ブレーメンとは、たどり着けない場所のこと――。

ブレーメン・ツアーズのお客さんは、たどり着けない場所を目指していて――。

葛城さんの仕事はそのサポートをすることで、だから、ウチに手紙を書き送った――。

「流れとしては、おわかりでしょうか?」

ぶるんぶるん、と勢いよく首を横に振った。

「全然わかりません」

正直に言うと、葛城さんも「それはそうですね」と、初めて頬をゆるめた。

笑顔と言うには、まだほど遠い。でも、どんよりと垂れ込めた雨雲のような陰気さが、ほんのわずか薄れた。

「小川、遥香さん……遥香さん、と呼ばせてもらっていいですか?」

もちろん、とうなずいた。なんなら「はるちゃん」でもOKだけど。

「遥香さんは、高校二年生とは思えないほど、おとなびてますね」

「え、そんなにおばさん?」

「……そうじゃなくて、名刺に旅行業の登録番号がないことに気づくのは、なかなかのものだと思います」

ほめてもらっているのだろうか。

「私と会う場所も、私がホテルのラウンジがあると言ったのに、あなたはファミレスを指定した。私の泊まっているホテルだと、アウェイ感というか、呼び出された格好になってしまうと考えたのでしょう。これも、なかなかできないことです」

確かに昨日の電話でそう提案された。でも、断った理由は、ホームとかアウェイとかの難しい話じゃない。

今日は学校帰りに、高校の制服のまま来ているのだ。ファミレスではあたりまえでも、ホテルのラウンジでは目立ちすぎる。わたしではなく、もう一人の制服姿の人が——。

通路を隔てて二つ奥のテーブル席には、制服を着た同級生のナンユウくんがいる。イヤホンを耳に挿して、ぼーっとした顔でスマホをいじりながら、レモンフレーバーのダイエットコークを飲んでいる。

でも、イヤホンで聴いているのは音楽ではない。わたしのスマホのマイクが拾う、葛城さんとの会話なのだ。

ナンユウくんの席は葛城さんの斜め後ろになる。わたしとはアイコンタクトを交わせる角度だけど、みだりに彼に目をやるわけにはいかない。葛城さんは、陰気ではあっても内気ではないのか、わたしをじっと見つめている。不審な目の動きをすると、すぐに気づかれてしまうだろう。

いずれにしても、ナンユウくんはスマホから顔を上げていないし、わたしのほうも、まずはとにかく話を聞くしかない。

「昨日の手紙でお伝えしたとおり、我々はお客さまの望みを、なんとかして叶えて差し上げたいと思っています」

「それが叶えられなかったら？　ペナルティとか違約金とか、あるんですか？」

葛城さんは首を横に振って、言った。

「ただ、お客さまに心残りができてしまいます」

「……ですよね」

我が家を訪ねたいと願っているのは、村松《むらまつ》さんという八十五歳のおばあさん——「またの機会に」と簡単には言えない歳だった。

「ウチの窓から、もう一度、周防の街並みを眺めてみたいんですよね？」

その程度のことなら、こっちもべつにかまわない。ただ、村松さんはしばらく滞在したいとも望んでいる。さすがにそれは、せめて理由ぐらいは聞かせてもらわないと。

わたしの求めに応えた葛城さんは、唐突に意外な言葉を口にした。

「遥香さんは、走馬灯をご存じですか」

「人が死ぬ前に見るっていうアレですか？」

「ええ。もともとは譬え話です。まるで走馬灯のように、その人の一生のさまざまな場面が次々に出てくる、という」

だから——と続けた。

「村松さまは、いま、人生の締めくくりに見る走馬灯をつくる旅を続けているのです」

ストップ、と手で話を止めた。

走馬灯を「つくる」って、どういうこと……その前に、よく考えたら、わたしは走馬灯を名前しか知らない。小説に〈走馬灯のように過去の場面が次々に浮かんで〉とあっても、その形が思い浮かばないまま読み飛ばしてきたのだ。

「ちょっと調べるんで、一瞬待っててもらっていいですか?」

スマホで急いで検索した。

走馬灯とは、回り灯籠のことだった。もともとは中国で生まれ、日本には江戸時代中期にもたらされて、庶民の夏の娯楽として人気を集めてきた。

枠が内側と外側についた二重構造になっている。回転するのは内側の枠で、最近は電池で動かしているけど、昔はロウソクの炎で温められて上昇した空気が、軸の真上に取り付けた風車を回していたらしい。

枠が回転すると、紙に描かれた絵も一緒に回って、外側の枠に張った紙に影絵となって映し出される。人が亡くなる間際に見る場面の数々はその影絵にあたる、ということなのだろう。

画像もチェックした。実際に回っている動画も観た。ひとまず走馬灯について理解してスマホを置き、「お待たせしました」と話に戻った。

すると、葛城さんにいきなり訊かれた。

「変わってる、って言われませんか?」

「わたしですか?」

「ええ。学校の友だちや、先生から」

「それは……」

あるかも。気になったことは調べずにはいられないし、納得がいかないことを「ま、いいか」ですませたくもない。子どもの頃はよく先生に「あとで自分で調べればいいんだから、いまはみんなと一緒にやりなさい」と注意されていたものだった。

葛城さんは、まあいいですけど、と炭酸水で喉を潤してから話を先に進めた。

「村松さまの走馬灯には、周防の街で過ごした日々の情景が欠かせません。ただ、いまはそれがどんな場面なのかがわからない」

だから、我が家にしばらく泊まって、忘れていた記憶を探りたい、という。

ようやく、少しずつ話が見えてきた。

走馬灯をつくる旅というのは、つまり、思い出をたどる旅なのだろう。

八十代半ばになって認知症の症状も出てきた村松さんが、息子さんの介助を受けつつ、かつて暮らした街を訪ねている。その旅のコーディネイトを請け負っているのがブレーメン・ツアーズで、担当者が葛城さん。

「……ということで、いいんですよね？」

「その理解で間違っていないと思います」

「葛城さんって、変わってるって言われませんか？」――さっきのお返しをした。

「そうでしょうか？」

「回りくどいでしょ、いまの言い方」

「あなたの答えが間違っていないから、そう答えただけですが」

「そういうときは、フツーに正解ですって言えばいいんじゃないんですか？」

葛城さんの斜め後ろでは、イヤホンでこっちの会話を聴いているナンユウくんも、そうそう、そうだよ、とうなずいている。

でも、葛城さんは真顔で言った。

「間違ってはいませんが、正解ではありません。だからそう言っただけです」

「……正解じゃないっていうのは？　どこが違うんですか？」

「走馬灯を、私は思い出の比喩として使っているわけではありません。本来の意味のとおりに、つまり人生の最期に見るものとして受け止めていただきたいのです」

「そんなのわかるんですか？」

「わかるから、ツアーを組んでいるのです」

葛城さんはそっけなく返し、それより、と話を戻した。

「村松さまがお世話になるにあたっての謝礼ですが」

一週間の滞在には不釣り合いな高い金額だった。ナンユウくんも視界の隅で目を丸くしている。

「先渡しをしますので、たとえ途中で終わっても、そのまま納めておいてください。お望みなら、いま、ここでお渡しもできます」

ブリーフケースを開けようとした。

あわてて顔の前で手を横に振った。現金で受け取ったら、いわゆる札束になる。そんなの、いままで触ったことも見たこともない。

「では、振り込みということで」

「はい……お願いします」

向こうのペースですると話が決まってしまった。

でも、まあ、いいか、と開き直った。こういう展開は、じつは決して嫌いではない。サイコロやルーレットで進む道が決まるように、ほんの数時間前までは夢にも思っていなかった状況になるというのがいい。

葛城さんも「村松さまも喜ばれます」と、初めてうれしそうな感情のにじんだ笑みを浮かべた。

村松さんの旅は、何日か地方を巡っては東京の介護施設に戻って体調を整えて、というのを繰り返している。転勤族の家庭だったので、全国のさまざまな街に思い出がある。その思い出の一つひとつが、走馬灯の絵になっていくのだ。

「息子さんの仕事の都合もありますから、すぐにというわけにはいきません。早くてもこの週末になると思います。遥香さんのご都合はだいじょうぶですか?」

「ええ、平気です」

「私はとりあえず、今夜のうちに東京に帰ります。また村松さまをお連れして戻ってきますので、連絡させてください」

葛城さんはグラスに残った炭酸水を飲み干して、千円札を二枚テーブルに置いて立ち上がった。多すぎる。ドリンクバー二人前なら千円で足りる。一枚を返そうとしたら、手で制して、言った。

「後ろの席にいる彼のぶんも、これで」

見抜かれていた。イヤホンでその言葉を聞いたナンユウくんは、驚きのあまり、うわわわっとシートからずり落ちそうになった。

葛城さんはナンユウくんの席には目を向けずに、無言で店をあとにした。後ろ姿は最後まで陰気なままだった。

2

ナンユウくんは、ドリンクバーでダイエットコークをお代わりしてから、わたしのテーブルに移ってきた。別れぎわの葛城さんの一言に驚いていても、お代わりのコーラにレモンフレーバーを足すことは忘れない。のんきなのだ。おおざっぱでもある。そしてなにより、フットワークが軽くて、好奇心旺盛で、頼まれごとは基本的に安請け合いするタイプでもある。

ブレーメン・ツアーズの話はあまりにも怪しげなので、万が一のために友だちについてきてもらおうと思ったのだ。人選の優先順位は、頼もしさよりも、面倒な説明をしなくてすむこと――ナンユウくん一択だった。

「いやー、びっくりしたなあ。すごいよな、葛城さんって人。なんか、武道の達人とか殺し屋みたいだよ」

ナンユウくんは、この地方の方言をしゃべらない。わたしもそう。苦手なのだ。宮沢賢治の童話や詩に出てくる方言やイーハトーブの言葉は好きだけど、地元の方言を自分がつかうと、なんだか心が地元の色に染められてしまうような気がする。

祖父母はそんなわたしにあきれて、心配もして、「郷に入れば郷に従わんと」「ものごころついた頃からずうっと周防におるんじゃけえ、周防の言葉をつかうんがあたりまえ違うん?」と言っていた。二人とも、東京の言葉を聞くとふうちゃんのことを思いだしてしまうから、嫌だったのかもしれない。

一方、ナンユウくんが方言をつかわない理由は、もっとあっけらかんとしている。

小学生時代から「有名人になる」が夢だったナンユウくんは、「有名人になったときのための準備」に余念がなかった。

「だって東京の言葉って、ニッポンの標準規格だろ。どうせそっちに合わせるんだから、いまのうちに慣れといたほうがいいよ」

中学三年生のときには、さらにスケールが大きくなって、すべての会話を英語でしゃべろうとしたけど、どんな場面でも「オー、イエー」しか言えずに、あっさり世界の壁に跳ね返されてしまった。

ヘンなヤツだ。幼なじみのわたしでさえ、ときどきついていけなくなる。

その極みが、名前。彼は高校入学を機に名前を変えた。正確には名前の読み方を、勝手に変えてしまった。

北嶋裕生——キタジマ・ヒロキが、キタジマ・ユウキになった。持ち物に書くイニシアルは「H・K」より「Y・K」のほうがカッコいいし、音の響きもユウキのほうが強そうだから、という理由で。

つまり、「ナンユウ」とは「なんちゃってユウキ」の略なのだ。

もちろん、キタジマ・ユウキはあくまでも自称。本人は学校の名簿に載るレベルで改名したがっていたけど、あっさり却下された。

ウチの高校——県立周防高校は、戦前の旧制中学、さらには江戸時代の藩校からの伝統を誇り、地元では「シュウコウ」と呼ばれる名門校だ。そのぶん保守的でシャレが利かなくて……というか、どんな学校だろうと通るはずのないワガママだった。

結局、正式にはキタジマ・ヒロキのままで、キタジマ・ユウキは自称扱いになった。友だち同士のあだ名でも、ほんものの「ユウキ」や「ユウヤ」や「ユウヘイ」が何人もいるなか、さすがに割って入ることはできずに「なんちゃって」付きになってしまった。

でも、高校二年生になったいま、ナンユウの名前は、その由来を忘れてしまうぐらいみんなに馴染んでいるし、先生たちからも、いつのまにか「ナンユウ、ナンユウ」と呼ばれている。そういう、お得なキャラなのだ。

ただし、イニシアルのカッコよさや音の響きの話は、じつは後付けの口実だった。

わたしは、ほんとうの理由を知っている。

ナンユウくんにはお兄さんがいた。過去形になる。三歳で亡くなった。生まれつき心臓や腎臓の具合が良くなかったので、おとなになるまで生きられないかもしれないと両親も覚悟していて、そのぶん思いっきり可愛がっていたらしい。そのお兄さんの名前は「裕」と書いて、「ヒロシ」と読む。

裕くんが亡くなった数週間後、お母さんの体に新しい命が宿っていることがわかった。悲しみのどん底にいた両親にとっては、思いがけず灯った希望の光だっただろう。そんな両親に何人もの身近な人たちが言った。

「生まれ変わりだよ」「今度は元気な体で、もう一度、お父さんとお母さんの子どもになりたかったのよ」「よかったな」「よかったね」「また会えるぞ」「また会えるのね」——よかれと思って、悪気なく、無責任に。

男の子が生まれた。両親が本気で生まれ変わりを信じたのかどうかは知らない。ただ、二人は赤ちゃんを「裕生」と名付けた。お兄さんと同じ「裕」に「生」の字を足して、読みは「ヒロキ」になった。

「オレの名前って、兄ちゃんとひと文字違いのお古なんだ」

小学生の頃——当時はあだ名が「ひろちゃん」だったナンユウくんは、わたしに言っていた。冗談めかして笑っていても、ほんとうは悔しくて悲しかったのだと思う。だからこそ、自分の名前の由来については、大の仲良しのわたし以外の友だちには話していなかったのだ。

でも、小学生の頃は、まだ自分の心を自分でもうまくつかめない。「ヒロキ」という名前に、どうにもしっくりと来ない、借り物のような居心地の悪さを感じながらも、それを表現する言葉が見つからなかった。

中学二、三年生、つまり女子よりちょっと遅めの「難しい年頃」に差しかかって、やっと自分の心に気づいた。

「わかった、オレ、嫌いなんだ、この名前」

だから、高校入学のタイミングで、「ヒロキ」から「ユウキ」に変えようとしたのだ。

改名騒動について学校から連絡を受けたナンユウくんの両親は、思いっきりびっくりして、そして、静かに悲しんだ。息子が自分の名前を嫌っていたということは、両親には寝耳に水だったのだ。

「いままでなんにも言ってなかったの?」

驚いて訊くわたしに、ナンユウくんは平然と「だって、父ちゃんと母ちゃん、傷ついちゃうだろ」と言う。「そんなの、かわいそうで言えないよ、オレ」

よくわからない。いきなり学校から電話がかかってきて「おたくの息子さんが名前の読み方を変えたがってるんですが」と言われたほうがショックだし、傷つくと思うけど……ナンユウくんの理屈では「本人が直接言ったらシャレにならないだろ。先生が代わりに言ってくれるからいいんだよ」となる。

ふつうなら「ずるい」と言われてしまうだろう。でも、幼なじみのわたしにはよくわかる。ナンユウくんはそういう性格なのだ。

のんきで、おおらかで、いつもにこにこして優しい。心の器がすごく大きいんじゃないかと思うときもあれば、じつはその器はメッシュになっていて、大事なものがぜんぶ外に流れ出ちゃってるんじゃないかと思うときもあるし、一方で「そこ、どうでもいいんじゃない？」というところに強くこだわってしまうことも多いから、ややこしい。

いつもマイペース。その場の空気が読めずに浮いてしまうことも多くて、小学校の高学年のときには、いじめにも遭っていた。幸い深刻なものにエスカレートすることはなかったけど、それはわたしがいじめグループに「あんたたちがやってることサイテーだからね」というのをシンプルに——キックやパンチとともに教えてあげたおかげでもある。ただし、本人はこっちの苦労も知らずに、「なんか最近、平和なんだよ」とのんきに笑うだけだった。

そんなナンユウくんだから、名前のことを両親には言わなかったのも、彼なりの正しさがあったのだろう。世の中の皆さんからは認めてもらえなくても、わたしは「オッケー、わかった」と言ってあげた。「あんたが決めたことなら、いいんじゃない？」

ナンユウくんも「はるちゃんなら、わかってくれると思ってた」と笑う。

かわいい盛りの三歳で亡くなったお兄さんの面影を背負わされたナンユウくんと、かわいい盛りの三歳で親に捨てられたわたしは、きっと、ひとりぼっちの仲間なのだ。

ナンユウくんは、ブレーメン・ツアーズの話にすっかり夢中になっていた。

「村松さんが来るとき、オレもはるちゃんと一緒にいていい？」

「なんで？」

「だって、死ぬ前に見る走馬灯って面白そうだし、走馬灯に出てくる場面、葛城さんにはわかるんだろ？　だったらオレも見てほしいもん」

「自分のを？」

「じゃなくて――」

にっこりと笑って、言った。

「父ちゃんと母ちゃんの走馬灯。死んだ兄ちゃんと一緒にいる場面が絶対にあるよな。だから、それ、どんなのだろう、って」

表情は明るく、口調は朗らかで、ひねくれた翳《かげ》りはこれっぽっちもない。だからかえって、こっちは居たたまれなくなってしまう。

「それより、はるちゃんの家って、前にも住んでた人がいたんだな。オレ、初めて知ったよ」

「わたしの生まれる四、五年前に中古で買ったって言ってた」

「ってことは――」

「二〇〇〇年の秋とか冬。水回りと屋根のリフォーム工事と引っ越しが二十世紀最後の大仕事だったって、おばあちゃんが言ってたから」

「買ったとき築何年だったか覚えてる？」

「おばあちゃんが亡くなる半年ぐらい前に言ってたんだけど、もうこのウチも建って三十年になるから、元気なうちに処分してマンションに引っ越そうか、って……だから、買ったときは築十年ぐらいだと思う」

生前のおばあちゃんのことを思いだしたせいで、しんみりしてしまった。

一年二ヶ月の闘病中、入院はつごう五度におよんだ。四度目の入院を終えたあと、おばあちゃんは気力と体力を振り絞って不動産屋さんに出かけ、家の買い換えを相談した。自分はもう長くは生きられないから、わたしが困らないように、できることは少しでもしておきたい……。でも、話が具体的になる前に五度目の入院をして、そのまま、我が家に帰ってくることはなかった。

そんな心残りが、おばあちゃんにはたくさんあるはずだ。わたしのことはもちろん、ふうちゃんと会えずじまいだったことも。

おばあちゃんは息を引き取る間際、どんな走馬灯を見たのだろう。楽しくて幸せな情景しか描かれていない走馬灯……って、それは甘いのかな、やっぱり……。

「おーい、戻ってこーい」

ナンユウくんに声をかけられ、目の前で手をひらひらされて、我に返った。

「いま計算したんだけど、二〇〇〇年に築十年ぐらいだったってことは、建ったのは一九九〇年前後だよな。で、村松さんが周防にいたのは、一九七〇年代の後半だっけ？　だから、建物はもう違うんだよな。窓からの眺めだって、やっぱり当時といまはだいぶ違ってるけど、それでもいいわけ？」

「きっかけになればOKなんだって」

「うーん、走馬灯、奥が深すぎる」

ナンユウくんは腕組みをして笑った。

あんたのリアクション、軽すぎる——と心の中でツッコミを入れつつ、こういう人がそばにいてくれたほうがいいのかもしれないな、と少し真剣に思った。

3

村松さん親子は葛城さんに付き添われて、土曜日の午後二時頃に我が家を訪ねてくることになった。

特別な準備はなにも要らないから、と言われたとおり、ふだんの掃除を少していねいにする程度で迎えることにした。どうせ建物は村松さんが暮らしていたものとは違うのだし。

むしろ大切なのは、家の外――庭や二階の窓からの眺望だ。村松さんも、それが忘れられずに周防を訪ねるのだから。

でも、木曜日と金曜日は、二日続けて雨になってしまった。梅雨時なのでしかたないとはいえ、せっかくだから街をしっかり見てほしいなあ、とは思う。八十五歳の村松さんにとっては、もっと季節のいいときに出直して……というのは難しいだろう。走馬灯をつくる旅というのは、人生最後の旅のことなのかもしれない。

土曜日の朝、目が覚めると雨はあがっていた。夜中に喉が渇いて起きたときにはまだ雨音が聞こえていたから、明け方に降りやんだのだろう。

ってことは――。

ベッドから出て、窓のカーテンを開けた。

わたしの部屋は二階なので、庭よりもさらに眺めがよくて、周防の市街地を一望できる。その街並みが、ほの白い繭《まゆ》のような朝もやに包まれていた。やっぱりそうだ。思わずガッツポーズが出た。

雨あがりの朝には、もやがかかる。山手地区からの朝もやに包まれた市街地の眺めは、観光の目玉になるほどではないけど、なかなかのものなのだ。

いつも見られるわけではない。雨のあがるタイミングや風向きと強さ、気温や湿度などの条件がうまくそろわないと、街をすっぽりと包み込むきれいな繭になってくれない。

今朝はいい。すごくいい。赤や青の信号の灯が、もやににじみながら、やわらかく広がる。建ち並ぶビルや新幹線の高架線路やコンビナートの工場が、もやの濃淡に合わせて見え隠れして、まるで幻の街みたいだ。

でも、長くは続かない。雲が晴れ、陽が昇るにつれて消えていく。村松さんが訪ねてくる午後までは、とても持たないだろう。

見せてあげたかった。村松さんも周防に暮らしていた頃、雨あがりの朝にはこんな景色を眺めていたはずだ。なつかしい景色を見れば、忘れていた記憶がよみがえったかもしれないのに。

気を取り直して、また街を眺めた。雑多な色がちりばめられた街並みも、ほの白い朝もやを透かすと、色合いが穏やかになって、落ち着いて――。

色が、消えた。

目に見えるものすべてが、白と黒だけ。

モノクロームの世界になってしまった。

え、うそ、と驚いて目をこすり、何度も強くまばたくと、だいじょうぶ、世界は元どおりの色を取り戻していた。

あー、びっくりした。いま一瞬だけ眠ってしまい、寝ぼけていたのかも。なにやってんの、と笑った。窓辺から離れ、洗面所で歯みがきをする頃には、小さな異変のことはもう思いださなかった。

正午過ぎに、葛城さんが新幹線の車内から電話をかけてきた。村松さん親子を連れて、ついさっき広島で『のぞみ』から『さくら』に乗り換えたところだという。広島から周防までは一時間足らずなので、一時頃には着く。

駅前のホテルでひと休みしてから、我が家に向かう。

「予定どおり二時頃になると思いますが、そちらはだいじょうぶでしょうか？」

「はい……」

返事をしたあと、背後を振り向いた。Tシャツと半パン姿のナンユウくんが両手で×をつくった。

オレのことは黙ってて——。

うなずいて、「じゃあ、待ってます」と葛城さんに伝え、電話を切った。

ナンユウくんが玄関のチャイムを鳴らしたのは、最初の約束よりずっと早い朝九時前だった。

「お客さんが来る前に、ちょっとは家の中をきれいにしようぜ」

掃除用具をぱんぱんに詰め込んだ大きなトートバッグを提げていた。

わたしだってリビングやダイニングは掃除をした。葛城さんには特別な準備は要らないと言われていたけど、銀行口座に振り込まれた謝礼のお金を使って、村松さん親子に使ってもらう客用の布団は新品のものにした。これでもう、充分すぎるぐらいだと思っていたのに——。

「全然足りないよ、そんなの」

ナンユウくんは、タイルの目地のカビ取り剤まで持ってきていた。おおざっぱなのにきれい好きで、のんきなくせに凝り性なのだ。

風呂とトイレと、時間があればキッチンシンクも掃除したい、という。昨日ホームセンターで買ってきたクエン酸のスプレーを得意げに見せて、「こびりついた水垢も一発で取れるっていうから、試してみようぜ」と笑う。

ウチに来たそもそもの目的がどこかに飛んでいってしまった気もするけど、とにかく、そういう性格なのだ、ナンユウくんは。

「それにしても、新幹線より飛行機のほうが楽だと思うんだけどな、おばあちゃんには」

ナンユウくんは、掃除を終えたバスタブをシャワーのお湯で濯《すす》ぎながら言った。「新幹線だと時間が倍以上かかっちゃうだろ」

「まあね……」

洗い場の鏡を任されたわたしは、スポンジを持つ手を休めずにうなずいた。

東京から周防までは、一日に数往復しかない直通の『のぞみ』でも四時間以上、途中で乗り換えると五時間近くかかってしまう。

一方、飛行機なら羽田空港から一時間二十分、周防空港と市街地のアクセスも高速道路で三十分足らずだった。

でも、葛城さんは、村松さん親子の移動にあえて新幹線を選んだ。

「なるべく昔どおりにして、なつかしさを感じさせてあげたほうがいいんだって」

村松さんが周防にいた頃は、新幹線のほうが優勢だった。空港と市街地を結ぶ高速道路はまだできていなくて、唯一のルートだった峠越えの国道は、大型車同士だとすれ違えない場所も多かった。飛行機の機体も速度の遅いプロペラ機で、朝夕に一便ずつしかなかった。さらに運賃も割高だったし、心理的にも飛行機は贅沢な乗り物という位置付けだったのだ。

「なんか、もう……昔の思い出を超えて、ほとんど日本史だよな」

確かにそうかもしれない。村松さん一家が周防で暮らしていたのは一九七四年四月から一九八一年三月までの七年間——四十数年前の世界を想像するのは、十六歳のわたしやナンユウくんには、やっぱり難しい。

鏡の掃除、終了。でも、ナンユウくんにはあっさりダメ出しをくらった。隅のほうの水垢が全然落ちていないらしい。

浴室の掃除が終わり、早めのお昼ごはんをカップ麺でササッとすませると、ナンユウくんはキッチンのシンクの掃除に取りかかった。

わたしも手伝うつもりだったけど、「水回りは細かいところが多いから、いいよ、オレ一人でやる」と見限られてしまった。

「暇なんだったら、はるちゃん、庭のテラスとか片づけちゃえば？」

「なんであんたが仕切るのよ」

「村松さん、どうせ庭に出るんだろ？　せっかくだから、きれいにしておいたほうが、昔のことも思いだしやすいんじゃないか？」

「まあ……そうかもね」

テラスには、空の植木鉢やジョウロ、バケツ、園芸用スコップなどが雑然と置いてある。おじいちゃんがテレビショッピングで衝動買いしたドラム缶型の燻製器も雨ざらしになっているし、もともとの白い色が土埃で灰色になったプラスチックのガーデンテーブルセットは、おばあちゃんが買ったものだ。わたしだって、小学生時代に使っていた一輪車を粗大ゴミで捨てるタイミングを逃したまま、ほったらかしにして……。そんなガラクタの数々をテラスの隅にまとめたり、目につかない場所に移したりするだけで、確かにだいぶ印象は違ってくるだろう。

庭に出た。周防の街並みが、自然と目に入ってくる。幻想的だった朝もやは、とっくに消えうせた。といって元気いっぱいに、現実的な活気を感じさせるわけでもない。街は静かに昼寝をしているみたいだった。

テラスを片づけながら、ときおり街を眺めて、思う。

村松さんがいた頃よりも、この街は間違いなく寂れた。くたびれて、古びて、年老いてしまった。そんな、いまの周防を見ることが、ほんとうに村松さんにとってよいことなのだろうか。

まあいいけどね、と気を取り直して、まなざしをあじさいの植え込みに移した。今朝までの雨のおかげで、花の青い色がみずみずしくて、とてもきれいだった。

村松さんにも早く見せてあげたいな、と思った直後——。

花の色がすうっと消えた。葉っぱも、茎も、地面も、街並みも、空も、すべての色が同時に消えた。

また、モノクロの世界になってしまった。

朝と同じように、目元を指でこすって何度か強くまばたくと、色はすぐに戻った。でも、朝とは違って、寝ぼけてたのかな、ではごまかせない。

やっぱりおかしい。どう考えてもヘンだ。目の病気だろうか。

テラスの片づけを早々に終えて、リビングに戻った。ちょっと気持ちを落ち着けようと思って、冷蔵庫の麦茶を飲んでいたら、シンクの蛇口を使い古しの歯ブラシで磨いていたナンユウくんに「なにかあったの?」と訊かれた。

「——え?」

「元気ないから、どうしたのかな、って」

一言もしゃべっていないし、掃除に夢中のナンユウくんはこっちを振り向いてもいない。それでも、ナンユウくんには不思議な勘の鋭さがあるのだ。

わたしはダイニングの椅子に座って、「信じてもらえないと思うけど、話していい？」とナンユウくんの背中に言った。

「どーぞぉ」

ナンユウくんは掃除を続けたまま、軽く返す。「でも、たいがいのことは信じるけど」

確かに、富士山の噴火のXデーのウワサがネットで盛り上がるたびに、本気で信じる人だ。でも、さすがにこれは無理かも……と思いながら、色が消えた話を打ち明けた。

ふんふん、へー、そうなんだ、と相槌はあっさりしたものだった。わたしの話を聞く耳よりも、掃除をしている手と目のほうに気持ちが向いているのだろう――ちょうど、蛇口の細かい繋ぎ目やデコボコを歯ブラシでていねいに磨いているときだったし。

ところが、わたしが話を終えて「今度、眼科に行ったほうがいいのかなあ」と言うと、初めて振り向いて、言った。

「行かなくていいんじゃない？」

「いや……だって……」

「オレもたまにあるよ、色が消えちゃうこと」

「はあ？」

「っていうか、それ、フツーじゃないの？」

真顔で言われてしまった。

「自分で狙ったタイミングでできるわけじゃないんだけど、いきなりモノクロになって、すぐにまた戻って……って、はるちゃんが言ってたのと同じ」

「それ、マジの話？　ボケてない？」

「マジに決まってるだろ。はるちゃんが困ってるときにボケてどうするんだよ、なに言ってるんだよ、人をなんだと思ってるんだよ」

急に怒りだした。わたしも本気で「ごめん……」と謝った。でも、怒っているからこそ、怪しい、とも思わないではない。

「それ、いつから？」

「ガキの頃から、ずっと。だから、それがあたりまえだと思ってた」

気をつけろ気をつけろ、気をつけなさい、と自分に言い聞かせた。

「ねえ、モノクロになるのって、どんなときだったの？」

細かく訊いて、辻褄の合わないところが出てくれば、思いっきりツッコんでやる——。

ナンユウくんはていねいな手つきで歯ブラシを動かしながら、言った。

「キツいとき」

ひと呼吸置いて、さらに続けた。

「オレ、なんで生まれてきたんだろう、って思うとき」

背中を向けたまま、ぽつりと。

「知らなかった……」

つぶやいて、「ごめん」と付け加えた。今度はもっと本気のお詫びになった。

「謝ることないだろ」

ナンユウくんは、わたしに背中を向けたまま言った。重い告白だったはずなのに、声は明るく、あっけらかんとしている。

「でも、そんなの全然知らなかったし」

「言ってないんだから、わかるわけない」

「それはそうだけど……なんか、嫌なこと言わせちゃったから」

「言ったのはオレの勝手。はるちゃんが謝ることないじゃん」

それに、と歯ブラシをクロスに持ち替えて続けた。

「どっちにしても、嘘だよーん」

「はあ?」

「いきなり世界がモノクロになったら困るじゃん。はるちゃんも眼科で一回診てもらったほうがいいって、マジ」

クロス拭きの仕上げに取りかかるナンユウくんの背中を、わたしはため息交じりに見つめる。

やっぱり嘘だった。でも、「だよーん」の陽気さが、逆に怪しい。そういうのをいろいろ考えさせるのが、ナンユウくんのタチの悪いところなのだ。

黙り込んでしまったわたしに、ナンユウくんは続けた。

「自分以外の人がどんな景色を見てるのか、誰にもわからないんだよな。自分と同じものを見てても、じつは同じようには見えてないかもしれない」

ややこしいけど、なんとなく、言わんとすることは伝わる。

「霊感があるとかないとかも、そういうことだと思うんだよ、オレ」

「……いきなり話が飛ぶね」

「あと、同じ台所にいても、はるちゃんには見えない汚れがオレには見えまくってるし」

「話、そっちに行っちゃうの?」

あははっと笑ったナンユウくんは、「同じように見えてるけど違うものだってあるんだよな」と、話をさらにややこしくした。

「シマウマって、わかるよな」

「うん……動物園にいる、アレだよね」

「シマウマってさ、白い体に黒いシマ模様が入ってるのか、黒い体に白いシマ模様が入ってるのか、どっちだと思う？」

そんなの、考えてみたこともなかった。

「ネットで拾ったから、フェイクニュースかもしれないけど」

前置きして、何年か前にどこかの動物園がおこなったというアンケートの結果を教えてくれた。おとなから子どもまでほとんどの人が、白い体に黒いシマ模様だと答えたらしい。

「え、そうなの？」

「はるちゃんは逆だった？」

「うん……」

うなずいたあと「どっちかっていえば、だけどね」と付け加えた。言い訳みたいになってしまった。

「オレも、はるちゃんと同じ。黒い体に白いシマ模様だと思ってた」

ナンユウくんは、わたしとは違って、きっぱりと言い切った。

「正解はどっちなの？」

「それ、出てなかった」

あっさり言った。「どっちでもいいってことなんだろうな、結局」

「なにそれ、いいかげんすぎる」

「ネットで拾ったネタに贅沢言うなよ」

「だって――」

「まあ、だから、正解でも間違いでもいいんだけど、どっちにしてもオレたちは二人とも少数派ってことなんだよな、うん」

急に話が飛んで、深いような重いようなことを言うから、よけいタチが悪いのだ。

第二章

1

村松さん親子の息子さん――達哉《たつや》さんは、とても優しそうな人だった。

タクシーを降りてウチに上がり、リビングのソファーに座るまで、母親の光子《みつこ》さんを常に気づかっていた。ワンピース姿の光子さんの手を取ったり、肩の後ろから手をあてて支えたりして、「足元、段差あるからね」「ゆっくりでいいから、ゆっくりで」と声をかける。

達哉さんはソフトウェアを開発する会社を経営していた。都市銀行の融資担当をへて、二〇〇〇年代の半ばに起業したのだ。

「おかげさまで会社のほうは順調で、留守を任せる若手も育ってきたので、いまのうちに親孝行の真似事をしてみようと思いまして……それで、ブレーメン・ツアーズさんにお世話になっているんです」

高校生のわたしにも、おとなに対するようにていねいに話してくれる。

「なんとか、ぎりぎり間に合うだろうかと思っていたんですが……」

達哉さんは笑顔をわずかに曇らせて、隣に座る光子さんの手の甲に、自分の手のひらを重ねた。

「最近ときどきお地蔵さんになるんです」

ねえ、お母さん、と達哉さんが声をかけても、光子さんの反応はない。無表情の顔で虚空の一点をじっと見つめ、誰とも目を合わせない。ウチに来てからずっとそうだった。

「いまはちょっと無愛想な顔ですけどね、少し笑うと、お地蔵さんみたいな穏やかな顔になるんです」

はい、スマイル、スマイル、と達哉さんは拍子を取るように言って、それに合わせて手の甲をそっと叩く。

光子さんの頬がゆるんだ。目もつぶった。

すると、ほんとうだ、かわいらしいお地蔵さんみたいな笑顔になった。

でも、会話はできない。いまの光子さんの心は、過去なのか未来なのか、遠い世界に出かけているのだ。


ナンユウくんがいることを葛城さんに事前に伝えなかったのは、ナンユウくん自身が立てた作戦だった。

「こういうのって、既成事実にしちゃったほうがいいんだよ」――要するに、先にこの場にいることで優位に立てる。事前に「呼んでもいいですか?」と訊いて「だめです」と断られたら、話がそこで終わってしまうけど、すでにここにいるナンユウくんを、家のあるじでもない葛城さんが「きみは帰りなさい」と追い出すのは、かなりの力業になる。

「村松さんははるちゃんと話がこじれて『じゃあ、やめましょう、帰ってください』になると困るわけだし、葛城さんも、お客さんの前でトラブルになるのは避けたいと思うんだよ」

こっちを勝手に悪役にしないでほしい。でも、実際、ナンユウくんを「幼なじみで、亡くなったおばあちゃんとも仲良しだったんです」と紹介したとき、達哉さんは困惑しながらも「そうですか」とうなずいてくれた。

「いや、ちょっとそれは――」と言いかけた葛城さんも、ふと目を止めて、ナンユウくんの姿を上から下まであらためて見つめたあと、なんだか妙に納得した顔になってうなずいた。

ナンユウくんは空気が変わったのを察し、ここがチャンスだ、というふうに胸を張って続けた。

「幼なじみっていうか、もう、ほとんど双子のきょうだいみたいなものなんですよ、オレとはるちゃん」

調子に乗っちゃって――。

思わずムカッと来て、足を踏みつけてやりたくなった。

でも、葛城さんはそんなわたしに目をやると、さっきと同じように上から下まで見つめてから、ふむふむ、なるほどね、という顔になった。ナンユウくんに向けた納得顔とは微妙に違う。もっと余裕があるというか、上から目線というか……なにかに似てるな、と考えて、思い当たった。宿題をケロッと忘れて、のんきに笑っている友だちを見るとき――授業が始まったあとの悲劇に同情しながらも、間抜けさにあきれてもいる。

ああ、きみはまだ気づいてないんだなあ、というつぶやきが似合う、そんな表情だったのだ。

ナンユウくんがいれたお茶を啜りながら、達哉さんはしきりになつかしがった。

もちろん、家の建物は違うし、間取りも全然違う。ご近所の家々もほとんど建て替わって、マンションがずいぶん増えた。それでも、ホテルから乗ったタクシーが山手地区に入ると、なつかしい場所を何度も通った。通っていた小学校や中学校はそのままだったし、ふだんの買い物に重宝していたよろず屋も、コンビニになって健在だった。

「あの先のカーブを曲がったところから周防の街が一望できたはずだけど……と思ってたら、ほんとうに見えたんですよ。四十年のブランクが、一瞬でつながったなあ」

達哉さんは、そのときの感動を噛みしめるように言った。わたしとナンユウくんも「あの学校の校舎、そんなに古いんですか?」と驚いたり、行きつけのコンビニが元は干物やお総菜も売っているよろず屋だったと知って目を丸くしたりして……。

二〇〇〇年に山手に引っ越してきた祖父母は、もちろんそれ以前の街並みは知らない。でも、二〇〇〇年の頃のことも、きちんと聞いたことはなかった。なつかしんでいた様子もない。ずっと暮らしていると、街の変化と自分の人生がシンクロして、わざわざ記憶をさかのぼる気にはならないのかもしれない。

でも、村松さんの一家は一九八一年三月に山手の借家を引き払って、周防を出た。それきり再訪することのなかった達哉さんにとっては、ご近所の記憶は当時のまま、更新なしで残されているのだ。

感慨にひたる達哉さんをよそに、光子さんはお茶にもお菓子にも手をつけずに、ただぽつんと座っている。心は遠い世界に散歩に出かけたまま、まだ戻ってこない。

達哉さんとは逆に、タクシーが市街地から山手地区に入った頃から、光子さんの心は遠くに行ってしまった。ずっと楽しみにしていたはずなのに、周防の街が一望できるカーブで達哉さんにうながされて窓の外に目を向けても、表情にはなんの変化もなかったらしい。

ふるさとの長野県で高校卒業まで暮らした光子さんは、高卒で愛知県の自動車メーカーの関連企業に就職して、工場で働いた。

「親父はその会社と取引のあった運輸会社の営業マンだったんです」

達哉さんはそう言って、「走馬灯の話は聞いてますよね」と確かめてから、続けた。

「親父との出会いや、独身時代のデートのこと、新婚時代のこと……旅行をするまでおふくろ本人が忘れていた話も、葛城さんのおかげで、ぜんぶ走馬灯に描くことができました」

葛城さんは陰気な無表情でそっぽを向いていた。目が合っていろいろ訊かれるのを拒んでいるのだろう。

でも、そういう空気を読まないのが、ナンユウくんだ。「走馬灯の絵って、葛城さんが決めるんですか?」と直球で訊いた。グッジョブ。呼んで正解。

本人は答えなかったけど、教えてやってもいいですよ、という目配せを受けた達哉さんが教えてくれた。

「走馬灯には、その人の人生のいろんな思い出が描かれます」

「……って言いますよね、よく」

ナンユウくんの相槌の口調は、半信半疑よりも「疑」の割合が多そうだったけど、達哉さんは真顔のまま続けた。

「いろんな、というのが難しくて、厄介なんです。人生の思い出が楽しいものだけならいいけど、そんなのは無理です。嫌な思い出も含めての、いろんな、なんです。見たかったものを見られずに、見たくなかったものを最後の最後に見てしまうことも、当然、あるはずです」

うわあ、マジっすか、死にたくねえーっ、とナンユウくんは顔をしかめた。

「しかも、走馬灯は死ぬ瞬間に初めて見て、それっきりです。どんな絵が出てくるのか、前もって知ることはできない」

ナンユウくんはさらに顔をしかめる。半信半疑のバランスが、少しずつ「信」のほうに寄ってきたようだ。

「だから、ブレーメン・ツアーズさんにお世話になるわけです」

自分が見るはずの走馬灯の中身を教えてほしい、こんな走馬灯に仕上げてほしい、走馬灯にこの場面を必ず入れてほしい、逆にこの場面は取り除いてほしい。そんなリクエストに応えるのが、ブレーメン・ツアーズの――つまり葛城さんの仕事だった。

「葛城さんには客の走馬灯が見えるんですよ。走馬灯だけじゃなくて、その素材になる思い出も記憶の中から見つけることができる」

お客さんは葛城さんとともに、思い出の地を旅行する。そうすることで、薄れていたり取り違えていたりする記憶が補正されて、走馬灯の絵も描き替えられていく。

「葛城さんはそれを細かく見て、必要なのに抜け落ちている場面があれば、それを写し取って、あってはならない場面が残っていれば消し去って……走馬灯をリクエストどおりに描き替えてくれるんです」

つまり、と達哉さんは続けた。

「葛城さんは、走馬灯の絵師なんです」

一瞬の沈黙のあと、ナンユウくんは感嘆して言った。

「……なんか、かっけーっ」

コイツ、呼ぶんじゃなかった、やっぱり。

一方、わたしは唖然として、相槌もろくに打てない。

「まあ、いきなり言われてもなにがなんだかわからないと思うし、実際、私も最初はそうでした」

達哉さんは苦笑して、「でも、ブレーメン・ツアーズは、ほんものです」と言った。「私たちの世界ではずっと評判で、私もツテを頼って、なんとかお願いできたほどですから」

その評判というのは、ネットには決して出てこない。そういう世界での話なのだろう。

「葛城さんにおふくろの走馬灯を描いてもらえること、ほんとうに感謝してるんです。おふくろも幸せ者です、ほんとうに」

達哉さんは、あらためて頭をぺこりと下げた。でも、葛城さんは無愛想で陰気な顔のまま、「仕事をお引き受けしたのですから、もうそれ以上は」と話を止めた。

「……すみません」

達哉さんは少し決まり悪そうにわたしに向き直って、続けた。

「ですから、非常識なお願いごとではあるんですが、決して怪しい話ではないので、どうか信じていただきたいんです」

わたしは黙ってうなずいた。とてもではないけど、すんなりと受け容れられる話ではない。でも、とにかく、ここまで来たら付き合うしかない。覚悟を決めて、もう一度、さっきより大きくうなずいた。

「だいじょうぶです、信じました」

ナンユウくんも横から「オレは最初から信じてました」と、よけいなことを言う。

達哉さんはほっとした様子で、話を戻した。

達哉さんの父親、つまり光子さんの夫の征二《せいじ》さんは、五年前に亡くなった。それがきっかけになってしまったのか、そこから急に老いが進んだ光子さんは三年ほど前に認知症を発症したのだという。

「親父は転勤族だったんです。短いときには半年、長くても二年で転勤して、家族そろって引っ越しでした」

新婚時代を愛知県で過ごし、九州の博多で一人息子の達哉さんが生まれた。その後も、大阪、広島、神奈川、再び愛知、兵庫と移り住んで、一九七四年四月――達哉さんが小学六年生に進級するタイミングで周防に引っ越してきた。

達哉さんにとっては五回目の転校だった。征二さんが単身赴任するという選択肢は、ないわけではなかった。ただ、そうなったら社宅住まいの家族は自分でアパートや借家を探さなくてはならない。

「いまの感覚ではありえないような話かもしれませんが、あの頃はそれがあたりまえでしたし、おふくろは、やっぱり親父のそばで、内助の功で支えたかったんだと思うんです」

ただ、中学や高校での転校は、やはり小学校の頃とは重みが違う。

一九七五年、中学一年生の秋に征二さんが札幌に転勤になったとき、達哉さんは涙を流して転校を拒んだ。

「それで親父も肚《はら》をくくったんです」

単身赴任を決め、会社で借り上げていた家を出て、自分で借家を探して、家賃も負担することにした。それが、この場所に建っていた家だ。

達哉さんは高校を卒業するまで、周防で光子さんと二人暮らしだった。その間、征二さんは札幌、埼玉、大阪と単身赴任を続けた。

「五年半になりますね」

一九八一年三月、達哉さんが東京の大学に進学することが決まると、光子さんは周防の借家を引き払って大阪の征二さんのもとに向かった。

「ざっくりとまとめてしまえば、そういう流れなんですが……その五年半に、ちょっと気になることがあるんです」

光子さんは、周防の借家から眺める街並みをとてもなつかしがっていた。認知症を発症する以前よりも、むしろ、いまのほうが、思いがつのっている。

ところが、その五年半の日々は、走馬灯には描かれていない。

「葛城さんに何度覗いてもらっても、いまの時点ではなんの思い出も描かれていません。親父が単身赴任をする直前から、大阪でまた親父と暮らしはじめるまでの間が、すっぽりと抜け落ちているんです」

ほんとうに、なにもなかった――人生の最期に振り返るべき思い出が一切ない歳月だったのか。それとも、認知症のために必要な記憶が抜け落ちてしまったのか。

あるいは、どうしても捨て去っておきたい記憶があって、無意識のうちに、なにもない五年半になっているのか。

「もしも、捨てておきたい嫌な思い出ばかりだったとすれば、それはそれでいいんです。ただ、息子からすれば、そんなに嫌だったのかなあ、俺と二人の生活……と、ちょっと悔しい気もするんですけどね」

軽く笑った達哉さんは、すぐに真顔に戻って続けた。

「もしもおふくろに大切な思い出があって、それが認知症のせいで走馬灯に描かれないんだとしたら、おふくろも残念だと思うんです。だから、とにかく周防に来て、記憶を刺激して、認知症の霧が一瞬でも晴れないかと思って……いま、ご迷惑を承知でお邪魔しているわけです」

達哉さんはあらためてわたしを見つめ、「よろしくお願いします」と頭を深々と下げた。

2

みんなで庭に出た。

光子さんはテラスのガーデンチェアにちょこんと座る。達哉さんは身をかがめて光子さんの耳と自分の口の高さを合わせ、「なつかしいねえ、お母さん」と眼下に広がる街を見わたした。「周防銀行の看板も見えるし、周防灘の蔵もあるよ、ほら、あそこ」

地元の銀行と造り酒屋を指差す。光子さんの返事はなく、指差す先を目で追っているわけでもなかったけど、達哉さんははずんだ声のまま続けた。

「あそこが駅だから……手前の白くて大きい建物って、中央病院かなあ」

ナンユウくんが後ろから「そうです」と声をかけ、わたしが「五、六年前に建て替えたんです」と付け加えた。

「やっぱりそうですか。中央病院には、一度担ぎこまれたことがあって……」

高校一年生の夏休み、サッカー部員だった達哉さんは、練習中に足首を骨折した。

「サッカーの強い学校だったから、練習も厳しかったんですよ」

「その高校って、ひょっとして周防高校ですか？」とナンユウくんが訊くと、達哉さんは「そう、シュウコウだよ」とうなずいた。

小学校、中学校、そして高校の大先輩ということになる。

「おふくろにも心配かけました、あのときは」

光子さんはパートタイムの勤めに出ていた。病院まで付き添ってくれたサッカー部の先輩に電話をかけてもらい、職場の人にケガのことを伝言したら——。

達哉さんはプッと噴き出して、「マンガみたいな話になったんですよ」と言った。

「足首の骨折」が「首の骨折」になって、光子さんに伝わってしまった。

「大騒ぎになって、おふくろもあわてて病院に駆けつけたんだけど——」

言いかけて、光子さんの顔を覗き込む。

「あのとき、おふくろ、誰かと一緒だったよね。誰だっけ、その人」

光子さんの返事はない。そもそも最初から話を聞いている様子はなかった。

達哉さんも「忘れちゃうよね、昔のことだから」と寂しそうに笑って、また視線を遠くに放った。

四十年もたてば、街並みにも変わってしまったところはたくさんある。

達哉さんが一番驚いたのは、新幹線の高架線路がほとんど見えなくなったことだった。

「あの頃は、庭から見わたす周防の街の端から端まで、一直線に線路が延びてたんです。高い建物なんてなかったから、邪魔するものがなくて、ほんとうによく見えていました」

線路が見えれば、あたりまえの話だけど、その上を走る新幹線の車両も見える。

「当時はまだ九州新幹線も『のぞみ』もなくて、各駅停車の『こだま』と、もっと速い『ひかり』だけでした」

同じ『ひかり』でも、停車駅の組み合わせはさまざまだった。周防駅に停まる列車もあれば通過する列車もある。庭や二階の窓から見ていると、それがよくわかる。

「周防駅を通過する『ひかり』は、とにかく速くて、視界に飛び込んできて、一気に駅を突っ切って消えるんです。でも、停まるほうは、ずいぶん手前から減速して、ゆーっくり。その違いが、ほんとうに面白くて」

特に、夜に通過する『ひかり』がいい。その日の天気や湿度によって、ときどき、電線とパンタグラフの触れ合うところから火花が飛ぶ。それがほんとうにきれいだった。

「勉強中の息抜きは新幹線なんです。左から右に線路が延びてて、左が東京で、右が九州の博多です。いまの『ひかり』は東京から走ってきたんだなあ、って……全然飽きないんです。次の列車を見送ったら勉強に戻ろうって思いながら、もう一本、もう一本……」

大学受験にあたっては、地元の大学に通うことはまるっきり考えなかった。

「そもそも転勤族の子どもですから、周防へのこだわりも薄かったんですが、やっぱり毎晩毎晩、遠くから来て遠くへ去っていく新幹線を眺めていたのが大きいと思います」

達哉さんの言葉に、わたしは勢いよく——相槌を超えてうなずいた。

わかる、わかる、すごくわかる。幼い頃から窓の外を眺めるのが大好きで、街を見わたすたびに遠くに行きたくなっていた理由、同じかも。

いまの我が家からは、線路の手前に建ち並ぶ高いビルに邪魔されて、実際の新幹線は途切れ途切れにしか見えない。でも、火花をあげて周防の街を走り抜ける姿が、くっきりと思い浮かんだ。

「いまは『ひかり』と『こだま』だけじゃなくて、『のぞみ』に『みずほ』に『さくら』……種類も増えたし、本数もずいぶん増えたんでしょうね」

確かに増えている。話している間も、上りと下り一本ずつ、周防を通過する『のぞみ』が走り抜けて、ちょうどいま、周防停車の下りの『ひかり』がスピードを落としながら街に差しかかったところだった。

でも、達哉さんの思い出とは違って、その姿はほとんど見えない。

「ほんとにビルがたくさんあるんだなあ……」

達哉さんはつぶやいて、「四十年にもなるんだから、あたりまえか」と、歳月の長さを噛みしめるように続けた。

そのとき、少し離れたところで腕組みをしてたたずんでいた葛城さんが、達哉さんに声をかけた。

「よかったら、二階の窓からご覧になりますか。目の高さが変わると、見える景色も変わりますから」

他人の家なのに勝手に仕切る。でも、葛城さんは腕組みをしたまま、ムッとするわたしの視線を平然と受け止め、あっさり無視して、続けた。

「階段もあるので、最初は達哉さんお一人でいかがでしょう」

そして、ナンユウくんに目を移す。

「きみ、案内してあげて」

いきなり命令されたナンユウくんは、不意を衝かれて、文句をつけるどころかボケることもできず、「はあ……」とうなずくだけだった。

「じゃあ、おふくろは――」

達哉さんが訊きかけると、葛城さんは、さも当然のことのように言った。

「遥香さんにお世話してもらいます」

庭には、光子さんと葛城さんとわたしが残された。達哉さんは立ち去る間際まで心配そうな顔をしていたけど、当の光子さんはガーデンチェアにちょこんと座って街を眺めたまま、一人になってもあたりを見回すそぶりすらなかった。

わたしは葛城さんのそばまで行って、小声で訊いた。

「どうするんですか、お世話って」

「背中に手をあててください」

「光子さんの？」

うなずいた。でも、わたしには目を向けない。光子さんをじっと——科学者が実験の様子を観察するように見つめて、続けた。

「椅子の背もたれが邪魔かもしれませんが、あなたの左手を、村松さまの背中の左側に」

「マッサージしてあげるんですか？」

「いえ、なにもしなくてけっこうです。ただ手をあててください。できれば心臓の真後ろ、肩よりもだいぶ下になるので、上から手を伸ばすよりも、脇腹のほうから横に差し入れる感じで」

「……なんなんですか？　それ」

「最初はだいたいでいいです。慣れてくればすぐにわかるようになりますし、もっと慣れれば、なにもしなくてもだいじょうぶです」

最初は——？

慣れてくれば——？

「あのー、ワケがわかんないんですけど」

「いいですよ、行ってください」

会話になっていない。そもそも一瞬たりともこっちを見ない。

「いまなら、見えます」

「——見えるって？」

「早く」

しかたなく光子さんのもとに向かい、右側に立った。赤の他人のわたしがすぐ隣に来ても、光子さんは驚きも戸惑いもせず、わたしの存在にも気づいていないかのようだった。

「……失礼しまーす」

チェアと光子さんの背中の間に左手を差し入れた。手が触れる感触は光子さんにも伝わっているはずなのに、身動きどころか、ぴくりと反応する気配すらなかった。

心臓の真裏って、このあたりかな。見当をつけて手を広げ、そっと背中に添えた。

すると——。

目の前に広がる風景から色が消えた。音も消えた。入れ替わるように、とくん、と手のひらが光子さんの胸の鼓動を感じ取った。

モノクロームの静寂の世界に、葛城さんの声が、耳元で——というか、まるで耳の中にいるみたいな近さで聞こえた。

「なにか変化がありましたよね」

ありましたか、と訊かれたのではなく、ありましたよね、と確認された。この人はすべての答えを知っているのだろうか。

わたしは困惑したままうなずいた。

「色、消えて……音、消えて……」

自分の声も、実際に口を動かしたのか、心の中で思っただけなのか、よくわからない。

「なるほど」

葛城さんはちっとも驚かない。チェック欄に「✓」を記入するみたいな相槌を打って、続けた。

「このまま街を見ていてください。村松さまの背中から手を離さず、できれば、村松さまの鼓動に合わせて呼吸してください」

「……はい」

とくん、とくん、とくん、と光子さんの心臓が脈打つ。それに合わせてわたしも、息を吸って、吐く。風景に色は戻らない。音も聞こえない。息を吸う。吐く。吸う。吐く。吸う……。

「ゆっくりとまばたいてください」

ワケがわからないまま、言われたとおり目を閉じて、ゆっくり――いち、にい、さん、で目を開ける。

最初は風景にピントが合わなかった。近視とか乱視とかドライアイとか、全然ないはずなんだけど。かすんで、ぼやけていた視界が、霧が晴れるようにクリアになって……。

見えた。周防の街だ。モノクロームのままだったけど、街の横幅と奥行きが一回り小さくなったみたいだ。街並みの背丈も低くなって、ひときわ目立つのは屋上に〈周防中央病院〉と看板を掲げた……これ、建て替える前の古い中央病院じゃないの？

新幹線の高架の線路が見える。視線をさえぎるものはなにもない。街を真横に貫いた線路を、いま、うんと古い車両の新幹線が、左から右に駆け抜けた。

びっくりして、光子さんの背中から手を浮かせた。

すると、目の前に広がる街並みが一瞬で現在に戻り、色や音も戻った。

一方、光子さんは、わたしの手が背中に触れたときと同じように、離れたときにもなんの反応も見せない。

振り向くと、葛城さんはさっきと変わらず腕組みをして、いつもどおり陰気にたたずんでいた。わたしと目が合うと、腕組みを解いて、手招きする。かすかに笑っていた。「まいっちゃうな」とあきれているような、「しかたないか」とあきらめているような、微妙で複雑で、とにかく陰気な笑顔でわたしを迎えた。

「いま……昔の周防になっちゃいました」

「でしょうね」

「……わかるんですか？」

「ええ。一九七〇年代後半、息子さんがさっき話してた頃の周防でしょう」

「新幹線、見えました」

「そうですか、それはよかった」

「よくないです、全然」

距離を一歩縮めて、「教えてください」と訴えた。「いまのって、なんなんですか？　病気？目じゃなくて、メンタル系？」

葛城さんは詰め寄るわたしから目をそらさず、落ち着いた声で「病気ではありません」と打ち消したあと、続けた。

「力です。あなたには力がある」

「……なんの？」

「いまわかったでしょう。あなたは、過去を見ることができる」

「……なんで？」

「最初にファミレスで会ったときから、そんな気がしていました」

問いと答えがずれていたけど、葛城さんはかまわず続けた。

「もう一度、村松さまの背中に手をあててください。今度は驚いても手を離さずに、しばらくそのままでいてください」

そうすると――。

「村松さまの走馬灯に描かれるべきものが、あなたにも見えるはずです」


なにがなんだか、さっぱりわからない。

ただ、もう一度光子さんの右側に立ち、左手を伸ばして背中に触れると、さっきよりもすんなりと心臓の鼓動を感じた。

風景から色が消え、音が消えていく。光子さんの鼓動に自分の息づかいを合わせて、ゆっくりとまばたいて目を開けると、昔の周防の街が広がった。驚きがゼロではなくても、戸惑うことはない。一度通ったことのある道を進むのと同じだ。慣れたというほどではなくても、「初めて」と「二度目」とでは、やっぱり、全然、違う。

「だいぶ落ち着いてきましたね」

葛城さんの声が耳の中から聞こえても、もう、だいじょうぶ。

「右手、空いてますよね」

わたしは、はい、と応えた。声ではなく、思いが、耳の奥で響く。

「その右手を、自分の左胸……心臓のあたりにあててください」

言われたとおりにした。左手は光子さんの鼓動を感じ、右手は自分の鼓動を感じる。

「村松さまの鼓動と自分の呼吸を合わせていると、やがて、あなた自身の鼓動もそこに重なってくるはずです」

すぐに、というわけではない。

「四十年ほど昔にさかのぼるわけですから、それなりに時間はかかります。あせらずに待っていてください。あせると、あなたの鼓動が速まって、呼吸も乱れてしまいます」

たとえどんなに時間がかかっても、それはわたしが感じているだけで、実際にはほとんど時は流れていない。

「一度通ってしまうと、そこからはどんどんスムーズになって、慣れればすぐにでも向こうに入っていけるようになります」

過去との間に回路ができる、という感じなのだろうか。

モノクロームの街を見つめる。高いビルがほとんどなく、駅のすぐ近所にも住宅が建ち並んでいる。区画整理や再開発される前の市街地は、いまよりごちゃっとしているけど、そのぶん活気が感じられる。

あ、いま、そろった——。

気づいたのと同時に、葛城さんが「ゆっくりと、まばたいて」と言った。

目を閉じて、開けると、そこは自動車の中だった。

3

世界に色が戻る。音も戻る。

でも、それが遠い過去の出来事だというのは変わらない。

中年の男女が車に乗っている。男の人がハンドルを握り、助手席には女の人が座って、後ろの席には誰もいない。

ライトバンだ。自動車にくわしくはないわたしの目にも、車内の装備やデザインが古めかしいのはよくわかる。

男の人はネクタイを締めている。でも、上着は背広ではなくツートンカラーの半袖の作業服だった。製造業や建設業の事務職といった感じだ。

胸ポケットに、トランプのクラブのマークが刺繍してある。女の人がブラウスの上に羽織った半袖のスモックもそうだった。周防の人には馴染み深いマークだ。日本を代表する企業グループの「三つ葉」――周防コンビナートも、三つ葉の石油化学工場が中心になっている。二人は、その系列の会社で働いているのだろう。

最初は商品の配達か外回りの営業に出かけているのかと思っていたけど、どうも様子がおかしい。二人とも、ひどく深刻な顔をしている。男の人の運転は荒っぽく、明らかにあせっているし、女の人は両手でハンカチをギュッと握りしめている。うつむいて、一心に祈るように……いや、よく見ると、手が震えている。ハンカチを握っていないと、その震えが全身に伝わってしまうのかもしれない。

そんなふうに二人を観察しているわたしは――どこにもいない。体がない。でも、どこにでも行ける。映画やテレビドラマのカメラのように自由に動ける。社章の刺繍を確かめるときにはズームアップできたし、車の外にだって、いま試してみたら、するっと抜け出すことができた。

車は周防の市街地を走っていた。昭和の街並みだ。もう何年も前につぶれてしまった地元資本のデパートも、周囲に高い建物が少ないこともあって、堂々とした店構えでそびえていた。

車内に戻る。女の人は、さっきよりさらに深くうつむき、さらに強くハンカチを握りしめて、うめくような声を漏らした。

「……たつや……たつや……たっちゃん……」

顔を覗き込んで、わかった。半べそをかいているのは、昔の光子さんだった。

目の前に広がる光景が切り替わった。

学校のグラウンドだ。校舎が見える。四階建ての屋上に小ぶりの天体観測ドームがあった。それでわかった。シュウコウだ。

サッカーゴールの手前に人だかりができている。サッカー部の部員に加えて、野球部や陸上部のヤジ馬もいる。その真ん中で、サッカー部の部員が地面に倒れていた。

「足首をひねったんか」「ヘンな方向に曲がっとるのう」「折れとるん違うか?」「おい村松、立てるか?」「立つのは無理でも、体を起こしとけや」「いけんいけん、勝手に動かんほうがええよ」「先生、こっち! 一年の村松がケガしました!」

さっき達哉さんから聞いた話を思いだした。高校一年生の夏休み、達哉さんはサッカー部の練習中に足首を骨折して、中央病院に運ばれた。サッカー部の先輩がパートタイムの勤めに出ていた光子さんのもとに電話をかけて急を知らせた。でも、そのときに「足首の骨折」が間違って

「首の骨折」になって光子さんに伝わってしまい……。

　場面が切り替わる。

「三つ葉」の社章を大きく掲げた工場の事務所に、電話がかかってきた。

　受話器を取った若い事務員が、「ほんまですか！」と驚いて、上司を振り向いた。

「所長、おおごとです！　村松さんの息子さんがケガをして、病院に運ばれました！」

　ネクタイ姿に作業服を羽織った所長は――ライトバンを運転している男性だった。

　別の事務員が工場の場内放送で仕事中の光子さんを呼び出して、いきさつを伝えた。ここで「足首」を「首」と間違ってしまった。

　当然、光子さんは驚いた。ショックが大きすぎて困惑や狼狽を通り越してしまい、青ざめた顔で呆然とするだけだった。

　そんな光子さんに、所長が声をかけた。

「タクシーを呼んでも時間がかかる。会社の車で行こう！　空いてる車、借りるぞ！」

　自ら車のキーを手に席を立ち、留守を任せる指示もそこそこに事務所を飛び出した。


　なるほど、そういうわけだったのか。

「前回までのあらすじ」みたいな感じで話の流れを把握すると、目の前の光景はすぐさまライトバンの車内に戻った。まるでスマホのＡＩアシスタントが、てきぱきと動いてくれるようなものだった。しかもこのアシスタントは、呼びかけて指示を出さなくても、自分で先回りしてくれるのだ。

　あらためて見てみると、所長は光子さんと変わらない四十代前半の年格好で、髪形やネクタイの柄はいかにも昭和っぽい古くささだったけど、そのあたりを「いま」に補正してみると、意外とイケてるかも。

なにより、パートタイムで働く従業員のために会社の営業車を出してくれて、しかも自分でハンドルを握るなんて、上司としてサイコーだと思う。

もっとも、いまの光子さんには、所長の気配りを受け止める余裕はなく、ただひたすら達哉さんの無事を祈りつづける。

車が走っているのは、周防の市街地を突っ切る国道だった。平成の頃に高速道路とバイパスが郊外に開通してからは、すっかり寂れた旧道になっているけど、当時は県内でも有数の交通量のある区画で、昼間でも渋滞することがしばしばだったらしい。

実際、いまも、車は少し走っては停まり、また走っては停まり……を繰り返している。停まるたびに不安といらだちをつのらせていた光子さんは、発進した車がすぐにまた停まってしまったときには、我慢できなくなって、声をあげて大きく息をついた。

「だいじょうぶだ」

所長は言った。「心配しないでいい」

周防の方言ではなかった。

「電話の連絡っていうのは、ついつい大げさになるものなんだ。俺も横浜から、しょっちゅう電話をもらうよ。娘がケガをしたとか熱を出したとか、最初はびっくりしても、よく聞いてみればたいしたことがないんだ。特に今回なんて、伝言ゲームみたいなものなんだから」

全国に拠点のある三つ葉グループだけに、所長は単身赴任なのだろうか。話からすると、横浜に自宅があって、娘がいて……電話をかけてくるのは奥さんなのだろうか……。

「まあ、心配する気持ちは、もちろんわかるよ」

所長はギアレバーを持っていた左手を離し、ハンカチを握る光子さんの手に重ねた。

え――？

そこまで、する？

光子さんは所長の手を拒まなかった。

セクハラ、パワハラ……でも、光子さんの様子を見ていると、そんな言葉があっさり消えていってしまう。

光子さんは「拒まなかった」のだ。「拒めなかった」のではない。その証拠に、所長が乗せた手に、さらに自分の手を重ねた。つまり自分の両手で所長の手を挟んだのだ。

「……ありがとうございます」

光子さんは言った。力のない声と、翳りの濃い笑顔だった。でも、その一言には、工場の所長とパート従業員との関係にはとどまらない、深い安心感や信頼感が宿っていた。

「だいじょうぶだよ、絶対に」

所長は微笑《ほほえ》んで言った。「中央病院は急患の対応にも慣れてるし、ケガをしてすぐに運ばれたんだから、大事には至らないと思う」

「でも、首の骨折なんて……」

「まあ、とにかく息子さんの様子を見てからだ。いまはお医者さんを信じて、息子さんの若さを信じよう」

「……ありがとうございます」

光子さんは、さっきと同じ言葉を、さっきよりさらに感情を込めて繰り返した。

深い感情だった。熱い感情でもあるし、もっと言えば――言っていいのかどうかわからないけど、あでやかで、ねっとりとした感情でもあった。

すぐ前のトラックがようやく動きだした。所長は光子さんの両手に挟まれていた手をすっと抜き取って、その流れで光子さんの左肩を軽く抱き寄せた。

「だいじょうぶだ、俺がいる」

そう言って、左手をギアレバーに戻し、車を発進させた。

光子さんは小さくうなずいた。左肩に残るささやかな抱擁の余韻を味わうように、頬をほんのりと赤く染めて、目をつぶる。

――って、これ、マズくない？

いや、マジに、だめでしょ、絶対！

4

あまりのショックに、自分の左胸にあてていた右手がはずれてしまった。

その瞬間、光景が庭からの眺めに戻った。色が消え、音も消えて、モノクロームの「あの頃」が目の前に広がる。

「お疲れさまでした」

葛城さんの声が、耳の奥で響いた。

左手を光子さんの背中から浮かせた。「あの頃」は色と音のついた「いま」に戻り、さらに、ガーデンチェアに座った光子さんも――。

「いい眺めですねえ」

穏やかな笑顔でわたしを振り向いて、「このたびは、ほんとうにありがとうございます」とていねいに頭を下げた。現実の世界に戻ってきたのだ。

「ずうずうしいお願いでしたけど、やっぱり、お邪魔してよかった。なつかしくてなつかしくて、もう、涙が出そうです」

言葉だけでなく、ハンドバッグからハンカチを取り出して、赤く潤んだ目元にあてた。

そのハンカチが、ライトバンの車内で握りしめていたハンカチに重なり合って、わたしは思わず目をそらした。

「あとでご両親が帰ってこられたら、あらためてご挨拶しますね」

現実をちゃんとわかっているところもあれば、そうでないところもあるのだろう。

さっきわたしが見ていた「あの頃」の光景は、光子さん自身が思いだしていたものなのだろうか。それとも、記憶に封をして、思いだすまいとしていたものを、わたしが覗き込んでしまった……？

光子さんは「いま」の街に向き直った。笑顔はいっそう穏やかになっていた。涙が出そうなほどのなつかしさの中には、あの所長のことも含まれているのだろうか。

二階から、ナンユウくんと達哉さんの話し声が聞こえる。二階からだと眺めはさらに広がって、コンビナートの先の造船所まで見える。達哉さんは「昔もあったよ、あのビル」「いやー、あんなところにマンションができたのかあ」と感慨深そうだった。

でも、達哉さんは、光子さんと所長のことなんて、夢にも思っていないはずで……。

居たたまれなくなって葛城さんのそばに行くと、わたしがなにも話さないうちに、葛城さんは

「まあ、そんなところでしょうね」と冷ややかに言って階段に向かい、二階に声をかけた。

「庭に出ませんか。お母さまの調子も良くなりましたので、また一緒に街をご覧になると、思いだすことも増えるかと思います」

達哉さんは「そうですか」と声をはずませ、「ありがとうございます」と頭を下げた。

いい人だ、ほんとうに。だからこそ、さっきの光子さんの姿を思いだすと、胸が締めつけられる。

達哉さんが光子さんを連れてテラスから庭に出た。二階にいる間に達哉さんとすっかり親しくなったナンユウくんも、スマホで昔の周防の画像や動画を検索しながら、街の風景をあれこれ説明している。

そんな三人の後ろ姿をリビングから眺めて、わたしは葛城さんに訊いた。

「わたしがさっき見たアレって……ほんとうのことなんですか？」

「あなたが見たのなら、事実でしょう」

そっけなく言って、もっと無愛想に続けた。

「よくある話ですから、走馬灯に不倫が出てくるのは」

「……マジですか」

「遥香さんは、お通夜はご存じですか」

「お葬式の前の晩の、アレですよね」

「なんのためにやるかは？」

首を横に振った。人が亡くなるとお通夜を営む。そのときに身内やゆかりの人たちが、故人を偲んで思い出を語り合う——おばあちゃんのときもそうだったけど、理由なんて考えてもみなかった。

「宗教のことはよくわかりませんが、我が社の社長に言わせると、あれは走馬灯のためなんです」

走馬灯に描き漏らしたものがあるかもしれないから、みんなで思い出を語って、亡くなった人に教えてあげる。

「まあ、亡くなってから教えてもらっても手遅れなんですが、そこはのこされた人の気持ち、というやつなのでしょう」

「描き漏らすことって、けっこうあるんですか?」

「意外と多いんです。本人が忘れている……というか、走馬灯に描くべきものなのに、その尊さに気づいていない場合もあります。あとは、本人が蓋をしている場合。いわゆる、記憶を封印するというやつです。戦争や大きな災害を経験した人にはそういうことが多い」

「はい……なんとなく、わかるかも、です」

「それと、もう一つ」

忘れているわけではなくても、封じるしかないものがある。これを走馬灯に描くと、自分の人生を否定してしまったり、のこされた家族を裏切ってしまうことになるから――。

もしかして、と思い当たったわたしに、葛城さんは小さくうなずいて言った。

「村松さまの場合は、それかもしれません」

葛城さんはわたしの力に驚いて、あきれたように感心していた。

「素質があることはわかっていましたが、まさか、ここまでとは」

今日は光子さんと鼓動を合わせるだけでせいいっぱいだろうと思っていた。

「初めてのダイブで、こんなにすんなりうまくいくのは、ほとんどありませんから」

「……ダイブっていうんですか？」

「ダイビングです。お客さまの記憶の海に飛び込むイメージだと思ってください」

その記憶の海が、認知症の場合はひどく荒れている。

「記憶の筋道が断ち切られて、どこがどんなふうにつながるのかわかりませんから、いわば羅針盤が使えないわけです」

光子さんの場合もそうだった。周防の街を見ているからといっても、周防での出来事を思いだしているとはかぎらない。引っ越しも多かったので、一九七〇年代後半の周防の記憶をたどるはずが、まったく別の時代の別の街の記憶に放り込まれてしまうことだってある。

でも、わたしは、一発であの頃の周防の記憶に、それもとんでもなく大切な記憶に触れた。

「たいしたものです、おみごと」

ほめていながら、テーブルに両肘をついて音をたてずに拍手をする姿はいかにもおざなりで、陰気以外のなにものでもなく、話はすぐに先に進んだ。

「さっき遥香さんが見た光景には、色がついていたはずです」

「ええ……」

「でも、その前の過去の周防の街並みは、モノクロームだった。違いますか？」

「いえ……そのとおりです」

「思い出と走馬灯の関係をお伝えします」

色のついている思い出には走馬灯に描かれる可能性があるけど、モノクロームの思い出にはない――。

　息を呑んだわたしに、葛城さんは「病院に向かう車の場面は、走馬灯に出るかもしれません」と言ったあと、少し考えてから表現を変えた。

「走馬灯に描かれるべき大切な思い出だというわけです、あの場面は」

「……でも、不倫ですよね」

　わたしの言葉には応えず、目も向けずに、「大切な思い出には色がつく、色がつく思い出は走馬灯に描かれる可能性がある、それだけ覚えておいてください」と言う。

「描かれる可能性があるってことは、走馬灯に出てくるかどうかは、まだわからないわけですか？」

　また無視された。庭では、光子さんが達哉さんに体を支えられて、スマホを持ったナンユウくんの説明を聞いている。

「さっき葛城さん、光子さんが周防にいた五年半の思い出は、なにも走馬灯に写し取られていないって言ってましたよね。車の中の場面もなかったんですか？」

「ええ、いまの時点では、まだなにも」

「でも、可能性はあるんですよね」

「そうですね」

「可能性があるのに走馬灯に出てこない思い出って、あるんですか？」

「ええ、ざらに」

　村松さまのケースに限ったことではなく、と付け加えて、続けた。

「認知症のせいで走馬灯にうまく写し取られていないのかもしれませんし、よほど強い抑圧があるのかもしれません」

「抑圧？」

「記憶から消し去ろうとする、思いださないようにする、忘れたふりをする……そういうことです」

「不倫だから……？」

返事はない。

「いままでずっと忘れたふりをしていたのに、周防に来たせいで思いだして、走馬灯に描き加えられることもあるんですか？」

少し間を置いて、「思い出の見分け方にはもう一つあるんです」と話を戻した。

本人が覚えていない思い出は、半ば透きとおった形で記憶の海に漂っている。ナンユウくんなら「くらげみたいなものですか？」とボケるかもしれない。でも、同じ譬えを葛城さんはにこりともせずに言って、「海でくらげを見つけるのが難しいように、本人が覚えていない思い出を見つけるのも、たいへんに難しいのです」と続けた。

「しかも、その半透明の思い出にも、うっすらと色がついていることがあります」

「じゃあ、走馬灯に——」

「描かれるべき思い出です」

そして、葛城さんは、昨日までの光子さんの記憶の海のことを教えてくれた。

「病院に向かう車の場面は、確かに昨日もありました。ただ、そのときはまだ透きとおっていて、色もありませんでした」

ところが、今日、たったいま、わたしが見た場面には色がついていた。半透明というより、もっとはっきりした質感もあった。

「思いだしたのでしょう。記憶がよみがえったというより、抑圧の重石《おもし》がはずれてしまったのかもしれません」

周防に来たせいで——？

シュウコウや、サッカー部や、達哉さんのケガの話を聞いたせいで——？

「走馬灯に描かれたんですか？」

勢い込んで訊いた。

答えてもらえなかった。

「あ、でも、描かれても、消してもらえるんですよね？」

今度も、だめ。

カッとなって、「走馬灯の見方、教えてください」とテーブルに身を乗り出して、葛城さんをにらむように見つめた。「どうやったら見られるんですか？　わたしには素質があるんでしょ？じゃあやり方を教えてください、すぐに覚えます」

でも、葛城さんは庭にいる光子さんたちから目を離さず、「まだ無理です」とそっけなく言った。「思い出の色のあるなしがわかるだけでも充分すぎるぐらいです。なんでもかんでもできるなんて思わないでください」

「……いま、『まだ』って言いましたよね。ってことは、いつかは見られるようになるんですか？」

一瞬眉をひそめた葛城さんは、「走馬灯、見られるようになりたいんですか？」と訊き返した。意外そうに、そしてどこか、咎《とが》めるように。

あたりまえじゃないですか、とすぐに返したかったけど、声になった返事は「わかんないけど……」になってしまった。

葛城さんは、それでいいんです、というふうにうなずいて、「とにかく――」と話を締めくくった。

「光子さまの走馬灯については、とてもデリケートなものがあるので、生半可によけいなことはしないでください。お願いします」

言い返したいことはいくつもあった。訊きたいことは、もっとたくさんあった。

でも、わたしは黙ってうなずいた。葛城さんも、光子さんと達哉さん、そしてナンユウくんの背中をじっと見つめるだけだった。

5

一階の和室に泊まった村松さん親子は、夜九時を過ぎると灯りを消して寝入ってしまった。光子さんはともかく達哉さんには早すぎる就寝時刻だと思うけど、そういうところが、ほんとうに親孝行なのだろう。

早めの晩ごはんは、タクシーを呼んで駅前に出て、達哉さんがネットで予約をしていた和食屋さんでごちそうしてもらった――ナンユウくんまで、ずうずうしく。

お酒を少し飲んだからなのか、達哉さんは晩ごはんの途中から、わたしやナンユウくんに対して、敬語をつかったていねいな話し方をやめて、フツーのおじさんがフツーの高校生に話すような言葉づかいになった。そのほうがいい。わたしも気が楽だし、達哉さんとナンユウくんがすっかり親しくなった様子を見ていると、ナンユウくんを巻き込んだのは大正解だったな、とも思った。

葛城さんは食事のあとは駅前のホテルに向かい、わたしたちはまたタクシーで帰宅した。ナンユウくんなんて、先にわたしたちが車を降りたあとも、タクシーに乗ったまま自宅に送ってもらえることになった。至れり尽くせりだ。達哉さんがよほどお人好しなのか、ナンユウくんのことをよほど気に入ったのか……たぶん両方だな。

明日の朝、葛城さんはレンタカーでウチに来て、光子さんと達哉さんを周防の街のドライブに連れて行く。

ナンユウくんまで「どうせ日曜日で暇だから」と一緒に来ることになった。「きみは関係ないだろう」とケンもホロロに断るだろうと思っていた葛城さんも、なぜか、むしろ歓迎気味に「地元ならではの案内ができそうですね」と達哉さんに言った。

一方、わたしは、できれば留守番したかった。もっと本音を言えば、この話からさっさと降りてしまいたい。かつての自宅からの眺めを思いだしたら任務完了のはずだ。ウチに泊まるのはかまわないけど、わたしは民宿のおかみさんに徹したい。布団も干してあげるし、シーツも毎晩取り替えてあげるから、もういいでしょ、と言いたいのだ。

「……だって、責任負えないじゃん」

二階の自分の部屋から外を眺めて、ぽつりとつぶやいた。

窓辺に移した椅子に腰かけて、開け放った窓のサッシに頰杖をつき、夜の街を眺めるのが、わたしのお気に入りだ。楽しいときというより、むしろ逆、迷ったり悩んだりして、考えごとをするときに、よくこのポーズをとる。

街の灯りは夜景というほどまばゆくはないけど、常夜灯に照らされたコンビナートは、飛び立つ前の宇宙船のようにも見える。

光子さんも今日、庭からコンビナートを眺めていたのだろうか。晩ごはんのとき、達哉さんが「おふくろ、三つ葉ケミカルでパートしてたんですよ」と教えてくれた。「ちっちゃな工場と営業所があって、最初は工場だったんですけど、途中から事務になって」

あの所長が自分のそばに置きたくて異動させたのだろうか。ありうる。いまにして思うと、そういうことをやりそうな顔だった。

達哉さんに「ねえ、そうだったよね」と言われた光子さんは、「うん、うん」となつかしそうに微笑んでうなずき、でも、それ以上はなにも言わなかった。葛城さんも無表情で黙ったまま、お刺身のツマを几帳面に箸でつまむだけだった。

そういうのを見なくちゃいけないのって、マジにツライし、キツいし、困るし、大迷惑なんですけど……。

周防のしょぼい夜景を眺めながら、夕方の葛城さんの話を思いだしていた。

人生が閉じる間際に見る走馬灯は、基本的には記憶の中でも特別なもの――つまり色のついた思い出だけが描かれる。

「文字どおり、人生の縮図です。走馬灯の絵を見れば、その人の人生がどんなものだったのかがわかります」

たとえば、と半年ほど前に担当したお客さんの話をしてくれた。

外食産業で大成功した実業家だった。丸山《まるやま》さんという。わたしも名前は知っている。たしか先月、七十歳で亡くなったはずだ。

「とにかく評判の悪い人でした。金の亡者とか鬼とか悪魔とか……実際、多くの人を泣かせて、犯罪すれすれのことまで平気でやりながら成り上がってきたわけですから」

そんな強欲な人が、重い病気で余命を宣告され、人生の締めくくりが思いがけず間近に迫ったことで、急に不安に駆られた。自分の人生には金儲けしかなかったのだろうか。だとすると、最期に見る走馬灯には金にまつわるものしか出てこないのか。心温まる思い出や、優しさのにじむ思い出を、必死に探してみた。いくつか、ないわけではなかった。でも、それらは走馬灯にきちんと描かれるのか……。

それでブレーメン・ツアーズに依頼して、葛城さんとともに、人生のゆかりの土地を巡っていったのだ。

「案の定、色つきの思い出は、金にまつわる場面ばかりでした。仲間だった人を裏切ったり蹴落としたりして、勝ち誇って笑う顔が、うんざりするほどたくさん登場して、あとは贅沢三昧の酒池肉林」

自分で見つけた「いい人」の思い出も、すべてモノクローム――走馬灯に描くには価《あたい》しないものだった。

「子分たちの面倒を見てやるのは優しさではありませんし、いくら多額の寄付をしても税金対策なら意味がない。身勝手で都合のいい思い出では、だめなんです」

一方で、本人が消し去った記憶の中に、大切な思い出がひそんでいることもある。丸山さんの場合も、そうだった。葛城さんは、ツアーの間に記憶の海を探って、それを見つけた――わたしが光子さんの思い出を見つけてしまったのと同じように。

「小学五年生の年の母の日に、二つ下の妹さんとお小遣いを出し合ってプレゼントを買ったんです。オルゴール付きの小物入れでした」

お母さんはとても喜んでくれたし、さらにこんなことも――。

「じつは、妹さんはまだ小さいから、お金はほとんど丸山さんが払ったんです。でも、お母さんの前では『二人で半分ずつ出したんだよ』と言って、お母さんにもそれはちゃんとわかっているから、丸山さんのことを、ぎゅーっと抱き締めてくれて……」

母の日の思い出は半分透きとおっていたけど、色はうっすらついている。走馬灯に描かれるべき思い出なのに、丸山さん自身は忘れている。もったいない。というか、そもそも、こんな思い出、ふつうは忘れたりしないんじゃないの？

わたしの疑問を察して、葛城さんは「忘れたふりですよ」と苦笑した。「記憶に蓋をして、思いだすための糸を断ち切った」

「……なんで？」

「四、五年前に、妹さんと裁判になりました。骨肉の争いというやつです」

丸山さんはグループ企業の一つを妹夫婦に任せていた。ところが、経営方針をめぐって兄妹で激しく対立してしまい、マスコミを巻き込んだ誹謗中傷合戦を繰り広げた挙げ句、妹夫婦を特別背任罪で告訴したのだ。

結局、妹夫婦は経営陣から追放され、なんとか仲を修復しようとした古参の幹部たちまでまとめて粛清されてしまった。

兄妹は絶縁して、丸山さんは妹にまつわるさまざまな記憶を封印した。

でも、母の日の思い出から色は消えなかった。

ツアーの終わりにそれを告げると、丸山さんはひどく動揺して、そんなはずはない、ありえない、と打ち消した。

そんな丸山さんに、葛城さんは言った。

「この思い出は、走馬灯に描かれる資格を持っています」

ただし、いまのままだと、走馬灯に出てくるかどうかは臨終の瞬間にならないとわからない。確実に見たいのなら葛城さんが走馬灯に写し取る。どうしても見たくないなら、それ以外の場面で走馬灯を埋め尽くす。さらに、万全を期すなら、色を消してもいい。

「色をなくすこともできるんですか?」

わたしが訊くと、葛城さんは「よほどの場合ですが」とうなずいて、「その逆は、できません」と続けた。思い出に色をつけるのは、あくまでも本人――絵師は、忘れていた思い出がよみがえるよう本人を導くことしかできない。それが、ツアーなのだ。

葛城さんは話を丸山さんのことに戻した。

「いかがしましょうか。お決めください」とうながすと、丸山さんはうめきながら「少し考える時間をくれないか」と言った。

「もちろんけっこうです。大切なことですから、ゆっくり考えて、お決めください」と言いながら、葛城さんには、もう予想がついていた。

「断るときは、すぐです。迷う間もない」

たとえば、戦争を知る世代には、当時の思い出を見つけてきても、すぐさま「要りません」と断る人が少なくない。「せっかく長年忘れていたのに、なぜ思いださせるんだ」と怒る人もいる。そういう場合は、こちらも即座に色を消して、万が一にも走馬灯に出ないようにする。

「逆に、すぐに断らない場合は、たいがい受け容れてもらえます。迷った時点で、ほんとうはもう、半ば受け容れているのです」

丸山さんもそうだった。ツアーをすべて終えたあと、母の日の思い出を走馬灯に写し取ってくれ、という連絡が来た。

それからほどなく、丸山さんは悪評だらけだった生涯を閉じた。走馬灯には、お金に執着する自分の姿がうんざりするほど映し出されたはずだ。しかたない。そういう人生を歩んできたのだから。

でも、そんな走馬灯の絵の中に、一つだけ——妹さんと仲良しだった頃の自分がいた。

「安らかな顔で息を引き取ったそうです」と、葛城さんは言った。

上りの新幹線があと一本来たら、窓を閉めよう。

窓から遠くを見ていると、朝でも昼でも夜でも、眺望のきく日もそうでない日も、時間がたつのを忘れてしまう。

いまも、そう。丸山さんの話を思いだしているうちに、三十分以上たってしまった。

上りの新幹線が来た。周防駅を通過する列車なので、スピードはかなり速い。窓から透ける車内の灯りが光のビーズ飾りみたいになって、ときどき背の高いビルにさえぎられながら、街を西から東へと突っ切っていく。

夜十時近いので、もう東京行きは終わっている。新大阪行きの最終あたりか、岡山や広島止まりなのか。どっちにしても、とにかく新幹線は遠くに向かう。それがいい。

さっき、丸山さんの走馬灯の話を思いだしていると、ふと、わたしの母親のことが浮かんだ。

浮かんだといっても、写真で知っているのはわたしが三歳の頃までだから、もう十四年前——二十九歳ということになる。

いまは消息不明、生きているのか死んでいるのかも定かではない母親は、どんな走馬灯を持っているのだろう。そこに、三歳で捨てた一人娘のことは描かれているのだろうか。

ブレーメン・ツアーズのお客さんは、丸山さんのように余命宣告をされたり、光子さんのように認知症だったりする人だけではない。若い人もいる。中間報告というか、いまの時点で走馬灯にどんな思い出が描かれているかを知りたい——葛城さんによると、そういう人が最近増えているのだという。

「たとえばバツイチの人だったら、別れた夫や妻が走馬灯に出てくるのかどうか、気になるみたいですね」

わたしだって知りたい。いまの走馬灯に、母親はいるのだろうか。顔も知らない父親は、出てくる理由がない。でも、母親は、可能性がある。もしも描かれていたら……それを見たいのかどうか、いまはわからない。

第三章

1

葛城さんが借りたレンタカーは、三列シートのワゴン車だった。

「これなら全員、ゆっくり座れますから」

全員――の中には、当然のごとく、わたしも含まれているのだろう。ついでに、ゆうべほとんど徹夜して周防市の歴史を調べたというナンユウくんも。

村松さん親子は、昨日の長距離移動の疲れもなさそうで、今朝は薄暗いうちから起きて庭に出ていた。

光子さんの認知症の症状は、とりあえずいまは落ち着いている。わたしが高校二年生で一人暮らしをしている理由は、達哉さんが何度説明してもピンと来ていない様子だったけど、ウチに来たときのような、うつろな目はしていない。

葛城さんが運転席で、助手席には達哉さん、二列目のシートに光子さんとナンユウくんが並んで座り、わたしは三列目になった。

立場としては、ナンユウくんが三列目になるべきだと思ったけど、ナンユウくんは一夜漬けの勉強の成果を見せるべく、案内用にタブレット端末も持参して、「オレ、おばあちゃんの専属ガイドですから、質問とかあったら、なんでもどーぞ！」と張り切っていた。

葛城さんも、こういうノリは嫌いそうなタイプなのに、意外とあっさり「じゃあ光子さまの隣に座ってあげてください」――その真の狙いは、みんながそれぞれの席に着いてからわかった。

「遥香さん、申し訳ないのですが、後ろから、光子さまの肩を支えていただけますか。シートベルトはあっても、私、ワゴン車の運転には不慣れですし、最初のうちはカーブの続く道になりますから、念のために」

「はあ……」

「呼吸をうまく合わせれば、支えられると思います」

最初はワケがわからなかったけど、その一言で、あ、そういうことか、と理解できた。昨日の夕方、庭で光子さんの記憶の海にダイブしたときと同じように――だからこそ、ナンユウくんが張り切っていたのが好都合だったのだろう。

葛城さんは達哉さんに声をかけた。

「どこから回りましょうか」

「なるべく、私たちがいた時代の雰囲気が残ってるところがいいんですが……」

すぐさまナンユウくんが「じゃあ西口の銀天街《ぎんてんがい》なんてどうですか？」と言った。「あそこのアーケード、昭和ですよ」

「銀天街って、周防屋のあったところ？」

達哉さんの声がはずむ。「覚えてるよ、うん、アーケードだったよなあ」

「周防屋って、デパートですよね」

「そうそう、屋上に小さな遊園地があった」

「一九九三年につぶれてますけど、昔は市内で一番大きなデパートだった、って」

「つぶれちゃったのか……。大食堂にはよく行ったんだけどな」

ねえお母さん、と助手席から振り向いて声をかけると、光子さんもなつかしそうにうなずいて、

「たっちゃんはカツカレー、お母さんは天ぷらそば」と言った。

「そうそう。で、お父さんは札幌から帰ったら絶対に刺身定食なんだよね」

「……そうだったね」

相槌が微妙に沈んだように聞こえたのは、わたしの勝手な思い込みだろうか。

「じゃあ、最初に銀天街に行って、それから三つ葉ケミカルに回ってください。いまでも同じ場所かどうかはわかりませんけど」

光子さんがパートで働いていた、そしてあの所長と一緒に過ごしていた職場――。

ドキッとしたわたしの動揺を知る由もなく、光子さんは「お願いします」と小さく頭を下げた。

微妙な屈折があるような、ないような……まだ、よくわからない。

葛城さんは車を発進させた。わたしはさっき言われたとおり、光子さんの肩を後ろから支え、そっと自分の左胸にも手をあてた。

呼吸を整えて、光子さんの鼓動と……合った――と思う間もなく、目の前の風景から色が消えた。

2

モノクロの世界で、車は山手から市街地へと、くねくねと曲がる狭い道を下りていく。

山手地区は一九七〇年代から急速に宅地化が進んだ。でも、そのペースが速すぎて道路の整備が追いつかない。往復四車線の山手バイパスが開通して、いまのような街並みになったのは一九八〇年代後半――と、ナンユウくんが達哉さんに説明する声が聞こえる。

「昔はもっと曲がりくねってたし、道幅も狭くて、よく揺れて、慣れないうちは車酔いして、学校に着いたときには、もう、ぐったりだった」

達哉さんはなつかしそうに言う。

その昔の道を、わたしはいま見ている。光子さんの体はワゴン車に乗っていても、心のほうは昔のバスの記憶をたどっている。

色のない思い出の中、四十代半ばの光子さんは二人掛けの席の窓側に座っている。隣は背広にネクタイ姿のおじさんだった。知り合いというわけではないのだろう、お互い、狭いシートで肩が触れないように気をつかっているのがわかる。

座席はすべて埋まり、立っている人もたくさんいる。ほとんどはサラリーマンと高校生だった。朝の通勤通学の時間帯なのだろう。みんなコートを着ているから、季節は冬。

光子さんは、こんな時間に、バスに乗ってどこに向かっているのだろう。

わたしの疑問は、ナンユウくんの無自覚のアシストによって解決した。

「街に出るときって、いつもバスだったんですか?」

「それはそうさ。タクシーなんて贅沢だから、どこに行くにもバスだよ」

「自分ちの車は?」

「親父が札幌に単身赴任したとき、一緒に向こうに持って行ったんだ。おふくろは運転免許を持ってないから、車だけウチにあってもしかたないだろ」

達哉さんは後ろの光子さんに「ねえ、お母さん、いつもバスだったよね」と声をかけた。「郵便局の前のバス停から、表町のバスセンターまで……覚えてる？」

光子さんはゆっくりとうなずいて、「バスセンターで、たい焼きをおみやげに買って帰ってたねえ」と言った。

達哉さんは「そうそう、そうだった、乗り場の隅のほうに、ちっちゃなお店があったよね」とうれしそうに相槌を打った。

ワゴンの車内での会話は嚙み合っている。でも、光子さんの心は、ここにはない。わたしの目に映るものも、遠い過去のバスの車内のままだった。

「おふくろも、パート先の三つ葉ケミカルまで、週に三日、バスで通ってたんだ」

「駅の反対側だから、山手からだと……」

「バスセンターで乗り換えだ。通勤は大変だけど、親父が単身赴任して、二世帯だと家計もかさむし、なにしろ借家の家賃は自分持ちだったから、仕事に出たんだ」

ということは、いま光子さんの記憶によみがえっているのは、三つ葉ケミカルに向かうときの光景なのだろうか。

ただ、光子さんの服装は、決して派手ではないものの、ふだんの通勤用の服という感じではない。もっと華やいで、軽やかで、お化粧や髪のセットにも、微妙な明るさと艶《つや》やかさがあって……。

バスが市街地に入るとほどなく、乗り換えの表町バスセンターよりだいぶ手前で、光子さんは降車ボタンを押した。

国道から通りを一本入ったところにある大正町のバス停だった。その名のとおり、大正時代に問屋街として栄えた一角だ。いまでは再開発されてマンションだらけになってしまったけど、光子さんの記憶の中の大正町は、いかにも商売のプロが集まっていそうな、飾り気のないオフィスビルや倉庫が建ち並んでいる。

光子さんはバス停から歩きだした。何度も来ているのだろう、慣れた足取りだった。でも、ここ、三つ葉ケミカルとはまったく無関係の場所だ。

表通りの角を曲がった。建ち並ぶビルのたたずまいはさらに古びて、人通りもほとんどなくなった。そんな一角の駐車場に、光子さんはすたすたと入っていく。いや、正確には、通りから足を踏み入れる直前、左右に目をやった。周囲の様子を窺《うかが》い、見られていないのを確かめるように。

駐車場は月極と時間貸しの区画に分かれていた。まだおおかたの会社や問屋は始業前なので、月極のほうには社名入りのライトバンやワゴン車や軽トラックが隙間なく駐まっている。その陰にひっそりと隠れるように、時間貸しコーナーに一台の乗用車があった。

光子さんは乗用車に気づくと、顔をほころばせた。

その瞬間——風景に、色がついた。

ここからは、光子さんの走馬灯に描かれるべき思い出ということだ。

風景がグラグラッと揺れる。わたしの呼吸が乱れ、鼓動が速くなったせいだ。深呼吸、深呼吸、落ち着いて。

乗用車は、ごくありふれた白い小型車だった。

光子さんは助手席のドアを開けた。

運転席にいたのは、三つ葉ケミカルの営業所長だった。

光子さんを乗せた車は、国道を東に向かった。三つ葉ケミカルとは逆方向になる。所長は普段着だった。車も社用のライトバンではなかった。「わ」ナンバーのレンタカー――自分の車は、他府県ナンバーなので目立つから、なのだろうか。

車内で交わした言葉をつなぐと、所長は今日は年休を取っているらしい。年度末を控えて、年休の残り日数が危ない。「おかげで横浜には、しばらく帰れないよ」と笑う。「まあ、そのほうがいいんだけどな」

奥さんや子どもの存在がチラッと見え隠れして、光子さんの表情が一瞬曇った。

それに気づいた所長は、薄笑いを浮かべて、「愚痴ってるわけじゃないんだ」と言って、続けた。

「日曜日は、あなたを息子さんに返してあげないとな」

光子さんは「やめて」と顔をしかめた。「ウチの話、やめてください」――その声や表情は、もう、所長とパート従業員という関係のものではなかった。

所長は「ごめんごめん」と笑って謝ったけど、しばらく走って市街地を抜けると、また光子さんのウチの話を蒸し返した。

「今朝は、息子さんが学校に行ってから出たの？」

光子さんは「やめて」と繰り返す。その話になるのを嫌がって、怒って、それ以上に、悲しんで、苦しんでいる。

でも、所長はさらに続けた。

「お弁当はなにをつくったの？　今度、俺にもつくってくれよ。一人分も二人分も変わらないだろ？」

「やめて……お願い、もう、言わないで……」

ははっ、と所長は笑う。底意地が悪い――というより、なんというか、こうやって光子さんを悲しませて、苦しめて、困らせるのが、楽しい……快感なのだろうか。

でも、光子さんも、嫌がってはいても、じゃあ車を降りるのかと言えば、そんな気配は微塵もない。

車はさっきから揺れどおしだった。実際の動きではなく、わたしの動揺がそのまま伝わっている。せめてモノクロームになっていればいいのに、光子さんが記憶に刻んだこの場面から、色が消えることはない。

市内の中心部に背を向ける格好なので、国道の車の流れは順調だった。ほどなく車窓に田園風景が広がり、さらに進むと、山が迫ってきた。遠くに海が見える。冬の、よく晴れた朝だ。陽射しは澄んだ空気をまっすぐに突き刺し、海面にちりばめられて、きらきらとまぶしい。山あいの小さな集落を通り過ぎるとき、梢に一つだけ残った柿の実が目に鮮やかだった。その美しさが、ひたすら恨めしい。

車は峠の手前で脇道に入った。すると、山ひだに身をひそめるように、西洋のお城を真似たデザインのラブホテルが建っていた。

だめっ、ぜーったいに、これ、だめ！

車が揺れる。ドラマの大地震や大爆発の場面のように激しく揺れて――ぷつんと、真っ暗になった。

3

光子さんの肩から手を離したのと同時に、わたしは現実の世界に戻った。

ワゴンは周防の市街地に入っていた。最初の目的地の銀天街までは、あと数分といったところだろう。

達哉さんとナンユウくんは、表町バスセンターの昔といまについて話していた。市内を走るバス路線は昔のほうが多かったので、いまは6番までの乗り場も、あの頃は12番まであったらしい。ナンユウくんは「すげっ」と驚き、逆に達哉さんは、減った乗り場のスペースがコンビニやファストフードのお店になったのを知って「時代が変わったんだなあ」と寂しそうだった。

たい焼き屋さんは、わたしたちがものごころついた頃には、もうなかった。

「お母さん、残念だね。まだやってたら買いたかったけど」

達哉さんが助手席から振り向いて話しかけると、光子さんは「しかたないわよ、もう、ずっと昔のことなんだから」と言う。

わたしは達哉さんの顔をまともに見られない。会話も冷静には聞いていられない。

光子さんの受け答えはしっかりしているし、意識も現実の世界にとどまっている。でも、記憶の中には、所長との秘密のドライブがなまなましく刻まれているのだ。

肩にまた触れれば、あの場面の続きに戻るのだろうか。そんなの絶対に嫌だ。全然関係ない別の場面が浮かんでくればいいけど、もしもあの続き——ホテルの部屋に入ったあとの光景が出てきたら……。

「遥香さん」

葛城さんが、前を向いたまま言った。

「万が一のことがありますから、ちゃんと村松さまの肩を支えてあげてください」

手を離したことを見抜かれていた。ルームミラーでチェックされたのだろう。

しかたなく、もう一度、光子さんの記憶の世界に戻った。

モノクロームの風景が広がる。ほっとした。あの場面の続きではなかった。

広いレストランだった。展望窓から、新幹線の高架が見える。もしかして、と思い当たったのは、周防屋デパートのお好み大食堂だった。

周防屋デパートはわたしが生まれるずっと前につぶれていたので、食堂を使った記憶はない。でも、昭和の高度経済成長期——周防の街が一番元気だった頃に開業したデパートだったので、市の歴史を振り返るときには必ず、屋上の遊園地やお好み大食堂の写真や動画が紹介される。

だから、すぐにわかった。そうそうそう、フロア中央の長テーブルの真ん中あたりに大きな急須と湯呑みを置いてあって、お茶はセルフサービスだった。お客さんは食券を買って席に着き、店員さんが券を半分にちぎる。

和食、中華、洋食、スイーツ、お酒のおつまみ……なんでもあった。

当時の動画を観ると、どの料理もいまのファミレスのほうがずっとおいしそうだけど、光子さんの記憶に刻まれたお好み大食堂の風景は、ほのぼのとして、とてもいい感じだった。

料理の盛り付けはやっぱりヤボったい。どうせ食材や料理の腕前もたいしたことはないだろう。でも、それを食べるお客さんの顔がサイコーなのだ。みんなおいしそうで、うれしそうで、幸せそうで……おばあちゃんが生前に「昔は日曜日にデパートでごはんを食べるのが一番楽しみだったんだから」と言っていたのが、やっと実感できた。

そんなお客さんの中に、光子さんたちがいる。窓ぎわの四人掛けのテーブルに家族で座っている。光子さん、隣には達哉さん、そして向かい側は、夫の征二さんだろう。

「やっぱり全然違うなあ」

征二さんが言った。「魚は瀬戸内海が一番だ。北海道もいいけど、札幌はけっこう内陸だからなあ」

征二さんが食べているのは、刺身定食だった。達哉さんもさっき、デパートの食堂ではいつも征二さんは刺身定食だったと言っていた。光子さんは天ぷらそば、そして達哉さんはカツカレー。これも、さっきの話どおり。

でも——。

この場面に、色はついていなかった。


銀天街を歩いているときも、頭の中は混乱したままだった。

達哉さんとナンユウくんに左右から挟まれて歩く光子さんの小さな背中を、数メートル後ろから見つめていると、自然とうつむきかげんになって、ため息が漏れてしまう。

銀天街のアーケードは、一九六〇年代後半につくられた。当時は県内でもアーケードの商店街は珍しく、わざわざ雨の日を狙って遠くから買い物に来る人もいたらしい。

「屋根はけっこう取り替えてるみたいですけど、骨組みはいじってないから、村松さんたちがいた頃と同じだと思いますよ」

ナンユウくんは三人並んで歩きながら、一夜漬けの勉強の成果を、達哉さんと光子さんに披露する。

でも、達哉さんは「同じだけど……やっぱり違うなあ」と寂しそうに苦笑する。「昔はもっともっとにぎやかだったんだ」

「ですよね……」

ナンユウくんの相槌の声も沈む。実際、まだ午前中とはいえ、今日は日曜日なのに、行き交う人影はほとんどない。シャッターを下ろしたままの店も多いし、歯が抜けてしまったような更地もある。

二〇〇〇年代の初め、郊外にシネコンやスポーツ施設も併設した大規模なショッピングモールができて、銀天街をはじめとする街なかの商店街は大打撃を受けてしまった。

「もうちょっと先の交差点ですね、周防屋デパートがあったのって」

駅前通りとの交差点で商店街は終わる。昔は交差点を渡った先にもアーケードが続いていたけど、いまはもう、そこから先のアーケードは撤去されてしまったのだ。

デパートの跡地は、その後、予備校になったり家電量販店になったりして、いまは百均ショップとカジュアル衣料のお店とゲームセンターと仏壇仏具のショールームが、店舗のだだっ広さを持て余しつつ営業している。

一方、郊外のショッピングモールは、開業の数年後に隣の三田尻《みたじり》市にも似たような大型商業施設ができたせいで、お客さんの奪い合いになって……負けた。シネコンはとっくになくなり、ショッピングモールのテナントも次々に入れ替わった挙げ句、いまでは銀天街とたいして変わらない寂れぐあいになってしまった。モールを運営する企業は全面撤退を検討していて、廃墟になっては困る、という地元側とずっと揉めているらしい。

この街の走馬灯があるなら、そこにはどんな場面が描かれているのだろう。世界が滅亡する瞬間、すべての街は、それぞれの走馬灯を見るのだろうか。

4

午後は、駅の南に広がる海岸地区に向かった。

ナンユウくんの案内で、当時の面影を残している工場や倉庫を回った。でも、結果としては、光子さんや達哉さんに寂しい思いをさせてしまっただけかもしれない。

四十年もたっているのだ。日本の高度経済成長を支えた周防コンビナートの役割や存在感もずいぶん——マイナス方向に変わってしまった。

コンビナートの中心だった三つ葉グループも、工場を次々に閉鎖して、営業部門も大幅に縮小した。おばあちゃんによると、昔は「三つ葉がくしゃみをすると周防が風邪をひく」と言われ、三つ葉の社章を見せるだけでどこのお店でもツケ払いができたらしい。

でも、いまの周防に、その名残はどこにもない。街そのものが年老いて、くたびれて、寂れてしまったなか、四十年前の面影がいまでも残っている一角とは、言い換えれば、「残った」のではなく「見捨てられた」——。

「廃墟巡りになっちゃったなあ」

達哉さんは倉庫街を一巡したあと、車に戻りながら苦笑した。

実際、ナンユウくんが案内した場所は、ほとんどが、もう何年も前から使われていなかった。

〈関係者以外立ち入り禁止〉の看板が出ていたり、鉄条網やフェンスで閉ざされていたり、壁一面にスプレーの落書きがあったり……。

「まあ、でも、それだけ長い年月が流れたっていうことだよ」

達哉さんはさばさばと言って、「ね、お母さん」と光子さんに声をかけた。「昔むかしの話だもんね、いろんなこと、ぜんぶ」

光子さんは「それはそうよ、変わってないほうがおかしいわよ」と笑って応えた。

わたしは一人で胸をどきどきさせていた。光子さんの笑顔にも素直に笑い返せない。光子さんの記憶をもっと覗いてみたい。四十年間でなにが残り、なにが消えてしまったのかを、知りたい。でも、それが、怖くてしかたない。

「じゃあ、次は三つ葉ケミカルの営業所の跡地に行きますね」

ナンユウくんが言った。跡地——そう、いまはもう、光子さんが働いていた工場や事務所は残っていないのだ。

かつての三つ葉ケミカル周防営業所には、学校の体育館ぐらいの大きさの工場があり、事務所はその「おまけ」のような形でくっついていた。

「でも、工場は平成になって少したった頃に操業停止になって、しばらくは営業部門だけでやってたんですけど、そっちも十年ほど前に広島の支店に統合されました。いまは周辺の区画とまとめて、こーんな大きな物流センターになってるわけです」

ナンユウくんの説明どおり、跡地にできた三つ葉ロジスティックの物流センターは県内で最大クラスの規模を誇る。ただし、無駄も飾り気もない直方体の組み合わせで、窓もほとんどない倉庫は、巨大な棺桶や墓石みたいでもある。

達哉さんも「これじゃあ昔を思いだしようがないなあ」と苦笑した。

「でも、じつはサプライズがあるんです」

ナンユウくんはタブレット端末の画面を二人に見せた。「ネットには出てないと思うんですけど、いい写真があったんです」

ゆうべウチに帰ったあと、三つ葉グループにゆかりのある親戚や知り合いにかたっぱしから声をかけて、当時の写真を送ってもらったのだという。

「さすが三つ葉、すぐにたくさん集まったんですよ。で、送ってもらった写真の中に、三つ葉ケミカルの駐車場のやつがあって。色は悪いけど、いちおうカラーですから」

コンクリート二階建ての事務所の前は、広い駐車場で、ロゴや社章の入った営業車が並んでいた。

画面を覗き込んだ達哉さんは、「事務所の建物、俺が覚えてるのも、確かにこんな感じだったよ。おふくろがパートしてた頃と、けっこう近いかもしれないな」と言って、「どう?」と光子さんに訊いた。

返事はなかった。光子さんは黙って、食い入るように画面を見つめていた。

遠すぎる。光子さんの背後に回って、肩や背中に手をあてることはできないから、いま、光子さんの心がどんな場面にいるのか知るすべはない。

ナンユウくんが画像を見せるタイミングがもうちょっと早いか遅いかだったら、なんとかなったのに。

恨めしく思う気持ちと同じぐらい、ほっとする思いもあった。

ドライブの締めくくりは、シュウコウ。「せっかくだから母校に寄りませんか」とナンユウくんが達哉さんに提案したのだ。

たんに訪ねるだけではなく、先生や警備のおじさんにも顔が広いナンユウくんは、「どーもどーも、親戚のおじさんとおばさんを連れて、忘れ物取りに来ました！」と挨拶するだけで、関係者以外立ち入り禁止の校舎内にもすんなりと入ることができた。

光子さんと達哉さんはナンユウくんのガイドで校内を巡り、わたしは葛城さんと二人で、グラウンドのバックネット裏——コンクリートで段差をつけただけの観客席に並んで座り、野球部のバッティング練習を眺めている。

公立の進学校にはよくある話だけど、シュウコウのグラウンドは手狭で、すべての運動部が同時に練習をすることはできない。特に場所をとる野球部とサッカー部とラグビー部は、練習時間をずらして、組み合わせを細かく調整するのが習わしだった。

今日は野球部が午前と午後の通しでグラウンドを使い、ラグビー部はお昼から午後三時まで、サッカー部はラグビー部と入れ替わって六時まで練習をする。わたしたちがシュウコウを訪ねたときは、ちょうどラグビー部が練習を終えてボールやタックルダミーを片づけていた。サッカー部のOBの達哉さんにとっては、最高のタイミングだ。

さっき「校舎の中をグルッと回ったあと、サッカー部の部室に寄ってみましょうか」とナンユウくんが提案すると、「いいのかなあ、いきなりオジサンが先輩ヅラして顔を出しても」と遠慮しつつも、満更ではなさそうだった。そんな達哉さんの隣で、光子さんはにこにこと——なんの後ろめたさや申し訳なさも感じさせずに微笑んでいたのだ。

野球部員の野太い掛け声と、金属バット特有の甲高い打球音を聞きながら、わたしは言った。

「あの所長さんと光子さん……結局、どうなったんですか」

葛城さんはあっさり答えた。

「別れましたよ。先に結論だけ言っておくと、所長は転勤になったんです。あなたも見て、聞いたと思いますが、あの所長、もともと横浜に自宅があって、周防には単身赴任でした」

周防にいたのは三年。達哉さんの学年で言えば中学三年生の四月から、高校二年生の三月まで。

「単身赴任中の男性と、夫が単身赴任している妻のダブル不倫……よくある話かどうかは知りませんが、まあ、ありえますよね」

光子さんのモノクロの記憶には、別れるまでの経緯も断片的に残っているらしい。

「どうするんですか？」

「まずは色つきの記憶がどれだけあるのかを、総ざらいすることです」

いままでに遥香さんが見たのは――と、葛城さんが告げた色つきの記憶は、達哉さんのケガを聞いて中央病院に向かっている場面と、所長とドライブに出かける場面だった。

「この二つですよね」

「はい……」

「たいしたものです、やはりあなたには才能がある」

「でも、他にもあるんですよね、色つきの記憶」

そうであってほしい。できれば所長の出てくる場面はこの二つだけで、あとはすべて家族の思い出で……。

葛城さんはわたしの問いには答えず、「明日から、よろしくお願いします」と言った。

葛城さんは今夜、羽田行きの最終便で東京に戻る。達哉さんと光子さんは明日からもウチに寝泊まりして、周防の街を歩いたり、レンタカーで少し遠出のドライブをしたりで、土曜日まで過ごす。

「いままで訪ねた街でも、ずっとそうしてきました」

なつかしい街で何日か過ごすことで、忘れていた記憶がよみがえる。長い歳月の間に覚え違いをしていた記憶が修正される。浮かんでもモノクロのままの場面もあれば、色鮮やかな場面もある。さらには、モノクロだった記憶に色がついたり、逆に色つきの記憶がモノクロになってしまったり……。

「村松さまの走馬灯も、旅を始める前に比べると、ずいぶん様変わりしました」

「そんなことってあるんですか？」

「ええ。特に認知症の人にはよくあることです」

画家のゴーギャンが描いた作品の題名を教えてくれた。

我々はどこから来たのか、我々は何者か、我々はどこへ行くのか――。

わたしはその作品を見たことはない。でも、題名の示す意味は、なんとなくわかる。

「記憶というのは、つまり自分がどこから来たのかの旅路です。それがあるからこそ自分の過去がわかり、我々は何者かという自分の正体がわかり、どこへ行くのかという未来もわかる」

走馬灯は、その旅路を描くことで、亡くなる人の来し方を照らし、自分とは何者かを伝え、死出の旅へと送り出してくれるのだ。

「でも、認知症で記憶が揺らいだり虫食いになったり薄れたりすると、走馬灯の絵もおかしくなってしまう。実際とは違う旅路を示してしまうことにもなるわけです」

それを正しく描き直すのが、今回の葛城さんの仕事だった。

「半年ほど前にツアーを始めたときは、光子さまの走馬灯はかなり深刻でした。戦争を体験した世代には多いんですが、とにかく苦労をした思い出しか描かれていない。実際、達哉さまにうかがうと、認知症の症状が出てからは人が変わったみたいに疑り深くなったり、お金に執着したり……という感じだったのです」

うそ、と声が出そうになった。いまの穏やかな光子さんからは信じられない。

「ツアーによって、幸せな思い出をたくさん取り戻したのです」

葛城さんはそう言って、「よかったです」と頬をゆるめた。陰気な笑顔ではあったけど、本気で喜んでいた。

ちょうどそのタイミングで、バッティング練習をしていた三年生が、快音とともに大きな当たりを放った。甲子園を目指す県予選ではいつも一回戦か二回戦負けの野球部だけど、今年の夏は三年生のピッチャーが期待されていて、何十年ぶりかにダークホースの扱いを受けている。

「でも……走馬灯には、まだなにも描かれてないいんですよね」

「ええ、さっき覗いてみても、あの五年半は、真っ白なままでした」

「え、でも、葛城さん、光子さんの背中にいつ触ったんですか？」

「私は背中を見るだけでわかります」

こともなげに言って、「あなたもいずれは、触らなくても見えるようになるかもしれません」と続け、いや違うな、と首をかしげて言い直した。「触らなくても見えてしまう……のほうがいいでしょう」

「見たくなくても？」

思わず顔がゆがんだ。

「あなたにそこまでの才能があれば、の話です。なくてもいいし、なければないに越したことはない。あなたはすでに充分に力を持っているし、そのせいで、背負わなくてもいい悩みも背負ってしまう」

いまのように、と言われて、わたしは黙ってうなずいた。

「他人の走馬灯を見る力だってそうです。見なくてすむのなら、見ないほうがいい……」

私はそう思います、と続けた声を、打球音がかき消した。ゴロの打球を追って、内野手がスライディングした。でも、打球は差し出したグローブの先を抜けていく。バックアップに入った外野手は、その打球をトンネルしてしまい、守備に就いた部員たちからブーイングとヤジが飛んだ。

話の腰を折られたのをしおに、葛城さんは話を元に戻した。

「走馬灯になにも描かれていないのは、認知症のせいという可能性もあります。その見極めが最終的には必要になりますが……場合によっては、最後の最後は、達哉さまのご判断になるかもしれません」

どの場面を走馬灯に残し、どの場面を消すか——。

でも、そのためには——。

「達哉さんは、お母さんの不倫のこと……」

「ご存じありません」

「教えるんですか?」

「それも含めての、最終的な見極めをするわけです。そのためにも、とにかく、色つきの思い出がほかに残っていないかどうか、明日からさらっておかなくてはなりません」

「わたしが？」

「嫌ですか？」

「嫌っていうか……そんなの言われても困る、っていうか……」

「なにもしなくてだいじょうぶです。周防で過ごす間に光子さまの記憶が刺激されて、色つきの思い出が浮かんでくれれば、あとは私が覗けば、すぐにわかりますから」

でも、それはそれで、ちょっと物足りないような……。

本音が顔に出たのか、葛城さんは苦笑して言った。

「あなたが見てしまうものを止めることはしませんから、どうぞ、ご自由に」

濁った打球音とともに、どん詰まりのゴロが内野に転がった。簡単そうな打球だったのに、ヘンな回転が加わったのか、捕ろうとした野手の手前でイレギュラーして、顎を直撃した。野手は顔を押さえてその場にしゃがみ込み、ほかの部員も駆け寄って、練習は中断——やっぱり、甲子園は遠いんだろうな。

「土曜日の朝、また二人を迎えに来ます。それまでは、寝泊まりのお世話だけよろしくお願いします。あとはふだんどおり学校に通ってもらってけっこうですから」

すでに謝礼は振り込まれているから、受け容れるしかない。でも、せめて一言だけ、文句を——。

「丸投げっていうことですか？」

「確かに遥香さんにはご負担をかけてしまいますが、意外と、あの彼……ナンユウくんがいることが大きいかもしれません」

「はあ？」

「彼は……ときどき景色がモノクロに見えることはありませんか」

「——え？」

息が止まりそうになった。

「昨日、言ってました……冗談で」

答えるのと同時に、ナンユウくんからＬＩＮＥに投稿があった。

〈いまサッカー部の部室。達哉さんが１万円でジュースおごった。スリムでも太っ腹！〉

タヌキがおなかをポンポコ叩くスタンプがついていた。ほんと、のんき。

でも、葛城さんはスマホの画面を見せても笑わなかった。真剣に、陰気に、「彼は……いいですね」と言って、続けた。

「彼には、あなたと同じ力があるかもしれません」

第四章

1

月曜日の朝、わたしは登校したナンユウくんをすぐさま教室の外のベランダに連れ出して、光子さんと三つ葉ケミカルの所長とのダブル不倫について話した。葛城さんが見抜いたわたしの力と、さらに、その力と同じものがナンユウくんにもそなわっていそうだ、ということも。

ナンユウくんは、「うそっ」を五回、「マジ?」を七回、「信じらんねー」と「たまんねー」をそれぞれ二回ずつ口にした。そして、話が終わったあと、仕上げのように深々とため息をついて、

「まいっちゃうなあ」……。

予想どおりの反応だった。それは、わたし自身の本音の反応でもある。だからこそ、電話やメールではなく、面と向かって伝えたかったのだ。

「で、今日は村松さんはどこに行くって?」

「レンタカーで玖珂大島《くがおおしま》に行ってみるって言ってた」

周防から車で一時間ほどの玖珂大島は、本土と橋で結ばれた風光明媚な島で、瀬戸内海の島々や四国まで見わたせる岬には国民宿舎が建っている。

「なにか思い出があるわけ?」

「うん……三つ葉ケミカルの社員旅行で、パートの従業員も参加して、みんなで国民宿舎に泊まったんだって」

旅行から帰ったあと、光子さんは留守番の達哉さんに、しきりに「楽しかった、楽しかった」と言っていた。それを覚えていた達哉さんが「ちょっと行ってみようか」と光子さんを誘ったのだ。

「それ、いつの旅行だって？」

「達哉さんが高校一年生のとき。ゴールデンウィークだった、って」

「ってことは――」

「ダブル不倫、進行中」

ナンユウくんは八回目の「マジ？」を口にしたあと、「まずいだろ、それ」と言った。

「だよね……」

忘れていた所長との思い出がよみがえるかもしれない。もしもその思い出に色がついていたら、また厄介なものが増えてしまう。

光子さんが玖珂大島から帰ってきたら、そっと記憶を覗いてみる。そうすれば、今日一日でどんなことを思いだしたのか、それが走馬灯にどうかかわるかがわかる。

「でも、もしもまずい思い出だったらどうする？」

「うん……」

「ってか、その前に、不倫のことを達哉さんに教えなくてほんとにいいのかなあ、って思うけど」

「ナンユウくんなら教える？」

「いや、っていうか、やっぱり、教えちゃってほんとにいいのかなあ、って思うけど」

「……どっちやねん」

ニセ関西弁でツッコミを入れ、手すり壁に頬杖をついて、外の景色を見つめた。

教室は二階なので、ベランダからグラウンドが一望できる。ついさっき始業十分前の予鈴が鳴ったところだ。朝練をしていた陸上部はそのチャイムを合図に練習を切り上げ、用具の片づけに取りかかっていた。グラウンドの外の道路は徒歩通学の生徒と自転車通学の生徒で混み合っていて、正門前にバスが停まると生徒がわらわらと降りてくる。

いつもどおりの朝なのに、わたしとナンユウくんだけは別の世界にいるみたいだった。

「村松さんのこともそうだけど、自分の話でもけっこう一杯いっぱいなんだよね、いま」

正直に、弱音を吐いた。「だって、走馬灯とか他人の記憶が覗けるとか、いきなり言われたってワケわかんないよね」

「そっか?」

軽すぎるリアクションに頬杖がはずれそうになったけど、ナンユウくんはボケているわけではなかった。自分自身の力についても、最初の「うそっ」「マジ?」の連発のあとは冷静そのものだった。

「ナンユウくん、誰かの記憶、見えたことあるの?」

「ないないない、そんなの。でも、見えるんだったら見てみたいよ」

記憶を覗く手順を訊かれたので、答えた。

相手の背後に回り、左肩や背中の左側、つまり心臓の近くに左手をあてる。右手は自分の左胸にあてて、呼吸を合わせる。ざっくり言うと、鼓動と鼓動をつなぐような感じだ。鼓動がそろったと感じたら、ゆっくりと目をまばたくと、記憶の中の場面が見える。

なるほどなあ、とうなずいたナンユウくんは、左手を左肩から背中に伸ばしながら、言った。

「肩はなんとかなるけど、背中の左側って、心臓の真裏ってことだろ？　それ、自分では絶対に届かないよな」

「手のひらをあてるのはキツいと思う」

「ってことは、自分の記憶を自分で見るのは無理なのか」

「……たぶんね」

そっかあ、と悔しそうに言う。

「見たいの？」

「とーぜん」

すぐさま答えて、「はるちゃんは違う？」と訊き返す。「自分の記憶とか、見てみたくならない？」

「それは……」

言葉に詰まった。

「見てやろうか？」

ナンユウくんは手すり壁からわたしの背後に素早く回った。

「だめっ！」

思わずを声をあげ、体を反転させて背中を隠した。ベランダはもちろん教室の中の友だちも驚いてこっちを見るほどの、悲鳴同然の声になってしまった。

あ、やば、セクハラ告発じゃなくて……とあせっていたら、始業のチャイムが鳴った。

チャイムのおかげで、わたしの悲鳴は大騒ぎにならずにすんだ。

ナンユウくんも最初はびっくりしていたけど、すぐに「だいじょうぶだいじょうぶ、なーんにもしないって、するわけないじゃん」と笑って教室に駆け戻った。

ただ、言いたいことを遠慮なく言い合ってきたわたしたちにとっては、こういう感じでやり取りが終わるのは、想定外というか、ちょっと後味の悪いものになってしまった。

そもそも、あんなに過敏に拒んだのは、背中や肩を触られたくないから、というだけではなかった。

記憶を覗かれたくない。もっと正確に言えば、覗いた結果を知らされたくない。

わたしは母親のことをまったく覚えていない。でも、葛城さんによると、「思いだせない」ことと「記憶に残っていない」こととは違うらしい。じゃあ、もしも、思いだせずにいた母親との思い出が記憶に残っていて、よみがえったせいでその場面に色がついて、走馬灯に写し取られてしまったら……あるいは、すでに走馬灯に描かれている絵の中に、わたしの知らない母親との思い出があったら……。

知りたくない。でも、百パーセント知りたくないわけじゃなくて、知りたい思いも確かにある。でも、知るのが怖くて、知ってしまったあとは、もう知る前に戻ることはできないわけで、それが怖い。でも、知ることができるのなら……。

「でも」がいくつも重なる、もやもやした思いを抱えたまま、一時間目から三時間目の授業を受けた。

四時間目の終わり間近、いきなり「痛たたたたたっ！」という、ナンユウくんの叫び声が教室に響いた。

「すみませーん！　背中と左手が攣っちゃいましたーっ！」

背中の左側に手をあてようとして――。

ナンユウくんは、授業中に、自分自身の記憶を自分で覗こうとしたのだ。


クラスの中でのナンユウくんのポジションは、ボケ担当――だから四時間目の騒ぎも、みんなを笑わせただけで終わった。

「でも、本気だったんでしょ？」

昼休み、食堂の長テーブルに並んでごはんを食べながら、ナンユウくんに言った。

「まあな」

ナンユウくんはカツカレーをわしわし食べながら認めた。

シュウコウの生徒の昼休みは、ウチから持ってきた弁当を食べるグループと、売店で買ったカップ麺やサンドイッチや総菜パンを食べるグループ、そして食堂で定食やカレーやラーメンやうどんを食べるグループに分かれる。

いつもは、わたしは売店組でナンユウくんは弁当組だった。

でも、四時間目が終わるとわたしはすぐさまナンユウくんの席にダッシュして言った。

「食堂、行こう。カレーおごるから」

「じゃあカツカレー、大盛りな」

一瞬でグレードを上げられた。待ってました、のタイミングだったのだろう。二百円の差額よりも、ナンユウくんの狙いどおりの展開になったのが悔しかったけど、背に腹は代えられない。

それでも、本題はナンユウくんのほうから切り出した。

「オレ、三時間目のあと、高山《たかやま》の背中に手をあててみたんだよ」

高山くんはギターがウチの学年で一番巧いバンド小僧だ。同級生や三年生とのバンドでは飽き足らず、大学生とバンドを組んで、ライブハウスで弾きまくっている。

「あいつ、小学生の頃、親にクラシックギターを買ってもらったんだよ。もともとギターが欲しかったみたいなんだけど、プレゼントはサプライズだったんだ。だから、あいつ、すごく喜んで、すぐに弾きはじめて……弾き方も知らないから、全然音楽になってないんだけど、でも、楽しそうだったんだよなあ……」

ナンユウくんは、高山くんのうれしさを我がことのように伝えた。その場面には色もついていたらしい。何十年か先の遠い将来、高山くんが人生を終えるとき、走馬灯に浮かぶ可能性があるということだ。「絶対だいじょうぶだよ、あいつ、いいヤツだから」と笑うナンユウくんも、いいヤツだと思う。

でも、ひと息ついて、「ほんとなんだな、オレ、マジに他人の過去を覗けるんだな……ってわかったよ」と続ける声はすとん、と低く沈んだ。

「だって……ヤバいだろ、これ、絶対に」

「だよね、わたしもそう思う」

「他人の記憶を勝手に覗くのもアレだし、しかも本人が覚えてない記憶もあるわけだろ。だめだって、そんなの絶対に」

たとえば、と続けた。

「ものごころつく前に、親から虐待されてたヤツがいるとして、本人は記憶から抹殺して、忘れてるんだよ。でも、それを外から覗かれて『おまえ、知ってるか？』なんて、おせっかいなこと言われたら……どうするんだよ」

あとさ、と続けたのは、こんな話――。

「ガキの頃にウンコ漏らしたこと、本人は絶対に思いだしたくないことなのに、それが死ぬ前に走馬灯に出てきたら……どんなに幸せな人生だったとしても、最後の最後でぶち壊しじゃん」

虐待からウンコまで。振り幅が広すぎる。でも、言いたいことはすごくよくわかる。

「はるちゃんは、さっき、オレが記憶を見ようとしたらキレたよな」

「……キレたわけじゃないけど」

「でも、わかる、やっぱりだめだと思う、あんなのって」

ごめんな、と続けた。自分のトンカツを一切れ、箸をひっくり返してつまんで、わたしのうどんに載せてくれた。こういう謝り方が、いかにもナンユウくんだった。

「でもさ、逆なら、どう？」

「――え？」

「はるちゃんがオレの記憶を覗くの。そっちはどう？　あり？　なし？」

と、言われても――。

「オレがお願いしたら、はるちゃん、覗いてくれるの？」

ナンユウくんはそう言って、二切れ目のトンカツをうどんに載せた。

沈黙が続いた。ナンユウくんは返事をうながすことはなく、気ぜわしくスプーンを動かして、カレーを何口も立て続けに食べた。

ごめん、わかんない、と言うしかない。迷った挙げ句、やっと答えを決めたら、その矢先、ナンユウくんのほうが「ごめん」と謝った。「オレもまだ全然決めてなくて、いまは『もしも』の話をしただけだから」

ほんとうだろうか。「嘘じゃないって、マジ、ほんと、正直」と早口に付け加えるところが、いかにも怪しいけど。

「でも、いましゃべって思ったけど、過去を覗くのって、意外と怖いんだな」

もともと、未来を知るのは怖かった。すごく知りたいけど、すごく怖い。それはわたしにもよくわかる。

「でも、記憶だったら、まあいいか、と思ってたんだよ。現実にもう起きたことはしかたないんだから、なにがあっても自業自得っていうか、どうにもならないだろ」

「……だよね」

「でも、怖い、うん、やっぱり怖い」

一つずつ確認するように言って、「なんでだろうなあ」と首をひねる。

わたしはうどんを啜りながら、また少し迷った。言っていいのかどうかわからない。でも、まあ、いいか、と口を開いた。

「ナンユウくんの走馬灯、お父さんやお母さんも絶対に出てくるよね」

だな、とナンユウくんはカレーを頰張る。

「わたしは、自分の親が走馬灯に出てくるのかどうか、ちょっとわかんないから」

「はるちゃんは、どっちがいいの？」

「……いまは、わかんない」

「オレは……父ちゃんや母ちゃんが出てこないほうがいいなあ」

「なんで？」

「がっかりした顔だったら、嫌だもん」

両親がナンユウくんのことを亡くなったお兄さんと比べて、失望や落胆をしている顔が走馬灯に残っていたら——。

「キツいっスよお、そんなの」

あははっと笑うナンユウくんに、わたしはなにも応えることができなかった。

2

その夜の食卓には、玖珂大島のおみやげの海の幸が並んだ。

「申し訳ない。おふくろがなつかしさのあまり調子に乗って、買いすぎちゃって」

達哉さんが謝るとおり、『道の駅』で買ってきたサザエやアワビや岩ガキや伊勢エビは、すべて「活き」で、かなりのボリュームだった。

しかも、当の光子さんは、遠出のドライブに疲れてしまい、夕方に帰宅するとすぐにお風呂に入って、晩ごはんを待たずに床に就いてしまった。

ただ、玖珂大島へのドライブは、達哉さんが期待していた以上に光子さんを喜ばせた。車で島内を回っている間、「なつかしい、なつかしい」と言いどおしで、昔の社員旅行で食べた海鮮バーベキューがいかにおいしかったかを語って、だからこそ「活き」の魚介類をたくさん買い込んだのだ。

「いちおう、帰りに周防の市内でこんなのも買ってきたんだけど」

カセットガスのバーベキューコンロがダイニングテーブルに置いてあった。

「生もので、梅雨時だから、やっぱり今日中に食べきらないと、まずいよな」

「ですよね……」

「俺もぜんぶはしんどいけど、遥香さんはどうかな。海鮮って得意？」

「……ごめんなさい、貝、苦手です」

こういうときにこそ役に立つのが、ナンユウくん――。

電話一本で、待ってました、と自転車を飛ばしてウチに来てくれた。

わたしは玄関の外まで出てナンユウくんを迎えて、ウチに入る前に「わかってると思うけど」と釘を刺した。「所長さんのことは絶対に、ＮＧワードだからね」

ごはんが始まってからのナンユウくんは、わたしの心配をよそに、海鮮バーベキューをおいしくいただくことに専念していた。

サザエの身に爪楊枝を刺して、途中で切らずに尻尾まで取り出すコツを、「こうですよ、こう、身を回すんじゃなくて、殻のほうを回す感じです」と達哉さんにコーチしたり、アワビの肝とミリンと醤油をブレンドしたソースをつくって達哉さんを「いやあ、これは美味いなあ」と感心させたり……。

でも、ナンユウくんの表情から、ときどき、スッと笑いが消える瞬間がある。たとえば、達哉さんが玖珂大島をドライブしたときの光子さんの様子を語るとき――。

「びっくりするぐらいよく覚えてたよ。ずっと忘れていたのが、何十年ぶりにドライブして、急によみがえったんだろうなあ」

島の様子は当時とはすっかり変わった。それでも光子さんは、島の展望台から四国が見えた話や、特産のみかんの皮を干したものを湯船に浮かべたみかん風呂の話を、なつかしそうに、うれしそうに、達哉さんに語った。

「でも、俺はよく覚えてるんだ。旅行に出かける前は、おふくろは億劫《おっくう》がってたんだよ。社員旅行っていっても、おふくろは工場のパートだから、三つ葉ケミカルの社員とは違うんだ。いろいろ気をつかうこともあるし、実際、部屋割りの人数も正社員とパートでは違ってたみたいで、こっちはどうせ雑魚寝だから、なんて文句を言いながら出かけたんだ」

ところが、帰ってきたときには、出かけたときが嘘のような上機嫌で「楽しかった、楽しかった」と連発していたのだという。旅行中にうれしい出来事があったのか。所長との関係が深まったのか。

達哉さんは「やっぱりよかったよ、もう一度玖珂大島に連れて行って」と満足そうに言って、コンビニで買い込んだビールを飲み、コンロで軽く炙った岩ガキを食べる。

そんな達哉さんの話を、ナンユウくんは——きっとわたしも、目の合わないところではやるせなく、目が合うとつくり笑いを浮かべて、ずっと聞いていたのだ。

翌朝、リビングの掃き出し窓を開ける音が聞こえて、わたしは二階のベッドで目を覚ました。最初は驚いた。一瞬にして眠りの余韻が消えた。おばあちゃんが亡くなってから二ヶ月近く、最後の入院も一ヶ月だったから、つごう三ヶ月も一人暮らしをしていれば、ウチの中の物音にも自然と敏感になる。

でも、ベッドから起き上がる間もなく、ああそうか、と状況を把握した。達哉さんか光子さんが早起きして、リビングから庭に出たのだろう。

時計を見た。午前五時半。「マジか……」とつぶやいてベッドから起き上がり、パジャマをスウェットに着替えた。歯みがきと洗面とトイレをすませて庭に出ると、思っていたとおり、テラスのガーデンチェアには光子さんが座っていた。

わたしに気づいた光子さんは、「おはようございます」と会釈交じりに挨拶してくれた。「ごめんなさいね、起こしちゃった？」

「いえ……そんなことないです」

「ゆうべは早く寝ちゃったから、もう目が覚めちゃって」

いまは認知症の症状は出ていないようだ。服も着替え、髪を整えて、このまま街なかに出てもだいじょうぶなほどだった。

わたしも椅子に座った。円いテーブルを挟んで、並んで庭を眺める格好になった。

「昨日は、たっちゃんに玖珂大島に連れて行ってもらったんですよ」

「ええ……うかがいました」

「おみやげにサザエやアワビをたくさん買ったんですけど、食べてもらえました？」

「おいしかったです」

「ああ、そう、よかった。ちょっと買いすぎちゃったから、食べきれるか心配だったの」

いまの光子さんの頭と心は、すごくクリアだ。言葉づかいから、しだいに堅苦しさが消えていくところも、すごくわかる。

この状態なら、いろんな話をしても、通じる——からこそ、わたしは途方に暮れた思いで愛想笑いを浮かべるしかなかった。

光子さんは昨日のドライブがよほど楽しかったようで、「地元の人にはあたりまえのことかもしれないけど」と何度も前置きしながら、瀬戸内海の美しさや、島のひなびた町並みの味わい深さを語った。

相槌を打つわたしは、話が過去の思い出に触れたらどうしよう、と心配していた。知りたい。でも、知るのが怖い。

「……お茶、いれますね」

逃げるようにキッチンに向かった。お湯を沸かしてお茶をいれている間、光子さんはガーデンチェアにちょこんと座って、周防の街を見つめていた。

葛城さんは、後ろ姿を見るだけでも記憶の海にダイブしたり走馬灯を覗いたりできると言っていた。わたしの目には、いまは人生の終わり近くに差しかかったおばあさんの小さな背中以外は、なにも見えない。でも、いつか見えるようになる——なってしまう、と葛城さんは言っていた。

キッチンからテラスに戻るとき、爪楊枝を添えた梅干しの小皿もお盆に載せた。

「亡くなった祖母は、朝のお茶請けはいつもこれだったんです。お茶の中に入れて、途中で爪楊枝でつついて穴を開けると、酸っぱいのがお茶に滲《し》み出てきて、おなかが空いてくるから、朝ごはんがおいしくなる、って」

もしよかったら、と勧めると、光子さんは「ありがとう」と笑顔で応えて、わたしが説明したとおりの飲み方をしてくれた。

「……どうですか?」

「うん、おいしいし、体にもよさそう」

「いま、どこか見てたんですか?」

「駅の向こうの、海のほうをね、ぼーっと」

海のほう――海岸地区には、三つ葉ケミカルの営業所があった。

「どこかなつかしい場所とか、見つけたり、思いだしたりとか……」

どきどきしながら訊いた。

「ううん、ぼうっと見てただけだし、ここやあそこっていう場所じゃなくて、いろんなことがなつかしくてね」

「……周防で知り合った人も、たくさんいますよね」

ばか、と自分を叱った。でも、訊かずにはいられない。断崖絶壁の上に立って、危ない危ない、怖い怖い怖い、と思いながら、少しずつ前に進んでいくようなものだろうか。

「それはいるわよ。でも、ほとんどは引っ越したらもうそれっきりで、いまでもお付き合いのある人はだーれもいないの。年賀状を最後まで続けてたお友だちも、おととし亡くなったから」

「……会ってみたい人がいたり、とか」

そうねえ、と光子さんは街を眺めたまま穏やかに微笑んで、お茶を啜った。その横顔を見ていると、なんだか背中がぞくぞくしてきた。

朝食のとき、達哉さんが今日の予定を教えてくれた。

「佐波《さば》天満宮に連れて行こうと思ってる。一度行ったことがあるんだ、家族そろって」

周防市から車で一時間ほどの佐波天満宮は、広い梅林を擁し、学問の神さまの菅原道真を祀っているので、受験シーズンと梅の見頃が重なる二月頃には、合格祈願の参拝客と梅見の客でにぎわう。

達哉さんが家族そろって――達哉さんと光子さん、そして単身赴任先の埼玉から帰ってきた征二さんと三人で出かけたのも、その時季だった。

「高校二年生の二月だったんだ。たまたま親父が広島に出張する仕事があって、それにくっつけてウチに帰ってきたから……」

今日はその思い出をたどる。

「季節は全然違うけど、天満宮のウェブサイトを見たら、神社の境内は昔と全然変わってないみたいだから、おふくろもなつかしんでくれるんじゃないかな、って」

ねえお母さん、楽しみだね、と声をかけられた光子さんも、にこにこ笑ってうなずき、「おみくじを何度も引いたのよ」と言った。

「あ、そうそう、そうだった」

最初に引いたおみくじは「末吉」だった。「凶」よりましでも、「吉」の中ではランクが低い。がっかりする達哉さんに、光子さんが「これはお母さんのぶんにして、もう一回引きなさい」と言ってくれた。すると、征二さんも「せっかくだから、あと二回引いてみろ。三本のおみくじで一番いいやつが達哉のおみくじだ。二番目がお母さんで、三番目がお父さんでいいから」……。

そうだそうだ、あったあった、と達哉さんはなつかしそうに何度もうなずいた。

「おみくじのルールとして間違ってるかもしれないけど、やってみたんだ。結局、引き直しても『中吉』と『吉』で、『大吉』は出なかったんだけど、胸がほっこりする、いい話だろう?」

自分で言ってりゃ世話ないか、とツッコミを入れて笑ったあと、「でも」と光子さんに目を向けて、今度はしみじみと笑った。

「今日は朝からうれしい思い出がよみがえったなあ。いい一日になるよね、うん」

わたしは形だけ笑い返して、食器を下げる口実で席を立った。

笑えない。聞いていられない。達哉さんが高校二年生だった二月――三つ葉ケミカルの所長は、翌月末に単身赴任を終えて周防から去ってしまう。

そんな時期に、光子さんは征二さんや達哉さんと一緒に佐波天満宮に出かけ、きれいな梅を楽しみ、おみくじを引いて、ひさびさの一家団欒を味わったのだ。すでに所長との別れはすんでいたのだろうか。揉めていたのだろうか。まだなにも知らない段階だったのだろうか。

背後に回って肩や背中に触れれば、光子さんの記憶を覗ける。あの日の天満宮での思い出が、光子さんの中でどう残っているかがわかる。後ろめたさや心苦しさがあったのだろうか。これはこれ、それはそれ、と割り切っていたのだろうか。征二さんと達哉さんに謝りながら、泣きたい思いで笑っていたのだろうか。それとも、じつは心ここにあらずで、所長のことばかり考えていたのだろうか。

覗けばわかる。でも、わかってしまうことが怖い。ずっと揺れていた「知りたい」と「知りたくない」のシーソーが、いま、はっきりと傾いた。手をあてなければ覗けない不自由さに素直に感謝した。葛城さんが言っていた「見えてしまう」ことの意味も、やっと理解できた。

背中を見ただけで、記憶がわかる――？

そんなの、絶対に、お断り。

3

水曜日と木曜日は雨だった。貴重な二日間があいにくの天気になってしまった。

「でも、ちょうどよかったよ。おふくろも月曜火曜で遠出をして、さすがに疲れてるし」

達哉さんはさばさばと笑って、二日とも近所を軽くドライブする程度で、あとは光子さんと一緒に家で過ごした。

それがよかったのか、悪かったのか――。

木曜日の夜、光子さんの様子がちょっとおかしくなった。

受け答えのテンポが遅くなり、話の内容もずれてしまう。

夕食のときに達哉さんが「こっちの煮物はやっぱり昆布だしが利いてるな」と言うと、光子さんは「はい、おかげさまで」と返す。わたしが「お風呂沸きましたよ、どーぞ」と声をかけると、「ほんとにねえ、いろいろありますよねえ」とうなずく。でも、会話が嚙み合うときだってあるから――「まだら」の状態になっているのだろう。

達哉さんも、もちろん気づいている。困惑して、やるせない顔で光子さんを見て、雨は今夜のうちにあがるだろう、というテレビの天気予報に、ことさら明るく「よし、やっと晴れるぞ」とガッツポーズをつくる。

「明日、晴れたらどこに行くんですか？」

「亀山温泉に連れて行こうと思って」

周防から車で三十分ほどの亀山温泉は、わたしたちにもお馴染みだった。特にスライダー付きの温水プールは、小学生の頃は「家族でお出かけ」、中学生や高校生には「水着なのでちょっとハードルの高いデート」の定番スポットなのだ。

「水明荘《すいめいそう》って知ってるかな。そこに行こうと思ってるんだ。ネットで調べたら日帰りもＯＫだっていうし」

わたしは名前しか知らないけど、温泉街でもかなりの老舗のはずだ。ただ、いまの達哉さんの言い方だと、日帰り入浴ができるからそこにしたのではなく、最初から、ピンポイントで水明荘――。

「東京でもけっこう有名なんですか？」

達哉さんは「うん、まあ……」と言葉を濁し、話題を別のものに変えてしまった。光子さんは、いまの会話を聞いていても、心を遠くに放り投げたままだった。

自分の部屋に戻って、スマホで水明荘のウェブサイトをチェックした。

さすがに老舗らしく、旅館だけでなく亀山温泉そのものの紹介もあった。

鶴や猿が傷を癒しに来ていて、それを見た猟師もお湯に浸かるようになったのが歴史の始まりだという亀山温泉は、もともとは山あいのひなびた湯治場だったけど、三つ葉が周防に進出した明治時代の末期からは「周防の奥座敷」「三つ葉の迎賓館」として栄え、コンビナートが街の経済を力強く支えていた昭和の高度経済成長期には、工場で働く人びとの手軽なレジャーの場としてさらににぎわった。

水明荘はそんな頃、温泉街のはずれに開業した。

〈温泉街の喧噪にあえて背を向け、ひっそりとたたずむ「隠れ宿」として、落ち着きと静寂をお望みのご贔屓様にご愛顧いただいてまいりました〉

サイトには、その頃の旅館の写真も載っている。山ひだに身をひそめるように建つ二階建ての和風旅館は、確かに「隠れ宿」らしい。正直な感想では、ちょっとワケありの男女が似合う雰囲気で……。

めぐらせかけた考えを、だめっ、とあわてて止めた。

翌朝の光子さんは、ゆうべの「まだら」から、さらに症状が悪化していた。

先週の土曜日にウチに来たときと同じ、お地蔵さんに戻ってしまった。微笑みは穏やかでも、言葉は発しない。目もうつろで、達哉さんの声かけにもほとんど反応しない。

「でも、だいじょうぶだ。お風呂は部屋に露天風呂があるし、入らなければ入らないで、とにかく水明荘に行けば、おふくろはもうそれで大満足だよ」

やはり、水明荘は光子さんのリクエストだったのだろう。

「思い出の旅館ってことですか？」

つくり笑いを浮かべ、冗談めかして、でも勇気を振り絞って、達哉さんに訊いてみた。

達哉さんは、まあな、と笑い返す。でも、言葉では説明してくれない。そのまま、すっと席を立って庭に出た。話が長くなるのが嫌だから――考えすぎだろうか？

お地蔵さんになった光子さんは、ちょこんと食卓についていても、朝食にはほとんど箸をつけずに、ＮＨＫのニュースが流れるテレビの画面をぼんやりと見つめている。

いま、光子さんの走馬灯はどんなふうに描き替えられたのだろう。周防で一週間を過ごし、玖珂大島や佐波天満宮を訪ねて、なにを思いだしたのだろう。記憶に眠ったままの思い出もあるだろうし、忘れておきたかったのによみがえってしまった思い出だってあるはずだ。どの思い出に色がついていて、どの思い出がモノクロームなのか……。

記憶の海にダイブすれば、確かめることができる。でも、それが、すごく怖い。

達哉さんが庭からリビングに声をかけた。

「お母さん、今日はいい天気だよ。二日続けて雨だったから埃が洗い流されて、コンビナートのほうまでよく見える」

光子さんの返事は、やっぱり、ない。達哉さんは寂しそうに短く笑って、「でも、まあ――」と気を取り直して続けた。「今日はずっと、昔の世界に戻ってればいいから」


空は朝から晴れたまま、夕方まで来た。

朝のニュースで気象予報士さんが「今日は絶好の洗濯日和です！」と声をはずませていたとおり、二日続きの雨を埋め合わせてお釣りが来るほどの、いい天気になった。外から教室に流れ込んでくる風も、昨日までの湿気が嘘のように、からっとしている。

でも、そんな天気のよさとは裏腹に、わたしは気持ちがふさいだまま放課後を迎えた。なにか落ち着かない。胸騒ぎというか、虫の知らせというか、胸の奥に重たいものが居座って消えてくれない。

その原因は、もちろん――。

「そんなに気になるんだったら、達哉さんに電話してみればいいだろ。電話がアレだったらショートメールでもいいんだし」

昼休みにナンユウくんに言われた。「オレが連絡してやろうか？」とも。

正直、ちょっと心が動いた。達哉さんにとっても、わたしよりナンユウくんのほうが話しやすいかも、という気がしないでもない。

でも、グッと呑み込んだ。甘えたくないというのが半分、残り半分は、ナンユウくんのほうも今日は朝から元気がないのだ。

理由は、放課後にわかった。いつもは男子の友だちと寄り道をするナンユウくんが、珍しく

「はるちゃんがソッコーで帰るんだったら、オレも付き合う」と同じバスの隣の席に座って、教えてくれた。

ゆうべ、お父さんと、ちょっと口ゲンカになってしまった。

原因も中身もたいしたことはない。夕食後にリビングでスマホをいじっていたナンユウくんに、帰宅したお父さんが「勉強すんだのか?」と文句を言って、ナンユウくんが「いま数学の動画を観てたんだよ」と言い返して、「そんなので勉強になるか」「なるからみんなチャンネル登録してるんだよ」「もっと真面目にやれ」「やってるって」……。

いつものことだ。お父さんは、机に向かってノートや参考書を広げるスタイル以外の勉強を、頑として認めない。頭が固いのだ。一方、ナンユウくんは教育系YouTuberのチャンネルにいくつも登録しているけど、実際に観ているのはゲーム実況がほとんどだった。

要するに、どっちもどっち——ケンカそのものはお互い本気でキレることもなく、あっさり終わった。

「でも、問題は、そのあとなんだよ……」

いつものナンユウくんは、気持ちの切り替えが早い。自分の部屋にひきあげるときには憤然としていても、部屋でスナック菓子を食べているうちに機嫌が直る。よくも悪くもこだわらない性格なのだ。

ところが、ゆうべは、しばらくたっても気持ちが収まらなかった。

「腹が立つわけじゃないんだけど、なにかもやもやしたものがずーっと胸に残ってて……落ち着かないわけ。昼休みに、はるちゃんが言ってた胸騒ぎにも、ちょっと似てるような気がするんだけど」

喉が渇いて部屋を出ると、ダイニングでは、お父さんが遅い夕食を取っていた。

「ちょうどオレに背中を向けてるんだ。で、その背中を見たときに、ふと思ったわけ」

さっきのケンカ、どんなふうに父ちゃんの記憶に残ってるのかな――。

似たようなことはしょっちゅうだから、特に根に持ってはいないだろう。でも、うんざりしているかもしれない。いいかげんにしろよ、と突き放して、やっぱりヒロキはダメな奴だ、と見限って……そして……。

「ヒロシが生きてたらなあ、って兄貴のことを思いだしたかもしれないよな」

「――考えすぎ」

ナンユウくんも、わかってるわかってる、と苦笑交じりにうなずいた。

でも、話はそれで終わりではなかった。

冷蔵庫の麦茶を飲んで自分の部屋に戻ったら、また、ふと思った。

「オレにも葛城さんみたいに走馬灯の絵師の力があるんだったら、父ちゃんや母ちゃんの記憶に入って、兄貴の思い出を手当たりしだいに走馬灯に写してやったら最高の親孝行だよな、って。絵の数が多すぎたら、オレの思い出を消していけばいいんだし」

相槌を打てずにいるわたしにかまわず、さらに続けた。

「でも、オレが気をつかわなくても、走馬灯の絵は最初から兄貴のことだけかもしれないし、って……そんなことを考えてたら、なんか、どんどん落ち込んで、泣きたくなっちゃってさ……」

バスはちょうど山手バイパスの上り坂に差しかかって、エンジン音が大きくなった。その音に紛らすように、ナンユウくんは「えーん」と泣き真似をした。

降車ボタンに手を伸ばすのをためらった。

わたしは次の山手郵便局前のバス停で降りる。ナンユウくんは、その二つ先の東四丁目公園。お父さんとのケンカのことを話し終えたあとも、まだ元気がない。いつもなら、しゃべったあとは「デトックス完了！」なんて笑って気を取り直すのに。よほど落ち込んでいるのだろう。バスを乗り越して付き合ってあげたほうがいいのか。それとも、早く一人にしてあげたほうがいいのか。中途半端な角度で肘を曲げたまま動けずにいたら、ナンユウくんが黙って、わたしの顔を見ずにボタンを押した。

「……ごめん」

「べつに謝ることないって、オレのほうが近いんだし」

そういう意味の「ごめん」じゃないんだけど——それを口に出すと、もっと「ごめん」になってしまいそうだった。

〈次とまります〉の車内表示板が灯って、バスはスピードをゆるめた。

「オレ、決めた」

「——なにが？」

「葛城さんの仕事って、高卒でもOKなのかな。なんなら中退とかでも」

「——はあ？」

「だって、面白そうだろ。で、自主的に初仕事。あさって父の日だから、父ちゃんの記憶を覗いて、兄貴の思い出をチェックしてやるの。ちょー親孝行」

早口に言って、「オレのダメな思い出に色がついてたら、葛城さんに消し方教えてもらわなきゃ」と笑う。でも、わたしとは目を合わせない。

どこまで本気かわからないまま、バスが停まったので、後ろ髪を引かれる思いで席を立った。

「はるちゃん」

やっと、こっちを向いて、子どもがバイバイするように両手を顔の前で振った。

「今日はサンキュー、ごめんな」

「……べつに謝ることない」

お返しに言って、降車口に向かう。

あとでフォローのＬＩＮＥかメールを入れとこうかな、と思いながら、バスを降りた。

でも、数分もたたないうちに、そんな余裕は吹き飛んでしまった。

ウチまであと少しというところで、達哉さんから電話がかかってきた。

光子さんが、迷子になった――。

4

光子さんがいなくなったのは、亀山温泉から周防に戻り、駅前のガソリンスタンドに立ち寄ったときのことだった。

レンタカーに給油をしたあと、達哉さんがトイレに行って戻ってきたら、助手席に座っていた光子さんの姿が消えていた。

認知症を発症してから、光子さんはＧＰＳ機能付きのネックレスを常に身につけていた。ところが、今日は温泉に入るときにそれを首からはずし、上着のポケットに入れて、そのまま――しかも、その上着は車に残されていたのだ。

ガソリンスタンドの近くを捜しても、見当たらない。スタンドは市街地にあるので、路地を一本入り、角を何度か曲がってしまうと、もう後を追うのは難しい。しばらく付近を走りまわった達哉さんも、一人では無理だ、とギブアップして、警察に連絡を入れた。

「いま、警察のほうでも人を出して捜してくれてるんだけど、まったく手がかりがなくて……」

ガソリンスタンドのすぐ近所には、表町のバスセンターもある。光子さんは、上着は車に置いていたけど、財布の入ったハンドバッグを持って出ていた。財布にはプリペイドのICカードも入っているので、もしもそれを使ってバスに乗ったら、事態はさらに深刻になってしまう。

「バス会社も、ドライバーさんたちに連絡を入れてくれてるんだけど……まだ見つかってないんだ……」

さらに、バスセンターのメインエントランスの脇はタクシー乗り場にもなっている。

可能性はさまざまに広がって、そのぶん、万が一の危険も増していく。

「もしかしたら、おふくろ、ウチに帰ろうとしてるかもしれないんだ」

かつての我が家――わたしのウチ。

「悪いんだけど、遥香さん、ウチに帰ったら外に出かけないでもらえるかな。で、おふくろが帰ってきたら、すぐに俺に電話してほしいんだ」

わたしは言われたとおり、帰宅すると家から一歩も出ずに、達哉さんからの新たな連絡を待った。

でも、一時間たっても電話は鳴らず、光子さんも帰ってはこなかった。

夕方六時のニュースが始まるのと同時に玄関のドアが開いて、汗だくのナンユウくんが入ってきた。

「やっぱりいないよ。悪い、一瞬だけ休憩させて」

玄関の上がり框《がまち》に腰を下ろし、はあはあ、ぜえぜえ、と肩で息をする。

わたしは冷蔵庫の麦茶をコップに注いで、玄関まで持って行った。

感謝してる。困ったときのナンユウくん。わたしが電話をかけて光子さんのことを伝えると、すぐさま「じゃあオレもチャリで捜してみるよ」と言ってくれた。「意外と歩いて帰ってきてるのかもしれないし、バスに乗ったとしても、降りたあとの道がわからなくなってるかもしれないよな。とにかく四十年以上たって、街並みも全然変わっちゃったわけだから」

確かに、そういう可能性もありうる。

「オレ、ぐるっと回ってみるから」

その言葉どおり、ナンユウくんは坂だらけの山手地区を一時間近くも自転車で走りまわってくれたのだ。

さらに、麦茶を飲み干すと、「もうちょっとがんばるか」と立ち上がる。

「もういいよ、ナンユウくん。ほんと、ありがとう」

「なに言ってんだよ。だいじょうぶだよ、このまま放っておいたら、気になって寝られないだろ」

玄関のドアを開けたナンユウくんは、その直後――。

「うひゃあっ！」

声を裏返して、ジャンプであとずさった。

玄関の外には、ぐったりと疲れ切った顔の光子さんが立っていたのだ。

光子さんは逆に、ナンユウくんに気づくと、よろよろと取りすがった。ほとんど倒れ込むような勢いに、ナンユウくんも身をかわすわけにはいかなかった。

小柄な光子さんはナンユウくんの両腕をつかんで、「だいじょうぶですか？」と覗き込んでくる顔を見上げた。思い詰めたまなざしだった。ナンユウくんの隣にいるわたしのことなんて、文字どおり目に入っていない。

なにか言った。口が動いた。でも、声にはならない。

「どうしたんですか？　だいじょうぶですか？　どっか具合が悪かったりとか……」

あわてて訊くナンユウくんに、光子さんは言葉で答える代わりに、両腕をつかむ手に力を込めた。腕がわななく。光子さん自身の腕だけでなく、ナンユウくんの腕にまで伝わるほどの激しい震え方だった。

「……ごめんね……」

声も、震えて、裏返る。

「ごめんね……ほんとうにごめんね……」

泣きだした。

「ごめんね、ごめんね、ごめんね……たっちゃん……」

ナンユウくんのことを達哉さんと——高校時代の達哉さんと、間違えている。

「お母さんのこと……許して……許してください……たっちゃん……」

いや、オレ、あの、人違いっていうか、じゃなくて……と言いかけたナンユウくんは、それをまとめて振り払うように息をついて、あらためて笑みを浮かべた。

「どうしたの、びっくりするなあ」

優しく、温かく、語りかける。つかまれていた腕をするりと抜いて、逆に光子さんの両腕を外から包み込むようにさする。

「落ち着いて、ほら、ね、とりあえず上がろうよ、お母さん」

達哉さんの役目を引き受けたのだ。

でも、光子さんは、いやいやをするように首を横に振って、激しく泣きながら、「ごめんね、ごめんね」を繰り返すだけだった。

ナンユウくんがわたしに目配せする。背中回れよ、背中、と口が動く。

ためらっていたら、早くっ、と怖い顔で急かされた。やるしか、ない。

嗚咽《おえつ》する光子さんの背中に左手をあてた。小さな背中は波打つように激しく震えているので、心臓の鼓動をうまく感じ取れない。

代わりに、背中の震えが腕を伝って、わたしの胸に響く。規則正しい鼓動とは違う、嵐の海のような荒々しい響きだった。

その響きが、目に映る玄関の風景から色を消し去った。そして、砕け散る波のように、光子さんの記憶の断片が次々に目の前に現れる。

紅葉で燃え立つ山あいの旅館に、光子さんと三つ葉ケミカルの所長がいる。外からの視線をさえぎる造りの縁側に、二人で肩を寄せ合って座っている。

一転、場面は海に変わる。入り江になった砂浜の海岸で、光子さんがワンピースの裾を気にしながら、波打ち際で水と戯れている。名前を呼ばれたのか、岸のほうを振り向くと、うれしそうに手を振った。その笑顔の先には、砂浜に腰を下ろした所長がいる。砂浜には花が群れ咲いていた。ピンクのハマヒルガオと、白いハマボウフウ——季節は初夏。海岸から見える周辺の島々の景色からすると、ここは、玖珂大島なのだろう。

さらに場面は、アパートかマンションの一室になった。光子さんが掃除機をかけている。家具のほとんどない殺風景な部屋だ。壁際に寄せた小さな座卓には、灰皿がある。所長が一人暮らしをしている部屋だろうか。留守中に掃除をしているのだろうか。整理ダンスの天板に写真立てがあった。ただし写真は見えない。伏せて置いてあるせいだ。

どうして——と思いをめぐらせた直後、まさか、という予感が脳裏をよぎった。

光子さんは掃除を終えたあと、ためらいながら写真立てに手を伸ばした。できれば触りたくない、このままにしておきたい、という本音がにじむしぐさだった。写真立てを起こす。写真と向き合う。三人家族が写っていた。予感が当たってしまった。両親と女の子。父親は、所長だった。

光子さんは写真をじっと見つめる。わたしのまなざしは、まるで映画やテレビドラマのカメラのように光子さんの前に回り込んで、その表情をとらえた。

にらんでいた。でも、そのまなざしの強さの根っこには、敵意とは違うものも、確かに交じっていた。申し訳なさなのか。後ろめたさなのか。写真の中の女の子は、ちょうど高校生ぐらい——当時の達哉さんと同じ年格好だった。

場面はさらに変わる。

今度もまた、殺風景なマンションかアパートの一室だった。ただし、さっきとは違う部屋だ。

光子さんは、小さなキッチンのゴミを片づけている。ゴミのほとんどはカップ麺やインスタントの袋麺、レトルト食品や総菜のトレイの類《たぐい》で、ビールやウイスキーの空き瓶も多い。もともとは生ゴミを捨てるはずの三角コーナーには、水に濡らした煙草の吸い殻が山盛りになっている。光子さんはキッチンから居室に移った。六畳間が二つ。片方は衣装ダンスがあるだけで、がらんとしている。ふだんは使っていないのか、もしくは布団を敷いて寝ているだけなのか。もう一つの六畳間も、テレビと座卓と本棚があるだけだった。

ここも、単身赴任の一人暮らしなのだろうか。でも、じゃあ、誰の――？

テレビはブラウン管で、テレビ台にビデオデッキなどはない。光子さんの外見もさっき所長の部屋を掃除していた頃と、それほど変わってはいなかった。

この場面も同じ時期――だとすれば、つまり、ここは、所長の部屋ではなくて……。

テレビ台の棚に、写真立てがある。さっきは伏せてあったけど、こっちは写真を正面に向けて飾ってある。

当たってほしくない予感が、また、脳裏に浮かんで消える。

ハンディモップでテレビ台の埃を取っていた光子さんは、写真立てを手に取って、モップで軽く埃を払ってから、見つめた。さっき所長の家族写真と向き合ったときに比べると、手に取るしぐさはごく自然な軽いものだった。でも、見つめる時間はさっきよりずっと長い。

三人家族――予感どおり、征二さんと光子さんと達哉さんが写っている。達哉さんが高校二年生だった二月に、佐波天満宮に参拝したときのものだった。境内に鎮座する大きな牛の像を背にして、三人が笑顔で並んでいる。写真を見つめる光子さんは、微笑んでいた。でも、その笑顔に、涙が伝う。ごめんなさい、の形に口が動いた。

浮かんでくる場面は、すべて色がついている。つまり、これは、光子さんが亡くなるときに、走馬灯に出てくる可能性のある思い出なのだ。

場面が変わる。

時間が、うんと巻き戻される。

赤ちゃんの達哉さんがベビーベッドで眠っている。まだ若い光子さんと征二さんは、達哉さんの寝顔を覗き込んで、頰をそっとつついたり、小さな手を軽く握ったりしている。

時間が少し進む。

真新しいランドセルを背負った達哉さんが上級生に手を引かれて登校するのを、光子さんと征二さんがマンションのエントランスの前で見送る。少し心配そうな顔の光子さんを、征二さんが、だいじょうぶだよ、と笑って安心させる。

時間がさらに進む。

背広姿でネクタイをだらしなくゆるめた征二さんが、居間に大の字になって寝ころんでいる。酔っている。荒れている。仕事で不本意なこと――転勤の辞令があったのかもしれない。征二さんは体を起こすと、光子さんの差し出すコップの水を飲みながら、なにごとか悔しそうに、畳に拳を打ちつけながら話す。光子さんは相槌を打ちながら、征二さんをなだめ、励ましている。

時間が、さらに、さらに、進む。

帰宅した征二さんを待ちかまえていたように、光子さんは、ねえ、ちょっと聞いてよ、とまくしたてる。征二さんは、わかったわかった、と面倒臭そうにいなして風呂に向かい、光子さんは憤然としてダイニングの椅子に座り、テーブルに突っ伏してしまう。

時間が、うんと早送りされた。

光子さんと征二さんが二人で食卓を囲んでいる。手狭なダイニングだった。食器棚や冷蔵庫や調理家電も小ぶりで、数も少ない。光子さんは周防に暮らしていた頃よりも少し歳をとっていた。大阪だったっけ、達哉さんが大学進学で東京に向かったあと、征二さんの赴任先で光子さんは新婚時代以来の夫婦水入らずの日々を過ごした。そのときの思い出なのだろうか。二人ともそれほど言葉は交わしていない。静かで穏やかな団欒のひとときだった。

時間が、さらに、うんと早送りされる。

初老になった光子さんと征二さんが、達哉さんの結婚披露宴の円卓にいる。来賓席を回って新婦とともにキャンドルサービスをする達哉さんを、二人は末席からまぶしそうに、光子さんは涙まで浮かべて見つめている。そして二人は、ふと目を見交わして、いろいろあったな、ありましたね、と万感の思いを込めて、微笑み交じりにうなずき合う。

それらの場面はすべて、色がついていない。最後の達哉さんの結婚披露宴の場面ぐらいは走馬灯で見てもらいたかったけど、せっかくのキャンドルの小さな灯は、ほの白く揺れるだけだった。

光子さんの記憶の海は、どんどん荒れてきた。切れ切れに浮かんでくる場面に脈絡はなく、しかも一瞬で消えてしまう。

子どもの達哉さんが笑う。髪が薄くなった征二さんが笑う。十代の光子さんが工場の制服のスモック姿で笑う。若者の達哉さんが笑う。スタジャンにトレーナー。うわ、八〇年代。若者の征二さんが笑う。リーゼントにスリッポン。うわ、フィフティーズ？　孫を抱っこした光子さんが笑う、中年太りの達哉さんが笑う、病院のベッドに横たわった征二さんが笑う、幼い光子さんが焚き火にあたって笑う……。

でも、家族の笑顔に、色のついているものはなかった。

幼い光子さんが泣いている。農家の井戸端にしゃがみこんで、しくしく、しくしく、泣いている。まだ若者の面影を残した征二さんが荒れている。酒に酔ってウチに帰ってきて、もっと飲ませろ、と凄んだ声で言う。学ランを着た達哉さんがじっと見つめている。学ランの襟についているのは、シュウコウの校章だった。怒っているのか、悲しんでいるのか、その両方なのか、それともまったく別の感情なのか、達哉さんはただ無言でまっすぐにこっちを見つめている。光子さんが泣いている。いままで何度も見てきた「あの頃」――周防にいた頃の光子さんが、街の夜景を見つめて泣いている。建物や庭のたたずまいは違っていても、そこから望む周防の街並みは、ウチの庭から見るものと変わらない。だから、光子さんは、土曜日に庭で泣いていたのだ。そしてまた、達哉さんが正面から見つめてくる。さっきと同じ学ラン姿で、さっきよりもっと怒りを込めて、さっきよりもっと悲しそうに。

そんな思い出には、すべて鮮やかな色がついている。

光子さんは、見なくてはならないのだろうか。見ないですむのだろうか。もしも、自分の人生を閉じる間際に、悲しい思い出ばかりを次々に目の当たりにすることになってしまったら、それは、家族を裏切ってしまったことの報いなのだろうか……。

居たたまれなくなって、光子さんの背中から手を離した。風景が現実に戻る。ナンユウくんと目が合った。泣きだしそうなわたしの顔ですべてを察してくれたのだろう、ナンユウくんは黙ってうなずいた。

ナンユウくんは、泣きつづける光子さんをなだめすかし、かばうように肩を抱いて、玄関からリビングのソファーへ連れて行った。

ナンユウくんはソファーでも光子さんの隣から離れない。肩を抱き、背中をさすって、少しずつ光子さんを落ち着かせてから、わたしがキッチンから持ってきた麦茶を、むせないようにゆっくり飲ませる。

あとで知った。ナンユウくんは玄関でもリビングでも、光子さんの肩や背中にずっと触れていた。それだけで――呼吸を合わせなくても、記憶の海にダイブして、わたしが見たのと同じ場面を見ていた。葛城さんの言うとおり、やはりナンユウくんには、記憶を覗く才能があるのかもしれない。

わたしは光子さんのことはナンユウくんに任せて、急いで達哉さんに電話をかけた。無事に帰ってきたということだけ知らせ、光子さんの様子は伝えずにおいた。

達哉さんは、その場にへたり込みそうになったのが電話口でもわかるほど心の底から安堵して、「ありがとう、遥香さん、ほんとうにありがとう……」と涙声で言ってくれた。

光子さんのほうも、ナンユウくんに背中をさすられているうちに、眠ってしまった。

ナンユウくんはそーっと光子さんの体をソファーの上で横にして、わたしが持ってきたタオルケットをそーっと掛けて、リビングの灯りを消して、わたしと二人で、そーっと庭のテラスに出た。

「達哉さん、いま、どこだって?」

「周防署だから、あと三十分ぐらいかかるって言ってた」

「そうか……」

ナンユウくんは迷い顔になって、「オレ、いたほうがいいのかなあ。帰ったほうがいいのかなあ」と言った。

「いてよ、いたほうがいいって、絶対」

わたしのためにも――。

でも、ナンユウくんは「オレ、達哉さんと会うと、なにかのはずみで記憶が見えちゃいそうな気がする」と言った。「たとえ、見たくなくても」

それが怖い。

「あの人……光子さんの不倫のこと、知ってるのかもしれない」

光子さんはずっと疑って、おびえていた。自分を見つめる達哉さんの顔が鮮やかに記憶に残っていたのも、そのせいだった。


結局、ナンユウくんは達哉さんが帰ってくる前にひきあげてしまった。わたしは一緒にいてほしかったけど、「悪い、ほんと、ごめん、でもなんか、マジ、怖くてたまんないんだ」と両手で拝まれると無理強いはできない。

帰りぎわに訊かれた。

「はるちゃんは、達哉さんの記憶を覗く気あるの?」

わたしはすぐさま首を横に振った。ぶるんぶるん、と音が聞こえそうなほど強く。

「だよな……」

少しほっとしたナンユウくんは、「よけいなお世話かもしれないけど――」と前置きして続けた。

「オレら、なんだかんだ言って、まだ十六じゃん。高校二年生の、ガキだよな。で、達哉さんは五十八だっけ、もうすぐ還暦だよ。光子さんなんて八十過ぎてるわけだし。二人ともおとなだよ、とにかく」

そんな二人は、周防で暮らした日々の記憶を四十年以上も胸にしまっていた。

「オレ、その四十年以上の歳月って、マジにすごいと思うんだよ。思い出そのものよりも、それを持ったまま生きてきた歳月のほうが重い、っていうか。だから、オレらみたいなガキが、おとなの記憶を覗いて、思い出を確かめても……ほんとうはなにもわかってないんじゃないか、って」

言いたいことは、なんとなくわかる。こんな思い出がありました、と見つけ出すだけでは、ほんとうは意味がないのかもしれない。でも、じゃあ、そこからなにをどうすればいいのだろう……。

ナンユウくんと入れ替わりに、達哉さんがタクシーで帰ってきた。

光子さんはまだソファーで眠っている。達哉さんは光子さんに掛けたタオルケットを整えながら、「目が覚めたら、和室に連れて行くよ」と言った。「遥香さんにも心配かけたけど、無事でよかったよ、ほんとうに……」

達哉さんは光子さんの髪を、愛おしそうな手つきで優しく撫でつづけた。その背中を見るのが怖くて、わたしはうつむいた顔を上げないまま、自分の部屋にひきあげてしまった。

第五章

1

月曜日、ナンユウくんは学校を休んだ。

食べすぎでおなかをこわしてしまったらしい。お母さんが学校に欠席の連絡をした。

朝のホームルームでそれを伝えたクラス担任の園田《そのだ》先生は、「ナンユウはガラスや釘でも食えるじょうぶな胃袋をしとる思うとったが、違《ちご》うとったのう」と言って、みんなを笑わせた。

相手によってはハラスメントになりかねない言葉だったけど、ナンユウくんならだいじょうぶ。いま教室にいたら、真っ先に笑っているはずだ。話に乗って、シャーペンやコンパスを口にくわえ、さらに教室を沸かせていたかもしれない。

園田先生をはじめ、教科の先生たちはみんなよくわかっているから、教室を盛り上げたいときには必ずナンユウくんをイジったり、ツッコんだりする。困ったときのナンユウくん頼み――本人も期待に応えて、しっかりボケる。根っからのエンターティナーなのだ。そして、勉強はたいしてできなくても学校が大好きで、友だちと会ってワイワイ騒ぐのが楽しくてしかたないのだ。

そんなナンユウくんが、翌日も欠席した。

「腹痛が頭にまで伝《つと》うて、頭痛がしてかなわんらしいんよ」

さすがに園田先生も少し心配そうだった。お母さんによると、熱はなく、咳や鼻水など風邪の症状もないけど、とにかく頭が痛くて、おなかも昨日に続いて調子が悪く、ベッドから起き上がれない状態なのだという。

「まあ、梅雨時で、季節の変わり目で、思春期じゃけえ……体調の管理も難しいわい」

先生としては「思春期」のところで笑いを取りたかったのだろう。でも、残念ながら空振りに終わった。ナンユウくんさえいれば、スベったときにも「つまんねーっ」と言って笑いに持ち込んでくれるのに。

でも、ギャグがウケなかったのもしかたない。みんなも心配していた。中学時代にインフルエンザで学級閉鎖になったときにも「別のクラスで授業を受けていいですか？」とねばったナンユウくんが、二日連続で欠席するなんて……やっぱり、心配になってしまう。

もっとも、わたしの心配は、ベクトルが全然違う。頭痛も腹痛も、じつはちっとも信じていない。

金曜日に光子さんを捜してくれたあと、ナンユウくんは土曜日も日曜日もウチに顔を出さなかった。日曜日はともかく、土曜日は達哉さんと光子さんが帰京する日なのだ。てっきりお別れに来てくれるんだと思って、お昼前に葛城さんが迎えに来ることもＬＩＮＥで伝えていた。

でも、投稿に既読はついても返信はなく、土曜日も、見送りに行けないという連絡すらよこさなかった。

メアドや電話番号を交換するほど仲良くなった達哉さんは「最後にまた笑わせてほしかったなあ」と残念がっていたし、光子さんも少し寂しそうに「お友だちによろしく伝えてくださいね」とわたしに言った。金曜日にパニックになったのがむしろよかったのか、土曜日の光子さんは、朝起きたときからすっきりした顔をして、受け答えもまっとうだった。

東京から朝イチの飛行機で周防に来た葛城さんには、金曜日の夜のうちに迷子の話やその後のいきさつを伝えておいた。葛城さんはさほど驚かず、「ツアーのヤマ場ではよくあることです」と言っていた。色つきの思い出がたくさん出てきたことも、「まあ、そうでしょうね」と陰気にうなずくだけだった。

そんな葛城さんも、ナンユウくんが土曜日に顔を出さなかったことは予想外だったようで、「ああ、そうですか……」と拍子抜けした様子だった。

だから、こっちとしても頭痛や腹痛を鵜呑《うの》みにするわけにはいかない。

月曜日は放っておいたけど、火曜日まで休まれると、さすがに心配になる。

火曜日の夕方、ＬＩＮＥに投稿して、ショートメールも送った。どちらも夜までには既読や開封済みになったけど、返信はなかった。

〈なにかあったの?〉

夜九時に、思いきって電話をかけてみた。呼び出し音が鳴るか鳴らないかのうちに、留守番電話に切り替わってしまった。

「はるちゃんだよー、やっほー、生きてるかー、電話くれー……」

とっさに決めた。できるだけ軽い言い方をした。

一時間たってもコールバックはなかった。

途方に暮れて、まいっちゃったなあ、とため息をついたら、ふと、カレンダーが目に入った。

おとといの日曜日は、父の日だった。

そういえば、ナンユウくんは金曜日に、こんなことを言っていた。

父ちゃんの記憶を覗いて、兄貴の思い出をチェックしてやるの――。

冗談めかした言い方だったし、実際、百パーセントの本気ではなかったと思う。でも、本気がゼロというわけではない、とも思う。

金曜日に光子さんの過去にダイブして、土曜日には光子さんと達哉さんとのお別れには顔を出さず、日曜日になにがあったのかはわからないけど、月曜日と火曜日に学校を休んで……。ロシア民謡の『一週間』みたいだけど、けっこう真剣に、それ、ありうるかも、と思った。

結局、留守電にナンユウくんのコールバックはなく、ＬＩＮＥとメールにも返信はなかった。

そして、水曜日も、ナンユウくんは学校を休んだ。

昼休み、同じクラスの美咲《みさき》ちゃんたちが、「はるちゃん、ちょっとええ？」とわたしをベランダに呼び出して、言った。「ナンユウくんが家出した、いうウワサ、ほんま？」

うそっ、と目を丸くすると、美咲ちゃんは「はるちゃんが知らんのじゃったら、やっぱり違うんかなあ……」と言った。

家出説が消えたあとも、美咲ちゃんたちは、ナンユウくんの三日連続欠席の理由をいろいろ想像しておしゃべりしていた。失恋説や受験勉強スタート説や、推しのアイドルの追っかけの旅に出た説や、ゲームの沼に落ちた説とか、勝手なことばかり言う。

でも、どうでもいいおしゃべりの中に、ときどき鋭い一言が交じる。

「ナンユウくんって、目に見えんバリアがある思わん？」――ナンユウくんの明るさは、意外と寂しそうだ、と美咲ちゃんは気づいていた。

「あの人、みんなを笑わせる代わりに、ここから先は入ってくるなよ、いうて線を引いとる気がするんよ」
わたしも同感。うなずくと、「はるちゃんと似とるよね」と言われた。悪口のトーンではなかったけど、そのときふと、ナンユウくんから聞いたシマウマの話を思いだした。わたしたちは、どちらも少数派なのだ。あの話をしてから、まだ十日ちょっとしかたっていないんだと気づくと、いままで自覚していなかった疲れが急に背中にどすんとのしかかってきたのを感じた。

美咲ちゃんと一緒にいた友希《ゆき》ちゃんが、一人でわたしをベランダに呼び出したのは、その日の放課後のことだった。

昨日の夕方、友希ちゃんのお母さんが新幹線の周防駅でナンユウくんを見かけたらしい。お母さんは駅の『おみやげ小路』でパートの店員さんをしている。そこにナンユウくんが来て、隣のレジで周防銘菓の『瀬戸だより』を買っていた。

ナンユウくんのことはお母さんもよく知っている。とにかく授業参観日や体育祭や文化祭で誰よりも目立つヤツだから。

ちょうどナンユウくんは紙の手提げ袋に入れた『瀬戸だより』を受け取ったところだった。お母さんが声をかけると、うわわっとあせって踵《きびす》を返し、そのまま早足で店をあとにして、自動券売機に向かったのだという。

「お母さんはナンユウくんが学校を休んどることを知らんかったし、別のお客さんの相手もせんといけんかったけえ、その場はそれで終わってしもうたんよ……」

家出のウワサが出ているさなかに、それをみんなに教えたら、話が無責任に広がってしまいそうだから、昼休みのおしゃべりでは口を閉ざしていた。「でも、ナンユウくんの話は、やっぱりはるちゃんには伝えたほうがええと思うたんよ」――勝手にセットにされたくないけど、ありがとう。

周防は、新幹線の駅としてはマイナーなので、岡山や広島みたいに上りと下りの列車がどんどん出入りしているわけではない。ナンユウくんが乗った列車も、ほぼ間違いなく特定できる。

「あの時間なら……東京行きの『のぞみ』じゃったと思う」

一日に数本しかない周防停車の『のぞみ』が、買い物をした数分後に着く。

だから、決まりだ。ナンユウくんは東京行きの『のぞみ』に、おみやげのお菓子を買って乗った。

向かった先の見当がついたから、わたしはグラウンドを見ていた目を閉じて、ため息を呑み込んだ。


『瀬戸だより』は、薄く延ばしたユズ入りの羊羹《ようかん》をカステラでロールして巻物の手紙風にしたお菓子で、値段が手頃だし日持ちもするので、昭和の頃からおみやげやお使いものの定番中の定番――周防市民で一度も食べたことのない人はいない、と断言してもいいほどだ。

もっとも、そのぶんイメージが古くさく、味わいもヤボったいので、若い人たちはシャレ感覚でしか買わない。

そんな『瀬戸だより』をナンユウくんがおみやげに選んだのは、間違いのない無難な線を狙ったのか、ウケ狙いなのか……。

どっちにしても、駅でおみやげを買う余裕があったというわけだ。たとえ家出だったとしても、切羽詰まったりテンパったりして、という感じではないのかもしれない。だとすれば、それほど心配することもないかな。

『瀬戸だより』を提げたナンユウくんが、「お願いします！　門前払いされたら、オレ、もう帰る場所がないんです！」と土下座する相手は――。

腕組みをして、陰気に困惑する葛城さんの姿が目に浮かぶ。

でも、そこから先がわからない。もしもナンユウくんが、わたしの想像どおりにブレーメン・ツアーズに弟子入りを望んでいたら、葛城さんはどうするだろう。確かにナンユウくんの才能を見抜いて、期待をしていた様子ではあったけど……。

帰宅してあれこれ考えていたら、電話がかかってきた。発信者は、ナンユウくんのウチの固定電話――お母さんから、だった。

2

三十分後、ナンユウくんのお母さんは車でウチに来た。

訪ねる理由は、「このまえ新生姜の炊き込みご飯をつくったけえ、はるちゃんにもお裾分け」――冷凍しておいたのをレンジでチンした。要するに、明らかに、ウチに来るための口実なのだ。

でも、おばさんは口実のためだけではなく、保存容器に入れた手作りのお総菜も一度では食べきれないほど持ってきてくれた。

「あり合わせのものばっかりじゃけど、日持ちがするけえ、箸休めにしんさい」

「……おばさん、いつもありがとう」

「ええんよええんよ」

おばさんは、両親のいないわたしのことを気にかけて、なにかと世話を焼いてくれる。おばあちゃんが亡くなって一人暮らしになってからは、「困ったことがあったら、なんでも言うてきんさいよ」が決まり文句にもなっている。そういうピンチはまだないけど、素直にうれしいし、感謝もしている。

でも、いまは、立場が逆だった。食卓で向き合うと、おばさんは本題を切り出すタイミングを探るみたいに、ぎごちないしぐさで、麦茶を何口も飲んだ。

わたしから切り出すしかない。

ナンユウくん——と言いかけて、いけない、と口をつぐんだ。両親にとっては、ナンユウくんはあくまでもヒロキくん。お兄さんの名前を受け継いだ弟なのだ。

「ヒロキくん、具合どうですか？　学校のみんなも心配してます。ヒロキくんが三日も休むって、いままでなかったし」

家出のウワサを伝えるかどうかは、おばさんの反応しだいで考えるつもりだったけど、おばさんも覚悟を決めたのか、ここで一気に話を先に進めた。

「いま、東京におるみたい」

やっぱり——。

「頭とおなかが痛かったんは、おとといと昨日の昼間だけで……いまにして思うたら、仮病じゃったんかもしれん」

あの子お芝居が得意じゃけえ、とため息交じりに付け加えて、スマホを取り出した。

月曜日の朝、おなかをこわしてトイレに何度も向かった。頭痛がするとも言いだした。熱はなかったけど、「寝冷えして風邪をひいたんじゃろう」ということになって学校を休んだ。

火曜日になっても、頭痛と腹痛は続いた。去年から韓国のアイドルやドラマにハマっているおばさんは、毎週火曜日にカルチャーセンターに通ってハングルを勉強している。おばさんは休むつもりだったけど、ナンユウくんは「だいじょうぶだから」と出かけるのを勧めた——たぶん、その時点で東京に行くのを決めていたのだろう。

「出かける前に、ヒロキに言うたんよ。お昼になっても具合が悪いままじゃったら病院に行きんさい、て」

おばさんが夕方帰宅したとき、ナンユウくんはウチにいなかった。てっきり病院に行ったんだろうと思い込んでいたけど、実際には、その頃は周防駅に向かっていたわけだ。

夕方、家族のグループLINEに、ナンユウくんからこんな投稿があった。

〈修学旅行の下見に行ってきます〉

東京スカイツリーのスタンプ付き——。

LINEの画面をおばさんに見せてもらった。昨日の夜九時前に〈東京到着〉と送ってきたのを皮切りに、何度も投稿している。〈東京、蒸し暑すぎ〉〈人、多すぎ〉〈電車、種類ありすぎ〉〈うどんの汁、黒すぎ〉……他愛のない内容ばかりで、渋谷のスクランブル交差点の写真を添えたものもある。

ただし、おじさんやおばさんが〈泊まってるホテルは?〉〈いつ帰るのかだけでも教えてください〉〈誰かと会ってるの?〉〈留守電ぐらい聞いて、返事しなさい〉などと訊いても、一切答えない。代わりに、食べかけのハンバーガーや牛丼の写真を送ってくる。ファミレスのサラダバーにいるところを自撮りまでして、ちゃんとメシは食ってるから、栄養のバランスは取れてるから、とアピールしている。

「本気で心配するんがアホらしゅうなるわ」

おばさんは苦笑して、「そうは言うても、このままほっとくわけにもいかんしね……」とため息をついた。

「お金は、だいじょうぶなんですか?」

もう一度ため息をついてメモを見せてくれた。〈借用書　金5万円　ごめんなさい〉——急に現金が必要になったときのために箪笥に用意してあったお金を抜かれた。お年玉を預金していた自分名義の口座からも、昨日キャッシュカードでほとんど全額の十万円が引き出されていた。

「でも……なにをしに東京に行ったんかが全然わからんのよ」

LINEの投稿にも説明はない。

「いつまでおるつもりかも、わからんし」

ネットカフェで寝泊まりすれば、しばらくは東京にいられるだろう。五万円の借金も長期戦に備えてのものだったのかもしれない。

「なあ、はるちゃん」

おばさんの口調が変わった。「はるちゃんには、なんか心当たりないん?」

来た。ごまかすわけにはいかない。

「あの……心当たり、全然ないっていうわけじゃなくて……」

「先週、はるちゃんに東京からお客さんが来とったんじゃろ? 昔、周防に住んどったおばあさんが、息子さんと一緒に。その話と関係あるん?」

「……かも、しれません」

おばさんは食卓にグッと身を乗り出して、「教えて」と言った。

走馬灯の話は伏せたまま、光子さんと達哉さん親子の思い出をたどる旅について話した。

おばさんもある程度はナンユウくんから聞いていたらしく、「認知症のリハビリに回想療法いうんがあるらしいけど、それと似たようなものかもしれんねぇ」とうなずいた。

「ヒロキくんにも、いろいろと手伝ってもらって、すごくお世話になりました」

「ううん、あの子も面白がっとったよ。昔の周防の写真を調べたりして」

「それで、村松さんは、その旅行を東京の旅行会社にお願いして――」

「ブーメランいう会社？ ヒロキがそんなこと言うとったけど」

「じゃなくて、ブレーメンです。『ブレーメンの音楽隊』の」

思わず笑ってしまった。おばさんが勘違いしたのか、ナンユウくんがボケたのか、あんがいナンユウくんは本気で間違えていたのかもしれない。

おかげで肩の力が抜けて、そこからは少しなめらかに話すことができた。

ナンユウくんがブレーメン・ツアーズの仕事にすごーく興味を持って、自分も同じ仕事をすごーくやりたがっていて、だから東京に向かったんじゃないか……。

もっとも、走馬灯の話がなければ「すごーく」のところの説得力が弱い。おばさんもちっとも納得していない様子で「じゃけど、いま、学校を休んでまで東京に行くこともないんと違う？」と言った。

「……ですね」

まったくそのとおりなのだ、実際。

「それに、わたしやお父さんに、なんで一言も言わんで、家出みたいに出て行ったんか、ちっともわからん」

「……ですよね」

両親に言えない、というところが大きなポイントなんだけど——もちろん、言えない。代わりに、おばさんに訊いてみた。

「日曜日のヒロキくんの様子って、どうだったんですか？」

「元気元気、いつもと変わらんかったんよ」

「日曜日って、父の日でしたよね」

すると、おばさんは「そうそう、そうなんよ」と何度もうなずいた。「あの子、調子に乗ってお父さんの肩まで揉んで、小遣いが欲しいんじゃろう、いうて笑《わろ》うたのに……」

予想どおりだった。ナンユウくんは、お父さんの走馬灯を見てしまったのだ。


ナンユウくんからの最新の投稿は、今日のお昼過ぎに届いていた。

〈元気だから絶対に心配しないで〉

時代劇アニメのキャラが「父上、母上、お願いしますっ」と土下座するスタンプ付きだったけど、もちろん、両親としては放っておくわけにはいかない。

〈いまどこにいて、いつ帰るのか、すぐに連絡して〉とおばさんが返信して、会社にいるおじさんも四時ちょうどに〈7時に警察に届ける〉とタイムリミットを通告した。

既読はおじさんの投稿の直後についた。なのに、返事はまだ——五時を回ったいまになっても、ない。

「はるちゃん、その旅行会社の電話番号知っとるじゃろ？　教えてくれん？」

知りません、とは言えない。でも、このまま、おばさんに葛城さんと直接話をさせてもいいのだろうか……。

困惑するなか、わたしのスマホにLINEの投稿通知があった。画面を覗くと、ナンユウくんからだった。

「なあ、はるちゃん、教えて」

おばさんはまだ、いまの投稿の主がナンユウくんだとは知らない。

「あの子のことじゃけえ、心配は要らんとは思うとるんよ。でもな、東京に行ったこともない子が、ふらふら一人で行ってしもうて、なにがあるかわからんじゃろう？　お父さんもわたしも、それが心配で心配で、ゆうべは眠れんかったんよ」

おばさんの本音では、ゆうべのうちに警察や学校に相談したかった。でも、おじさんが「おおごとにするな」と止めた。「ヒロキもヒロキなりに考えてしとることじゃ。LINEで連絡もつくんじゃったら、ぎりぎりまで様子を見てやりゃあええ」

ナンユウくんを信じている――だけでなく、世間体も、ちょっとだけありそうな気がする。

そんなおじさんがしびれを切らしてタイムリミットを通告したのだから、これはもう、絶対に本気だった。

「でも、警察に相談する前に、とにかく直接ヒロキと話がしたいんよ」

スマホの電話ではつながらない。ならば、ナンユウくんが訪ねた可能性が大いにあるブレーメン・ツアーズに連絡するしかない。

「はるちゃん、早う番号教えて」

重ねて迫られて、とっさに「名刺、二階に置いてるんで、ちょっと見てきます」とスマホを手に席を立ち、自分の部屋に駆け込むと、すぐさまナンユウくんの投稿をチェックした。

〈親がそっち来るかも〉

来てるよ、とっくに――。

〈葛城さんの電話番号訊くかも〉

訊いてるよ、もう――。

〈でも、教えないで〉

簡単に言わないでよ――。

〈はるちゃんが電話して。できれば、ウチの親の前で。そのほうが話が早いって、葛城さんが言ってる〉

そばにいるわけ――？

〈いつでもいいから、親が来たら、すぐに電話して〉

わたしは〈1分後に電話する〉と返事をした。すぐに既読がついて、親指をグッと立てたＯＫのスタンプが返ってきた。

3

ダイニングに戻り、おばさんのすがるような視線にプレッシャーを感じながら、葛城さんのケータイ番号に電話をかけた。

呼び出し音が鳴るか鳴らないかのうちに、つながった。

「困ったものです」

いきなり言われた。「村松さまを通されてしまうと、こちらとしても無下にはできませんが……さすがに常識はずれでしょう」

ナンユウくんは、達哉さんに電話をして、ブレーメン・ツアーズのオフィスの住所や電話番号を教えてもらったらしい。

「いま、ナンユウくんの親御さんがそばにいるんですよね」

「……ええ」

「返事は最小限でけっこうです。こちらからの報告だけ、手短にお伝えしますから」

「……お願いします」

ナンユウくんは、今日の朝イチにオフィスを訪ねてきた。アポなしの突撃だった。先に電話を入れると門前払いされてしまうと考えたのだろう。

「私は今日は現場に直行だったんですが、出先に会社から電話がかかってきて……驚きました」

ナンユウくんが突然訪ねてきたことにも、もちろん驚いた。でも、それ以上に、クールな葛城さんを驚かせたのは――。

「ほめるのもアレですが、彼はたいしたものです。ほんの一時間そこそこで、スタッフをすっかり味方につけてしまって、私がオフィスに顔を出したときには、すでにバイト採用まで決まっていました」

その声の背後で、ナンユウくんの「人間的魅力、ダダ漏れしちゃったんですよねっ！」とはずんだ声が聞こえた。

「なにより、社長が彼を気に入りました。そうなると、私には、もうなにも言えませんから……」

ナンユウくんはすかさず「社長、マジ、面白いおっさん！」と言って、「きみは少し黙ってろ」と叱られた。

「もちろん」

葛城さんは言った。「彼の親御さんが心配されるのは、当然の話です」

「……はい」

「一番いいのは彼が両親としっかり話をすることなのですが」

嫌でーす、とナンユウくんの声がする。

「……どうも、それは難しそうです」

「……ですね」

おばさんは心配そうな顔でわたしを見ている。やり取りは聞こえていなくても、わたしの短い返答だけでも、よからぬ流れを察しているのだろう。

「じつは、ウチの社長も、遥香さんにとても会いたがっています。社長だけではなく、スタッフも全員、あなたと会うのを楽しみにしています」

話の主役が、いきなり、わたしに替わった。

「ナンユウくんも、あなたになら素直になれると思います」

え、なにそれ、はるちゃん関係ないって、ちょっとやめてくださいよマジ、とナンユウくんが抗議しても、葛城さんはかまわず続けた。

「迎えに来てくれませんか」

わたしが――？　ナンユウくんを――？

「社長も、ぜひ、と言ってます」

交通費や宿泊費も、ブレーメン・ツアーズが負担する、という。

「いかがでしょう。あなたからナンユウくんの親御さんにうまく説明できなければ、私からお話しする用意もありますから」

「いや、でも……」

思わず口にすると、おばさんは、わたしに替わって、と手振りで訴えた。それはできない。わたしも覚悟を決めるしかなくなった。


電話を切ったふりをして、スマホを膝の上に置いた。こっちの話が聞こえるようにしておいて、というのが葛城さんの指示だった。

おばさんは「替わってもらおう思うとったのに」と不服そうだったけど、「ごめんなさい、気づかなくて」と謝って、すぐに本題を伝えた。

「やっぱりヒロキくん、ブレーメン・ツアーズに来てました」

「いまも、そこにおるん?」

「はい……今朝いきなり来て、バイトさせてほしい、って」

おばさんが血相を変えたのがわかったので、すぐさま「向こうは断ったみたいです」と少しだけ嘘をついた。

「でも……断ったら、ヒロキくん、どこに行っちゃうかわからないじゃないですか。かえって心配だから、とりあえず会社のほうで掃除とかやってもらって、居場所をキープしてくれたんだと思うんです」

おばさんの表情はゆるまない。キープする前に帰らせなさいよ、ということなのだろう。

「未成年なんよ、まだ高校生なんよ」

声が甲高くとがった。「ブーメランかなんか知らんけど、常識がなさすぎる。家出してきた高校生を親元に帰さずに、本人が頼んだからいうて仕事までさせて……それ、もう犯罪と同じこと」

やっぱりだめだ。それはそうだ。子どもを心配する親の気持ちを甘く見ていた――わたしに親がいないせい、かも。

「はるちゃん、あんたもおかしい」

「わたし?」

「そう。さっきから、あの会社のことをえらいほめとるでしょう、あんたは」

「そんなこと……」

「ほめとるよ、聞いとったらわかるんよ」

怒りの矛先が完全にこっちに向いた。

「ヒロキがあの会社を気に入っとるいうて、なんであんたが知っとるん?」

「だから、それは、本人から……」

「あんたが焚きつけたんと違うん? 東京に行ってみたらええとか、バイトさせてもらえばええとか……あの子に要らん知恵をつけたんは、あんたじゃないん?」

それは違う。絶対に違う。でも、走馬灯のことをナンユウくんに教えたのは、確かに――。

わたしは黙り込んでしまった。ナンユウくんを心配するおばさんの気持ちを思うと、なにをしゃべっても、たとえ誤解を解くことでさえ、身勝手な言い訳になってしまいそうな気がする。

おばさんはわたしをそれ以上咎めることはなかった。沈黙のなか、飲み残しのお茶を流しに捨て、湯呑みを簡単に洗ってから食卓に戻る。その間に気を取り直したのだろう、落ち着いた声で言った。

「ヒロキやはるちゃんは、もう高校二年生で自分が一人前じゃと思うとるじゃろ？　でもなあ、二年生になっても三年生になっても、やっぱりハタチになるまでは……本音を言わせてもろうたら、ハタチを過ぎても、なんぼになっても、子どもは子どもなんよ。親から見れば、頼りないし、ふらふらして、ほんま危なっかしいんよ」

ナンユウくんは、おばさんからこんなに心配してもらっている。おじさんだって、走馬灯になにが描いてあったのかは知らないけど、心配してくれているはずだ。でも、わたしには、そんな家族はいない。いつどこに出かけても誰も心配しない。だから、すごく身軽で、自由――そのことが、いま、急に、悲しくなった。

「ねえ、はるちゃん。あんたには悪いけど、やっぱり警察に相談するけえ、その会社の電話番号を教えてくれん？」

来た。ついに追い詰められた。

そのとき、おばさんのスマホが鳴った。

ビデオ通話の着信音だった。

「ちょっと、はるちゃん、なに？　この音」

「ねえ、ヒロキからなんじゃけど、ちょっと見てくれん？」

ビデオ通話に慣れていないおばさんに操作を任せられたわたしは、スマホをティッシュの箱に立てかけて、音声はスピーカーから出るようにした。

画面にはナンユウくんの顔が映っている。葛城さんの姿は見えないけど、こっちの話の流れは、スマホで向こうにも伝わっている。おばさんが「警察に相談する」と言ったので、割って入ったのだろう——でも、なんでビデオ付き？

「ひさしぶりー、母ちゃん、元気？」

ナンユウくんはのんきに手を振って笑う。おばさんは「なにアホなことを言うとるん、ええかげんにしんさい！」と叱りながら、無事な姿を見て、目を潤ませていた。

「あのさ、だいたいのことははるちゃんから聞いてると思うけど、まあ、そういうこと」

「……なに言いよるん、ほんま……こっちはずーっと心配しとったんよ……」

涙声になってしまったおばさんに、ナンユウくんは明るく元気に言った。

「あのさ、それで、とりあえず日曜日に帰ることにしてるんだけど、その前に、ブレーメン・ツアーズの人が、母ちゃんにちょっと挨拶したいって言うから」

おばさんは「挨拶って……」と困惑したけど、ナンユウくんはかまわず続けた。

「社長でーす！」

おばさんより先に、わたしが「マジ？」と返してしまった。

「なんかさー、母ちゃんが心配してると思うから、少しは安心してもらわないと、ってことになったんだよ。で、社長が登場、いきなりラスボス降臨なわけ。それだけ、オレ、期待の新人ってこと」

きゃははっと笑って画面から消えたナンユウくんに替わって、短い白髪にゴマ塩の無精髭の、もっさりしたおじいさんが現れた。

「ああ、どうも、初めまして」

しわがれた声で、ゆっくりと会釈をした。

「社長の、葛城です」

ナンユウくんの「はるちゃーん、葛城さんの父ちゃんだよーっ」という声が聞こえた。

4

社長は不思議な雰囲気の人だった。

妙に存在感がある。ポイントは目つきだ。鋭いというのではなく、深い。目が合うと、すうっと引き込まれてしまいそうだった。

顔立ちは、葛城さんのお父さんだけに、決して明るくはない。どっちかというとコワモテ——ただ、相手を単純に脅してびくびくさせる迫力ではなく、そういう段階をとっくにくぐり抜けてきたような、肝の据わった静かな凄みがある。

「どうも、このたびは息子さんのことで、お母さんにもご心配をおかけしまして……」

声はしわがれて、滑舌もよくない。聴き取りづらいけど、そのぶん、しっかり聴かないと、という気になる。おばさんも黙ってスマホの画面を見つめていた。

「息子さん、とてもいい若者です」

そう言って、かすかに笑う。いままでがコワモテだっただけに、ほんの少し頬をゆるめただけでも、こっちまでほっとする。笑うと意外と愛嬌のある顔だと気づいた。

「彼は、アレです、才能があります」

「才能って……なんの、ですか？」

「人のために汗をかく才能です。親切で優しい。息子からも聞いていたんですが、実際に会うと、あらためて、よくわかりました」

うひょひょひょひょーっ、とナンユウくんが照れ隠しにおどけた——うっさい。おばさんもため息交じりに言った。

「ほめてもらうんはうれしいですけど、親に一言も言わんと東京に行って、学校も勝手に休んでしもうて……」

社長は手のひらで言葉を止め、「お母さんのご心配はよくわかります」と言った。「彼が東京にいる間は、私どもが責任を持ってお預かりしますし、日曜日には必ず家にお帰しします。それまでは、どうか、息子さんをお借りできないでしょうか」

お願いします、とお辞儀をして、顔を上げるとさらに続けた。

「遥香さんに迎えに来てもらうつもりです」

振り向いたおばさんに、わたしは困惑しながらも指でＯＫマークをつくって応えた。


社長は、ブレーメン・ツアーズの仕事についておばさんに説明した。

「きわめて簡単に申し上げるなら、個人旅行専門の旅行会社です。お客さま一人ひとりのリクエストにお応えして、オーダーメイドの旅行をコーディネイトするわけです」

「失礼ですけど……そんなんで商売になるんですか？」

おばさんの質問に、社長は苦笑交じりにうなずいて、「もちろん、チケットの手配やホテルの予約だけでは、私どももやっていけません」と言った。

「ただ、私どものお客さまの旅行は、ただの観光旅行ではないんです」

たとえば、と社長は最近の仕事をいくつか紹介した。

つい先月、定年退職した小学校の先生のツアーが無事に終わった。先生が長い教師生活の最初に担任したクラスの教え子を訪ねる旅だった。卒業生名簿はあったものの、すでに四十年近い歳月が流れているので、ブレーメン・ツアーズの担当スタッフが、一人ずつ現住所を突き止めていったのだ。

いま進んでいるのは、九十歳を超えた老画家の「若い頃に生活費のために売り払った作品を見てみたい」という願いを叶えるツアーだった。担当スタッフは全国の画廊に問い合わせ、コレクターのもとを訪ね歩いた。法外な鑑賞料を吹っかけてくる悪質な相手ともねばり強く交渉をして、ようやく長いツアーの日程が固まったのだという。

「いま、息子には二つの仕事を並行してやらせています」

葛城さんは、村松さんのツアーだけでなく、マスコミでも有名な心臓外科の先生からの依頼を受けていた。「神の手」という異名を持つ名医であっても、患者を助けられずに悔しい思いをしたことは何度もあった。その人たちのお墓参りをしているのだ。

亡くなった患者の遺族に連絡を取り、墓参の許可を取る。中には、なにをいまさら、と怒りだす人もいるので、それを説得するのも葛城さんの仕事だった。

「ですから、旅行会社と調査会社や興信所を合わせたような仕事だとお考えいただければわかりやすいかもしれません。当然、時間や人手もかかるので、それなりの報酬は頂戴することになります」

それでも、ツアーの依頼や問い合わせは途切れることなく続いているのだという。

社長の説明に、おばさんは「お金持ちは、もう、ありきたりの団体旅行じゃ気がすまんのですねえ」と言った。「温泉やらハワイやらで大喜びはできませんわなあ、それは」

富裕層を顧客に、贅沢な個人旅行を扱う業者――ということで納得したのだろう。

社長も「ええ、そうなんです」と笑ってうなずいた。笑顔になっても愛想がよくなるわけではないけど、コワモテに微妙にトボける感じが加わって、味わいが増す。

「やはり当社にお声がけをいただく皆さまは、ご自身の人生の思い出こそがなによりの財産だと思っていらっしゃるようです」

「ほんまですねえ」

「確かに、お金には換えられません。幸せな思い出はもちろんですが、たとえそれが悲しいものだったとしても、やはり、その人にとっては、かけがえのないものですから」

「ほんま……そうですねえ」

おばさんの声が少しくぐもった。もしかしたら、亡くなった裕くんのことを思いだしたのかもしれない。

「まあ、とにかく、おかげさまで当社も忙しく仕事をやらせていただいているわけです」

「ええ……」

「息子さんのような若くて優秀な人材は、正直、喉から手が出るほど必要なんです」

「いや、でも、ウチのが優秀やら……そんなん、社長さんの買いかぶりです」

そうは言いながら、おばさんは、けっこううれしそうでもある。愛想たっぷりではない社長だからこそ、ほめ言葉にリアリティがあるのだろう。

「いやいや、息子さんは優しい。いまどきの若者には珍しいほど、人の気持ちがちゃんとわかって、人を喜ばせるために手間暇を惜しまない。そんな息子さんが当社の仕事に興味を持ってくれたのは、光栄な話です」

「……いえ、そげん言われるほどのアレとは違いますけえ、ほんま……」

恐縮しきりのおばさんに、社長は「もう二、三日、ウチの仕事を見ていただきたいんです」と言った。ゆったりとしゃべっていた口調が、少し速くなった。

「今日が水曜日ですから、木、金、土とアルバイトをしてもらって、日曜日に周防に帰ってもらおうと思っています」

よろしいでしょうか、とすぐに続けると、おばさんは、つい思わずといった感じで、ぴょこんとうなずいた。

5

というわけで、わたしは東京に行くことになった。

ただし、「わけ」もなにも、わたしがナンユウくんを迎えに行かなくてはいけない理由なんて、どこにもない。おばさんもビデオ通話を終えてから「はるちゃん、なして東京に行くんじゃろうねえ」と首をかしげていた。

でも、社長と話しているときには、なぜか話がするすると前に進んでいったのだ。

「まあ、とにかく、居場所もわかったし、話もできたし、安心したわ」

おばさんはそう言って、おじさんにさっそく連絡をした。危ないところで警察沙汰にならずにすんだ。

「なるほどなあ、東京は都会じゃけえ、いろんな仕事があるんじゃなあ」

おばさんはブレーメン・ツアーズの仕事にすっかり感心して、何度も「なるほどなあ」と繰り返しながら、ウチをひきあげた。

思い出をたどる旅に興味を持ったのだろうか。もしかして、自分もそれをやってみたいと思ったのだろうか。

裕くんをめぐる旅――?

いや、でも、生まれつき体が弱かった裕くんとの思い出は、ほとんどが病院を舞台にしたものだろう。そもそも三歳で亡くなった裕くんの思い出なんて、たどるほどたくさんあるのだろうか……。

それとも、おばさんがたどりたいのは、もっと昔――おじさんと結婚する前や、子ども時代の思い出なのだろうか。その可能性だってあるんだ、と気づいた。おばさんは最初から「ナンユウくんのお母さん」だったわけではなくて、「裕くんのお母さん」だった時代もあるし、子どもを産む前の新婚時代も、その前の恋人時代も、さらにその前の、おじさん以外の誰かとお付き合いしていた頃のことだって……そんなの、「絶対にない」とは、絶対に、言えないわけで……。

あたりまえの話なのに考えてこなかったことに、いまさらながら気づいた。

おばさんには、わたしの知らない思い出がたくさんある――。

それはそうだ。ほんとうにそうだ。ウチのおじいちゃんやおばあちゃんだって同じ。じゃあ、わたしの母親だって……わたしには見当もつかないいろんな思い出を抱いて、いまも、どこかで、元気に……かどうかは知らないけど、生きてる……かどうかも、ほんとうはわからないんだな……。

金曜日の夕方、高校の授業を終えてから東京に向かうことになった。

本音では、学校なんて休みたかった。出発は金曜日の朝でも木曜日でもいい。なんなら社長とビデオ通話をした水曜日の夜行バスでも全然ＯＫだったけど、おじさんとおばさんに「学校を休ませるわけにはいかんじゃろう」と強く止められたのだ。

でも、時間に余裕ができたおかげで、こっちも準備や段取りをつけることができた。

夕方五時過ぎに周防駅を『こだま』で出発して、広島駅で『のぞみ』に乗り継いで、東京には夜十時前に着く。葛城さんは「こっちでホテルを取りますから」と言ってくれたけど、「親戚のウチに泊まります」と断った。

葛城さんは虚を衝かれたように、「あ、そうなんですか?」と返した。

ははーん、と胸の内を読み取って、わたしはちょっと意地悪く言った。

「親がいなくても親戚ぐらいはいますけど」

「……失礼しました」

「母親の兄が世田谷区にいて、子どもの頃からずっと世話になってるんです」

母方の伯父さん――とは呼ばなかった。血のつながりを意識したくない。つまらないこだわりでも、譲れない。

「世田谷のどちらですか?」

「駅は二子玉川です。ニコタマっていうんですよね、地元の人は」

「二子」を「ふたご」と発音したら、「ふたこ、です」と直された。「濁らないんです」

田舎者だと思い知らされてしまった。実際、わたしはまだ大輔さんの自宅を訪ねたことはない。二子玉川もお洒落な街だとイトコの美結さんに聞いてはいたけど、どこがどんなふうにお洒落なのか、見当もつかない。

「先方には、もう話は――」

「電話でＯＫしてもらってます」

「東京に来る理由はどんなふうに？」

「友だちと一緒にディズニーランドに遊びに行くから、って」

葛城さんは「なるほど」と笑った。「じゃあ、ミッキーマウスのグッズを用意しておきます」

――意外と芸が細かい。

でも、わたしはそんな小細工なしでも、嘘がばれるのも覚悟のうえで大輔さんのウチに泊まるつもりだった。

大輔さんと会って、話して、訊きたい。

わたしの母親、いま、どこで、なにをしてるんですか――？


木曜日の学校帰りは寄り道をして、街はずれの霊園に向かった。

四十九日の法要以来の、おばあちゃんの墓参りをした。もちろん、おじいちゃんも漏れなくついてくる。

梅雨明けはまだだいぶ先でも、今週は晴れた日が続いている。山の斜面を造成した霊園からは、夕陽に照らされた瀬戸内海が、まるで海じたいがオレンジ色の光を放っているみたいに、まぶしく見える。

霊園の事務所で買った花をお墓に供えて、手を合わせた。

ごめんね、と謝った。なにを謝っているのか、なぜ謝るのか、自分でもわからない。でも、教室で授業を受けているときにふと、おばあちゃんに謝っといたほうがいいかも、と思ったのだ。

おばあちゃんは亡くなる瞬間、どんな走馬灯を見たのだろう。そこには、親不孝な娘のふうちゃんも登場していただろうか。

ふうちゃん、ふらふら、ふーわふわ――。

おばあちゃんはときどき、ほんとうに、ごくたまーに――よほど機嫌がよくて、おじいちゃんがそばにいないときにかぎって、ふうちゃんの話をわたしに聞かせてくれた。

のんきで、ぼーっとして、いつも遠くを見ている女の子だった。だから、仲良しの友だちや家族はまるでテーマソングのように、フシをつけてからかっていた。

ふうちゃん、ふらふら、ふーわふわ――。

おばあちゃんは、ゆっくりと手拍子を取りながら、それをなつかしそうに口ずさむ。ときには、なつかしさに寂しさや悔しさが交じったり、声が涙で揺れたりもしていた。

葛城さんと知り合うのがあと二ヶ月早ければ、わたしはおばあちゃんの記憶を覗くことができた。おばあちゃんが望むなら、葛城さんにお願いして走馬灯にふうちゃんを描き足すこともできたし、逆に走馬灯からふうちゃんを消し去ることもできたかもしれない。

おばあちゃんは、どっちを望んだだろう。わからない。走馬灯でふうちゃんと再会するのは、幸せなことなのか、そうじゃないのか。それもわからない。だから、わたしはもう一度手を合わせ、目をつぶって、ごめんね、とつぶやいた。

金曜日は、おばさんが学校からウチまで、そしてウチから周防駅まで、車で送ってくれた。

ほんとうは一人で行きたかったけど、おばさんに「迷惑をかけとるんじゃけえ、これくらいのことはやらせてもらわんと」と言われると、断り切れなかった。あと、「泊めてもらう伯父さんにお茶請けでも買《こ》うて行きんさいよ」とおみやげ代を一万円ももらった——これは素直に、ラッキー。

二泊三日なので、荷物は小さいキャリーケースとリュックにまとめた。制服から着替えた服は普段着。おばさんには「コンビニに買い物に行くようなもんじゃなあ」とあきれられたけど、こういうときにテンションを上げるのが照れくさい。よく言えば平常心を失わないタイプで、ぶっちゃければ、なにごとにも醒めている性格なのだ。

おばさんは駅に向かう車の中で「ほんま、ごめんな、はるちゃん」とあらためて謝った。わたしを迎えに行かせることを、おじさんに叱られたのだという。

「わたしも、水曜日にウチに帰ってから思うたんよ。はるちゃんが東京に行くスジはどこにあるんじゃろう、いうて。でも、もういまさら遅いんじゃけど」

ブレーメン・ツアーズの社長とのビデオ通話は、あとになって思うと、キツネにつままれたようなものだったらしい。

「あのおじいさん、口が上手いわけでもないのに、結局は向こうのペースに乗せられてしもうて……」

わかります、とわたしも苦笑した。あの社長、ほんとうに不思議な雰囲気だった。社長も走馬灯の絵師なのだろうか。あんな人が描いてくれるなら、悲しい思い出を最後の最後に見てしまうのも、意外と悪くないかも。

走馬灯の話は、もちろん、おばさんは知らない。たとえ話しても信じてもらえるとは思えないし、信じてくれたら、それはそれでかえって話がややこしくなってしまいそうな気もする。

でも、おばさんにも走馬灯はある。裕くんはたくさん登場しているだろう。ナンユウくんだって——十六歳のナンユウくんの思い出の数が、三歳で亡くなった裕くんよりも少ないなんてことは……考えるのは、やめておくことにした。

車は周防駅の車寄せで停まった。

よし、行こう——。

第六章

1

夜十時前に東京駅に着いた。そこからは、スマホのアプリを頼りに地下鉄を乗り継いだ。

大輔さんのウチの最寄り駅は二子玉川で、路線図で見ると途中で渋谷を通る。いったん電車を降りて、渋谷のスクランブル交差点をちょっとだけ見てから、また乗ろうか——と最初は考えていたけど、大輔さんに寄り道厳禁をキツく命じられた。

理由は、美結さんがゆうべ電話で教えてくれた。

「渋谷駅ってダンジョンだから」

ダンジョン——地下迷宮。

「東京の人でも迷子になるぐらい、めちゃくちゃ複雑なの。特に地下鉄からだと地上のどこに出るかもわからないし、地上に出たあと、土地勘なしで適当に歩いちゃうと、もう駅にも戻れなくなるから」

マジだよマジ、と念を押された。

「悪いこと言わないから、大手町から半蔵門線に乗ったら、そのままニコタマまでおいでよ。ねっ？」

田舎者扱いされたみたいで悔しかったけど、会うのは年に一度か二度でも、大学一年生の美結さんと大学三年生の雄彦さんは、わたしにとってはお姉ちゃんとお兄ちゃんのようなものだ。

「地下鉄に乗って、渋谷を出たあたりでLINEしてよ。電車の中だと電話できないし」

そのタイミングでウチを出て、駅まで迎えに来てくれるという。

「ニコタマの駅からウチまで歩いて十分ほどだから、はるちゃんが疲れてなかったら、カフェで遅めのお茶して帰ろう」

わたしもそれを楽しみにしていたけど、予定が変わった。

地下鉄の車内からLINEで〈いま渋谷を出ました〉と送ると、アニメのキャラが土下座して謝るスタンプと一緒に〈お迎え、パパになりました〉と返事が来た。〈はるちゃんより5、6分早い電車に乗ってるから、そのまま改札で待ってる。出口は1つしかないから、すぐにわかるよ〉

ちょっと残念だった。でも、窓に映り込む自分の顔は、頬がゆるんだままだった。気を抜くと、理由もなく笑いだすアブない人になってしまいそうだ。

ゴキゲンだった。もともとテンションを上げるのは苦手だけど、今夜はちょっとふだんとは違う。

『のぞみ』が東京に着く少し前、多摩川の鉄橋を渡って、高層ビルの建ち並ぶ都心に入った頃から——いや、もっとさかのぼって、小田原とか浜松とか豊橋とか、名古屋とか京都とか新大阪とか、岡山とか……広島で『こだま』から『のぞみ』に乗り換えた時点で、すでにゴキゲンだった。

さらにさかのぼって記憶をたどると、周防を出た『こだま』が最初のトンネルに入って、車窓から周防の街並みが消え、入れ替わりに自分の顔が窓に映り込んだときに、肩や背中がすうっと軽くなったのだ。肩の荷が下りたというか、慢性すぎて自覚することもなかった肩こりがやっと取れたというか、そんな感じだった。

列車がトンネルから出ると、車窓の風景は急にのどかになった。住所で言えば、このあたりも周防市内だろう。でも、ここはもう、さっきまでいた世界とは違う。それが楽しくて、うれしかったのだ。

わたしはいま東京にいる。ものごころつく前に離れたので記憶には残っていなくても、東京がわたしの生まれ故郷だ。

思いだせないふるさとに帰ってきた。鮭ですか——って、やっぱりゴキゲンなんだな。

自動改札機が十台以上もずらっと並んだ二子玉川駅の改札口に、大輔さんがいた。

改札を抜けたタイミングで、大輔さんもわたしに気づいて、おーい、と手を上げてこっちに来てくれた。

「よお、元気だったか?」

「はい……すみません、いきなり」

「いやいや、それは全然かまわないんだけど、はるちゃんもほんとうは友だちと一緒のほうがよかったんじゃないのか?」

ディズニーランドに遊びに行くという嘘を信じている——ごめんなさい。

「美結さんとか雄彦さんとも、ひさしぶりにゆっくり会いたかったから」

「そっか、美結も楽しみにしてるよ」

笑ってうなずいた大輔さんは、「それはそうとして……腹、減ってないか?」と訊いた。「ウチに帰る途中に、美味い町中華があるんだけど、餃子とか、軽く食っていくか？」

おなかは空いていない。でも、大輔さんのウチは駅から徒歩十分ほどだし、ウチに帰れば食べるものはいくらでもあるのに、わざわざ誘ってきたということは――。

「じゃあ、餃子、ちょっとだけ食べていいですか？」

わたしの言葉に、大輔さんは一瞬だけ意外そうな顔になったあと、ほっとしたように笑った。どうせ無理だろうと思いながらも、わずかな可能性に賭けて誘ってみたのだろうか。だとすれば、やっぱり、なにか、ウチに着く前にわたしに話しておきたいことや訊いておきたいことが……。

「よし、じゃあ、行こう」

大輔さんは歩きだした。いいからいいから、とキャリーケースも持ってくれた。

「はるちゃんは餃子好きなんだっけ」

「ええ、まあ……そこそこ、ですけど」

「そこのお店はニンニクとかニラの入ってない餃子もあるし、水餃子もあるから、夜食にもけっこう人気なんだよ」

うわあ、楽しみです、と調子を合わせて笑ったあと、さりげなく探りを入れてみた。

「その餃子、美結さんも好きなんですか？」

「ああ、よく食べてるよ。ニコタマに住んでてあそこの餃子を食ってないと、モグリみたいなものだからな」

へえーっ、すごーい、とまた調子を合わせてから、続けた。

「テイクアウトはできるんですか？」

「ああ、焼餃子はＯＫだ」

「じゃあ、テイクアウトにして、美結さんと一緒に食べるのって、どうですか？」

「あ、いや……」

間違いない。これで確信した。大輔さんはウチに帰り着く前に、わたしと二人きりで話したいのだ。でも、なにを？

「やっぱりお店で食べまーす。餃子って、焼きたてのほうが絶対においしいし」

無邪気なお芝居をした。こういうのが得意なナンユウくんなら、どんなふうに笑うんだろうな、と思いながら。

大輔さんは「そうだよな、うん、そう、そうなんだよ」とうなずいて足を速めた。安堵しながらも、やっぱりお店に行くしかないんだよな、と覚悟を固めるような、複雑なうなずき方だった。

お店は、駅前の繁華街のはずれにあった。さすが人気店、夜十一時近いのにテーブルは満席で、カウンターにかろうじて二人分の席が空いているだけだった。

飲みものと餃子を注文した。中ジョッキの生ビールとウーロン茶が来ると、大輔さんは「じゃあ、まあ、どうも」とジョッキを軽く掲げて乾杯の真似事をして、グビグビグビッと勢いをつけてビールを飲んだ。ジョッキをカウンターに置き、「餃子、もうちょっとかかるかな」とつぶやいてから、隣り合ったわたしの顔を覗き込んで――いきなり本題に入った。

「はるちゃんが東京に遊びに来るって電話してきたとき……びっくりしたんだ。やっぱり、こういうの、運命の導きっていうのがあるのかなあ、って」

まいったよ、とため息と一緒に言った。

「……なにかあったんですか？」

「あったんだ」

今週の月曜日に、わたしの母親から連絡が――。

さっきまでわたしを包んでいたふわっとした空気が、急に張り詰めた。


大輔さんは、わたしの母親のことを話すときには、いつも「ふう」や「ふうちゃん」と呼ぶ。おとなの兄妹としての「史恵」や、わたしの立場から見た「お母さん」ではなく、子どもの頃の呼び名の「ふうちゃん」――わたしも、その呼び方がわりと気に入っている。「史恵」だと遠すぎるし、「お母さん」だと近すぎる。「ふうちゃん」だと、マンガやアニメのキャラクターみたいな親しみやすさと遠さが両立できる。

とにかく、ふうちゃんから大輔さんに連絡があったのだ。月曜日の夕方、まだ大輔さんは会社で仕事をしているときだった。

「最初は誰だかわからなかったんだ」

大輔さんのスマホに、アドレス帳に登録していない番号からショートメールが来た。

〈お元気ですか〉

他人行儀な言い方は、いつものこと――。

「でも、その一言だけだと、なにがなんだかわからないだろ。アドレス帳に入ってない番号なんだから」

返信はしなかった。すると、三十秒ほどたって、新しいメールが来た。

〈ふうです〉

それで大輔さんにも、送り主がわかった。返事をするかどうか迷っていたら、さらにまた新しいメールが来た。

〈お母さんと遥香は元気でしょうか〉

大輔さんは、伝えなくてはならないことを伝えた。

〈母は四月に亡くなりました。連絡したかったけど、いまのケータイの番号を知らないのでどうにもできなくて〉

返事は三分後――。

〈ごめんなさい〉

さらに一分後――。

〈遥香はひとりぼっちになったのですか?〉

大輔さんは〈はい〉とだけ返した。

「そっけない言い方になったけど、本音だ。おふくろが亡くなる前から、はるちゃんをひとりぼっちにしたのはおまえだろう、って」

わたしは肩をすぼめ、黙ってうなずいた。母親――ふうちゃんの話になると、いつもそう。わたしはむしろ被害者のはずなのに、なぜか一緒に叱られて、一緒に謝っている気になってしまう。

ふうちゃんは、そこから一時間近くたってから、返信した。

〈遥香は、元気ですか?〉

大輔さんは〈元気です〉という必要最小限の返信に、〈電話OK?〉という一言も添えた。

「そのほうが早いし、やっぱり兄妹だから、声も聴きたいしな」

でも、返事は、その夜のうちには返ってこなかった。

「火曜日の朝、やっと来たよ」

ふうちゃんは〈電話できません。音声通話はだめです〉と告げたあと、こう続けた。

〈遥香と会うのは難しいでしょうか〉

うそっ――。

思わず声が出そうになった。大輔さんも、わかるよ、とうなずいた。

「いきなりどうしたんだろうと思って、〈どうした?〉って送ったら、すぐに返事が来たんだ」

〈遥香に会いたいです〉

今度は声を抑えられずに、「マジ?」と訊き返してしまった。大輔さんだって驚いた。〈なにかあったのか?〉と送り、すぐに前日と同じ〈電話OK?〉と続けた。

返事は来なかった――金曜日の夜の、いまに至るまで。

水曜日に大輔さんは電話をかけた。呼び出し音二回で留守電になって、「兄ちゃんだけど、電話くれないか」と録音した。でも、コールバックはないままだった。


餃子が来た。大輔さんは「まあ食えよ」と言って、取り皿に酢と胡椒を入れてくれた。常連は酢と胡椒で一皿五個のうち前半の三つを食べて、後半に醬油とラー油で味を変えていくのだという。

お勧めの味つけで食べてみた。おいしいはずだけど、ショックが大きすぎて、味は「餃子だな」「酢と胡椒だな」としかわからない。

大輔さんも、わたしが一つめの餃子を食べ切るのを待ちかねたように、すぐに話を続けた。

ふうちゃんから大輔さんに連絡があったのは二年ぶりだった。

「でも、その前は、もっと短いスパンだったんだ。一年とか、一年半……短いときは半年に二、三度、連絡が来てたんだ」

「そんなに？」

全然知らなかった。大輔さんはわたしのまなざしを横顔で受け止めて、目は合わさずに、「黙ってて悪かったな」と言った。「でも、誰にも話さないほうがいいと思ったんだ」

誰にも——の中には、わたしだけでなく、麻由子さんや雄彦さんと美結さんも含まれている。

「だから、いまから言うことは、ウチのカミさんとか子どもたちには、できれば黙っててほしいんだけど……いいかな」

「……はい」

「ふうの連絡って、借金なんだ」

やっぱり。わたしもさっきから覚悟していたので、黙ってうなずいた。でも、その沈黙を勘違いしたのか、大輔さんはあわてて、言い訳するように言った。

「あ、いや、っていうか、借金って言っても大げさなものじゃなくて、十万円とか二十万円とか……ウチの貯金をどうこうしなくても、俺のほうでなんとかできる金額だったから、全然気にするアレじゃなくて」

合計額が知りたかったけど、大輔さんは「まあ、なんだかんだ言っても兄妹だから、それはいいんだ、べつに」と、細かいことは話してくれなかった。

「せっかく東京に遊びに来たのに、いきなりややこしい話をして、ごめんな」

謝るのは、むしろわたしのほうかもしれないのに。

「でも、いちおう、そういう流れなんだっていうことは、はるちゃんにも伝えておく」

「はい……ありがとうございました」

「それで、どうする？」

「――え？」

「もしも、はるちゃんが東京にいる間に、ふうからまた連絡があって、はるちゃんに会いたいって言ったら……どうする？」

困惑するわたしに、大輔さんは続けた。

「あと、周防に帰ってから同じように連絡があったら、どうする？」

大輔さんは体ごとわたしのほうを向いて、「どうする」の中身を、踏み込んで言い直した。

「会うか？」

すぐさま首を横に振った。考えて決める前に、体が勝手に動いてしまった。

2

翌朝は六時ちょうどに起きた。周防を発つ前に葛城さんに「東京ディズニーランドを口実にするんだったら、ポイントは早起きです」と言われていた。そうしないと、嘘にリアリティがなくなってしまうのだという。

「八時半にエントランスゲートに着くように逆算してください」

乗換アプリで調べると、ニコタマの駅を七時半出発、そこからさらに逆算すると起床は六時になったのだ。

睡眠不足だった。そもそも町中華のお店から大輔さんのウチに着いたのが日付の変わる少し前で、寄り道をさせたことで麻由子さんにお小言を言われている大輔さんを横目に、急いでシャワーを浴びた。麻由子さんはふだん使わない和室に布団を敷いてくれていたけど、美結さんが「ちょっと窮屈だけど、わたしの部屋で一緒に寝ようよ」と言いだして……他愛のない恋バナにも付き合わされて、しゃべり疲れた美結さんが部屋の灯りを消したのは、午前一時をとうに回った頃だった。

でも、なかなか寝付かれない。体は疲れているのに、目が冴えて、ちっとも眠くならなかった。美結さんの部屋には、専用のルーフテラスがある。デッキチェアを置くといっぱいになってしまう狭いテラスだけど、屋根の勾配をうまく目隠しに使っているので、周囲の家から見られる心配がない。美結さんも時候のいいときにはデッキチェアに寝ころんで読書や音楽を楽しんでいるらしい。

美結さんを起こさないようテラスに出て、デッキチェアに寝そべった。外は蒸し暑かったけど、夜空は晴れていて、星がたくさん見えた。意外ときれいな星空だった。

周防の星空はどうだったっけ。周防では見えていても東京にいては見えない星や、その逆の星は、あるのだろうか。ふと思って、外国に来たわけじゃないんだから、と笑った。

自宅から遠くを見るときは街並みや海のほうに目が行っていた。でも、あたりまえの話だけど、空は海よりも遠い。新幹線で行ける街よりも、夜空の星のほうが、ずっと、はるかに遠い。空の上から見れば、東京と周防の距離なんてゼロと変わらないだろう。

母親を、思った。結局、眠れない理由はこれなんだ、と認めた。

わたしはいま、東京にいる。母親はいまもまだ東京にいるのだろうか。もしも東京に暮らしているのなら、そこはニコタマからどれくらいの距離で、電車ではどれくらいの時間がかかって、その気になればすぐにでも行けるのだろうか——万が一その気になったりしたら、の話だけど。

星の光は、何百年とか何千年とか何万年もかけて届くのだという。地球の人びとが光を見たときには、じつはその星はすでに消滅している可能性だってあるらしい。

母親だって、そうかもしれない。大輔さんが伝えてくれた「遥香に会いたい」という言葉をたどっていった先に……ほんとうに、いるんだろうか……。


大輔さんの家族には「朝は勝手に起きて、勝手に行きますから、どうぞおかまいなく」と言っておいたけど、実際には麻由子さん手作りの朝ごはんをたっぷりごちそうになった。

「ディズニーランドで遊ぶ日は体力勝負だからね。しっかり食べて、スタミナをチャージしていきなさい」

早起きに付き合ってくれた美結さんも「今度来るときは五時起きで、七時台には向こうに着くようにしたほうがいいと思うよ」とアドバイスしてくれたし、今夜の帰宅時間も、雄彦さんが「花火まで見ていくんだろ？　あと友だちと一緒なんだし、ニコタマに帰るのは十一時過ぎになるよ、絶対に」と期せずしてフォローしてくれた。おかげで今日一日、早朝から夜遅くまで自由に動けることになった。

だからこそ、大輔さんの家族への申し訳なさがつのる。今日の嘘だけではなく、本人たちは知らないこととはいえ、わたしの母親の借金についても——ごめんなさい、ほんとうに。

ニコタマの駅までは、朝のウォーキングが日課だという大輔さんが散歩がてら送ってくれることになった。もちろん、それは口実……ではあっても、実際に二人で歩きだすと、会話はほとんどなかった。大輔さんは歩きながら肩を回したり肘や腕のストレッチをするだけで、たまに口を開いても、天気のこととか、ゆうべの町中華の話とか、ディズニーランドのお勧めのアトラクションとか、その程度だった。

最後の最後、駅のすぐ前まで来て、ようやく大輔さんは本題を切り出した。

「いちおう、はるちゃんとしては、まあ、もしも連絡があったとしても会わない、っていうことになったわけだけど……」

煮え切らない言い方をして、「いいんだよな?」と念を押した。わたしの返事も微妙に遅れた。うなずくしぐさに、ためらいがにじんで、大輔さんにも気づかれてしまった。

「気持ち、変わってきた?」

「っていうか……ちょっといま、揺れてるっていうか、迷ってて……」

「うん……それはそうだよな」

大輔さんは「どっちにしても」と続けた。「また連絡があったら、はるちゃんにも伝えて……いいかな」

黙ってうなずいた。

それで話は終わった——かと思ったら、駅舎に向かって歩きだしたわたしを呼び止めて、大輔さんは言った。

「俺の本音としては、一度だけでも会ってほしい。やっぱり、いろいろあったけど、ふうはたった一人の妹だし、親父もおふくろも死んで、たった一人の家族になったんだから、あいつの望みはなんとか叶えてやりたいんだ」

また黙ってうなずいて、歩きだした。今度はもう呼び止められなかった。でも、何歩か進んで振り向くと、大輔さんはまだその場にたたずんでいた。わたしの視線に気づいて、少し決まり悪そうに苦笑して、じゃあな、と手を振った。

葛城さんはニコタマの駅の改札で待っていた。

でも、電車には乗らない。近くのコインパーキングに車を駐めている。

「満員電車には、ふだんから乗らないようにしてるんです」

電車が混み合っていると、身動きの取れないなか、たくさんの人の背中が目の前にある。縁もゆかりもない一人ずつの記憶や走馬灯が、見たくなくても見えてしまう。それがキツいのだ。

「だから、あなたも、ほんとうはいまのままでいたほうがいい」

背中に手をあてるという一手間が必要なうちは、不用意に見てしまうことを防げる。

「まあ、いつまでもこの段階にとどまっているのか、先に進むのかは、あなたの持っている力しだいですが」

わたしの力に期待しているのか。逆に悲観して、同情しているのか。よくわからないまま、葛城さんは「行きましょう」と先に立って歩きだした。

「どこに行くんですか？」

「まずは村松さまのお宅にうかがいます。ここからだと二十分ほどです。成城という街ですが、遥香さんはご存じですか」

「名前だけですけど……芸能人とか、たくさん住んでるんですよね」

「彼も同じことを言っていました」

彼——ナンユウくんは、一足先に成城に来ている。ニコタマに向かう途中で葛城さんの車から降ろしてもらい、有名人にばったり出くわす偶然を狙って、成城学園前駅の近辺をうろうろしているのだという。

「有名人は電車は使わないような気もしますが、まあ、本人が満足するんなら、それはそれでいいかな、と思って」

「……すみません、なんか、迷惑ばっかりかけちゃって」

なぜわたしが謝るのかわからない。でも、謝らせ上手というか、なんとなく、そうさせてしまうものがナンユウくんにはあるのだ。

「まあ、彼がいま車に乗っていても、しゃべりどおしでうるさいだけですから。こっちもかえって助かりました」

「すみません、ほんと、おしゃべりなヤツなんで」

「話の核心から逃げるときに、彼はよくしゃべりますね」

「……え？」

「成城で車を降りた理由の半分は、遥香さんとまだ顔を合わせたくなかったんだと思います。あなたと会ってしまうと、東京に来た理由を訊かれるから、それが嫌だったのでしょう」

父の日に覗いてしまったお父さんの記憶について——。

葛城さんには話したのだろうか。

わたしには、いまだけでなく、これからも、話したくないと思っているのだろうか。

「どうせ一緒に車に乗っていたら、あなたに口を開かせる間もなく、ひたすらしゃべりどおしで、くだらない冗談ばかり言って……」

かなり迷惑になるところでした、と苦笑して、その顔のまま、続けた。

「どうも、少しつらいことがあったようですね、彼は」

いきさつをどこまで知っているのか確かめたかったけど、葛城さんは、これで話はおしまいです、と無言で告げるかのように足を速めてしまった。

車で成城に向かう間、ブレーメン・ツアーズについて簡単に説明してもらった。

「社長から、遥香さんに我が社の歴史をお伝えするよう言付かっています」

「……社長って、葛城さんのお父さんなんですよね」

「我が社は父が創業しました。昭和の終わり頃ですから、もう三十何年になります」

葛城晃太郎《こうたろう》さんという。

「息子が言うのもナンですが、父は、伝説の絵師と呼ばれていました」

「走馬灯の？」

「そうです。若い頃の父は、いまの私など比べものにならないぐらい、記憶の深いところまで潜ることができたそうです」

記憶の海から、かすかな思い出を探り出す。透きとおった思い出から、淡い色を見つける。どんなに色鮮やかでも走馬灯に描くべきではない思い出はていねいに消し去り、モノクロームのままだった大切な思い出にほんのわずかでも彩りがつくのを願いながら本人の記憶をさりげなく導いて、走馬灯を仕上げていく。

「父がお世話をしたお客さまも、私などにはとても手出しのできない人たちでした」

「有名人なんですか？」

「いえ、マスコミで話題になるとか、いまで言えばネットでどうこうとか、そんなレベルの話ではありません。文字どおり、世界が違う。もっと上の……もっと閉ざされて……もっと闇が深い……そういう世界です」

政治の上のほう。経済の上のほう。芸能界の上のほう。アウトレイジまで、あるのかも。

「昭和の終わりという時代は、遥香さんにはピンと来ないと思うし、私だって本や昔の動画で勉強するだけですが、走馬灯の視点で考えると、なかなか興味深いものがあります」

昭和の終わりから平成の初めにかけて亡くなった政治家や財界人は、戦争を知っている世代だった。それも、空襲を受けて逃げ惑う子どもではなく、おとなとして——さまざまな立場で戦争に直接かかわった世代なのだ。

苦い思い出はたくさんある。二度と思いだしたくないものも数多い。

年老いた彼らは、自分自身の記憶におびえるようになった。悪夢を見てうなされたり、ふとしたはずみで忘れていた思い出がよみがえってパニックに陥ってしまったり……。

なにより恐れたのは、死ぬ間際に、見たくないものを見せられてしまうことだった。

「つまり、自分がどんな走馬灯を見るのか、怖くてしかたないわけです」

戦争によって心に深い傷を負った人はもちろん……いや、むしろ、誰かの心に深い傷を負わせた側の人のほうが、おびえる。いわば自分の過去に復讐されるようなものだから。

「当時は、いまでいう認知症になった政治家が戦争中の幻覚を見て錯乱したり、終末医療でモルヒネを使った大物フィクサーが、最後の数日間、ひたすら泣きながら誰かに許しを乞うたり……いろいろあったようです」

そんな人たちの間で、ひそかに噂話が流れるようになった。

走馬灯を描き替えてくれる男がいる——。

破格の報酬を取るものの、彼に任せた人は皆、波瀾万丈の人生の締めくくりを心安らかに迎えられる。走馬灯をどう描き替えたのかは死にゆく本人以外にはわからない。ただ、誰の死に顔も、生前の厳しさや迫力が嘘のような穏やかな微笑みをたたえている。

その絵師こそが、葛城晃太郎さんだった。政財界の大物たちの間で、晃太郎さんのことはひそかに評判になっていた。人生の最期に見る走馬灯を美しく彩ってもらうと、安らかで穏やかな顔で旅立つことができる。

「昔もいまも、大物の政治家や財界人が占い師にすがったり、大事な決断をするときに霊能者や教祖に相談したりする話は少なくありません。その中には、詐欺師同然の輩もいたはずです」

でも、晃太郎さんはほんものだった。だからこそ、知る人ぞ知る存在のまま、ニッポンの戦後を率いてきたさまざまな分野のリーダーたちを何人も穏やかに旅立たせてくれた。

「決して表舞台に登場する存在ではありませんが、この国の歴史の、ある部分を担ってきたのだという自負は、父にはあるはずです」

晃太郎さんはブレーメン・ツアーズを創業した。あくまでも旅行会社として、思い出の場所をたどるオーダーメイドのツアーを企画するという形で、「表」の口実を整えた。でも、「裏」の仕事は、ずっと走馬灯の絵師だった。

平成も半ばを過ぎると、戦争に直接かかわった世代の仕事はだいぶ減ってきた。それでも、ブレーメン・ツアーズへの仕事の依頼は途絶えることはなかった。

「要するに、みんな走馬灯を見るのが怖いのです。政治でもビジネスでも、芸能界や文化やスポーツでも、きれいごとだけで成功できるほど甘い世界ではありません。勝ち残った連中はみんな、それなりにスネに傷を持っている。苦い思い出もあれば、後悔だってあるし、いろんなところで恨みを買っているわけです」

だからこそ、人生の締めくくりを迎える時期になると、怖くなる。自分ははたして安らかに逝けるのだろうか、と不安に駆られる。

「身勝手な願いですよね。さんざんひどいことをしておきながら、最後の最後はなにごともなかったかのように死にたいんだから」

葛城さんは苦笑して、「でも、その気持ちはわかります」と言った。「世代も時代も関係なく、臨終の瞬間に思いだしたくない記憶は、誰にでもあるわけですから」

ということは、ブレーメン・ツアーズのお客さんは、これからだって増えていく。

「私は幸いにして、父の持っている力を受け継ぎました。私以外にも、同じ力を持っている同僚もいます。ただ、絵師の数とお客さまの数が……つまり、需要と供給のバランスが、まったく取れていない。最近では、どこで知ったのか、海外からのオファーも少なくないのです」

たとえば、ベトナム戦争の記憶を背負ったアメリカの人から――。

たとえば、文化大革命で自分の親に自己批判させた中国の人から――。

たとえば、ベルリンの壁崩壊以前の東ドイツで、隣人を秘密警察に密告したドイツの人から――。

「ですから、身勝手な本音を言わせていただくと、今回、村松さまの仕事でたまたま遥香さんとナンユウくんと出会ったことは、我々にとって大きな幸運でした。あなたたちには、間違いなく、走馬灯の絵師になる力があります」

と、言われても――。

黙り込んでしまったわたしに、葛城さんはすぐに「申し訳ありません、先走りが過ぎました」と言って、「でも――」と続けた。

「私の父が……社長が、あなたに会うのを楽しみにしているのは確かです」

と、言われても――。

車は交差点を曲がった。「もうすぐです」と葛城さんは言って、そこから先は、もうなにも話さなかった。

ナンユウくんは、成城学園前駅のバスロータリーで待っていた。

ちょっと照れくさそうに「ウッス」と手刀で挨拶して、「母ちゃんのフォロー、お疲れっス」と笑った。

「……お小遣い、卒業までゼロだって」

わたしのほうも、照れ隠し、だった。

「ひえぇぇぇーいっ」

おどけて両手をひらひらさせるナンユウくんをスルーして、葛城さんは「じゃあ、行きましょう」と陰気に言った。

3

達哉さんは、ナンユウくんとわたしが来ることを、あらかじめ葛城さんから伝えられていた。もちろん、わたしたちの力についてはなにも言わず、「友だち同士で東京に遊びに行く予定を立てて、ブレーメン・ツアーズにも連絡したら、土曜日の朝に村松さんのお宅に行くんだと聞いたので、じゃあ一緒に……となった」という筋書きをつくった。

リアリティの面では、正直、かなり苦しい。そもそもせっかく友だちと東京に来たのに別行動までして村松さんたちに会うというのも、そうとうな無理スジで……。

でも、「幸か不幸か、いまの達哉さまには、そこまで考えをめぐらせる余裕はないと思います」と葛城さんが言っていたとおり、わたしたちを迎えた達哉さんは、ぐったりと疲れていた。応接間で奥さんを紹介するときの声や表情にも疲れがにじんで、一週間前に比べると、明らかに顔がやつれていた。

「せっかく来てくれたんだけど、おふくろ、今日はウチにいないんだ。施設の外出許可が出なくて……」

申し訳なさそうに言う言葉を引き取って、葛城さんが教えてくれた。

光子さんはおととしから、同じ成城にある老人ホームに入居している。それまでは達哉さんたちと同居していたものの、認知症が進行して症状が重くなったのを自覚して、迷惑をかけたくないから、と自ら強く望んだらしい。

「老人ホームっていっても、ふつうの施設じゃない。身の回りのことができるうちはマンションと変わらない居住棟で生活して、ベッドから起き上がれなくなったら二十四時間介護の介護棟に移って……という二段構えで、とにかく豪華で、介護や医療、あとは看取りまで、最高のサービスなんだ」

説明が終わるのを待って、達哉さんは葛城さんに言った。

「昨日から、介護棟に移りました」

葛城さんは「そうですか……」とうなずく。

それって、つまり――。

声に出して訊いたわけではなくても、達哉さんはわたしを見て小さくうなずき、「もう長くないと思う」と、コーヒーを苦そうに啜った。

先週の土曜日、周防から帰京する新幹線の車中で、光子さんは昏々と眠った。周防駅を出るとすぐに目をつぶって、あとはずっと、座席のリクライニングも倒さず、胸の上で両手を組んで、ひたすら眠りつづけた。

「大きないびきまでかいてたから、脳溢血じゃないかって心配になったほどで……」

周防に停車する数少ない『のぞみ』だったので、東京まで乗り換えなしだった。

「周防をお昼に出て、夕方に東京に着くまで、一度も目を覚まさなかった。飲まず食わずで、トイレにも行かずに、寝返りを打つわけでもなくて……とにかく、怖いぐらいぐっすり眠ってた」

東京駅まであと二、三分というところで、ようやく光子さんは目を覚ました。でも、それはただ、閉じていたまぶたが開いたというだけで、達哉さんが話しかけても反応はなく、虚空を見つめるまなざしも焦点が合っていない。列車が駅に着いても、とてもまともに歩けそうにはなかった。

「葛城さんがすぐに車掌に連絡してくれて、東京駅のホームに車椅子を回してもらった。席からホームまでは俺がおんぶして連れて行ったんだけど……」

ずっと謝っていた。

ごめんね、ごめんね、たっちゃん、ごめんね……と、呪文を唱えるように、ひたすら息子に詫びていたのだという。

わたしとナンユウくんは目を見交わした。

達哉さんはそれに気づくことなく、深々とため息をついて、言った。

「おふくろのその声が……耳について離れないんだ、いまも……」

帰京してからの一週間で、光子さんは目に見えて衰弱してしまった。食事を摂れなくなり、ベッドから起き上がれなくなって、体温も三十八度台になった。

そして、とうとう昨日、介護棟に移った。建前としては、体調が回復したらまた居住棟に戻れる。ただし、いままでの例では、それはまず望めない。

医師や看護師が常駐している介護棟では、看取りまでおこなう。いまの容態なら今日明日ということはないものの、心の準備はしておいてほしい、と医師は達哉さんに告げていた。

「ですから、そろそろ……」

達哉さんは葛城さんに言った。「仕事の締めくくりをお願いします」

「承知しました。明日、光子さまのもとをお訪ねして、走馬灯を仕上げさせていただきます」

「明日ですか？　たとえば、今日これから、というのは……」

「申し訳ありません、どうしても動かせない先約が入っておりまして」

達哉さんは一瞬不満そうな表情を浮かべたけど、葛城さんの口調は、ていねいで低姿勢ではあっても、交渉の余地はありません、と封じる強さがあった。

「……わかりました、じゃあ、明日、よろしくお願いします」

こちらこそ、と返した葛城さんは、「おととい光子さまとお目にかかった時点でのご報告になりますが、いまの達哉さまのお話からすると、おそらく走馬灯の内容に変化はないはずです」と前置きして、頭の中にあるノートをめくって読み上げるように続けた。

「光子さまは、とても安らかに旅立たれるはずです。幼い頃の貧しさや、お父さまや一番上のお兄さまを戦争で亡くされた悲しみ、口減らしで養子に出された弟さんとの別れ……さまざまなご苦労はあっても、そんな中のささやかな楽しさや幸せを、ほんとうに大切に記憶にとどめていらっしゃいました」

達哉さんは、幸せな思い出だけを走馬灯に残すよう頼んでいた。葛城さんはその注文どおりに苦労や悲しみの場面を消した。あと何日もしないうちに光子さんが見るはずの走馬灯には、父親に肩車されて雪景色を眺めた思い出や、弟のにらめっこの得意技だった寄り目の顔、家族総出で手伝った稲刈り……幸せなものばかり、描かれている。

「あと、母親が再婚して、ウチに入ってきた義理の父親には、ずいぶんつらくあたられたそうですが、そっちのほうは……」

「ご安心ください。きれいに消しておきました」

「ありがとうございます。母も喜びます」

「それで――」

葛城さんは、ここからが本番です、というように口調と姿勢を改めた。

「周防での五年半の空白も、いまは埋まっています」

わたしとナンユウくんはハッとして、動揺しつつ、緊張もしつつ、そろって葛城さんに目をやった。

一方、達哉さんは眉間に皺を寄せて、大理石のテーブルに置いたコーヒーカップをじっと、にらむように見つめて、「わからないんです……」と震える声で言った。「おふくろは、新幹線を降りるとき、なにを謝っていたんでしょうか」

一週間ずっと、それが達哉さんを苦しめていた。

「思い当たる節はありませんか」と葛城さんが訊いた。

答えは、すぐには返ってこなかった。達哉さんは途方に暮れたように肩を落とし、力なく首を横に振った。

「逆に、教えてほしいんです。おふくろの走馬灯には、どんな思い出が描かれていたんですか。それが私に謝ったことと関係あるんでしょうか」

葛城さんは「その前に確認させてください」と、光子さんと達哉さんが周防で過ごした一週間で出かけた先について尋ねた。

玖珂大島も佐波天満宮も、達哉さんが「行ってみようか」と誘って、光子さんが応じた。

「亀山温泉でしたっけ。そこはどちらが――」

「私です」

「旅館は――」

矢継ぎ早に訊く。問い詰めるようなテンポになった。達哉さんも少しムッとした様子で顔を上げた。でも、葛城さんはひるまず、達哉さんを正面から見つめ返す。

「旅館を決めたのは、どちらですか」

重ねて訊かれた達哉さんは、目をそらし、ソファーに背中を預けて「私です」と言った。「ずっと気になっていたんです」

「その旅館のことが?」

うなずいて、「割り箸の、箸袋です」と言った。「水明荘の名前が入った箸袋が、おふくろの財布にあったんです。きれいに、小さく折り畳まれて」

それを達哉さんが、たまたま見つけた。高校二年生の秋――連休を使ってサッカー部が九州に遠征に出かけた数日後のことだった。

「遠征は二泊三日で、その間はおふくろ一人だから……一晩を旅館で泊まっていても、わからないわけです」

最初は、三つ葉ケミカルのパート仲間と息抜きに出かけた可能性も、希望を込めて、考えていた。

でも、いまのようなネット検索はできなくても、むしろ昔のほうが、地元の評判というのはなまなましく伝わる。おとなの世界の事情通を気取るシュウコウの先輩が教えてくれた。水明荘という旅館は、団体や家族連れが泊まる種類の宿ではなかったのだ。

「そこまで来れば、まじめな高校生でもわかりますよね。息子の留守にワケありの温泉宿に泊まって、箸袋を大切に持ち帰ったことの意味ぐらい……わからないわけないですよね」

光子さんに訊くことはできなかった。征二さんにも、もちろん、伝えられない。なにも見なかったことにした。考えるのをやめて、胸の奥にしまい込んで蓋をするしかなかった。

「それこそ、私自身の走馬灯にその場面が描かれていたら、葛城さんに消してもらわないといけません」

無理をして笑った達哉さんは、遠くを見つめる顔になって、「なんで、いまさら、おふくろを水明荘に連れて行ったんでしょうねえ……」とつぶやいた。

葛城さんは、口調をやわらげて「私は、その選択は悪くなかったと思います」と言った。「光子さまにとって大切な思い出の場所であることは、間違いありませんから」

「きれいごとだと言われるかもしれませんが、掛け値なしに親孝行のつもりだったんです。たとえほんとうに、おふくろが親父や私に秘密を持っていたとしても、もう四十年以上もたっていて、親父も亡くなってるんだし、いまさら責める気はありません。それより、葛城さんがおっしゃるとおり、あの旅館がおふくろにとって大切な思い出の場所なんだったら、もう一度そこに行かせてやりたい……」

周防に向かう前に、亀山温泉に出かけることは伝えてあった。「ちょっと遠いから、疲れそうだったらやめるけど」と、光子さんの逃げ道もつくっておいた。光子さんは断らなかった。ああそう、と笑った。水明荘の名前を出したときにも、変化はない。

「カマをかけるつもりで、内心ではびくびくしながら、なつかしい？　って訊いたんです」

光子さんは、黙って微笑むだけだった。

「だから……だいじょうぶだろう、と思っていたんです」

そもそも、高校時代の達哉さんの取り越し苦労だったのか。

あるいは、四十年の歳月が流れて、光子さんの心の中で、周防でのやましい出来事も整理がついているのか。

「でも、そうではなかったわけです。だから、温泉に出かける前からおかしくなって、最後はあんなになってしまって……」

達哉さんはわたしとナンユウくんに目を移し、「きみたちにも迷惑をかけたよなあ」と寂しそうに笑って、また葛城さんに向き直った。

「結局、私はおふくろを苦しめてしまっただけなんでしょうか」

葛城さんが首を横に振った――そのとき、ナンユウくんが、絞り出すような声で言った。

「……泣いてたんです、光子さん。オレのこと、高校時代の達哉さんと間違えて、泣きながら謝って……許してほしい、って言ってたんです」

ソファーから腰を浮かせ、身を乗り出して、「オレ、まだ覚えてます」と左胸を叩いて続けた。

「光子さんの顔がこのへんにあって、わんわん泣いてるから、涙が出て、濡れるんです、オレのシャツ。で、涙って温かいじゃないですか、温かいっていうより、マジ熱いんですよね。だから、その熱さ、オレ、一週間たってもまだ覚えてるんですよ」

話しているうちに感極まってしまったのか、ナンユウくん自身まで涙ぐんでいた。

「だから、オレ、許してあげてほしくて……」

「許してる、最初から許してるんだ」

達哉さんは、あたりまえじゃないか、と諭すように笑った。「もう、四十年以上も昔のことなんだ、ぜんぶ時効だろ、そんなの」

「だったら言ってあげてください。光子さんの耳元で言ってあげたら、絶対に喜ぶし、安心するし……もう元気になるのは無理かもしれないけど、最後の最後、幸せになれると思うんですよ」

ああ、それいいかも、とわたしは大きくうなずいた。

達哉さんも「そうだな……」と応えた。

「でしょ？」とナンユウくんも泣き笑いの顔で、うれしそうに言う。

ところが、葛城さんはその場の空気を打ち消すかのように、「恐縮ですが、時間がありませんので」と、にこりともせずに言った。「話を元に戻させてください」――いまの展開に納得していないのが、はっきりとわかる。

達哉さんは怪訝《けげん》そうに表情を引き締め、わたしと目を見合わせたナンユウくんは、なにかマズいことしちゃったかなあ、というふうに肩をすぼめた。

そんなわたしたちを見回して、葛城さんは言った。

「光子さまの走馬灯に写し取られた周防の思い出は、いくつもあります」

達哉さんは無言の相槌を打った。

「ただし、ご家族と一緒の場面ではありません」

それは、つまり――。

達哉さんが息を呑む。

「残すことも、消すことも、別の思い出と取り換えることも、できます」

ナンユウくんがなにか言いかけたけど、葛城さんはそれをひとにらみで黙らせて、続けた。

「お決めになるのは、達哉さまです」

よろしくお願いします、と頭を下げた。

第七章

1

車は成城から高速道路のインターチェンジを目指して走る。

行き先は、ブレーメン・ツアーズのオフィス——社長が待っている。

「遥香さんが東京に来るのを、社長もほんとうに楽しみにしています」

葛城さんは父親の晃太郎さんのことを「親父」ではなく、「社長」と呼んだ。仕事と私生活はきちんと分けているのだろう。

「えーっ、オレのときは？」

助手席からガキっぽく張り合うナンユウくんに、「きみは勝手にいきなり来たんだろ」とそっけなく返す。「楽しみもなにも、迷惑なだけだ」

「……ですね」

「まあ、でも——」

葛城さんは苦笑した。「結果的には歓迎してるみたいだな、きみのことも」

「でしょ？　見る人が見ればわかってくれるんですよ、オレの魅力」

なっ、そうだよな、はるちゃん、と後部座席のわたしを振り向いて笑う。

でも、わたしは、付き合って笑う気にはなれない。さらに話しかけようとするナンユウくんを無視して、葛城さんに声をかけた。

「どっちだと思いますか？」

達哉さんの決断――光子さんが走馬灯に写し取った場面を、このまま残すのか、消し去るのか、別のものに取り換えるのか。

結論は出なかった。というより、葛城さんはあえて、その場では結論を出さないようにしたのだと思う。

達哉さんは一度はすぐに「消してください」と答えたものの、葛城さんが「かしこまりました」と応えると、「あ、いや、ちょっと待ってください……」と止めて、考え込んでしまった。すると、葛城さんは「次の予定がありますので」と手早く帰り支度を整えながら、「明日まででけっこうですから、ゆっくり考えて、また連絡をください」と言ったのだ。

葛城さんはわたしの問いを、最初は聞こえないふりをして無視した。でも、運転席まで身を乗り出して質問を繰り返すと、ため息をついて答えてくれた。

「わかりません」

「先に決めつけない、っていうことですか？」

「予断を持たないのは大切なことですが、それを抜きにしても、私にはわかりません。決めるのは達哉さまですし、達哉さまの考えや価値観にまで立ち入ることはできませんから」

「価値観？」

「そうです。人生の最期にどんな思い出と向き合いたいか……どんな思い出と向き合うことが人生の幸せな締めくくり方なのか……それを決めるのは、その人の価値観しかないのです」

達哉さんは、いったんは即座に消してほしいと望んだ。自分の母親が不倫の思い出と再会して人生を閉じるのが嫌だった、というより、悲しい思い出を光子さんに振り返らせたくない、忘れたまま、なかったことにしたまま人生を終えてほしかったのだろう。

でも、思い直した。走馬灯に残すという選択肢が、達哉さんをためらわせ、迷わせて、結論を遠ざけてしまった。

「あなたたちなら、どうしますか？」

逆に訊かれた。

わたしはナンユウくんが先に答えるのを待った。ナンユウくんも、きっと、わたしが先に答えるのを待っていたのだろう。だから二人とも無言のままになってしまった。

葛城さんは、それを見越していたのか、苦笑交じりに言った。

「難しいんですよ、ほんとうに」

「達哉さんが迷ってしまうことを、わかってたんですか？」

「誰だってそうです。どんな親子でも、夫婦でも、なんの迷いもなく走馬灯の絵を決められる人なんて……いません」

残すかどうか決められない絵が、必ず出てしまう。

「なぜだと思いますか？」

ナンユウくんもわたしも答えられなかった。

今度もそうなるのがわかっていたのだろう、葛城さんはすぐに「簡単な理屈です」と正解を教えてくれた。

「大切な思い出は、正しい思い出とはかぎらないからです」

正しくなくても——世間の常識や道徳に反していたとしても、その人にとって大切な思い出は、ある。

「人は間違えます。間違ったことをしてしまいます。でも、それがとても大切になるときだってあります。間違ったことをすべて切り捨てていったら、大切なことが残らなくなってしまうかもしれない」

珍しく熱のこもった声でひと息に言って、少し間を置いてから、「たとえば」と続けた。

「遥香さんにとっての、自分を捨てたお母さんのように」

さらに続けて、ナンユウくんにも。

「亡くなったお兄さんのことを、いまでも忘れられない両親のように」

すべてをお見通し——。

わたしが口を開きかけると、「ああ、すみません」と止められた。「私、高速道路の合流があまり得意ではないので、しばらく黙らせてください」

車はちょうどインターチェンジの料金所を抜けたところだった。複数のETCのレーンから車線に合流するので、渋滞するなか、前後左右の車の動きを見ながら進まなくてはならない。

葛城さんの運転は確かにぎごちなかった。一般道を走っているときはそうでもなかったのに、料金所を抜けたとたん、ハンドルを持つ両手に力がこもり、横顔がこわばったのがわかる。

周防をドライブしたときに運転が下手だと言っていたのは、わたしに光子さんの背中を触らせる口実だったけど、これはマジだな、と笑った。

初対面のときからずっと冷静で陰気だった葛城さんに、初めて人間味を感じた。

「葛城さん」

「――うん？」

「もうアレですよ、わたしにていねいな言葉づかいしなくていいと思う。フツーにしゃべってもらってOKだし、そのほうがわたしもいいな、って」

「――わかった、でもちょっと、いいから、いまは黙ってて」

合流の直前だったので、おしゃべりするどころではなかったのだ。

「がんばってくださーい」

笑いながら言って、プレッシャーを与えないよう、乗り出していた上体を元に戻した。安全第一。自分でも意外なほどゴキゲンだった。母親に捨てられたことを見抜かれていた、と知ったからだろうか。自分の秘密を知られてほっとするとは、思いもよらなかったけど。


走行車線に入って車の流れに乗ると、葛城さんもやっとひと息ついて肩の力を抜いた。そのタイミングを狙って、話の続きを――。

「しゃべっていいですか？」

「ああ……だいじょうぶだ」

お願いしたとおり、ていねいすぎる言葉づかいをやめてくれた。

「葛城さん、光子さんが周防にいた頃の走馬灯には家族が出てこないって言ってましたよね」

「……ああ」

「周防屋デパートの食堂でごはんを食べてるところとか、佐波天満宮のお参りとかも？」

「そもそも色がついてない。何度覗いてもモノクロのままだった」

「モノクロの思い出に色をつけるのって、絶対にできないんですか？」

いままで黙っていたナンユウくんも、わたしの言葉にかぶせるように「あと、これも――」と達哉さんの結婚披露宴の場面を挙げた。

「色がついてないのって、もったいないですよ」

な、はるちゃん、とわたしを振り向いて、「はるちゃんも見ただろ？　あの場面っていいよな、夫婦の歴史のゴールみたいな感じで」と言う。

確かにわたしもそう思う。でも、だったらどうして色がついていなかったのだろう、とも思ってしまう。それはつまり、光子さんにとって、決して大切な思い出ではなかった――夫婦の歴史は、人生の最期にあらためて振り返るほどの重さはなかった、ということなのだろうか。

「オレ、あの場面だけでも色をつけて、走馬灯に描いたら、絶対にいいと思うんだけどなあ……」

どうですか、と訊かれた葛城さんは、話にケリをつけるような口調で言った。

「遥香さんには周防で話したはずだ。こっちが勝手に色をつけることはできない。忘れていた思い出がよみがえるように導くことまではしても、最後は本人しだいだ。私たちにはそこから先の力はないし、たとえできたとしても……やらない」

なんで、と訊きかけたナンユウくんにかまわず続けた。

「幸せな思い出と、幸せそうな思い出というのは、違うんだ」

披露宴の場面は、確かに幸せそうに見える。

でも、光子さんは、結婚生活の後半では、征二さんに対して醒めきった感情しか持っていない、という。

葛城さんはそれを知っている。光子さんと短い時間しか過ごしていないわたしやナンユウくんには探しきれなかった思い出を、いくつも見つけてきたから。

「周防での不倫のことも、生涯を通して申し訳なさを背負っている相手は、達哉さんだけだ」

言われて、ふと思いだした。

ナンユウくんが不承不承ながらも「わかりました……」と引き下がったあと、今度はわたしが身を乗り出した。

「達哉さんが光子さんを見つめてる場面……色がついていたんですけど、あれは……」

「ああ、高校の制服を着てるやつだな」

すぐに通じた。葛城さんもすでに把握していたということだ。

「あれは消した。明らかに光子さんを苦しめる思い出になっていたから、そこはもう、最初のリクエストどおりに私のほうで判断した」

半分ほっとして、だからこそ、残り半分の納得いかない思いが胸から喉に迫り上がって、声になった。

「じゃあ、なんで不倫の場面は消してあげないんですか？　光子さん、苦しんで、あんなに泣きながら達哉さんに謝ったじゃないですか。達哉さんも消してほしいって最初は言ったじゃないですか。だったら、もう、すぐに――」

「正しくなくても大切なものはある、さっき言ったよな」

「はい……」

「そのあと、幸せそうな思い出と幸せな思い出は違うんだって、しっかり聞いてくれたよな」

「……そのつもりです」

「じゃあ、わかるだろう」

突き放された。

「不倫の記憶が光子さんの人生にとって大切なものかどうか、決めるのは本人だし、認知症でそれができなくなったあとは、達哉さんの役目だ」

勝手に消すわけにはいかないんだよ、と続けて、ウインカーを左に出した。高速道路の出口が近づいていた。

2

車は大通りから何本も奥に入っていった。渋谷のどのあたりになるのか見当もつかない。ただ、街の雰囲気は、お洒落でもセレブでもない。これなら周防とたいして変わらないかもしれない。

「ビルには駐車場がないので」と葛城さんが車を月極駐車場に入れたときには、身近な世界だと感じて、なんだかほっとした。

月極駐車場から会社まで、葛城さんのあとについて歩きながら、ナンユウくんが小声で言った。

「古いビルだから、びっくりするかも。築四十年って言ってた」

昭和の頃に建ったことになる。

「七階建ての三階で、エレベーターも古いし、同じフロアに別の会社も入ってて、トイレも共同で、ちょっとカビ臭いんだけど……」

でも、ナンユウくんは悪口を言っているわけではなかった。

「なつかしいんだ、すごく。思いっきり昭和レトロなんだけど、オレみたいな平成の真ん中生まれでも、なつかしく感じて……ほっとするんだよな」

確かにビルは古かった。エレベーターも古かった。三階に着くと、共同トイレのにおいが鼻をついた。カビっぽさと芳香剤の入り交じったにおいだ。ついでに、男子トイレからは誰かのくしゃみと、カラカラッとトイレットペーパーを引き出す音まで聞こえた。

なるほど、まさしく昭和レトロ——不思議ななつかしさや安心感も、ナンユウくんの言うとおりだった。

「土曜日だからオフィスは基本的に休みなんだけど、オレとはるちゃんのために開けてもらってるから。社長も出社するし、あと、大仏さまがいるから、びっくりするなよ」

「——はあ？」

「いーのいーの、見ればわかる」

三階には四つのオフィスが入っていて、廊下の突き当たりが、ブレーメン・ツアーズだった。磨りガラスのドアは、葛城さんが取っ手を引くとあっさり開いた。オートロックや認証システムはない。誰でもいつでもウェルカム、ということなのだろう。

受付のカウンターやパーティションもないので、戸口からはオフィスが一目で見わたせた。学校の教室の半分もない広さに、ミーティング用のテーブルと、応接ブース、スタッフのデスクが何台か、そして窓を背にした社長のデスクがある。

ただし、いまオフィスにいるのは、デスクワークをしている女性スタッフだけだった。太めの体形で、年格好はわたしたちの親よりちょっと上の、おばさんだ。

パソコンの画面から顔を上げたおばさんは、わたしたちと目が合うと、ニコッという音が聞こえそうなほど愛想よく笑って——。

「ナンユウくん、お疲れーっ」

同僚の葛城さんではなく、まずはナンユウくんに声をかけて、初対面のわたしに目を移し、笑みを深めて言った。

「はるちゃん？」

「……はい」

いきなり下の名前で、しかも「ちゃん」付けで呼ばれて、上から下までじろじろと見られた。失礼な行動だけど、おばさんは満面の笑みを浮かべているので、嫌な気分にはならない。いい笑顔だ。目が特に。線のように細くなって、目頭から目尻まできれいな弧を描いて、つまり三日月というか、タテ書き上カッコ――「⌒」みたいだった。

「わかるーっ」

不意に快哉を叫んだおばさんは、目を一瞬にして三日月から満月に変え、葛城さんに向かってまくしたてた。

「わかるわかるわかるっ、圭ちゃん、見る目あるっ、この子、いいっ、いいっ」

圭ちゃん――葛城圭一郎だから？

面食らいながらも、「わかるーっ」は、こっちだって言いたいことだった。

太めの体形と大きな頭、そして思わず拝みたくなる福々しい笑顔を合わせると、この人が、ナンユウくんの言っていた「大仏さま」なのだろう。

本人もすぐに、「名前は小泉《こいずみ》っていうんだけど、ダイブツさんでいいわよ」と言う。「どうせ陰でそう呼ぶんでしょ？」――いたずらっぽい目をナンユウくんに向けてから、わたしにタネ明かしをしてくれた。

ナンユウくんはブレーメン・ツアーズに来たその日のうちに、小泉さんに「わからないことがあったらなんでも遠慮なく訊いてね」と言われて、「みんなから大仏さまに似てるって言われませんか？」と訊いたのだ。

「すみませんっ、ほんと、ごめんなさいっ」

わたしが謝るしかない。「昔からそうなんです、思ったことをすぐ、べらべら……」

でも、小泉さんは「いいのいいの」と大らかに笑って、ナンユウくんの背中をドーンと叩いた。

「あたたたっ」と前につんのめりそうになるナンユウくんを笑顔で見つめるまなざしは、また「タテ書き上カッコ」になっていた。じゃあ、もうダイブツさんってことで……。

「この子は、それでいいの。空気は読むものじゃなくて、変えるものだからね。ナンユウくんは場の空気を変えてくれる力があるから」

なるほど、それはちょっとわかる気がする。

「重い空気を軽くするのって、ウチの仕事ではすごく大事なことなの。だから、社長も彼のそういうところを気に入ったわけ」

ダイブツさんはナンユウくんの背中をもう一発叩いて、「がんばりなさいっ」とハッパをかけた。

そのとき、ドアが開いて、大柄な男の人がぬうっと入ってきた。

社長だった。

「ああどうも、遥香さん、いらっしゃい」

昨日も顔を合わせていたような調子で挨拶して、くしゃみを一つ——さっき男子トイレにいたのは社長だったようだ。

「会うのを楽しみにしてました」

言葉とは裏腹に、たいして楽しみにしていなかったような顔で、応接ブースに向かうよう手でうながした。

顔だけのスマホの画面ではわからなかったけど、社長は背が高かった。葛城さんやナンユウくんと変わらない。しかも、ひょろりとした二人と違って、骨格がゴツい。山あり谷ありの何十年を生き抜いた年輪が感じられる。

短い白髪にゴマ塩の無精髭の、もっさりした雰囲気は、スマホで見たときとさほど変わらない。でも、もともと迫力があった目つきは、画面の二次元から現実の三次元に変わると、グッと凄みが増した。力んでいるわけではないのに、とにかく目ヂカラが強くて、深くて、やっぱり怖い。

そんな社長と、応接ブースで差し向かいになってしまった。

ナンユウくんは、ブースに入るのを葛城さんに止められ、いまはダイブツさんの「推し」のアイドル話に付き合わされている。ナンユウくんがそばにいないだけで、急に心細くなる。ダイブツさんがほめていた「空気を変える力」を、あらためて実感した。

社長は、まず一言、しわがれ声で言った。

「いいコンビだ」

「――え？」

「あなたとナンユウくん、いいコンビだ。葛城から聞いていたとおりだった」

会社では息子の圭一郎さんを「葛城」と呼ぶのだと付け加えた。

「仕事だからな、けじめはつけないと」

「でも――」

ダイブツさん、と言いかけて、あわてて正しい呼び名で続けた。

「小泉さん、『圭ちゃん』って呼んでました」

社長は、やれやれ、と苦笑した。

「しかたないんだ、あの人は。子どもの頃から可愛がってくれてたから、もう、いまさら変えられない」

「……意外と融通が利くんですね」

ちょっと気が楽になった。社長のほうも苦笑いの顔のまま、言った。

「意外と物怖じしないんだな、あなたも」

そんなことないです、膝震えてます、と言おうとしたけど、その前に——。

「だから、やっぱりナンユウくんとは、いいコンビなんだな」

社長は自分の言葉に、うんうん、とうなずいてから、不意に本題を切り出した。

「よかったら、走馬灯の絵師にならないか」

深いまなざしで見つめられて、言葉に詰まった。

「まあ、ゆっくり考えてくれればいい。まだ高校二年生だ。今日明日という話じゃないから」

社長は目ヂカラを少しゆるめて、苦笑交じりに、こんなことも教えてくれた。

「相方のほうは、ウチに来たときには、その場で退学届を書きそうな勢いだったけどな」

「ナンユウくん、卒業したらここで働くんですか？」

その問いにはイエスともノーとも答えず、遠くに目をやって続ける。

「あなたのことは、葛城から聞いている」

「……見えるんですよね、ぜんぶ」

「ああ、覗こうと思ったわけじゃなくて、見えてしまうんだ。それはそれで、因果なもので、しんどいんだぞ」

「葛城さん、満員電車に乗らないようにしてるって言ってました」

「電車だけじゃない。人混みがだめなんだ。そういう場所を避けてるうちに、どうにも陰気な男になってしまって、困ったものだ」

ははっと笑って、遠くを見つめたまま、口ずさむように言った。

「ふうちゃん、ふらふら、ふーわふわ……でいいのかな」

あるかないかのフシ回しは微妙に違っていた。でも、そこまで知られているんだなと思うと、かえって開き直れるというか、まいっちゃうなあ、と肩の力が抜けて楽になる。

「お母さんとは、その後は会ってないのか」

うなずいたあと、びくっとひるんだ。社長と目が合ったせいだ。ひときわ深い——胸の奥の奥の、さらにその裏側まで覗き込まれてしまいそうなまなざしだった。

「会ってみる気は?」

大輔さんの話がよみがえる。ゆうべや今朝の出来事も、もう記憶の一部になっているのだろうか。社長には見えているのだろうか。見えていて、あえてわたしの気持ちを確かめているのだろうか。訊いているのは社長なのに、答えるわたしのほうが、疑心暗鬼になってしまう。

答えに詰まっていたら、社長は、すっと目をそらした。

「私たちの仕事について、あらためて、簡単に説明をさせてもらっていいかな」

「……はい」

「ナンユウくんは、レクチャーよりも実際にやらせてくれたほうが手っ取り早くわかります、なんて言ってたんだけどな」

「落ち着きがないから、先生の話を席に着いて聞くのが苦手なんです」

社長は、ははっ、と笑って、話を本題に移した。

3

人は、自分の走馬灯を自分では描けない。人生の終わりにどんな思い出を目の当たりにするのか、決めることができない。それどころか、走馬灯の絵を前もって知ることすら叶わないのだ。

「臨終のときのお楽しみだ。一発勝負で、文句言いっこなし……そりゃあ言えないよな、文句があっても、もう死んでるんだから」

確かに、そのとおりだ。

「ずいぶんひどい話だと思わないか。どんなに幸せな人生を送っても、もしも走馬灯で嫌な思い出ばかり見せられたら、最後の最後で台無しだ」

「ええ……」

「まあ、逆に、不幸続きの人生でも、最後の最後に楽しい走馬灯を見て、笑って死んでいける可能性だってあるわけだ」

「はい……」

「問題は、『当たり』か『はずれ』か、前もってわからないし、見たあとで確かめることもできない、ということなんだ」

自分自身の走馬灯も、大切な人――たとえば家族の見る走馬灯も。

「愛する家族がどんな走馬灯を見て息を引き取ったのかはわからない。信じるしかないんだ。きっと幸せな走馬灯を見て、穏やかに、安らかに、旅立ってくれたんだろう、とな」

おじいちゃんとおばあちゃんのことを、ふと思う。二人ともどんな走馬灯を見たのだろう。ふうちゃんは出てきただろうか。それは「当たり」なのか、「はずれ」になってしまうのか……。

「我々の仕事がうまくいったのかどうかも、お客さんは信じるしかないんだ。成功だったか失敗だったか、誰にも確かめるすべはない。我々自身にも、突き詰めて言えば、仕事の結果を見届けることはできない」

それでも、依頼は途切れない。走馬灯の絵師の力を求める人は、跡を絶たない。

「傍から見れば、この仕事は怪しげな宗教もどきか、ただの詐欺だ」

ははっ、と笑う。わたしは笑い返していいのかどうかわからず、「はあ……」と相槌を打つだけだった。

でも、社長は笑顔のまま、胸を張って続けた。

「我々の力は、ほんものだ」――あなたの力もな、と顎をしゃくって付け加えた。


社長が例に挙げてくれたのは、ナンユウくんのお母さんにビデオ通話で話していた、心臓外科の名医の墓参りのツアーだった。

「守秘義務で名前は明かせないから……」

社長は少し考えて、その名医が「神の手」と呼ばれていたので、「神手さんにするか」と言った。そのセンス、わたしとはちょっと違うかも。

でも、とにかく、神手さんの話だ。

世界的に注目される難しい手術を何度も成功させた神手さんだけど、もちろん、すべての手術がうまくいったわけではない。

「名医の宿命だ。神手さんのもとには、ほかの医者がサジを投げた患者ばかり、藁《わら》にもすがる思いで、一縷《いちる》の望みを託して来るわけだ。難しい手術ばかりで、分は悪い。だめで元々だ。患者も家族もそれは承知のはずなんだが、実際に亡くなってしまうと、やっぱり、医者のせいになるんだ」

遺族からじかに抗議されたこともある。でも、それ以上に、感情を抑えた声で「ありがとうございました」と挨拶されるときのほうがキツかった。

もっとも、現役の頃には「神の手」のプライドもある。一人の患者の命を救えなくても、まだ次の患者が待っている。しかたないだろう、こっちもベストは尽くしたんだ、と割り切って前に進むしかなかった。

ところが、歳をとって現役を退くと、手術に失敗したときの夢をしょっちゅう見て、うなされるようになった。昼間でも、遺族に頭を下げる場面がフラッシュバックする。

「そんなことがしばらく続いて、不安になって、ウチに来たんだ」

自分の走馬灯には、失敗した手術のことや、亡くなった患者や、その遺族の顔が描かれているのではないか――。

葛城さんが記憶を覗いた。神手さんの不安は当たっていた。手術台で息を引き取った患者や、頭を下げる神手さんに悄然としたまま挨拶する遺族の姿が、いくつも、色つきで記憶に残っていたのだ。

消すことは簡単だった。オフィスの一室で、相応の時間をかければ、リクエストには応えられる。でも、葛城さんは、神手さんが救えなかった患者さんの墓参りのツアーを組んだ。

「それはそうだろう？　ウチは旅行会社だ。お客さんに旅をしてもらうのが仕事なんだから」

「……旅をすると、なにが違うんですか？」

社長は「その前に、ちょっと遠回りさせてくれ」と、デジタルのデータと人間の記憶の違いを語った。

デジタルのデータは時間がたっても変わらない。でも、人間の記憶は時間がたてば薄れていく。鮮やかだったものがぼんやりとして、前後の脈絡が読み取れなくなって、そのまま消えてしまうことだってある。

わたしが「劣化しますよね」と相槌を打つと、社長は苦笑交じりにかぶりを振って「私の考えは逆なんだ」と言う。

「……逆って？」

「記憶が薄れることや色褪せることは、必ずしもマイナスじゃない。いつまでも細かく覚えていたくないこともあるし、忘れたいことだってある。そうだろう？」

「それは……はい……わかります」

「なんでもかんでも、つい昨日のことのようにしっかり覚えていなくちゃいけないのは、かえってつらいぞ。川の石が水に削られてまるくなるのと同じだ。うまいぐあいに磨り減って、まるくなってくれたおかげで背負いやすくなる思い出だってあるんだ」

そうかもしれない、確かに。

「忘れるっていうのは、神さまが人間に授けてくれた、大切な力かもしれないよな」

大げさな言い方のはずなのに、社長の顔と声の力なのだろうか、不思議とすんなりと耳に入って、胸に染みた。

そこまでが——デジタルとの違い。

「でもな」と社長は続けた。

「思い出は、富士山と同じだ。登ってるときには、富士山の形はわからない。すぐ麓にいても、全体の姿はわからない。富士山の、あの形と高さを実感するには、だいぶ離れないといけないんだ」

思い出も、離れて振り返ると、見え方が違ってくる。

「幸せな思い出のはずだったのに、何十年後に振り返ると色褪せていたり、二度と思いだしたくなかったはずの日々が、むしょうに愛おしく思えてきたりもするんだ」

だから、お客さんに旅をしてもらう。そのうえで、あらためて走馬灯の絵を決める。それが、ブレーメン・ツアーズの仕事の流儀だった。

時間はかかる。手間暇もかかる。最初に「これを消して、あれを描き足して」と注文されたことをそのままやっていけば、仕事は早くすむ。そのほうが会社の経営としてもずっと率がいい。

「でも、私は、そういうことはしたくないんだ。お客さんに、もう一度、人生の記憶をたどり直してから、あらためて決めてほしいんだ。走馬灯から消したい思い出は、ほんとうに消すべきなのか、残したい思い出は、ほんとうに残すに価するものなのか……」

社長はそこで言葉を切って、「けっこう変わるんだぞ」と笑った。

旅を終えたあと、最初のオーダーでは消すはずだった思い出が「やっぱり残してほしい」となることがある。逆に、走馬灯に描き入れてほしかった思い出を「やっぱり、やめておきます」と断ることもある。

「私は、人間には三つの力があると思う」

一つめは、記憶する力。でも、記憶していても、それはデジタルとは違って、薄れたりぼやけたりする。だから、二つめは、忘れる力になる。

そして、三つめ――。

「なつかしむ力だ」

社長は虚空を見つめて微笑んだ。まさに遠い昔をなつかしむ顔になって、続けた。

「私は思うんだ、遥香さん。『なつかしい』というのは、あんがいと深い感情だぞ」

あの頃に戻りたいから、なつかしい。あの頃にはもう戻れないからこそ、なつかしい。あの頃の、あの出来事を、全面的に肯定するから、なつかしい。苦い後悔があるからこそ、なつかしい。満面の笑みで、なつかしい。泣きだしそうに顔をゆがめて、なつかしい。

「旅をして、自分の人生をなつかしんでほしい。そこから、最後に、走馬灯に残す絵を決めてほしい。私はそう考えているんだ」

心臓外科医の神手さんも、自分が助けられなかった患者さんにまつわる記憶はすべて走馬灯から消してほしい、と願っていた。

でも、葛城さんは「亡くなった患者さんのお墓参りに出かけませんか」と提案して、遺族との再会もセッティングした。神手さんは墓参を続け、遺族との再会を繰り返し……記憶は少しずつ、形を変えていったのだ。

遺族の対応は、さまざまだった。恐縮する人や感謝する人がいる一方で、線香を手向ける神手さんの背中を恨めしそうににらむ人もいたし、当時のことを蒸し返して怒りだす人もいた。お墓参りのあとで会食の席まで設けてくれた遺族がいたかと思えば、神手さんの挨拶すら拒んで、お墓の場所をどうしても教えてくれなかった遺族もいた。

半年がかりで二十人以上の墓参りをした。ようやく折り返しを過ぎたところだという。ツアーの日程はすべて葛城さんが決める。遺族への事前連絡もして、お墓参りができる場合はすべて——遺族が歓迎しているかどうかにかかわらず、神手さんに出かけてもらうことにしている。

「恨まれているのがわかっていても、案内するんですか？」

「ああ……墓参りを拒否された場合も、とにかくぜんぶ、そのまま伝えてる」

「神手さんがショックを受けたり、傷ついたりしても？」

「もちろん」

「記憶、やっぱり変わっていくんですか？」

「ああ、変わる」

「いいほうに？」

「そうなるときもあれば、逆もある」

神手さん自身の予想とはまったく違う対応をされることが、何度もあった。

「十年前に裁判沙汰になりそうなほど揉めた遺族が温かく迎えてくれたり、逆に、二十年後になって初めて恨みつらみをぶつけてくる遺族がいたり……いろいろあったらしい」

神手さんは、むしろ、厳しく対応した遺族と会ったあとのほうが、すっきりしていた。そして、旅を続けるにつれて、走馬灯に描かれる絵は、どんどん幸せに満ちたものになっていったのだ。

走馬灯の絵師の仕事は、自分が絵を描き直すことだけではない。むしろ、それは最後の最後の手段だった。

「そんなことをしなくてすめば、それに越したことはない。一番いいのは我々がなにもしなくても、走馬灯が幸せなものに変わっていくことだ」

「そんなにすぐに変わるものなんですか？」

「変わるさ。だから、人生は面白いんだ」

たとえば、と社長は続けた。

「遥香さんのような高校生にとって、大学受験は大きいよな。第一志望の大学に受かれば大事な喜びの場面として走馬灯に描かれるだろうし、落ちたら落ちたで、悲しくて悔しい場面として走馬灯に残る」

でも、三十歳を過ぎて、四十歳を過ぎて、五十歳を過ぎて……長く生きていけば、大学受験の結果なんてどうでもよくなる。走馬灯から消えてしまう。それでいい。十八歳のときの失敗を一生ひきずる人生は哀しいし、十八歳のときの成功に一生すがる人生は、もっと哀しくて、寂しくて、むなしい。

「なんか、わかるような気がします」

「だろう？」

社長はにやりと笑って、「人生をたどり直す旅をすることは、ほんとうに走馬灯に描くべき絵を選び直すことなんだよ」と言った。

「じゃあ光子さんも……」

社長はうなずいて目尻に皺を何本も寄せ、笑みをさらに深めた。

光子さんの記憶はツアーによって上書きされて、いままで空白だった走馬灯にも、新たに場面が描き込まれた。

明らかに悲しい思い出がたくさん――注文どおり、消した。

でも、悲しそうな思い出は、ほんとうに悲しいのかどうかわからない。

正しくなくても、大切な思い出だって、ある。

「上書きされた走馬灯は、できるだけ残したい……ということですか」

細かい話はしなかったのに、社長はすべてお見通しの顔で「大切なことは、たいがい、正しくないんだ」と笑った。「だから人生は、難しくて、面白い」

わたしもそう思う。うなずいたときに浮かんだのは、光子さんではなく、わたしの母親のことだったのだけど。

ブースの外では、ナンユウくんを相手に推しのアイドル話が佳境に差しかかっていたダイブツさんに、葛城さんが「もう、そろそろ」と声をかけた。次の仕事の時間が迫っているのだろう。

「せっかく来てくれたんだ。もう少しだけ付き合ってくれ。あなただって、乗りかかった船だ。村松光子さんの話は、最後まで見届けたいだろう」

いまから会いに行くのは、光子さんに深くかかわる人——。

「三つ葉ケミカルの所長の居場所がわかった」

名前は、近藤《こんどう》さんという。

「東京の、ずっと奥のほうの、介護施設にいる」

そこに向かう。葛城さんが達哉さんに言っていた「先約」や「次の予定」は、光子さんの仕事にかかわることだったのだ。

「あなたも、会ってみたいだろう?」

「……はい」

「じゃあ、一緒に出かけてくれ」

わたしが席を立つと、社長は、忘れものを思いだしたように「ああ、それで――」と、とぼけた口調で言った。

「あなたの走馬灯の絵、教えたほうがよければ教えるけど」

わたしは思わずあとずさった。膝の裏がぶつかって、椅子がパーティションに倒れかかる。

「けっこうです……ほっといてください」

言葉では足りず、両手をつっかい棒のように前に伸ばして、話を止めた。

社長は笑ってうなずいた。抜き打ちの試験に合格した生徒をほめるような、満足そうな笑顔だった。

4

葛城さんとナンユウくんのあとに続いてオフィスを出ようとしたら、わたしだけダイブツさんに呼び止められた。

葛城さんは「じゃあ、ビルのエントランスで待ってますから」と言って、ナンユウくんをうながして外に出た。ダイブツさんからの一言はなかったけど、あらかじめ示し合わせていたのか、そうではなくても話の中身に見当がついているのか、驚いた様子は一切なかった。

社長は自分のデスクに座って将棋雑誌をぱらぱらめくるだけで、こっちに関心すら寄せない。

ダイブツさんは「立ち話で言うのもアレだけど」と前置きしてから、いきなり本題を切り出した。

「はるちゃん、ウチの仕事やってみなさい」

「――え？」

「あんたは向いてる。ナンユウくんも磨けば光るタマだけど、あんたはすごい、磨かなくても光ってる」

走馬灯の絵師として、人の記憶を覗く力がある。

「あんたは、これから、もっともっと、どんどん、光っていく。ほんとだよ。わたしが言うんだから、間違いないんだ、うん」

いずれは、背中に触れなくても見つめただけで、その人の記憶が浮かんでくるようになる。それはそれで、しんどいことだから――。

「だったら仕事にしちゃいなさい。赤の他人の走馬灯のお世話をしなさい。そのほうがいい。そうしないと――」

ダイブツさんはにっこり笑う。両目が「タテ書き上カッコ」になった。

「あんたもいつか、見てはいけない人の記憶を見てしまうようになるからね」

昔のわたしみたいに、と付け加えた。

きょとんとするわたしに、社長が将棋雑誌から目を離さずに言った。

「彼女も絵師だったんだ。それも、たいへんに優れた絵師だった。まだ私が会社を起ち上げて間もない頃、小泉さんにはほんとうに助けてもらった」

ダイブツさんは照れくさそうに、「ダイブツでいいんですよ、ダイブツで」と言う。

「ナンユウがそんなことを言ってたな」

「わたしも意外と気に入ってるんですよ。彼がつけてくれたあだ名も、彼のことも」

「ああ、あなたはナンユウを気に入ってくれそうだなあ」

社長は雑誌を一ページめくって、笑う。

「圭ちゃんとはまた真逆のタイプだから面白いんですよ。いろんなタイプがいたほうがいいんです、この仕事は、絶対に」

「ああ……わかるよ、そのとおりだ」

社長は雑誌の棋譜に合わせて、虚空で駒を動かすしぐさをしながら、不意に話をわたしに戻した。

「遥香さん、あなたは誰の記憶を一番覗いてみたい？　この人の走馬灯にはどんな絵が描かれているのか、一番知りたい相手は誰なんだ？」

それは——。

「いま身近にいない相手でもいい。もしも、この人に会えたら……でも、かまわない」

だから、それは、やっぱり、わたしを産んで、捨てた、あの人——。

答えなかった。どうせ社長には最初から答えがわかっているだろう。

あんのじょう、社長は黙り込んだままのわたしに「やめとけ」と言った。「一番知りたい相手の記憶を覗くほど怖いことはない」

それを引き取って、ダイブツさんが、自分自身の話を聞かせてくれた。

走馬灯の絵師としてお客さんにツアーを企画して、必要なときには走馬灯の絵を描き替えてきたダイブツさんが、初めて、自分自身のために、最も身近な人の記憶を覗いた。

「ダンナの記憶……覗いたら、わたしの知らない女の人が出てくる場面がたくさんあってね……思わずカーッとなって……」

包丁で刺しちゃった、と笑った。

幸いにして、ダイブツさんの夫は一命を取り留めた。裁判でも執行猶予がついた。もっとも、警察の取り調べでも裁判でも、犯行動機のところで「夫に複数の愛人がいたことをなぜ知ったか」がネックになった。

「バカ正直に『ダンナの記憶を覗いたら、もう、次から次に愛人の顔が出てくる出てくる……』なんて言えないからね。結局、オンナの第六感ってことで押し切っちゃった」

さばさばと笑ったダイブツさんは、自分の話はそれで切り上げて、念を押すようにわたしに言った。

「はるちゃんも、仕事として割り切れるとき以外は、あまり記憶を覗かないほうがいいわよ。自分にとって身近で大切な相手なら、なおさらね」

「……はい」

「映画でも小説でもマンガでも、人の心を読み取れたり、未来が予知できたり、そういう特別な力を持った人って、みんな意外と苦労するのよ。最初のうちはその力がうれしくていろいろ使うんだけど、だんだん持て余してきちゃって、怖くなったりツラくなったりして……最後は、こんな力、ないほうがよかった、なんて」

確かにそういうストーリーのお話は多そうな気がする。わたしはいま、そんなお話の登場人物と同じ立場なのだろうか。

「人間、平凡なのが一番。ほんとうは厄介な力なんてないほうがいいの」

ダイブツさんはにっこり笑って、「でも、持ってしまったものはしかたないから」と続けた。

「あとはそれを上手に使っていきなさい。おばちゃんが言えるのは、ここまで」

そして笑顔のまま目をつぶり、右の手のひらを胸の高さに掲げ、左の手のひらは腰の高さで下からすくう格好になった。もしかして、これ、大仏さまのポーズ？

「はるちゃん、拝んで」――やっぱり。

「ありがたーい教えを授けたんだから、拝んでもバチは当たらないでしょ」

「……ありがとうございます」

軽く手を合わせて頭を下げた。ナンユウくんなら、もっと大げさに拝むんだろうな。

「よし、じゃあ行ってきなさい」

社長に声をかけられた。「葛城の仕事をよく見て……見るだけじゃなく、あなたもいろいろと考えてみるといい」

光子さんの走馬灯に残す絵について――。

わたしは黙ってうなずいた。

第八章

1

葛城さんは、三つ葉ケミカルの所長——近藤さんがいる介護施設の住所をカーナビに入力した。

東大和市という。画面に表示された地図によると、東京の北西のはずれ。施設は多摩湖という湖のほとりに建っていた。

「湖の向こう側はもう埼玉県だから……遠いぞ」

実際、カーナビの示した所要時間も、一時間半近い。

近藤さんの自宅は横浜だったはずだけど、いまはもう、家はない。

去年、奥さんが亡くなって、娘さんが家や土地を処分した。近藤さんが施設に入ったのはその二年前。奥さんはまだ元気だったものの、近藤さんに認知症の症状が出ていたので、娘さんの強い勧めで入所したのだ。

娘さんは結婚をして、千葉県の幕張に住んでいる。東大和市からは二時間近くかかるらしい。横浜と東大和も、二時間は見ておかないといけない、という。ああ、そういうことか、とわたしはうなずいたけど、ナンユウくんは「え、マジっすか?」と声をあげて驚いた。「そんなに遠かったら、会いに行くのも大変じゃないですか」

いかにもナンユウくんらしい発想だった。優しい。で、ちょっと甘い。

葛城さんも苦笑して、「最初からそのつもりはないんだ」と言った。「預けっぱなしだから、むしろ遠いほうが気が楽なんだろう」

「でも、夫婦でしょ？　一人娘でしょ？　お母さんが死んだあとは、娘さんにとって親父さんがたった一人きりの家族でしょ？　えーっ、なんなんだよ、それ、おかしくない？」

ナンユウくんはほんとうに優しい。で、やっぱり、すごく甘い。葛城さんも黙って受け流し、車を発進させた。


「きみたちにも前もって伝えておくよう、社長に言われてるから」と、葛城さんは近藤さんのその後の人生をかいつまんで教えてくれた。

三つ葉ケミカルでは一貫して営業畑を歩いた近藤さんは、サラリーマン人生の締めくくりはベトナムのホーチミンで迎えた。

「五十前までは国内の営業拠点を回ってたんだけど、出向先の関連会社が東南アジアで農地開発を進めていたんだ。六十歳で定年になる直前のタイミングで、肥料販売の合弁会社ができて、近藤さんが日本側のＣＯＯになった。要するに現場のトップだ」

「じゃあ、めちゃくちゃ出世してるわけ？」

ナンユウくんは、驚いて、そして受け容れたくない様子で言った。その気持ち、わたしにもわかる。質問は、もうナンユウくんに任せればいい。

「微妙なところだな。小さな会社だし、アジアの農業ビジネスはいろいろと大変だから、面倒な役回りを押しつけられたとも言える」

ただ、と葛城さんは続けた。

「本人にとっては、日本から遠く離れたベトナムに行くのは、よかったんじゃないかな」

「なんで?」

「近藤さん、家庭崩壊だったんだ」

「奥さんと仲が悪かったんですか?」

「それもあるけど、娘さんと、もう、決定的にだめだったみたいだ」

一瞬、光子さんの記憶に刻まれていた近藤さんの家族写真が浮かんだ。近藤さんは、それをわざわざ写真立てに入れて、単身赴任先の周防のアパートに飾っていたのだ。

「いつから? ひょっとして、周防で不倫したのがばれちゃったから、とか?」

「原因というより、始まりだな」

光子さんとの不倫は、家族にはばれなかった。でも、周防での単身赴任を境に、近藤さんはすっかり変わってしまったのだという。

周防で暮らした三年間は、近藤さんにとっては初めての地方勤務だった。単身赴任生活も、もちろん初めて。慣れない一人暮らしに四苦八苦していた近藤さんを見かねて、パート従業員の女性がなにかと世話を焼くようになった。それが光子さんだった。取れたボタンを繕ったり、つくりすぎたという野菜の煮物を会社に持ってきて「外食続きだと栄養が偏ってしまいますから」と渡したり、というところから始まって、やがてアパートの部屋を訪ねるようになり、二人でドライブにも出かけるようにもなって……そういう関係になってしまった。

「横浜に帰って半年ほどは本社勤めだったんだが、また異動になって、今度は九州の熊本に単身赴任したんだ。その後も、仙台や神戸や金沢、岐阜……四十代から定年までの二十年近く、家にはほとんどいなかった」

上から言われた異動もあったけど、近藤さんが自分から手を挙げたケースも多かった。

なぜなら——。

「娘さんに言わせれば、単身赴任で羽を伸ばす楽しさを覚えたんだな」

それは、つまり——。

「若い頃は真面目な性格だったらしいから、そのぶん、一度タガがはずれてしまうと歯止めが利かなくなるんだろうな」

愛人が四人。

「熊本が最初で、あとは神戸と金沢と……ベトナムにも」

奥さんも察していた。でも、あえて放っておいた。

「まあ、夫婦のことは本人たちにしかわからないし、三つ葉の管理職なら充分に収入もあるし、愛人のほうも不倫とはいっても、お互いに割り切った関係だったから、奥さんからダンナを奪うとかの修羅場にはならなかったみたいだ」

光子さんの記憶に刻まれた近藤さんは、そんなに悪い人には見えなかったけど——違うか、そもそも不倫してたんだから、そこでアウトだな、と思い直した。と同時に、不意に一つの問いが脳裏に浮かんだ。

「嫌な思いをさせたかな。社長に言われたから話したんだけど、やっぱり高校生に聞かせるようなことじゃないよな」

葛城さんは申し訳なさそうに言って、「とりあえず予備知識として、それだけ頭に入れておけばいいから」と話を終えようとした。

「あ、でも、一つだけ――」

わたしは思わず言った。「近藤さんは、光子さんのことも割り切ってたんですか？」

ナンユウくんは「割り切る」の意味がさっきからよくわかっていないみたいで、「愛し合ってたんだろ？　だから付き合ってたんじゃないの？」と割って入った。ごめん、ナンユウくん、もうちょっとおとなになろう。

わたしは後部座席から身を乗り出して、葛城さんに「どっちなんですか？」と訊いた。無視されたナンユウくんがなにか言いかけたけど、ストップ、黙ってて、と手で制して続けた。

「そこ、すごく大事じゃないですか？」

「ああ……大事だ」

「わたし、光子さんは割り切ってなんかいなかったと思います。離婚まで考えたかどうかは知らないけど、本気で、近藤さんのことを好きだったんだと思ってます」

だからこそ、記憶に鮮やかに残っていた。だからこそ、達哉さんと間違えたナンユウくんに取りすがって、泣きながら謝った。なにより、近藤さんとの思い出には、色がついている。

「でも、近藤さんが光子さんのことをどう思っていたかは、わからないから」

光子さんの記憶に残っている近藤さんの姿は、あくまでも光子さんが見た姿だ。達哉さんのケガの報《しら》せを受けて病院に向かうとき、憔悴する光子さんを励ましてくれた優しさだって――まったくの勘違い、すっかりだまされていた、ということもありうるはずだ。

「どっちなんですか？　近藤さん、光子さんのことを本気で愛してたんですか？」

勢い込んで訊くわたしに、葛城さんはどこまでも冷静に「わからない」と答えた。「俺も近藤さんと会うのは今日が初めてだ」

「じゃあ……」

「それを知るために、いまから会うんだ」

葛城さんは「ずっと昔、近藤さんにお世話になった者の息子」になりすまして、三つ葉ケミカルに問い合わせたり、娘さんに連絡を取ったりした。

もちろん、いきなり電話をかけても相手にしてもらえるはずがない。

「ウチには弁護士がいるから、その弁護士の先生から、こういう依頼を受けたので……という形で連絡してもらったんだ」

ナンユウくんが「顧問弁護士ってやつですか？　かっけーっ」と笑った。

「カッコいいかどうかはわからないし、顧問じゃなくて社員だけど、弁護士の資格を持っているのは確かだ」

「社員さんだったら、オレ、会ってます？」

「さっきまで会ってたよ」

ダイブツさん――。

「とにかく、弁護士からの電話や手紙は、会社相手でも個人相手でも効くんだ。いろんなハードルが一気にクリアできるし……小泉さんには、それをさらに超える力があるんだ」

近藤さんの娘さんに会って、父親との不仲を打ち明けてもらったのも、ダイブツさんだった。

「俺があの人に頭が上がらない理由、わかるだろう？」

珍しく冗談めかして言った葛城さんに、わたしとナンユウくんは、同時に大きく何度もうなずいた。

2

近藤さんのいる介護施設は、湖畔の丘に建っていた。遠くから見ると、ちょっとお洒落なリゾートホテルのような雰囲気でもある。

「でも、業界の評判は悪い。同じレベルの施設の相場より、入居一時金も月々の利用料も、かなり高い。その代わり、いったん入れてしまえば、家族にはよほどのことがないと連絡がいかないし、よほどのことがあったとしても、あとはお任せします、と言われれば、そのとおりにやってくれる。そういう方針の施設だ」

「……うば捨て山みたいなものですか」

「ああ。でもニーズはある。どんどん増えてる」

同じ社会福祉法人が手がける施設は、首都圏にいくつかあって、どこも入居の順番が二年待ちや三年待ちだという。

「まあ、それだけ、厄介払いされる年寄りが増えてるってことだ」

「近藤さんも……ですか？」

「娘さんからすれば、高いカネを払ってここに入れるのが、ぎりぎりの親孝行だったというわけだ」――今日訪ねることも、「どうぞお好きなように、こちらはどうでもいいですから」という態度だったらしい。

事務所のカウンターで面会の受付をすませると、ホテルのロビーのようなラウンジに通された。ラウンジの外の広いテラスからは湖が一望できる。

テラスで話すことにした。近藤さんはもう車椅子を使わないと移動できない。あと半年もしないうちに寝たきりになるだろう、とフロントのスタッフは事務的に教えてくれた。

認知症のほうも入居して一気に進んだ。しかもスタッフによると、今日は「底」だという。誰と会っているか全然わからない、というより、誰かと会ったということさえ認知できない。そんな状態でも、記憶はある。取り出せないだけで、ちゃんと残っている。それがすごいというか、怖いというか……。

テラスから眺める多摩湖は、さえぎるものがなにもなく、対岸の遠くの山並みまで見わたせる。円筒にドーム形の帽子をかぶせたような取水塔が二つ、静かな湖面から顔を出している。

でも、せっかくの景色も、わたしたち三人以外に眺める人はいない。梅雨の晴れ間の週末なのに、ラウンジで家族や知り合いと面会している人はいなかった。テラスのベンチやガーデンテーブルセットもほとんど使われていない様子で、雨風に晒され、土埃をうっすらかぶっていた。やはりここは、うば捨て山なのだ。

富士山はどっちの方向になるんだろう。ねえ、ナンユウくん、と訊こうとしたら、すぐ後ろにいたはずのナンユウくんは、落ち着きのない様子であたりをうろうろと歩き回っていた。

「どうしたの?」

声をかけると、顔を上げた。わたしと目が合ったのは一瞬だったけど、ちょっと様子がおかしいのはすぐにわかった。体調が急に悪くなったのか、というか、体より心、だろうか。

ナンユウくんは葛城さんのほうを見て、「オレ……ちょっとラウンジで休んでていいですか」と言った。

わたしはきょとんとするだけだった。でも、葛城さんはほとんど驚かず、それはそうだろうな、と納得顔でうなずいた。

「ああ、まったくかまわない」

「……いいですか」

「近藤さんの記憶、見たくないんだろう？」

「……はい」

「記憶を見るのが、怖くなったか」

打ち消そうとしたナンユウくんも、それを呑み込んで、「すみません」とうつむいた。

「謝ることはない。あたりまえのことだ」

それでやっとわかった。父の日にお父さんの記憶を覗いたことを思いだしたのだろう。よほど見たくなかったものを見てしまった、のだろうか。

ラウンジに戻るナンユウくんの背中を見送りながら、葛城さんはわたしに訊いた。

「きみは、いいのか」

「はい……だいじょうぶ、です」

「怖くないか」

わたしは黙ってうなずいた。

葛城さんはナンユウくんの背中に小さく顎をしゃくって言った。

「彼は、とても優しい」

「……か、どうかは、よくわからないけど、いいヤツです」

「きみは、強い」

「……全然わかりません」

「どっちにしても、きみたちはいいコンビだ」

ナンユウくんと入れ替わりに、車椅子の近藤さんが姿を見せた。

まだ距離があるので、表情の細かいところまではわからない。ただ、全体の雰囲気には確かに見覚えがある。光子さんの記憶に残っていた四十年ほど前の面影が、いまの近藤さんにも残っている。

でも、スタッフに車椅子を押してもらう近藤さんは、呆然とした様子で遠くを見ているだけだった。ここはどこだ、なぜここにいるんだ、と困惑した様子すらなく、そもそもわたしたちの存在に気づいていないのか、湖のほうに向いたまなざしも動かない。

スタッフが耳元で話しかけて、こっちを指差した。でも、近藤さんの反応はなにもない。車椅子がわたしたちのすぐそばまで来ても変わらない。認知症の症状は、光子さんよりもずっと重そうだった。

ガーデンチェアに座って近藤さんと目の高さをそろえた葛城さんは、最初に決めた設定どおり、「父親の大切な恩人」にていねいに挨拶をした。

「父がたいへんお世話になりました。近藤さんの話は子どもの私たちも、よく聞かされていました。父も近藤さんにぜひもう一度お目にかかってお礼を申し上げたいと言っていたのですが、残念ながら去年亡くなりました」

わたしは車椅子の後ろに回った。

「父は特に、単身赴任の大先輩として近藤さんのことを尊敬していました。単身赴任のコツや楽しみ方をたくさん教わったそうで」

近藤さんの顔は動かない。

「単身赴任の大ベテランですよね。父から聞いただけでも、えーと、熊本に仙台に、神戸も、あと金沢や岐阜も……」

あえて周防は省いて、「ほかにどこかありましたっけ？」と訊く。

あいかわらず近藤さんの反応はない。単身赴任の話題を出しても、テラスから眺める多摩湖の静かな湖面のように、意識にはさざ波一つ立たなかった。

でも、それはあくまでも目に見えるところだけ——多摩湖の深いところでは嵐のような渦が巻き起こっているのかもしれない。近藤さんの記憶だって……もしかしたら……。

呼吸とともに上下する近藤さんの肩の動きに目を凝らし、呼吸のタイミングを合わせて、背中にそっと指をあてた。

近藤さんの記憶はひどく混乱していた。時間の流れがめちゃくちゃだし、一つずつの場面も見づらくてしかたない。

映像がガタガタのコマ落ちになったり、グニャグニャとゆがんでいたり、音が不意に途切れたり、逆にハウリングが耳をつんざいたり、映像が動かなくなってしまったり、倍速になったり、砂嵐のようなノイズに覆われてなにも見えなくなってしまったり……。

まるで動画再生アプリがバグってしまったみたいだった。光子さんのときとはまったく違う。認知症の重さの差が、こういうところに出ているのだろうか。

記憶のほとんどは色がついていない。つまり、走馬灯には出てこない。

大きな仕事に成功して同僚と祝杯を挙げている場面も、中学校の運動会で選手宣誓をした晴れ舞台も、工場のスタッフを集めて颯爽と指揮を執る姿も……残念ながら、息を引き取る瞬間には浮かばない。

代わりに、近藤さんが最期に目にする可能性があるのは――。

奥さんがいた。歳をとった奥さんと二人で温泉旅館の日本庭園を散歩していた。

娘さんもいた。赤ん坊だった娘さんを「高い高い」して、東京オリンピックのマラソンを沿道から応援する場面にも、確かに色がついていた。

中年の女の人がいる。マンションのキッチンで料理をつくりながら、近藤さんに話しかけている。話の細かい内容はわからなくても、関西のお笑い芸人さんでおなじみの語尾やイントネーションだった。

別の中年の女の人を助手席に乗せて、砂浜の波打ち際をドライブしていた。ここ、見たことがある。石川県の千里浜《ちりはま》なぎさドライブウェイだ。

ということは、この二人は、神戸と金沢で不倫をしていた相手――？

うんと若い女性も出てきた。「女の人」ではなく「女の子」と呼びたいほど。娘さんではない。顔立ちや肌の色合い、背景の街並みで、日本とは違う国の人だとわかった。

じゃあ、ベトナムでの思い出――？

胸が高鳴って、息苦しくなった。

近藤さんの記憶には、そのベトナムの彼女が何度も登場する。すべて色つき――ワイセツすぎて、まともに見ていられない場面も含めて。こんなものが走馬灯に写し取られる可能性もあるのだ。

八十九歳の近藤さんは、もういつ亡くなっても天寿をまっとうした大往生ということになるだろう。家庭生活はともかく、日本を代表する大企業で長年働いて、それなりに出世もした。そんな人生の締めくくりに見る走馬灯に、「モザイクつけなさいよ」と言いたいものが交じってしまうのは、情けない話なのか、それこそが人間の奥深さなのか、正直、よくわからない。

奥さんや娘さんとの思い出も、けっこう、というか、めちゃくちゃ都合がいい。奥さんとの夫婦ゲンカの場面や、娘さんに口もきいてもらえない場面は、ほとんどが半透明の、忘れてしまった思い出だし、記憶に残っているものも、すべてモノクロ――走馬灯には登場しない。

色がついているのは、幸せな場面だけ。

特に娘さんについての記憶は、時代がすごく偏っている。走馬灯に登場するのは、おとなになる前、つまり近藤さんが単身赴任中に不倫を繰り返していたことがばれてしまう前、要するに「よき夫で、よき父親」のふりをしていた頃の思い出ばかりだった。

なんなの、これ……。

娘さんの手を引いて、上野動物園のパンダを見ている。私立中学校の合格発表の瞬間、掲示板の前で家族三人で抱き合っている。成人式の振袖を着た娘さんとスタジオに出かけて、ツーショットで写真を撮っている。

ちょっと待ってよ……。

娘さんが成人式を迎えた頃は、近藤さんはもう光子さんとの出会いと別れを終えている。熊本か、仙台か、また単身赴任をして、また不倫をしているはずだ。それで、シレッとした顔をして記念撮影できるわけ？

さらに、こんな思い出も色つきだった。

娘さんが手作りしたバレンタインデーのチョコが小包で届いた。近藤さんはそれを一人暮らしの部屋で受け取って、娘さんと長電話をしながらチョコを食べていた。

この部屋、見覚えがある。光子さんの記憶に残っていた、周防で単身赴任しているときの近藤さんの部屋だ。近藤さんは、光子さんとの不倫中に娘さんから届いたバレンタインのチョコを、おいしそうに、うれしそうに食べていた。しかも、それが色つきの思い出になって残っている。光子さんの思い出は、まだ、なにもないのに。

光子さんを探した。でも、なかなか見つけられない。

途中で、いろいろな記憶が見えた。色つきのものもあれば、そうでないものもある。だんだんわかってきた。わからないほうがよかった。社長の言うとおり、記憶が見えるというのは、やっぱり因果なものなのだろう。

近藤さんって、すごい人だ。皮肉が八割だけど、残り二割は、これはこれでたいしたものだな、と認める。皮肉十割か、やっぱり。

このままだと、近藤さんの走馬灯は、自分にとって都合のいい思い出だけで仕上がるのだろう。偶然なのか、才能の一種なのか、なにかの宗教を篤く信仰したおかげでそうなったのかはともかく、楽しい思い出だけで構成された走馬灯の中に光子さんがいないというのは、つまり……。

いた。やっと見つけた。

暗闇の中にかすかに浮かんでいたのは、間違いない、光子さんだ。近藤さんをじっと見つめている。食い入るように、というか、思いつめた顔で。

背景は見えない。暗闇にただ四十数年前の光子さんの顔だけが浮かぶ。半ば透きとおっていて、しかも色はない。忘れてしまった思い出で、走馬灯に決して写し取られることのない場面だった。目を凝らし、耳をすませた。聞こえた。光子さんは、涙交じりの声で近藤さんに訴えていた。

「……一緒に……一緒に……」

お願い、と続けた直後、動画がプツンと切れるように、正真正銘の暗闇になった。

3

車が施設の駐車場を出るまで、わたしは黙り込んでいた。

葛城さんも、スタッフの前では近藤さんにていねいな別れの挨拶をしていたけど、近藤さんが姿を消したあとはほとんど口をきかなかった。

ナンユウくんも、わたしたちの様子にただならぬものを感じているのか、そもそも記憶を覗くことじたいにおびえているのか、いつもの明るさは微塵もなく、黙って助手席に座っていた。

車が走りだすと、わたしは一言だけ口にした。

「……サイテー」

もっと本音を出せるなら、やつあたりで助手席の背もたれを後ろからキックしたいほどだった。

「葛城さんは……走馬灯まで、見たんですよね」

「ああ、見た」

「教えてください。あの人の走馬灯、どんなのが描かれてたんですか」

わたしは初心者だから、見逃してしまった色つきの場面があるかもしれない。あってほしい。そこに光子さんがいるかもしれない。いてほしい。

でも、葛城さんは冷静な口調で言った。

「結論から先に言うと、近藤さんの走馬灯に、光子さんはいない」

周防の思い出で走馬灯に写し取られたのは、二つの場面だけ。

「一つめは、工場に本社から視察に来た専務に、じきじきに激励されて、二人並んだ写真を撮ってもらったときだ」

ナンユウくんが「なに、それ」とあきれた声をあげた。

「そういうのが大切な思い出なんだ、あの人にとっては」

でも、もっと大切にしているのは、二つめの場面——わたしがなにより嫌がって、なにより恐れていたものが、走馬灯に写し取られていた。

近藤さんは、周防のアパートの部屋で娘さんから贈られたバレンタインデーのチョコを食べる場面を、最期の瞬間に目にする。

「……マジですか」

ナンユウくんはうめくように言って、「なんなんだよ、ひどいだろ、それ」とため息交じりにつぶやいた。

そのリアクションの段階はすでに過ぎているわたしは、話を先に進めた。

「こういうのって、『あり』なんですか」

「と、いうと？」

「近藤さんの色つきの記憶って、楽しい思い出や幸せな思い出ばっかりじゃないですか」

「マジ？」と驚くナンユウくんに、そうなんだよ、と目で応えて、葛城さんに訊いた。

「走馬灯もぜんぶそういう場面だったんですか？」

「ああ、そうだったな。きれいなものだ」

他人事《ひとごと》のように軽く言った。わたしは、やっぱりそうか、とがっかりしただけだったけど、ナンユウくんは「きれいだろうがなんだろうが、嘘は嘘ですよね」と食ってかかった。「なんか、気分悪いんですけど」

「きみの気分はどうでもいいんだが、間違えないでくれ、近藤さんの走馬灯に嘘はない。すべては実際にあったことだ」

「嘘じゃなかったら、なんでもいいんですか？」

ナンユウくんはさらに食い下がる。「思いっきり身勝手で、自分にだけ都合がよくて、勝手に美化して……そんな思い出ばっかり色つきで残して、走馬灯をつくっても……いいんですか？」

「いいも悪いもない。あるものは、あるんだ。我々のような絵師を必要としないぐらい、最初から完璧に幸せな走馬灯になってる人も、たまにいる」

「どうやって……あんなに都合よくできるんですか」

「狙ったわけじゃない。自分の意思ではどうにもならない」

「運なんですか？」

「そうだな。運のいい奴もいれば、悪い奴もいる。運のいいときもあれば、悪いときもある。それと同じだ。すべては偶然の為せるわざで、近藤さん本人も驚くはずだ、俺の人生はこんなにハッピーだったのか、なんてな」

「不公平です、ずるいです、ひきょうです」

ははっ、と葛城さんは短く笑った。

「道徳の授業じゃないんだぞ」

「いや、だって――」

「世の中はみんなそうだ。運のよし悪しで結果が分かれて、なにごとも不公平で、ずるい奴やひきょうな奴が得をすることは山ほどある。走馬灯だって同じだ。いいじゃないか、どうせ死ぬんだ。死ぬ瞬間の話だ。誰に迷惑をかけるわけでもないし、死に顔が安らかだったら、のこされた人も救われる。だから我々の仕事だって成り立つんだ」

話の後半は、なんとなく、わざと憎まれ口をたたいているような気も——さっきからずっと、ナンユウくんを挑発しているみたいだ。

ナンユウくんも、どんどんムキになってしまう。

「だったら、消せばいいじゃないですか。葛城さんは走馬灯の絵を描き替えられるんだから、やっちゃえばいいじゃないですか。身勝手な思い出はぜんぶ消しちゃって、代わりに、嫌な思い出とかキツい思い出とか、どんどん入れちゃえばいいんですよ。なんでやらないんですか?」

「——ナンユウ」

いままでついていた「くん」がなくなった。怒鳴ったり声を張り上げたりしたわけではないのに、ナンユウくんはビクッと肩を揺らし、動けなくなってしまった。

「二度とそういう発想をするな」

返事の代わりに、ナンユウくんはそっぽを向いた。

葛城さんもナンユウくんにかまわず、わたしに話を振った。

「遥香さんは、光子さんの登場する場面を、いくつ見つけた?」

「……最後の最後に、一つだけ、でした」

「どんな場面?」

「場所はわからないんですけど、近藤さんをまっすぐに見て、思いつめたような顔をして、涙交じりの声で……一緒に、って……」

なるほどな、と葛城さんはうなずいた。

「そのあとすぐに、真っ暗になったんです」

葛城さんはまたうなずいて、「どういう意味だと思った？」と訊いた。

すると、わたしが答える前に、ナンユウくんがそっぽを向いたまま、ぼそっと言った。

「……駆け落ち」

わたしも最初はそう思っていた。でも、いまの考えは違う。葛城さんも「うん……」とあいまいに相槌を打つだけだった。

ナンユウくんは舌打ちして、次の答えを、面倒臭そうに口にした。

「じゃあ……死んじゃうんだ、一緒に」

葛城さんは、わたしが黙ったままなのを確かめてから、「そうだな」と言った。「行き着くところの最後の最後まで、考えていたと思う」

ナンユウくんはまた舌打ちした。

わたしは「近藤さんはどうしたんですか？」と訊いた。「葛城さんは知ってるんですよね？」

「ああ、見えた」

本音としては、見たくなくても見えてしまった——なのだろう。

「当然だけど、そんな覚悟は、あの人にはまったくなかった。単身赴任中の出来心というか、遊びとまではいかなくても、最初から、いつか終わるものだと割り切っていた」

「ですよね……」

「だから、別れ話がこじれた挙げ句、無理心中まで持ち出されたら、ひたすらうろたえて、おびえて、逃げた」

その場から逃げただけではなかった。

「少しまとまった金を用意したんだ、あの人」

「……手切れ金ですか？」

ナンユウくんは、吐き捨てるように「ドラマかよ」とつぶやいた。

近藤さんは、その手切れ金を入れた封筒を、喫茶店で光子さんに差し出した。光子さんはこわばった顔で封筒を見つめ、込み上げる感情を必死にこらえて、そのまま席を立った。近藤さんは喫茶店の自動ドアが開いて、閉まるのを待って、やれやれ、と息をついた。ほっとした顔になって、封筒を背広の内ポケットに入れた。

「光子さんが登場する場面は、それが最後だ」

色はついていない。

「でも、こんな続きがあるんだ」

光子さんと別れた日の夜、アパートから横浜の奥さんに電話をした。初めての単身赴任が終わった記念のプレゼントを贈りたい、と言った。なんでもいいぞ、高いものでもいいからな、と笑う視線の先には、座卓に置いた手切れ金の封筒があった。

「……サイテー」

わたしはありったけの軽蔑を込めて、言った。

いつもなら、こういうときにはナンユウくんも絶対に怒りだす。もともと、お調子者でも正義感にあふれる性格だ。人の心を踏みにじることに対しては、特に厳しい。マンガでもドラマでも、まわりが「フィクションなんじゃけえ、そげん本気で怒るなや」とあきれるほどの剣幕で気色ばんでしまうのだ。

ところが、ナンユウくんはわたしの怒りを肩透かしするみたいに、のんびりと、大きく、あくびをした。

「眠い眠い眠い、あー、もう、だめ、寝る……」

クサいお芝居だった。

でも、葛城さんは、そのお芝居に乗って「寝てろよ」と言った。そっけない口調だったけど、それ以上はなにも言わなかった。

「……うーっす」

ナンユウくんも半分ふてくされたように応えた。腕組みをして、脚を組み替えて、そのまま――眠ったかどうかは後ろからはわからないけど、とにかく黙り込んだ。


沈黙のなか、多摩湖の南岸を走っていた車は、途中で右折して中央分離帯のある大きな通りに入った。分離帯には高架のモノレールの軌道が設けられている。

来たときも通った道だった。同じルートで渋谷に戻るのだろう。ただ、来たときには「うわっ、モノレールの線路ってこんなに高いんだ！」と小学生みたいに驚いていたナンユウくんが、いまはずっと黙っている。ほんとうに眠っているのだろうか。

「渋谷に帰ったら、あとはなにをするんですか？」

わたしとしては、もう一度、成城に向かって、達哉さんや光子さんに会いたかった。

でも、夕方の早い時間にブレーメン・ツアーズのオフィスに戻ったあとは、わたしもナンユウくんも、小泉さん――ダイブツさんのお世話になる。

「小泉さん、昨日から張り切ってるんだ。せっかく東京に来たんだから、二人をスカイツリーに案内する、って。遥香さんがニコタマに帰るタイムリミットはあっても、東京は周防よりも日没が早いから、夜景もそこそこは楽しめるはずだ」

二人。ということはナンユウくんも一緒。でも、ナンユウくんの返事はなかった。

「あと、遥香さんには、ディズニーランドのおみやげも用意してくれてる。伯父さんの家は、両親とお兄ちゃんとお姉ちゃんの四人家族でいいんだよな」

至れり尽くせりだ。お礼を言って、「葛城さんはどうするんですか?」と訊いた。

「達哉さんの連絡を待つ。近藤さんのことを走馬灯に残すかどうか、決めてくれたんだったら、明日の朝イチ……場合によっては今夜中に光子さんに会わなくちゃいけないからな」

もしも光子さんの容態が急変して、息を引き取ってしまったら、走馬灯の絵師としての仕事は失敗になってしまう。仕事の成否だけでいけば、最初に達哉さんに言われたとおり、不倫の場面をさっさと消しておけばよかった。でも、ぎりぎりまで待って、達哉さんに悔いのない決断をしてもらうというのが、葛城さんの流儀——というより、誠意なのだろう。

「いまの近藤さんの話は、達哉さんには……」

「なにも言わない。今日会うことも話していない」

答えたあと、葛城さんはちらりと助手席を見た。ナンユウくんの反応はなにもない。やっぱり、ほんとうに眠っているのかもしれない。

「じゃあ、どうして今日、近藤さんに会ったんですか?」

「もしも光子さんのことが、あの人にとっても大切な思い出になっているんだったら……そのときには、達哉さんに伝えようと思っていた」

でも、そうではなかった。だから、もう、なにも言わない。

「我々は、ためらっているお客さんにポジティブな情報を示すことはあっても、ネガティブな情報は知らせない。要するに、背中を押すことはあっても、歩きだすのを止めることはしない」

「逆じゃないんですか？」

「なにが？」

「だって、もしも達哉さんが、なにも知らずに、光子さんのために近藤さんの思い出を残してほしいって決めたら……裏切られたようなものじゃないですか。光子さん、かわいそうだと思います」

ほんの一週間とはいえ、一つ屋根の下で過ごしたのだ。認知症の症状が落ち着いているときの上品な笑顔や、「いま、ここ」の感覚を見失ってしまったときの途方に暮れた顔を思いだすと、なんとかして、少しでも幸せに人生を閉じてもらいたい。

でも、葛城さんは「知らないままなら、裏切りにはならない」と言ったあと、「じゃあ、きみは――」と逆に訊いた。

「出会った人の記憶に、自分がどう残っているのか、すべてわかっているのか？」

「それは……」

「思いが釣り合わないことは、世の中にはたくさんある。相手がどうこうじゃない。自分が納得できるかどうかが、大事なんだ」

そのときだった。

「ふあーあー、あー、あー」

小学生の学芸会のようなクサいお芝居であくびをしたナンユウくんは、組んでいた腕や脚をほどいて、「いま、夢で見たんですけどー」と、さらにクサい寝起きのお芝居をした。

「近藤さんの娘さんからオファーを受けるって、どうですか？　それだったら葛城さんも走馬灯を描き替えることができますよね」

ブレーメン・ツアーズのことや走馬灯の絵師の話を、ダイブツさんからしっかりと伝えてもらって、「このままだとあなたのお父さんの走馬灯、めちゃくちゃ身勝手で、サイテーですよ、それでいいんですか」と煽《あお》って、仕事を受ければ、大義名分を持って走馬灯を描き替えることができる。

「オレ、娘さんも話に乗ってくるんじゃないかと思うんですけど……どうですか？　けっこう可能性ないですか？」

ナンユウくんはすっかり張り切っていた。

でも、葛城さんは、ぴしゃりと言った。

「――ナンユウ」

また呼び捨てにして、「二度とそういう発想はするな、と言ったはずだ。冗談でも口にするな。わかったな」と続け、ウインカーを左に倒した。

道路が私鉄の線路とアンダーパスで交差する手前で、側道に入る。

「せっかくだから二人でモノレールに乗ってみろ」

側道を走った先に、モノレールと私鉄の乗り換え駅になる玉川上水駅がある。

「車より景色がいいから、少しは気も晴れるだろう」

ナンユウくんに顎をしゃくって、「俺も隣に機嫌の悪い奴がいると、疲れる」と笑った。ナンユウくんは黙ったままだったけど、かまわずわたしに声をかける。

「遥香さんも付き合ってやってくれ」

「はあ……」

「話を聞いてやれ。さっさと吐き出さないと、ナンユウも胃もたれする」

あ、そうか、そういうことか――。

やっと気づいた。

ナンユウくんは、近藤さんと光子さんの話に、自分が覗いたお父さんの記憶を重ねているのだろうか。

ナンユウくんはわたしが付き合うことにも反応はなかった。嫌だと言わない代わりに、いつもの軽口もたたかない。だから、わたしがいま思ったことは、正解なのだろう。

車は玉川上水駅のロータリーに着いた。多摩センター行きに乗って、五つ先の立川北駅の改札で待つように、と言われた。

「十分ほど乗れば、少しは頭も冷やせる」

そうだろ、と葛城さんが笑うと、ナンユウくんはそっぽを向いたまま、小さく頭を下げた。

4

玉川上水――。

どこかで聞いたことのある名前だなあ、と記憶をたどって、思いだした。『走れメロス』の太宰治が愛人と一緒に身を投げたのが玉川上水だった。光子さんと近藤さんが不倫していたのを踏まえて……さすがに偶然だと思うけど。

葛城さんはわたしたちを車から降ろすと、すぐにロータリーを回って走り去った。立川北駅までは車で十五分ほどだから、どちらが先に着いても、それほど待たずにすむ。

駅の構内は広くて、がらんとしていた。家族連れや中高生のグループがおしゃべりする声が、壁や床や天井に響く。

次の多摩センター行きは五分後だった。改札の脇にはコンビニもあったけど、ナンユウくんは「上に行っちゃおうぜ」とエスカレーターで高架のホームに向かった。

車を降りてからしゃべったのは、この一言だけ。わたしからは、あえて話しかけない。長い付き合いだ。無理に訊かれたら依怙地《いこじ》になってしまうナンユウくんの性格はよく知っているし、いつまでも黙り込んでいられない性格だって、わかっている。

ナンユウくんが先にエスカレーターに乗った。二段空けて、わたしも続く。前後というか上下の関係になると、ナンユウくんは前を向いたまま、急に声をあげた。

「オレ、さっきのはるちゃんと葛城さんの話、はるちゃんのほうが正しいと思う」

やっぱり聞いていた。

「でも、はるちゃんのほうが正しいけど、葛城さんのほうが優しいかも、って思った」

「……そう？」

「身勝手なんだよ、人間って。嫌なことは早く忘れたいし、いいことはずっと覚えていたいし、ずっと覚えてるものは、結局いつのまにか大切なものになるんだよ、マジ、マジ、マジ」

ひと息に言い終えたタイミングで、エスカレーターはホームに着いた。

屋根が架かっていることもあって、意外と薄暗い。

「立川方面って、こっちだな」

案内板で確かめると、ナンユウくんはホームの端を目指して歩きだした。こういうときには絶対に先頭車両から景色を見たがる性格で、じっと向き合っているより体を動かしているほうが話しやすい性格で、だから――。

「日曜日に、父ちゃんの記憶、見たんだ」

ほら、やっぱり。

「兄貴、大活躍してた、父ちゃんの記憶の中で……色がついて、キラキラしてて、かわいいんだよ、兄貴って」

オレのほうがカッコいいけどな、と無理に笑った。

屋根が途切れるホームの先端は、屋根の下が薄暗いぶん、トンネルの出口みたいに明るい。ホームドアにもたれたナンユウくんは、肩から上をグッと乗り出して進行方向の景色を眺めた。

「思ってたより高いところを走るんだなあ。高所恐怖症の人だったら、マジ、怖くて乗れないんじゃないの？」

わたしは、ナンユウくんと少し離れた後ろから「そうだね」と応えた。

「線路も平均台みたいなものだから、危なっかしいよな。台風とかで風が強かったらヤバいだろ。だいじょうぶなのか？」

「……ナンユウくんが心配しなくても平気だと思うよ」

「これって、アレだ、アップダウンのないジェットコースターみたいなものかもな」

どうでもいいおしゃべりから、不意に「遊園地の場面あったよ」と本題になった。「ジェットコースターじゃなくて、メリーゴーラウンドの馬車だったけど」

お父さんの記憶に残っている、お兄さんの裕くんとの思い出――。

「新川の瀬戸内ランドだと思う」

周防には遊園地がなく、一番近い街の遊園地にも車で一時間半ほどかかる。それでも、両親は裕くんを連れて家族で出かけた。

「ほとんどラストに近いから、もう兄貴は三つになってたのかなあ。晩年だよ、晩年」

ごめん、そういうボケ、要らない。笑えないから。

「その前が病院の場面だったから、調子が良くて一時退院できたのか、外出許可をもらっただけなのか、どっちにしても、わざわざ瀬戸内ランドまで行くこともないのにな」

だってそうだろ、と続ける。

「まだ年齢制限で乗れないアトラクションが多いんだし、往復三時間だと兄貴も疲れたと思うし、どうせ覚えてないだろ。オレだって三つの頃の記憶なんて、いまは全然――」

言いかけて、あ、でも、とひるがえる。

「兄貴自身の走馬灯、三つで死んだら、瀬戸内ランドに行ったことも、がっつり記憶に残ってるかもな。トータルで三年分しかないんだもんな」

「……そうだね」

「じゃあ、やっぱり連れて行って正解か。兄貴の走馬灯に病院以外の場面が一つ増えたんだから、グッジョブだよ、父ちゃんも母ちゃんも」

ナンユウくんはほんとうに優しい。葛城さんに言われなくたって、わたしはちゃんとわかっている。

モノレールの車内は、そこそこ混み合っていた。土曜日の午後なので買い物や遊びに出かける人が多いのだろう。

でも、運転席の真後ろの席は空いていた。しかも、二人掛けのその席は進行方向と同じ向き

――鉄道の運転シミュレーターみたいなものだ。

「すげっ、超特等席が空いてるなんて奇跡だろ。やった、ラッキーッ」

ナンユウくんは大はしゃぎで席に座った。お父さんの走馬灯の話は、もう出てこなかった。車両がホームに入ってくる直前、ナンユウくんは話を締めくくるように、ぽつりと言ったのだ。

「まあ、父ちゃんと母ちゃんが記憶にしっかり残しておいてやらないと、兄貴のことを思いだす人は他にいないかもしれないしな……」

そして、ホームドアが開いて車両に乗り込む間際には、こんなことも――。

「もしも父ちゃんの記憶に兄貴があんまり登場しなかったら、オレ、意外とそっちのほうがムカついたかも」

ナンユウくんなら、そうだろうな。

だからこそ、思う。裕くんの思い出が色つきでたくさん残っていたことが問題なんじゃない。家出をするほどショックだったのは、自分自身のこと――お父さんの記憶にナンユウくんはどんなふうに登場しているのだろう……。

ナンユウくんは超特等席に座ってすっかりゴキゲンになって、話の続きも忘れてしまったみたいに、ときどき「うおおーっ」「すげーっ」と声もあげながら、きょろきょろと前と左右を眺める。

実際、モノレールの乗り心地は想像していたよりずっとよかった。音も静かだし、ほとんど揺れないし、なにより眺めがいい。付近に高い建物がないので、大げさでもなんでもなく、空の上を走っているような気がする。これが夜だったら、宮沢賢治の『銀河鉄道の夜』の気分も味わえるかもしれない。

ただし、駅の間隔が短いので、せっかくスピードに乗っても、すぐに減速して次の駅に着いてしまう。ナンユウくんも「ノンストップの特急とかあるといいのにな」と笑う。

わたしは「なにワガママなこと言ってんのよ」とツッコミを入れながら、ナンユウくんから目をそらして、そっとため息をついた。

ナンユウくん、話したいことがあるんだったら――話すと少しは楽になれるんだったら、こっちはいつでもウェルカムだよ……。


葛城さんと待ち合わせる立川北駅は、玉川上水駅から五つめ――三つめの立飛駅で、両親と幼い男の子の家族連れが乗ってきて、わたしたちの真後ろに立った。

男の子は最前列の席がお目あてだったみたいで、席が左右どちらも埋まっているのを知ると「えーっ……」と頰をふくらませた。

「いいじゃない、すぐ降りるんだし、真ん中からもよく見えるんだから」

お母さんが言うとおり、中央の通路は空いている。でも、窓は上半分にしかついていないので、男の子の背丈だと、前の景色を見るのはちょっと苦しいかも。

お父さんもそれに気づいて、男の子の両脇に手を入れてグッと持ち上げた。

「どうだ、見えるか?」

男の子は「あんまり……」と、今度は口をとがらせる。

「じゃあ、これでどうだ?」

お父さんは男の子をさらに高く、胸の高さまで持ち上げた。

「あ、見えた」

男の子はうれしそうに笑った。でも、お父さん、キツそうだ。ナンユウくんとわたしは目を見合わせて、同時にうなずいて、同時に席を立った。「ここ、どうぞ」――声までそろってしまったのは、ちょっと恥ずかしかった。

男の子はもちろん、それ以上に両親が喜んでくれた。わたしもうれしくなって男の子に「ボク、いくつ？」と訊いた。答えは指三本。つまり、三歳。

ナンユウくんは「マジ？」と驚いたあと、「おおーっ、そっかあ」と笑った。そっかそっか、うんうん、と一人で何度もうなずきながら、その場を離れてドアのそばに移った。

わたしも、なるほど、うんうん、とうなずきたい。「三歳で亡くなった裕くん」が急にリアルになった。あんなに幼いときに亡くなったんだな。ナンユウくんちのおじさんとおばさん、つらかっただろうな。

「いまの子、オレらのこと覚えててくれるかなあ。イケメンのお兄ちゃんに席を譲ってもらったんだよ、って。どう思う？」

ナンユウくんは自分から訊いておきながら、すぐに問いそのものを打ち消した。

「まあ、そんなの忘れるぐらい、長ーい人生を歩んでくれればいいか」

そうだよ、とうなずくと、ちょっと涙が出そうになってしまった。

親子連れは、わたしたちと同じ立川北駅で下車した。ホームからエスカレーターでコンコースに下りたあと、こっちに会釈して南口の改札に向かう。案内板によると南口はデパートと直結しているし、ＪＲの立川駅ともペデストリアンデッキでつながっている。今日はデパートでお買い物なのか、ＪＲに乗り換えて、もっと遠出をするのか。どっちにしても、楽しい一日になるといい。楽しい思い出が一つ増えて、それを大切に、忘れずにいてくれれば、もっといい。

遠ざかる三人の背中を見送っていたら、両親に挟まれて歩いていた男の子がわたしに気づき、笑って手を振ってくれた。

手を振り返すわたしに、ナンユウくんは「行こうぜ」と声をかけた。「オレらの改札、あっち側だから」——葛城さんとの待ち合わせ場所は、北口改札を出たところのデッキだった。

先に立って歩くナンユウくんは、急に不機嫌になったように見える。いまの声もムスッとした口調だった。

「どうしたの？」

「べつに……」

「なんか怒ってない？」

ナンユウくんは黙って足を速めた。改札を抜けて、そのまま外階段を下りてデッキに着いた。葛城さんはまだ来ていない。それでやっとひと息ついて、でも表情をゆるめることはなく、わたしの問いに答えた。

「アタマに来てたんだ」

「あの子に？　親に？」

「違う。オレだよ、オレ。自分にアタマに来て、いいかげんにしろよ、って」

さっきの家族を見送りながら、ナンユウくんは思った。あの幸せそうな家族だって、両親の記憶を覗いてみたら、まったく違う面が見えるかもしれない。お父さんはネットでヘイトの書き込みをするのが趣味だったり、お母さんは闇バイトにはまっていたり……。

「そういう発想になるのが、なんかもう、サイテーだよな。これからオレ、誰と会ってもそんなふうにウラを考えちゃうのかな、って思うと……キツくなっちゃってさ」

ナンユウくんはしゃがみ込んで、深いため息をついた。心底キツそうだった。ツラそうでもある。こんな表情のナンユウくんを見るのは初めてだった。

「父ちゃんの記憶に、ひどいのがあったんだ」

裕くんが三歳で亡くなった数週間後に、お母さんがナンユウくんを身ごもっていることがわかった。

「だから、兄貴とオレは、学年でも歳でも四つ違うんだ」

ナンユウくんが小学一年生のとき、裕くんは五年生。六年生のときは高校一年生。いまのナンユウくんは高校二年生で、裕くんは大学三年生。もちろん、そんな計算は、まさに「死んだ子の歳を数える」話に過ぎない。

でも、ナンユウくんのお父さんは、ずっとそれを続けていた。

「オレの小学校の入学式の場面、色つきで残ってる。走馬灯に出てくるかもしれないんだ。おろしたてのブレザーと半ズボンのオレもいるし、お洒落した母ちゃんも、会社を休んだ父ちゃんもいるんだけど……主役は、オレじゃないんだ」

両親は泣いていた。

「でも、それ、オレの晴れ姿に感激したわけじゃなくて、兄貴のことを思いだして泣いてたんだ。あんなにちっちゃかったのに、ずーっと入院して手術とか検査ばっかりして、かわいそうだったな、せめて小学校に入学するまでは生きててほしかったな、って……」

卒業式のときも、そう。

「卒業証書をもらうところまではオレが主役なんだけど、そこ、色がないの」

走馬灯には登場しない。代わりに、お父さんが臨終のときに見る可能性がある思い出は――。

「卒業式の帰り、母ちゃんと話すんだ。裕が元気だったら高校一年生か、あの子は頭がよかったからシュウコウだな、って……そっちに色がついてるんだから、まいっちゃうよ」

学校の節目とは違う思い出もある。

「オレは全然覚えてなかったんだけど、四歳の誕生日、父ちゃんにとってはよっぽど感慨深かったみたいで、色つきで残ってるんだ」

四歳になったナンユウくんをお祝いしながら、お父さんは、四歳の誕生日を迎えることなく旅立ってしまった裕くんのことを思っていた。天国の裕くんには「弟を見守ってやってくれ」と、無邪気にケーキを頬張るナンユウくんには「お兄ちゃんのぶんまで元気でがんばるんだぞ」と、それぞれ心の中で語りかけていたのだ。

「それって、どーよ。生きてるオレさまに対して失礼だと思わねー?」

ふてくされた言い方をしてしまうナンユウくんの悲しさが伝わってきて、わたしは黙ってうつむくことしかできなかった。

ナンユウくんはお父さんのことを責めているわけではなかった。

「走馬灯って、考えれば考えるほど深いよ。自分がどんな走馬灯を見るのか、前もってわからないっていうのが、すごいよな」

ナンユウくんのお父さんも、自分の走馬灯の中身をまったく知らない。

「しかも、どんな場面を走馬灯に残すのか、自分で決めることができないわけだし」

だから――と、続けた。

「走馬灯って、人生の最後の最後に待ってるサプライズだよなあ。なにが出てくるのか死ぬ直前までわからないし、わかったときにはもう死んでるし、って」

冗談めかした言い方をしても、顔は笑っていない。しゃがみ込んでいるせいもあって、息をつくたびに、肩がすとんと落ちる。

「父ちゃんも絶対にびっくりするよ。兄貴にたくさん会えるんだから、最高のサプライズだよな。感動しすぎて生き返ったりしてさ」

あははっ、と笑う。でも、その声に感情はこもっていない。教科書の棒読みと同じ、棒笑い――なんて言葉、ないのかな。

「記憶を見たあと、思ったんだ。父ちゃんに教えてやったほうがいいのかな、喜んでくれたら、オレも少しは親孝行したことになるのかな、って」

わたしは首を横に振った。考えてそうしたのではなく、ほとんど無意識のうちに体が打ち消していた。

ナンユウくんは、そのしぐさに気づかなかったのか、気づかないふりをしたのか、「父ちゃんも早く兄貴に会いたくなって、自殺しちゃったりして」と、また棒笑いした。

「……違うよ」

わたしは言い返した。この一言も理屈抜きだった。「全然違う、そんなの、百パーセント違ってる」と続けたあと、やっと考えに筋道が通った。

「お父さんはショックを受けると思う。ナンユウくんの出番が少なくて、ナンユウくんが主役の場面なのに、お兄さんのことを考えてた……なんていうのを走馬灯で見たら、ショックで、落ち込んで、謝りたくなると思う」

「……謝りたくても遅いんだよ、死んじゃうんだから」

棒笑いを続けるナンユウくんに「そんなことないって――」と言いかけたとき、スマホが鳴った。電話がかかってきた。画面に表示されたのは〈小川大輔〉だった。

5

いま、ナンユウくんとわたしの対話は、すごく大事なポイントに来ている。ナンユウくんと両親との今後の関係が、ここからの展開で左右される、かもしれない。

でも、大輔さんからの電話は、やっぱり無視できない。

ごめんっ——。

ナンユウくんに片手拝みで謝って、ダッシュで遠ざかりながら電話に出た。

「あ、はるちゃん？　ごめん、せっかくみんなで盛り上がってるときに」

電話に出るわたしもあせっているけど、大輔さんの声も早口で、うわずっていた。

「あのな、ちょっと、いま、いいか？」

「……だいじょうぶです」

「びっくりさせて悪いんだけど、今朝とかゆうべの話、覚えてるよな？　ふうのこと」

まさか——と、胸に一瞬よぎった予感が、的中してしまった。

「ニコタマの駅ではるちゃんを送ったあと、またメールが来たんだ」

足が止まる。ドクン、と鼓動が高まりながら、こめかみから血の気が退いて、すうっと涼しくなるのも感じた。

「はるちゃんに会いたがってる。このまえのときより、もっと、すごく、会いたがってて……いままで黙ってた自分のことも、初めて教えてくれて……」

重い病気にかかって入院している。

「いまは、緩和ケアを受けてる」

緩和ケアっていうのは、と言いかけた大輔さんをさえぎって、「知ってます」と返した。声が震える。おばあちゃんが亡くなる間際、お医者さんから説明を受けた。だから、その意味は、わかっている。

「俺も最初は信じられなかったけど、いま病院に来て、ふうと会って……やっぱりはるちゃんに会わせたほうがいいと思って電話してるんだ」

明日の予定を訊かれた。

「いま、ディズニーランドだよな。で、明日は周防に帰るんだよな。でも、その前に時間が取れるんだったら……俺と一緒に病院に行かないか」

「……病院って、どこなんですか？」

「東京は東京なんだけど、ちょっと遠いんだ」

「遠いって、どれくらい？」

「西のほうなんだ。だから、浦安からだと、ほとんど首都圏の端と端だよ」

大輔さんは、わたしのいまの居場所は東京ディズニーランドだと思い込んでいる。でも、実際には、東京でもかなり西のほうの立川なのだ。

「場所だけでも教えてください」

「明日、行けるのか？」

というか、今日、いまからでも――。

いてもたってもいられずに、「どこなんですか？」と声を張り上げた。

「……国立ってわかるかな」

「クニタチ？」

「そう。漢字で書いたら国立競技場の『国立』と同じなんだけど、コクリツじゃなくて、クニタチと読むんだ」

初めて聞く街の名前だったけど――。

「国分寺と立川の間だから、国分寺のコクをクニにして、クニタチなんだ」

タチカワって、ここ――？

「わたし、いま、立川の駅にいます！」

思わず言ってしまった。嘘がばれてしまうことも、ばれたあとの言い訳が大変になることも、考える余裕はなかった。

「え？　だって、はるちゃん、いま……」

「ごめんなさい！　嘘ついてました！」

「――はあ？」

「いまいるの、立川です！　これは嘘じゃなくて、本気の本気で、ほんとです！　くわしいことは、あとでゆっくり説明します！　死ぬほど謝ります！　だから、病院の名前とか住所とか教えてください！」

自分でも驚いた。母親にこんなに会いたくなるとは思わなかった。それも、「会いたい」ではなくて「会わなきゃいけないんだ」という強い思いに駆られていた。

「今日、いまから、会いに行きます」

自分の声を聞いて、本気？　と困惑した。でも、本気に決まってるじゃん、という自分の声も、どこかから確かに聞こえた。

デッキに戻ると、ちょうどナンユウくんも電話を終えたところだった。

「葛城さん、もうちょっと時間かかりそうだって。なんか、駅の手前でけっこう渋滞してて――」

「ごめん、ナンユウくん」

さえぎって、両手拝みで謝った。

「悪いけど、ここで解散」

「――は？」

「いまから行かなきゃいけないところがあるから、葛城さんにもよろしくっ」

「どこに行くわけ？」

「JRで、国立。隣だから」

「なんで？」

「人と会うことになったから」

「誰と？」

思わず地団駄を踏んで、ケンカする猫みたいに「フゥーッ！」とうめいてしまった。ごめん、細かく説明する余裕はない。時間よりも、むしろ心のほうが一杯いっぱいだった。

「大事な人なの、すごく」

「だから、それ、誰？」

「……ふうちゃん」

「ふうちゃん、って?」

「わたしの母親!　お母さん!」

そのまま、ナンユウくんの反応も確かめずにJRの乗り場に向かってダッシュした。

「ふうちゃん」と呼んだ。「お母さん」とも、呼んでしまった。

なんで――?

勢いで、つい。

でも、それを口にしたあとは、急に体が軽くなった。デッキを行き交う人たちを左右に避けながら走る足取りも、自転車の電動アシストのスイッチを入れたみたいに、ぐんぐん力強くなっていった。

わたしは、ふうちゃんに会いに行く。

お母さんに会うのかどうかは、いまはまだ、よくわからない。

第九章

1

国立の街は、Ｇｏｏｇｌｅマップでも他の街とは一目で区別がつくほど特徴的だった。

駅の南口を出ると、大きなロータリーがあって、そこからメインストリートが三方――駅を背にして左斜め前、まっすぐ、右斜め前に延びている。

ふうちゃんが入院している病院は、左斜めの道を進んだ先にある。アプリで調べるとバスで十分ほど、徒歩でも三十分ほどで着く距離だった。

わたしはすぐに一人で向かうつもりだったけど、大輔さんには、駅からショートメールを入れるよう言われていた。

しかたなく〈着きました〉と送ると、〈すぐ電話する〉と返事が来た。病院は携帯電話禁止なので、建物の外に出るのだろう。

ほどなく電話がかかってきた。

「駅で待っててくれ。迎えに行くから」

ふうちゃんはいま点滴の薬で眠っているので、しばらくは起きないし、無理に起こさないほうがいい。

「それに、予習じゃないけど、はるちゃんには前もって伝えておきたいこともあるから。なんだったら、散歩しながら話すよ」

「病院にいなくていいんですか？」

「ああ、まだそこまでじゃないから平気だ」

まだそこまで――の言葉の重みが、ずしん、と胸に伝わった。

おじいちゃんやおばあちゃんが、いよいよいけなくなったときと同じだ。ゴールはもう変えようがない。あとは、たどり着くまでの距離が、海の波のように近づいたり遠ざかったりを繰り返して……でも、潮が満ちていくのと同じで、何度も繰り返しながら、確実に、「そこ」に近づいていく。

十五分ほどかかるというので、電話を切ったあと、ロータリーに沿って歩いてみた。ぼーっと立ったまま待っていると、いろいろよけいなことを考えてしまいそうだった。歩いていたほうが気が紛れるし、いまになって、さっきの大輔さんの言葉が気になってきた。

散歩しながら、というのはヘンだ。喫茶店でお茶をしながら話せばいいのに。

ロータリーを半周して、駅からまっすぐ南に延びる通りに出た。横断歩道で渡る途中、なにげなく通りの先に目をやると――。

足が止まった。まるで飛行機の滑走路のような幅の広い直線道路を正面から見つめ、呆然と立ちつくした。

この風景、見たことがある。

ドラマや映画で？　それともマンガ？　音楽のＰＶ？　思いだせない。でも、確かに見覚えがある。

Googleマップで調べると、駅から南に延びるこの道路は、途中に一橋大学があるところから、大学通りと名付けられていた。

大学に向かって歩いてみた。まっすぐで広い通りだ。往復四車線の車道には、自転車専用レーンもついている。石畳風のタイルが敷き詰められた歩道も、自動車が通れそうなほど幅が広いし、ところどころタイル絵も描かれているので、せかせか歩くのがもったいなく思えてくる。

ゆったりと歩けるのは、道幅のおかげだけではない。車道と自転車レーンを区切るのは路面に引いたラインではなく、花を植えたプランターだった。歩道にも、無粋なガードレールはない。代わりに桜並木と植え込みが、ずっと先のほうまで延びている。建物も桜並木の高さを超えるビルはほとんどなかった。

要するに、緑が豊かで、空が広くて、散歩にぴったりの通りなのだ。

ちょうど横断歩道があったので渡ってみた。センターラインのところで、ちらりと駅のほうに目をやると、真正面に不思議な形の建物が見えた。二階建ての国立駅の駅舎の前に、三角屋根の小さな建物がある。

これも……見覚えがある……テレビとか映画とかマンガではなくて、写真……子どもの頃、おばあちゃんと一緒に見て……写っていたのは……。

わたしと、ふうちゃんだ。

車にクラクションを鳴らされて我に返ると、歩行者用の信号は赤になっていた。あわてて向こう側に渡ったのと同時に、スマホに葛城さんからの電話が着信した。

葛城さんは立川の駅前に駐めた車から電話をかけてきた。助手席にはナンユウくんもいるらしい。

「彼から聞いて驚いたよ。いきなりいなくなるって、さすがに非常識だろう」

「……すみません」

ただ、口調には強く咎めるキツさはなかった。まいったなあ、という苦笑いが交じる。それも、あきれているのではなく、なるほどなるほど、こういう展開になったのか、と感心しているような。

「まあ、国立なら、しかたないか」

しかたない、って――？

「立川駅にいたとき、なにかのきっかけで思いだしたのか？」

思いだした、って――？

二つの言葉をつなぎ合わせた。その直後、「うそ……」と声が漏れた。

葛城さんはわたしの記憶を見ている。国立の街とわたしに、なにかのかかわりがあるのなら、たとえ本人が忘れていたとしても、葛城さんはそれを知っていることになる。

「いま駅前なんですけど、大学通りとか、三角屋根の建物とか、見覚えがあって……」

「ああ、そうだろうな」

当然のように相槌を打って、「なつかしいだろう」と言う。

電話の向こうで「え？　なんでなんで？」とナンユウくんの声が聞こえた。「なんでなつかしがるわけ？」――こっちが知りたい。

「あの、よくわからないんですけど……わたし、もしかして、東京にいた頃、国立に来たことがあったんですか？」

葛城さんは少し間を置いて、言った。

「きみがどこまで思いだしたのかわからないから、あまりよけいなことは話したくない。一つだけ教えるから、そこから先はもうなにも言わない。きみも訊かないでくれ」

釘を刺して、教えてくれた。

「来たんじゃなくて、住んでたんだ」

「国立に？」

「そう……お母さんと二人で」


駅前の雑踏で会った大輔さんは、目を下に向けたり横に向けたり、落ち着きなくさまよわせた。

「車の中でずっと考えてたんだけど……はるちゃんになにから訊いて、なにから話せばいいのか、全然わからなくて」

本気で困り果てている様子だった。いつもの気さくさは、かけらもない。

わたしだって、そう。

顔を合わせると、まず最初に「嘘ついてて、ごめんなさい」と謝った。いきさつを問いただされたら「高校を中退した友だちが立川に住んでいて、どうしても遊びに来てほしいと言われたから」と説明するつもりだった。嘘に嘘を重ねる形になっても、ブレーメン・ツアーズのことは話したくないし、話しても信じてもらえる気がしない。

でも、大輔さんは「いや、まあ、それはもういいよ」と言うだけだった。いまはそこにかまっている余裕はないのだろう。

わたしも「はい……」とうなずいたあとはなにも言えず、大輔さんも話を切り出すわけでもなくて、にぎやかな雑踏の中でここだけ別の空間になってしまったみたいに気まずい沈黙が流れているのだ。

「とりあえず、一番大事なことだけ、先に言っとく」

ためらいを振り切るように顔を上げ、わたしをまっすぐ見つめた大輔さんは、「今日はこのまま帰ろう」と言った。

「病院、行かないんですか？」

「そのつもりだったけど、ちょっと、ふうの気持ちが揺れてて」

自分から会いたがっていたのに、わたしがいま立川にいて、国立の病院に向かうつもりだと知ったら、急に怖じ気づいた。

どんな顔をして会えばいいかわからない、こんなに弱った姿を見せたくない、心の準備ができていない……。

「まあ、予想外の展開だから、パニックになるのも当然かもな」

呼吸が乱れ、血圧が不安定になったので、点滴に鎮静薬を入れて眠らせた。看護師さんによると、今日はもう、面会時間が終わるまで目を覚まさないだろう、とのことだった。

「だから、今日は……いままではるちゃんには黙ってたこともあるから、それをちょっと伝えておいたほうがいいと思うんだ」

「……お願いします」

「ウチに帰ってゆっくり話したほうがいいのかもしれないけど、麻由子や子どもたちの前だとアレな話もあるし」

わたしはうなずいて、駅ビルの前に建つ三角屋根の建物を指差した。

「あの建物って、なんですか？」

「昔の国立駅だよ。十五、六年前まで現役で、駅ビルができて取り壊されたんだけど、ずーっと街のシンボルだったから、また昔と同じデザインで建て直されたんだ」

へえーっ、と相槌を打ったあと、なるべく無邪気に響くよう、声を高くして言った。

「なんか、なつかしいです、三角屋根」

大輔さんの表情から微笑みが消えた。

「わたし、赤ちゃんの頃にここで写真撮ってますよね……ふうちゃんに抱っこされて」

その写真を見たことあります、思いだしました、と続けた。

大輔さんは一瞬驚いた顔になったあと、「そうか……覚えてるか」とひとりごとのように言って、表情に微笑みを戻した。

「俺が撮ったんだ」

ロータリーを半周して、「ここからだったかな」と撮影ポイントも教えてくれた。「三角屋根をぜんぶ入れたいし、はるちゃんと自分もしっかり写り込みたいし……っていうんで、難しかったんだぞ」

「ふうちゃんのリクエストですか？」

「そう。二〇〇六年の夏だったと思うけど、秋から解体工事が始まるから、その前に写真を撮りたい、って」

二〇〇六年夏、わたしは二歳だった。

「びっくりするかもしれないけど——」

大輔さんはそう前置きして、続けた。

「はるちゃんは、この街で生まれたんだ」

知ってます、住んでたって、葛城さんから聞きました、とは言えない。

えーっ、うそ、マジですか――？

目を丸く見開いたお芝居をした。うまくできたかどうかはわからない。

大輔さんに「どうした」と笑われた。「意外すぎて、一周回って冷静になったか」

やっぱり大失敗だった。でも、それでかえってリアリティが増したのか、大輔さんは大学通りに向かって歩きだしながら、話を先に進めた。

「はるちゃんは周防に来るまで、ずっと、生まれも育ちも国立だったんだ」

つまり、ふうちゃんがわたしをおじいちゃんとおばあちゃんに預けて、逃げてしまうまで。

「住んでたウチは、この大学通りをまーっすぐに行った先なんだけど」

「まだあるんですか？」

「どうだろうなあ。でも、せっかくだから行ってみるか？」

「……はい」

「車、駅前の駐車場に駐めてあるけど」

「歩くと遠いんですか？」

「二十分ぐらいだったかなあ」

「じゃあ、歩きます」

車であっさり着いてしまうのは、ちょっと違う気がする。付き合わされる大輔さんも「そうだな」と言ってくれた。「歩きながら、いろいろ話したいし」――五分や十分ではすまない話、ということなのだろう。

2

大輔さんは「多情仏心」という言葉を教えてくれた。

「情が多くて移り気なんだけど、根が優しくて、薄情になりきれない性格のことを、多情仏心っていうんだ」

もともとは仏教の慈悲の心についての言葉らしい。

ふうちゃんは、まさに多情仏心の人だったという。

「情が多いっていうのは、つまり、いろんな意味で感情が豊かで……だから、その……」

言葉にしづらそうだったので、先回りして言ってあげた。

「男の人をすぐに好きになっちゃう、ってことでしょ？」

大輔さんは「そうなんだよ」と苦笑した。「おばあちゃんから少しは聞いてるのか？」

「まとめて説明してもらったことはないけど、おじいちゃんが生きてる頃とか、二人がリビングで話してるのを、廊下や階段で聞いたりして、なんとなく……」

おじいちゃんは「ふうは男運がないんよ」と言っていた。おばあちゃんに言わせれば「あの子は男を見る目がないけえ」となる。

盗み聞きしたのは小学三年生か四年生の頃だったので、表面的な意味はわかっても、深いところまでは理解できていなかった。東京で大輔さんに何度もお金を借りていたこと、大輔さんではどうにもならない金額のときには周防の両親に泣きついていたこと、それがすべて「男運」や「男を見る目」にかかわっていたんだと知ったのは、中学校を卒業したときだった。

「ふうは優しいんだけど、弱いんだ。弱いから、自分と同じような男のことをわかりすぎるんだろうな。だから、甘やかして、だめな奴をさらにだめにして……共倒れだ、結局」

倒れたあと、起き上がってみると、男の人はいなくなっている。

「これ以上ふうに苦労させたくないから、って姿を消した奴が、意外とたくさんいた」

「……優しいんですね、だめ男でも」

「だから言っただろ、ふうは自分が優しくて弱いから、優しくて弱い男を好きになって、優しさも弱さも二倍になるわけだ」

なるほど。わたしはうなずいて、話を何段階も先に進めた。

「何人目ですか？　わたしのときの、相手」

大輔さんは一瞬戸惑ったあと、「五人目かな」と言って、そっぽを向いて続けた。「俺の知ってる範囲では……だけど」

わたしは急に早足になった。

大輔さんも同じように足を速めながら話を続けた。

「はるちゃんは、会いたいか」

首を横に振った。しぐさだけでは足りないと思ったので、「ぜーんぜん」と口にも出した。足がまた速くなる。

「じつは、ふうにさっき訊いてみたんだ。はるちゃんが生まれたときの、相手の男のこと」――

大輔さんも気をつかって「父親」とは呼ばずにいてくれた。

「会いたいかどうか、訊いたんですか？」

「いや、そうじゃない。考えてみれば冷たい話かもしれないけど……ふうがいなくなったあとのことが、ちょっと気になって」

大輔さんは、わたしの父親と会ったことがない。名前も知らない。新しい彼氏ができたあと何ヶ月も音沙汰がなかったふうちゃんは、いきなり大きなおなかで大輔さんの前に現れて「赤ちゃん産むから。パパはいないけど」と、あっけらかんと言ったのだ。

彼氏は、妊娠がわかって、籍も入れないまま逃げた。ふうちゃんは追わなかったし、赤ちゃんを産むのもあきらめなかった。たいして悩みもせずに未婚のシングルマザーの道を選んで、でも、その道をまっとうできずに、三歳のわたしを両親に預けて姿をくらましてしまったのだ。

「ふうが元気なうちに、相手の男の連絡先とか、少しでも聞いておきたかったんだ。もし、はるちゃんがいつか連絡を取りたくなったら……と思って」

ないですないです、と首をまた横に振ると、大輔さんは「どっちにしてもだめだったよ」と苦笑した。「いまどこでなにをしているかなにもわからないし、興味もないって」

共通の知り合いもばらばらになって、誰とも何年も連絡を取っていない。

「せめて名前だけでも聞きたかったんだけど、もう忘れた、昔のことはぜんぶ忘れた、って……」

この何年か、ふうちゃんは一人暮らしだった。仕事を転々としながら、最後に付き合っていた男のつくった借金の後始末に追われていた。

「その挙げ句が、膵臓がんだよ」

大輔さんは、今度は自分から足を速めた。

歩道の右側の風景が、ひらけた。

一橋大学のキャンパスだ。

「学生じゃなくても自由に入れるから、ふうもベビーカーを押して、はるちゃんと一緒に散歩してたんだ」

「……けっこう子育てもやってたんですね」

「まあな。あいつはあいつなりに、はるちゃんのことを一所懸命に育ててたんだと思う」

「でも、最後の最後は捨てたけど」

わざと意地悪く言った。「いまで言ったらネグレクトかな？　虐待ですよね」――ほんとうに、わざと。思いきりひねくれなければ、落ち着いて話すことができない。

大輔さんは、わたしの意地悪を黙って受け止めてから、「少しゆっくり歩こう。おっさんにはキツいよ、このペース」と言った。

「……はい」

わたしも、気づかないうちに息が上がりかけていた。

「欠けてるんだよな、ふうは。まっとうに生きていくなら絶対に持ってなきゃいけない大事なものが、ぽこっと欠けてる」

「大事なものって、なんですか？」

「なんだろうなあ、重石みたいなものかな」

ふうちゃんには、それが欠けている。

ふうちゃん、ふらふら、ふーわふわ――。

あの歌のように。

「でも、兄貴の俺が言うのもアレだけど、その欠けてるところが、なんか、ちょっと不思議な魅力になってるっていうのも、あるかも……いや、でも、やっぱりそれはないかな」

「……あるかも」

「そうか？　わかる？」

「だって、そういうキャラ、マンガとかドラマなら、けっこうあると思うし」

「だよな、エンタメならいいけど、現実にいると困るよな」

「しかも、親子だし……大迷惑」

そりゃそうだ、と大輔さんはおかしそうに笑って、不意に「え？」と裏声になった。

わたしが自分から「親子」と言ったことに驚いたのだ。わかる。わたしだって意地悪モードになっていたからこそ言えたことだ。

「遺伝とかするのかなあ、そういうの。だったらサイテーだけど」

口をとがらせて、街路樹の葉っぱの隙間から青空を見上げた。十数年前のふうちゃんも、散歩の途中で空を見上げていたのだろうか。ベビーカーのわたしを覗き込んで、あやしてくれていたのだろうか。


一橋大学のキャンパスを通り過ぎたあとも緑豊かな風景は続いた。

「都心からは少しあるけど、大学通りの雰囲気が気に入ってたんだ」

わたしを妊娠する前から、男と住んでいた。つまり、わたしの父親と、二人で。

「子ども連れで散歩する人がたくさんいて、それで、赤ちゃんっていいなあ、って思ったらしい」

そんなノリでわたしを身ごもった。しかも男の同意はないまま。避妊についてのいろんなことを、ごまかしたり嘘をついたりして、いきなり「赤ちゃん、できちゃった」だったのかも。逃げる男もサイテーでサイアクだけど、ふうちゃんだってひどい。「もうちょっとうまくやれなかった？」と言いたい。

「はるちゃんを産んでからも、ずっと国立に住んでた。生活はしんどかったみたいだけど、いろいろ助けてくれる友だちもいて、なんとかやっていったんだ」

多情仏心な人には、同じような仲間が集まってくる。弱くて優しい人同士、困ったときには助け合って……傷をなめ合って……。

「ふうは、意外と友だちが多いんだ。ふわふわしてるぶん、裏表や損得勘定のないヤツだから。いいヤツなんだよ、ほんとに」

でも、ほんとうに一番いい人は、大輔さんかもしれない。

シングルマザーでわたしを育てた三年間、友だちの助けではどうにもならなくなったとき、大輔さんが最後の頼みの綱だった。助けを求めた。何度も、何度も。わたしを周防に置いて姿を消してしまうまで、ふうちゃんが大輔さんに借りたお金は何百万円——最近の借金も含めれば、ほんとうに、なんというか……自然と肩がすぼまってしまう。大輔さんはもちろん、麻由子さんにも雄彦さんと美結さんにも、「ごめんなさいっ」としか言えない。

「国立の病院に入ったのは先週なんだ。いろんな病院を回って、紹介してもらって、たまたま……だったんだけど、すごくうれしかったらしい。国立にいた頃が、人生で一番楽しかったから、って」

わたしは、ふうん、と気のない相槌を打った。悪いけど、醒めている。

なんで——と訊きたい。

そんなに楽しかったのなら、なんで、わたしを周防に置いて、捨てちゃったの――？

3

ふうちゃんとわたしが住んでいたアパートは、マンションになっていた。

「しまったなあ、先にストリートビューで確かめとけばよかった……」

大輔さんは残念そうに言って、「悪かったな、ここまで歩かせて」と謝ってくれた。

ううん、とわたしは首を横に振った。確かにむだ足になってしまったけど、アパートが当時と変わらず残っていたら、かえって複雑な思いになったかもしれない。

「あの頃でも築十年を超えてたし、両隣はもっと古いアパートだったから、まとめて建て替えられたんだなあ」

二階の角部屋だったらしい。2DKの一部屋に〈はるちゃんのへや〉というコルクボードのプレートを掲げていた、という。

「六畳あるかないかの狭い部屋だから、ベビーベッドと小さな整理ダンスを置いたらほとんど一杯いっぱいなんだけど、そこにいろんなぬいぐるみやオモチャを買ってきたり、もらってきたり、クレーンゲームで獲ったりして……足の踏み場もないほどだった」

そういうところのバランスが取れないのだ、ふうちゃんは。

「靴も買ってたなあ。まだ這い這いもできない頃から、かわいいベビー靴を見つけると、生活費もぎりぎりなのに、後先考えずに買っちゃうんだ」

やっぱり、おとなとして必要な重石が欠けているのだろう。

「やってることはアレだけど、あいつはあいつなりに一所懸命に可愛がってたんだ、はるちゃんのことを」

相槌を打たなかったので、大輔さんはちょっと気まずそうな顔になって、ああそうだ、とまた昔のことを思いだした。

「ランドセルまで買おうとしてたんだぞ。パステルカラーの、すみれ色のやつ」

まだ三歳になるかならないかの頃だった。大輔さんと麻由子さんが二人がかりで説得して、買うのは思いとどまったものの、わたしが小学生になってランドセルを背負って歩くのをすごく楽しみにしていた。

なるほどね、とわたしは相槌なしにうなずいて、言った。

「でも、その少しあとですよね、わたしを周防に置いて、いなくなったのって」

自分でも意外なほど感情的な――責めるような口調になってしまった。さらに、もっと驚いた。涙が出そうになってる、いま。

建て替えられたマンションの二階の角部屋に目をやった。バルコニーに洗濯物が干してある。おとなの服と、小さな子どもの服。アニメのキャラが描かれたバスタオルも。

子どもは幼稚園ぐらいかな、もっとちっちゃいのかな、と考えながら、頭の中とは別のことを言った。

「邪魔になったんですよね、わたしのこと」

「いや、そうじゃなくて――」

「すぐに迎えに来るから、ちょっとだけ預かってほしい、って言ったんですよね、おじいちゃんとおばあちゃんには」

大輔さんはなにか言いたそうな顔をして、でも黙っていた。

「ちょっとだけのはずだったのに、いつまでたっても連絡がなくて、おばあちゃんが電話をかけたら、ケータイが解約されてて、アパートも引っ越してて……」

相槌や返事の代わりに、大輔さんは深々とため息をついた。

「だから、やっぱり、どう考えても、邪魔になって捨てられたってことじゃないですか」

冷静に順を追ったつもりなのに、話の筋道が通った瞬間、悔しさや怒りがカッと湧いてきた。

「めちゃくちゃですよね、なんか、もう」

あきれはてて、笑い飛ばして、見捨ててしまおうとしたのに、じわじわと悲しくなってきた。

「……なんで？　なんで、わたしのこと、邪魔になったんですか？」

そう——ずっと、ずーっと、知りたかったこと。おじいちゃんやおばあちゃんには訊けなかったこと。

「違うよ」

大輔さんは言った。「迎えに来なかったのは、はるちゃんが邪魔だったからじゃない」

逆なんだ、と続けた。

「自分が、はるちゃんの邪魔になるから」

「……なんで邪魔になるんですか？」

バルコニーの洗濯物から目を動かさずに訊いた。頭の中では別のことを考えた。バスタオルの隣には、シマウマ柄の子ども用のバスローブが干してある。シマウマって白地に黒いシマなのか、黒地に白いシマなのか……ナンユウくんに訊かれたのって、いつだっけ。村松さん親子を迎える前の大掃除のときだ。黒地に白いシマと思っていたナンユウくんとわたしは少数派だったんだっけ。

大輔さんは「駅に戻りながら話すよ」と言って、わたしの返事を待たずに歩きだした。

ふうちゃんはその頃、厄介な男と付き合っていた。

大輔さんは「厄介」の細かいところは話してくれなかった。

「まあ、カネとか、犯罪とか、いろいろ、警察がらみのこともあって……まっとうに生きてる人は付き合っちゃいけない世界の下っ端というか、カタギがかかわり合いになるほうがおかしいというか……それはもうだめだろ、無条件にアウトだろ……という感じの……」

大学通りを駅に向かって引き返しながら、いかにも苦しそうに言ったあと、「言いたいこと、わかるよな？」と苦笑する。

わたしも見当はついた。くわしく聞かなくてもいいし、聞きたくもない。

「ふうの人生の中でも、一番しんどいときだったと思う。だから、はるちゃんを親父とおふくろに預けて、周防とは一切連絡を取らずに、俺ともずっと音信不通で……」

「厄介」の数々を背負っているうちは、ふうちゃんは男との縁を断ち切らなかった。そこが多情仏心の所以《ゆえん》なのだろう。身軽になって男とすっぱり別れ、大輔さんに連絡できるようになるまで、五年かかった。

「……そんなに？」

驚くわたしに、大輔さんは「それでも早いほうだと思うぞ」と言った。「借金もかなりあったはずだから、がんばったんだよ、ふうは、あいつなりに、必死で」

五年の間に、わたしは小学生になった。ふうちゃんと暮らした三歳までの日々の記憶はだいぶ薄れてしまい、周防で祖父母と暮らす「いま」が、「すべて」になってきた。

「ふうは迎えに行こうとしたんだ。でも、親父やおふくろが許さなかった。俺も止めた。どうせ、ふうはまた同じ失敗を繰り返す。今度はもう、はるちゃんも大きくなってるんだから、なにかあったら、もっと傷つく。ふうは……かわいそうだけど、親になる資格はないんだ。親になるために必要な、大事なものが、あいつにはないんだよ……」

だからわたしはずっと、ふうちゃんには会わなかった。わたしを育ててくれたのは、おじいちゃんとおばあちゃん――わたしを捨てたのは、母親。

「はるちゃんは俺たちのことを恨むかもしれないけど、その後のふうを見てると、やっぱり……周防にいて、正解だったと思う」

うなずいて、「わたしもそう思います」と言った。小声になってしまったけど、本音だった。

国立駅の駅舎が通りの先のほうに見えてくるまで、大輔さんはふうちゃんの思い出をとりとめなく話してくれた。

周防での子ども時代の思い出はすでに聞いたことがあるものがほとんどだったけど、東京に出てきてからの話は、「これ、まだ言ってなかったと思うけど」「話したことあったかなあ」という前置き付きが多かった。

ふうちゃんは、東京の大学を三年生で中退した。もともと芸術系の学部で、卒業生には演劇や映画やアートの世界で活躍している人もたくさんいる。ふうちゃんも演劇サークルでお芝居に夢中になって、でも同時に映画にものめり込み、バンドでボーカルをやって、マイナーなアートフェスの実行委員も務めて……大学のことなんてそっちのけで、興味のあるものに次から次へと手を出して……結局、なにもモノにならなかった。

「大学を中退したことを、最初は親父やおふくろには黙ってたんだ。俺も口裏を合わせるのに苦労したし、ばれたときにはおふくろにさんざん泣かれて、まいったよ」

「ほんとに、ふらふら、ふわふわ、してるんですね」

たんぽぽの綿毛みたいだ、と思った。風の吹くままに遠くへ飛ばされて、落ちるところも選べず、だから花を咲かせることのないまま、もうじき、五十年にも満たない人生が終わってしまう。

「人形劇の劇団の裏方で全国を回ってた頃もあるし、友だちのつくったデザイン事務所を手伝ってた頃もある。七、八年前には難民支援のＮＰＯにもいたんだけど……よく考えたら子育てを放り出したヤツが、ひとさまの支援をするなんて、悪い冗談みたいだよな」

ですね、と力の抜けた苦笑いで応えた。

「いろんなことをやっても、最後はいつも、だめな男にひっかかったり、沈みかけた船から逃げ遅れて、責任や借金を自分一人で背負い込む羽目になったりして、なんにも残ってないんだ、あいつの人生」

たんぽぽの綿毛は、アスファルトの道路や川面にほとんどが落ちてしまった。土の上に落ちて、芽吹いて、根を張って、育っていったのは——。

「はるちゃんだけだよ、ふうがこの世界に生きていた証《あかし》として残したものは」

大輔さんはそう言って、「でも、それで充分だって言うんだろうな、あいつは」と寂しそうに笑った。

駅前の雑踏に呑み込まれる手前で、大輔さんは立ち止まった。車を駐めてある時間貸しの駐車場は、この近くだという。

「ダメ元だけど、最後に確認してみるよ」

大輔さんはスマホを出して、メールや音声通話の着信をチェックした。新規着信はゼロ――看護師さんが言っていたとおり、ふうちゃんは鎮静薬で眠ったまま、まだ目を覚ましていないのだろう。

しかたないな、と大輔さんは未練を残しながらもスマホをロック画面に戻した。

「明日帰るのって何時なんだ?」

決めていない。

でも、わたしが答える前に、大輔さんは肝心なことを思いだした。

「っていうか、はるちゃん、なんで立川なんかにいたんだ? ディズニーランドじゃなかったのか?」

ですよね、そこ、ツッコミどころですもんね、でも遅すぎない――?

苦笑すると、よし、とおなかに力がこもった。さっきからずっと、もやもやしていた。その正体がやっとわかった。自分のやるべきことも決まった。じゃあ、もう迷わない。

「嘘ついて、ごめんなさい」

「いや、まあ、怒ってるわけじゃないんだけど、東京に来たら、いちおう俺や麻由子が保護者っていうか、責任もあるし……」

「いまから周防に帰ります」

「――は?」

「だから、明日の朝になって、ふうちゃんがわたしに会いたくなっても、無理です」

「おい、それって……もう……」

「しかたないです」

淡々と言った。言えた。言ってしまった。キツい口調ではなく、でも、きっぱりとした強さは忘れずに。

「会いたくないのか」

「周防から東京、遠いし」

「気持ちだよ、はるちゃんの気持ち。どうなんだ？　やっぱり会いたくないのか？」

「月曜日に提出する宿題がたくさんあって、明日すごく大変なんです」

「……ふうのこと、許せないのか」

「ディズニーランドのこと、嘘ついて、ほんとにごめんなさい。麻由子さんとか美結さんにも、あと雄彦さんにも、よろしく」

おじぎをして、そのままダッシュ――全力疾走で駅に向かった。後ろは振り向かない。大輔さんが追ってくる気配はなかった。

4

国立駅から東京駅まではJR中央線で一本だった。改札を抜けて高架のホームに出ると、ちょうど東京行きの電車が来たところだったので飛び乗った。

スマホで調べた所要時間は四十七分。東京駅での乗り継ぎに手間取ってしまうことを考えても、夕方五時過ぎの新幹線には乗れるだろう。スマホでさらに調べると、周防には夜十時前に着く。ということは、十時半には我が家――「お帰り」を言ってくれる人は誰もいないけど。

ざっくり六時間ほど、という計算になる。そんなに早く帰れるんだ、と驚いた。来たときもそれくらいかかっていたはずなのに、行きと帰りでは時間の感覚が違ってしまった。昨日は想像すらしていなかったふうちゃんの存在が、いまは両肩にずしんとのしかかっている。そのせいかもしれない。

電車の中から、ナンユウくんにLINEで連絡した。

〈ごめん、今日のうちに周防に帰る〉

すぐに既読になって、〈マジ?〉と、びっくり顔のスタンプ付きで返ってきた。

〈マジ。葛城さんによろしく。あと、おばさんが心配してるから、絶対に明日は周防に帰ってください〉

ナンユウくんのお母さんに頼まれたことを、途中で放り出す格好になってしまった。我ながら無責任だと思う。大輔さんにも迷惑と心配をかけてしまったし、葛城さんや社長やダイブツさんも、まったくいまどきの高校生は……と、あきれるだろう。

これじゃあ、ふうちゃんと同じだよ――。

思わずため息が漏れる。力が抜けて頬がゆるむと、笑顔みたいになってしまう。違うって、と打ち消して頬を引き締めた。

〈いま電話できる?〉

ナンユウくんに訊かれた。両手でバツをつくるスタンプで答えた。

〈電車?〉

〈中央線。このまま東京駅から新幹線〉

〈お母さんと会った?〉

〈会わなかった〉

返事をしたあと、〈でも、ナンユウくんには関係ないから〉と付け加えた。

号泣のスタンプが来た。

ごめんね、と心の中で謝って、〈いつかゆっくり話すから〉と書いた。よく考えると、ナンユウくんに話す義務なんてないけど。

ガッツポーズのスタンプが来た——やっぱり、甘やかしたのは失敗だった。


『のぞみ』が名古屋駅を出た頃、ナンユウくんとのＬＩＮＥに動画ファイルがアップされた。

〈葛城さんから〉

投稿は、〈監督は葛城さんで、出演が社長〉と続いた。

〈なんなの？〉と訊くと、〈オレには見せてくれないから知らない。撮影中もオレだけ外でメシ食ってた〉と、ふくれっつらのスタンプ付きで返ってきた。

イヤホンをつけて、動画を再生した。いきなり、スマホの画面からあふれるぐらいアップで映し出されたのは——。

「はるちゃーん、元気ーっ？」

ダイブツさんだった。

「社長が登場する前に、ちょっとだけ、前座でおしゃべりするねーっ」

声が大きすぎて、キン、とハウリングを起こしてしまった。

すみません小泉さん、と葛城さんの声がする。顔を寄せなくても撮れてますから、もうちょっと引いてもらっていいですか、あと、ふつうのボリュームでしゃべって……。

「あら、そう？　ごめんごめん、じゃあ圭ちゃん、もう一回最初から」

いや、いいです、時間もないんで、このままお願いします、と葛城さんが言う。

「えーっ、そうなのぉ？」

ちょっと不満そうな顔になりながらも、気を取り直して、にっこり笑う。両目がまた、「タテ書き上カッコ」になった。

「はるちゃん、あんたもいろいろ思うことはあると思うけど、あんまり考えすぎないほうがいい。うん。会うべき人には会えるうちに会っておく、これ、人生の基本だからね」

会うべき人――。

でも、それが「会いたい人」ではなく、むしろ「会いたくない人」だった場合は、どうすればいいんだろう。

「じゃあ、主役の社長に交代しまーす」

ダイブツさんは、またね、と手を振って画面から姿を消し、入れ替わりに社長が「ああ、どうも」と、のそっと現れて椅子に座った。

わたしは思わず背を反らした。片手でタテ持ちしたスマホの画面は手のひらにすっぽり収まる程度のサイズなのに、そこに社長が映し出されると、気配というかオーラというか貫禄というか、そんな目に見えないものがグッと迫ってきて、圧倒される。

「くわしいことは、よく知らないんだが、うん、わからんなりに、わかるよ」

社長は老眼鏡をかけていた。それをちょっと下にずらし、顎を引いて、上目づかいにカメラを――つまり、わたしを見つめる。

「いま、帰りの新幹線なんだろう？　座れたか？　隣に誰か来るのが嫌だったら、三人掛けの窓ぎわにしなさい。車内販売で買い物をしたり、トイレのことを考えるんなら、三人掛けの通路側だ。自由席でも指定席でも、真ん中の席はよっぽど混んでいないと誰も来ないし、空いてるのにわざわざそこを狙って座る奴がいたら、ひっぱたいてやれ」

ははっ、と笑う。本題とはまったく関係ない話だけど、わたしはあらためて気おされてしまった。実際、いま座っているのは三人掛けの窓ぎわだった。隣に誰かに座られたくない。その気持ちも、理由も、社長にはお見通しなのだろう。

「まあ、それでだ……うん、自分のことは自分で決めればいいし、自分のことを決められるのは自分しかいないんだ、結局は」

ただな、と続ける。

「死ぬというのは、いなくなることだ。どこかにいるんじゃない。もう、どこにもいないんだ。わかるな？」

ふうちゃんはずっと、どこでなにをしているかわからなかった。でも、不思議と、孤独死とか行き倒れの可能性はまったく想像もしていなかった。どこかで、なにかを、している。それだけは絶対に確かなんだと思い込んでいた。けっこうずうずうしいだろうか？

でも、現実のふうちゃんは、もうじき亡くなってしまう。今度はもう、この世のどこにもいなくなる。

「いない人には、もう会えない。会いたくなっても、会えない。これもわかるな？」

わかる。よーくわかってる。たとえ会いたくなったとしてもね――「たとえ」を強めて、スマホから目をそらし、窓ガラスに映り込んだ自分を見つめた。

「遥香さん、あなたのおおまかな生い立ちは私も葛城から聞いてる。あなたの記憶に残ってる、自分では思いだせない、いろんな思い出も、昼間会ったから、だいたいわかる。あなたが望むのであれば、それを伝えるのは、できないわけじゃない」

話の途中――「望むのであれば」のところで、わたしはかぶりを振った。

ビデオレターなのでこっちのリアクションは伝わるはずがないのに、社長はまるでじかに向き合って話しているような間を置いて、そうだろう、とうなずいた。

「つらい思い出が残ってるのは、誰だって嫌だ。残っていそうな気がするのなら、なおさら、それをわざわざ知りたくはないよな」

わたしは向こうに伝わらないのを承知でうなずいた。確かに社長の言うとおりだ。だから自分の記憶を知りたくない。知りたくないんだけど……それがすべてじゃなくて……。

「でも、じゃあ楽しい思い出なら見たいのかというと、そうでもない。人は、そこまで単純なものじゃないんだ」

そう、ほんと、そう――。

さっきより強く、何度もうなずいた。

「楽しい思い出が残ってるからつらくなることも、人間にはたくさんある」

うん、うん……うん……。

社長の声をイヤホンで聴きながら、目は窓ガラスに映る自分をじっと見つめる。夜七時を回って、ちょうど陽が沈んだ頃だった。窓の外は、街の景色が見える程度に明るく、わたしの表情がわかる程度に暗い。

「嫌な思い出よりも、むしろ楽しい思い出のほうが、いまの自分を苦しめてしまうことだってあるんだ」

人間は難しいもんだよなあ、と苦笑する。

わかる、そう、ほんと、そう……。

「だから、人間は忘れるんだ。神さまだか仏さまだかお天道さまだとかが、忘れる力を授けてくれたんだ。昼間、話しただろう？」

一晩寝て忘れる、酒を飲んで忘れる、甘いものを食べて忘れる、なにかに夢中になって忘れる、愚痴にして吐き出して忘れる、時がたって忘れる、歳をとって忘れる――。

「でも、刻まれたものが消えてなくなったわけじゃない。だから、なつかしむことができる。それも話したな」

社長はおさらいをして、話を先に進めた。

「いまのままなら、あなたはお母さんをなつかしむことはできない」

残念だけどな、と付け加えた。

思わずスマホに手が伸びた。動画を一時停止した。

画面の中の社長は、口を閉じていた。「残念だけどな」と言った直後の表情だ。悲しそうに見える。寂しそうにも見える。でも、それは社長自身の感情ではなくて、わたしの悲しさや寂しさを、社長が鏡になって映してくれているのかもしれない。

ゆっくりと息をついて、一時停止を解除した。社長の顔を見るのがちょっと怖くて、窓の外に目をやったまま、声を聴いた。

「ものごころがつくって言うだろう。あれはなかなか奥深い言葉なんだ。ものごころがついてからの思い出は、なつかしむことができる。でも、つく前の出来事は、違うんだ」

たとえ記憶に残っていても、そこにアクセスできなければ、思い出にはならない。「ものごころがつく」というのは、そのアクセスができるようになることでもあるのだ。だから、ものごころつく前の出来事は自分では思いだせない。当時を知る人に教えてもらっても、なつかしさは湧いてこない。

「遥香さんもそうじゃないか？　お母さんのことを、いい意味でも悪い意味でも、なつかしいと思ったこと、あんがい一度もなかったんじゃないか？」

そう――だと思う。ふうちゃんのことは、誰からなにを聞いても、ずっと遠かった。

「しかたないんだ、それは。気持ちが伴わないというか、心が動かないというか、事実の確認と同じなんだから。ああ、そうだったのか、ふうん、なるほど……で終わるしかないんだから」

慰めるような口調に引き寄せられて、目をスマホに戻した。

社長はこっちをじっと見ていた。頬がゆるんでいるわけではないのに、まなざしの奥が微笑んでいる。わかる。葛城さんの撮影するスマホをすり抜けて、動画を再生するわたしのスマホもすり抜けて、社長は直接わたしと向き合ってくれている――見てもらっている、という手ごたえが確かにあった。

「あなたは母親に捨てられた。その事実を思いだして、怒ったり恨んだりすることはあっても、まだ心は動いていない。サッカーの審判がレッドカードを出すのと同じだ。冷静に判断して、親としてひどい、レッドカードで一発退場……ということだな」

サッカーに譬えても通じないんじゃないですか？　とダイブツさんの声がした。ありがとうございます。でも、だいじょうぶ、サッカー、けっこう好きです。

社長も「細かいところはいい、根っこが伝わればいいんだから」と言って、続けた。

「親子のことで、子どもが審判にならなくていいんだぞ」

まっすぐわたしを見つめる。

「私には、会ったほうがいいかどうかは、なにも言えない。決めるのはあなただ。ただ、あなたは、このままだと、お母さんのことをなつかしむことができずに、これからの人生を生きなくてはいけないかもしれない」

私はそれが心配なんだ、と社長は言った。

ふうちゃんと会えば――それがどんなものであろうとも、思い出になる。ものごころつく前とは違う、感情のたっぷり乗った思い出がつくれる。

怒るのか、恨むのか、憎むのか、悲しむのか、喜ぶのか、忘れるのか、許すのか……。

あれ？　感情じゃないか、いまのは。

でもいいや、とにかく、そういうことだ。

社長は、わたしがいろいろ考えるための時間を与えてくれたのだろう、息継ぎよりずっと長い間を置いて、続けた。

「なつかしい人がいて、なつかしい思い出があるというのは、とても大切なことだ。いまはまだあなたは若いからピンと来ないと思うが、ほんとうだぞ、いつか、歳をとったらわかる」

それが嫌な思い出でも、ですか――？

訊きたくても伝えられない質問を、社長は先回りして、答えてくれた。

「私たちの仕事は走馬灯の絵を描くことだ。それは、人生の最期に感じるなつかしさを決めるということでもある。嫌なことや悔やむことをなつかしさに加えたくない人もいれば、それを受け容れる人もいる。どっちが正しいかは、わからない。すべては本人が決めることだ。ただ――」

ブレーメン・ツアーズが一つだけ決めていることがある、という。

「走馬灯の絵をすべて消してくれという注文は、なにがあっても断る。最後の最後の瞬間に、なにもなつかしさが浮かばない、そんな人生は……さみしいだろう」

だから、と社長は言う。

「あなたが、お母さんとの間になつかしさを持てないままになってしまうのは、さみしいことだと思うんだ、私は」

社長は「さみしい」という言い方をする。わたしは「寂しい」を「さびしい」と読むけど、「び」と「み」の違いで、「さみしい」のほうが雰囲気あるな、と思った。

「もっとまだ、いろいろと話したいことはあるし、遥香さんにも言いたいことや訊きたいことはあるだろうが……まあ、いい。次に東京に来るときには、必ず葛城に連絡してくれないか。できるかぎり力になる。私たちは、仲間だ、もう、これからはずっと」

じゃあ、と社長は笑い、とりあえず今夜はウチに帰ったら熱いお風呂に入ってゆっくり寝なさーい、とダイブツさんの顔と声が割り込んで、動画は終わった。


東から西へ向かっているので、窓の外はなかなか暗くならない。

それでも、列車が京都駅に着く頃には、さすがに空は暮れきって、窓ガラスに映り込む自分の顔がはっきりと見えてきた。

微妙な表情もわかる――からこそ、自分に向かって「あっかんべえ」をして、窓のシェードを下ろした。

目を閉じて、動画ファイルを繰り返し再生した。声だけが何度も何度も耳に流れ込む。

数分間のファイルなので、リピートするうちに内容は覚え込んだ。でも、わたしの答えは、聴くたびに変わる。「やっぱり、ふうちゃんに会おうかな」と思ったり、「そんなことない、絶対に会わないほうがいいよ」と思ったり、「なつかしさ、大事だよね」と思ったり、「ムカつくなつかしさなんて要らなくない？」と思ったり……。

目をつぶっていたのは大正解だった。これで画面に映る社長の顔を見ていたら、もっと迷ってしまっただろう。

京都駅に停まる。発車。

新大阪駅に停まる。発車。

スマホで調べると、新神戸駅で引き返すなら、今夜中に東京に戻れることがわかった。

でも、新神戸駅でも、シートの肘掛けをギュッとつかんで、動かなかった。

ふうちゃんと会わなかった理由、ほんとうはもう一つある。会って、もしもなにかのはずみでふうちゃんの記憶が見えてしまって、そこにわたしが登場していなかったり、ひどい場面に顔を出していたりしたら、すごく悲しくて、悔しいから……。

列車が新神戸駅を出た直後、ＬＩＮＥにナンユウくんが投稿した。

〈いま、社長からの伝言〉

今夜中に帰れなくなったタイミングを狙って——？　それとも偶然——？

〈はるちゃんはまだ未熟だから、背中にしっかり触らないと記憶が見えないんだって。だから思わず見えちゃうことは絶対にないから安心しろ、って〉

ぜんぶお見通しなんだな、社長には。

でも、もう遅い。

でも、でも、もう遅いというのも社長にはお見通しで、だからこのタイミングでナンユウくんに伝言したのなら……。

もういいや、寝ちゃおう、とシートのリクライニングを倒して、ほんとうにそのまま、周防駅に着く少し前までぐっすり眠った。

自分でも驚くほど、深い眠りになった。

第十章

1

月曜日の朝、いまにも雨が降りだしそうな雲行きを気にしつつ家を出て、山手郵便局前からバスに乗ると、通路に立っている乗客の中にナンユウくんがいた。

「グッモーニンッ」

巻き舌で挨拶して、へへっ、と笑う。

ナンユウくんの乗るバス停は二つ手前の東四丁目公園――ふだんはわたしが乗るバスより三本も四本も遅い、遅刻ぎりぎりのバスで登校しているのに。

「どうしたの、早起きしちゃって」

「心を入れ替えて、生まれ変わったんだ」

「……だったら既読スルーやめてくれる？」

昨日は何本もＬＩＮＥに投稿したのに、一度も反応はなかった。

「だって、葛城さんとつながってるからだいじょうぶだと思って。オレも返事したら二度手間だろ？」

二度手間って、たぶん意味が違う。でも、確かに、昨日のナンユウくんの行動は、すべて葛城さんからのショートメールで知った。

朝のうちに葛城さんとともに成城の達哉さんのウチを訪ね、達哉さんと一緒に老人ホームの介護棟にいる光子さんと会った。そこから葛城さんに羽田空港まで送ってもらい、飛行機とリムジンバスで周防に帰った。

ただし、メールには、行き先しか書いていない。オフィスにあるホワイトボードのスケジュールを読み上げているようなものだった。リアルの会話と同じく、とにかく陰気で無愛想なのだ。

帰りが飛行機だった理由も、いま、ナンユウくん本人に訊いて初めて知った。

「社長が決めたんだよ。新幹線だと、オレが途中下車するかもしれないから、って」

信頼度ゼロ。でも、本人は悪びれもせずに「飛行機で出してくれるコンソメスープ、マジ美味くて、お代わりしたよ」と笑う。「知ってる？　あのスープ、通販で買えるんだ」

そんなのどうでもいいけど、混み合ったバスの車内では、ややこしい話はできない。

「学校に着いたら、光子さんの走馬灯とか、いろんなこと教えて」

「はるちゃんのほうもな」

「――え？」

「お母さんの話とか、いろいろ……」

それを訊きたくて早起きしたんだからな、とイバって言った。

学校に着いて、教室のベランダに出て、じゃんけん――。

報告は、負けたナンユウくんから、になった。

わたしが急に周防に帰ってしまった土曜日の夜、ナンユウくんは予定どおりダイブツさんにスカイツリーを案内してもらった。夜景を堪能して、おみやげをたくさん買ってもらって、晩ごはんはもんじゃ焼きをごちそうになったのだという。

「なんかもう、ほとんど田舎者の観光旅行みたいな感じだけどさ」

これも東京みやげ、と制服のワイシャツの下に着たTシャツを見せてくれた。胸に大きく筆文字で「侍」と書かれている。両親には同じ漢字シリーズの「一番」と「親分」を買って帰ったらしい。「父ちゃんも母ちゃんも、けっこうビミョーな反応だったけど」——でも、怒らずにナンユウくんを迎えてくれたのなら、よかった。

「葛城さんも一緒だったの?」

「いや、あの人はずーっと会社にいた。別の仕事もあるし、達哉さんから連絡が来るかもしれないし、あと、光子さんの容態もいつどうなるかわからないから……泊まり込むんじゃないか、ってダイブツさんは言ってた」

ナンユウくんは会社の近くのビジネスホテルに泊まった。上京した火曜日の夜はネットカフェに泊まったけど、水曜日からはこのホテルで四泊したことになる。

「ベッドでほとんど一杯いっぱいの狭い部屋なんだけど、朝メシは無料サービスだし、四日分のホテル代、ぜんぶ会社が払ってくれたんだよ」

「すごいね、それ」

「でも、借金だから。夏休みのバイトの給料を前借りしたことにする、ってダイブツさんに言われた。だから夏はタダ働きになっちゃうかも」

がっかりした顔だったけど、ちょっとうれしそうでもある。わかる。夏のバイト採用も確定ということなのだろう。夏休みにブレーメン・ツアーズでアルバイト——定員が二人だったら、わたしも、それ、悪くないかも。

「ねえ、まだ聞いてなかったけど、金曜日まではどんな仕事をしてたの？」

「けっこう、いろんなこと」

水曜日は、オフィスを掃除したり、要らない書類をシュレッダーにかけたりという雑用ばかりだった。

「まあ、いきなり来ちゃったから、社長や葛城さんも、なにをさせていいかわからなかったと思うんだけど……手の空いたときには、ダイブツさんのアイドル話に付き合わされたり、あと、社長の囲碁の相手とか」

「ナンユウくん、囲碁ってできるの？」

「ぜーんぜん」

「だよね」

「でも、ルールを知らないって言ったら、じゃあ五目並べでいい、って」

一瞬あきれたけど、すぐに、ああそうか、と社長の狙いがわかった。

「意外と接戦になっちゃって、三回勝負で三連敗だったんだけど、一時間ぐらいかかったんだ」

その間に、社長はナンユウくんの記憶を隅から隅まで覗いたのだろう。ダイブツさんのアイドル話も、きっと、それが狙いだ。

「で、ほら、夕方に社長が母ちゃんと話をつけて、日曜日まで東京にいていいことになっただろ？　だから、木曜日からは、ちょっと仕事っぽくなったんだ」

木曜日は、パソコンの前に張りついて、ひたすら検索とダウンロードと画面キャプチャを繰り返した。岩手県の沿岸部にある人口数万人の街の、二〇一一年三月十一日以前の街並みや当時の出来事がわかる資料を探しつづけたのだ。

「新しいお客さんのツアーで使うらしいんだ」

二〇一一年三月十一日以前とは、つまり、東日本大震災の前――。

「震災のときの津波で、あの街、めちゃくちゃになったんだよな」

「うん……知ってる」

津波と言えば真っ先に名前が挙がる街の一つだ。何百人も亡くなって、いまも行方不明の人がたくさんいて、街の中心部は壊滅状態になってしまった。震災のときはまだ幼かったわたしもうっすら覚えているし、当時のあの街の様子は、その後もテレビの特番やドキュメンタリーで何度も紹介されている。

「もうだいぶ復興は進んだんだけど、街は昔とは全然違っちゃって」

それも知っている。盛り土をしたり、高台に移転をしたり、巨大な防潮堤ができたりして、昔の面影はほとんど残っていないという。

ツアーのお客さんは、その街の出身者だった。

「名前は教えてもらえなかったけど、すごく有名な人で、震災のときには東京にいたんだけど、親戚とか友だちがたくさん亡くなって、実家にあるアルバムなんかもぜんぶ流されちゃって……もう、自分の記憶の中にしか残ってないわけ、ふるさとが」

「……だよね」

「で、昔の街のことをどこまで覚えてるのか、急に怖くなったんだって。自分が死んじゃうときに走馬灯に出てくるのが、震災のすぐあとの瓦礫《がれき》の山だったり、復興したあとのきれいすぎる街だったら、やっぱり嫌だろ？　だからブレーメン・ツアーズに話が来たんだ。できれば昔のままの街並みを見て死にたいし、忘れてた思い出も、もう一度よみがえらせたい、って」

昔のふるさとを思いだすためのきっかけは、多ければ多いほどいい。写真集や自治体のアーカイブスだけでは足りない。

「こういうのって、むしろシロウトの人のブログのちょっとした一言とか、スナップ写真にたまたま写り込んだ建物なんかのほうが、いいみたいなんだ」

そのための資料集めを、ナンユウくんが手伝ったのだ。

「これって、人助けみたいなものだろ？　けっこうやり甲斐のある仕事だと思わない？」

思う。うなずいた。よかったね、いい仕事をやらせてもらって、と素直に思う——言わないけど。

金曜日は、朝から晩までイヤホンをつけて朗読を聴き、元の原稿と照らし合わせた。

お客さんは、決して有名な人ではない。ツテをたどって、ブレーメン・ツアーズに相談をしたのだ。

「これも仕事なんだ」

その人は、緑内障で目がほとんど見えなくなってしまい、重い病に冒されてもいた。その病が進行して、死期が近いことを悟り、最後の願いを叶えたくなった。

苦労して大学の夜間部に通っていた頃に、田舎のお母さんから送ってもらった何十通もの手紙を、もう一度読みたい——。

そして、走馬灯に、お母さんとの思い出や若かった頃の自分の思い出を、一つでも増やしたい——。

ブレーメン・ツアーズは、その依頼を受けた。目が見えなくてもお母さんの手紙の中身がわかるように、朗読することにした。プロの声優を何人もオーディションして、お母さんの声に一番似ている人をお客さん自身に選んでもらって、スタジオで収録した。

その音声データを聴いて、手紙の実物どおりに朗読できているかどうかを確認するのが、ナンユウくんの仕事だった。

「ミスできないから責任重大だよ。プレッシャー感じまくりだった」

夕方にとりあえず仕事を終えて、イヤホンをはずしたあとも、しばらくは朗読の声が耳の奥から消えなかったらしい。

「でも、いい話だと思わない？」

「……うん、思う」

走馬灯を描き直すことには、わたしが想像していた以上に、いろいろな理由や事情があるのだろう。ブレーメン・ツアーズのお客さんも、有名な人やお金持ちだけというわけではなかった。それが、ちょっとうれしい。

「まあ、でも、やっぱり土曜日が一番疲れたよ」

わたしと一緒に達哉さんに会って、近藤さんと会って、ダイブツさんにスカイツリーに連れて行ってもらって——。

「ホテルの部屋に戻って、ぼーっとテレビ観たり、スマホをいじってたりしてたんだけど、全然眠くならないんだよ。いろんなこと考えちゃって」

「いろんなって、どんな？」

「達哉さんのこととか、光子さんのこととか、近藤さんのこととか……あと、はるちゃんのお母さんのこととか、いろいろ」

自分のことは出てこない。絶対に嘘。でも、まあ、気持ちはわかる。

「外がうっすら明るくなってから、やっと、うとうとしたんだけど……」

九時に出社するために、八時にアラームをセットしていた。

でも、七時前に葛城さんから電話がかかってきた。

「達哉さんから連絡があったんだ、朝の六時半頃。で、すぐにホテルに迎えに行くから五分以内にチェックアウトしろって」

光子さんの容態が急変した。老人ホームの事務所から「会わせたい人がいらっしゃるなら、少しでも早く」と言われた達哉さんは、真っ先に葛城さんに電話を入れたのだ。

「五分後にホテルの前にいなかったら置いて行くから、って」

ひどいよなあ、強引すぎるだろ、パワハラだよ、とナンユウくんは苦笑交じりに言ったけど、わたしは逆に、そういうときに立ち寄ってくれるということのほうに驚いたし、すごいなあ、とも思った。葛城さんは、やっぱりナンユウくんを買ってくれているのだろう。

「で、間に合ったの？」

「せっかく二分でチェックアウトしたのに、外で三分も待たされたよ」

口をとがらせるナンユウくんも、じつは葛城さんにすごくなついているんだと思う。


始業十分前の予鈴が鳴った。教室はだいぶにぎやかになってきた。

みんなのおしゃべりの話題は、今日の天気について——。

この地域に大雨警報や波浪注意報が出ているらしい。雨は午前中のうちに降りはじめ、夕方にかけてどんどん激しくなっていくのだという。

確かに、雲に覆われた空の色は、朝起きたときよりもずいぶん暗くなった。グラウンドを吹き抜ける風も強まって、二階のベランダにいると、ときどき髪を押さえなくてはいけなかった。

そんな空模様のもと、ナンユウくんは昨日の話を続けた。

2

ナンユウくんがすぐにチェックアウトした甲斐あって、朝七時半過ぎには成城に着いた。

達哉さんは葛城さんとナンユウくんを、土曜日と同じように応接間に通した。二人が座ったソファーの席も、土曜日と同じ。ただし、この日はお茶とお茶菓子は出なかった。

「すみません、カミさんが向こうに詰めていて、おかまいできなくて」

達哉さんは寝不足で赤い目をしていた。

「さっきから少し血圧が戻って、呼吸も安定してきたらしいんですが、もう目を覚ますことはなさそうです」

都内に住む息子さんと娘さんの家族にも、連絡をした。どちらも昼前には駆けつけるらしい。

だから、その前に――。

「走馬灯を仕上げていただけますか」

ということは、つまり――。

「周防にいた頃の、走馬灯、このままで、お願い……します」

達哉さんは言葉を細かく区切って、最後は喉の奥から絞り出すように言った。苦しそうだった。

ゆうべの寝不足の理由は、光子さんの容態だけではなかったのだろう。

「かしこまりました」

葛城さんはうなずいて、「これから光子さまの走馬灯をもう一度拝見します」と今後の流れを説明した。

「木曜日と比べて、おそらく大きな違いはないと思います。もしも絵が差し替わっていたり抜け落ちていたり、新しい絵が加わったりしていても、すぐに手直しをしていきますので、ご安心ください」

「……お願いします」

「方針としては、いままでどおり、つらい思い出は残さず、幸せな思い出を無理に増やすことはせず、でよろしいですね？」

すると、達哉さんは迷いが出てきたのか、「やっぱり、幸せな思い出ってたくさんあったほうがいいでしょうか」と訊いた。

「それはお客さまのお考えしだいです。もちろん、一つでも多くするようリクエストされるお客さまもおられますが、村松さまのように、ツアーで思い出をたどったあとは、あるがまま、なるべく手を加えず、紛れ込んだつらい思い出だけを消し去るというお考えの方も、たくさんいらっしゃいます」

「葛城さんは、どっちが――」

「お決めになるのはお客さまです」

ぴしゃりと言って、「周防のことも、あるがままでよろしいですね」と念を押す。

達哉さんは黙って、小さくうなずいた。

葛城さんは、土曜日に言っていたとおり、近藤さんのことは達哉さんには伝えなかった。

ナンユウくんは、達哉さんがトイレに立った隙に訊いた。

「ほんとにいいんですか？」

「よけいな口出しはするな」

「でも、やっぱり、知ってるのに言わないのって――」

「さっき聞いただろう。走馬灯は、あるがままに仕上げる」

近藤さんとの思い出も、それが光子さんにとって幸せな思い出として走馬灯に描かれていたなら、あるがまま残す。

「もし、消えてたら？」

「消えたまま、放っとく」

「じゃあ、勝手に消えてたら、解決ですよね」

ナンユウくんは、そうかそうか、そうなるよなあ、と自分でどんどん納得して、続けた。

「で、消えた代わりに、達哉さんとか征二さんの思い出に色がついて、走馬灯に描かれてたら、もっといいですよね。なんていうか、最終回で逆転サヨナラホームラン、って感じで。ね、そうですよね？」

葛城さんは無表情のまま「とにかく黙ってろ」と釘を刺し、「それより――」と、低い声をさらにひそめた。

「おそらく、もう一度、迷う」

達哉さんが――。

「迷った挙げ句、パニックになるかもしれない」

「わかるんですか？」

ナンユウくんの問いには答えず、話を進めた。

「そのときには、達哉さんがケガをしないよう、体を後ろから支えてやってくれ。いいな、それがきみの仕事だ」

話がよく見えないまま、あいまいにうなずいたところに、達哉さんがトイレから戻ってくる物音がした。

葛城さんはソファーから立ち上がって達哉さんを迎えた。

「では、行きましょう」

達哉さんは一瞬あせった顔になった。もう少したってから出かけるつもりだったのだろう。でも、葛城さんは「歩ける距離ですが、車で行きましょう」と言って、さっさと先に立って部屋を出た。言葉はていねいでも、口調やしぐさには有無を言わせない迫力があった。

家を出るとき、ナンユウくんは達哉さんの横顔をそっと覗き込んだ。表情がさっきとは微妙に違う。あせりや戸惑いに加えて、眉間に皺を寄せた顔には、迷っている気配が確かに漂っていた。


光子さんのいる老人ホームは、車ではほんの一、二分の距離だった。

その間、後部座席の達哉さんはじっと押し黙っていた。

助手席のナンユウくんもしだいに緊張してきて、老人ホームのたたずまいを見た瞬間、それが一気に高まった。

高級だというのは土曜日にも聞いていたけど、実際は想像よりさらに上――華やかな高級感というより、もっと落ち着いて洗練された風格があった。

つい近藤さんの入居した施設と比べてしまった。あそこは寂しい建物だった。家族から見限られ、厄介払いをされた老人たちが、人生の締めくくりの日々を過ごす、うば捨て山だった。

こっちは違う。建物や設備やサービス以前に、ここには穏やかさが満ちているのがわかる。お金の余裕がしっかりあって、家族との関係も良好な老人たちが、ここで静かに、心安らかに、人生の最期を迎える。

幸せなんだな。ナンユウくんは光子さんのことを、あらためて思った。

光子さんは、幸せな死を迎えられる。

認知症になるまでの生活をくわしく聞いているわけではなくても、達哉さんの親孝行な様子を見ていると充分に満足のいく歳月だっただろう。認知症になってからも、本人や周囲の苦痛は最小限のものに抑えられていたはずだ。

そして、親孝行な一人息子は、いま、母親が最期に見る走馬灯も、幸せな場面ばかりで仕上げようとしてくれて……。

車はセキュリティゲートをくぐって、敷地に入った。葛城さんは車を訪問客用の駐車スペースに入れると、さっさと外に出た。

でも、達哉さんは腕組みをして、うつむいて、動かない。

「あの、着きましたけど」

ナンユウくんが助手席から声をかけると、「うん……」と低い声の返事があったけど、腕組みを解いてドアを開ける気配はない。それどころか、頭を両手で抱え込んで、上体を膝に伏せてしまった。

「具合悪いんですか?」

「いや、うん……ちょっと……」

ナンユウくんはあわてて車を降りた。葛城さんは、車から近すぎもせず遠すぎもしない、微妙な位置にいた。介護棟に向かってふつうに歩いていたらもっと遠ざかっていたはずだし、達哉さんが降りてくるのを待つのなら、もっと近くにいるだろう。まるで、こうなることが最初からわかっていたかのように、ナンユウくんがすぐに駆け寄ることができて、なおかつ話し声が達哉さんには聞こえないところに立っていたのだ。

実際、葛城さんはナンユウくんが達哉さんの様子を伝えても、まったく驚かなかった。それはそうだろう、と当然のことを受け容れるような相槌を打って、「まあ、少し待とう」と言った。

「いま、また迷ってるんですか?」

うなずいて、「歩きだったら、途中で地べたにへたり込んで、動けなくなるところだったな」と苦笑した。

「じゃあ、このままだとパニックになっちゃうかも……」

「だからさっき言ったとおり、ケガをしないように背中を支えてやってくれ」

ドアが開いた。ようやく達哉さんが車から降りてきた。ナンユウくんが駆け戻って「だいじょうぶですか?」と訊くと、ぐったりした様子でうなずく。でも、息はまだ荒いし、喉の奥がゼエゼエと鳴っているし、なによりシャツが透けてしまうほど汗をかいている。

そんな達哉さんに、葛城さんは言った。

「最後にもう一度だけ確認させてください」

「……はい」

「周防の走馬灯は、あるがままで残しておきますが、よろしいですね」

達哉さんは何度も深く息を吸って吐いた。そのたびに肩が大きく上下して、吐き出す息は波打つように激しく震えていた。

「現状では、ご家族は登場しません。よろしいですね」

達哉さんの息づかいがひときわ荒くなり、甲高い笛のような音が鳴った。過呼吸になってしまったのだ。足元がふらつき、その場に倒れそうになる。

「ナンユウ、背中を支えろ」

達哉さんの背後に回って、つっかい棒をするように肩の後ろに手をあてて、やっと言われたことの真意がわかった。

葛城さんは、ナンユウくんに達哉さんの記憶を覗かせたのだ。


始業のチャイムが鳴る。

話は、次の休み時間に持ち越された。

3

雨は、天気予報よりずっと早く――一時間目の授業の途中で降りはじめた。

周防のある山陽地方の西部は、梅雨の後半に激しい雨に襲われることがしばしばある。三年前にも線状降水帯が居座って、周防市内には大きな被害はなかったものの、佐波天満宮のあたりは堤防が決壊して何十軒も床上浸水してしまった。

今日の雨も、かなりのものになりそうだった。朝のホームルームのあとでネットニュースを調べた人によると、大雨警報に加えて雷注意報も出されたらしい。

一時間目の授業が終わっても、雨のなか、わざわざベランダに出る人はいない。ナンユウくんとわたしにとってはありがたい状況だった。

そんなわけで、吹き込んでくる雨に濡れないよう気をつけながら、ナンユウくんの話の続きを――。

思い出の一つひとつをゆっくりたどる余裕はない。ナンユウくんは分厚い辞書を大急ぎでめくるように、色つきの場面を探した。

光子さんは何度も出てくる。特に幼い頃の思い出は、ほとんどが色つきで残っている。優しいお母さんで、きれいなお母さんで、そんなお母さんのことが大好きだったというのがよくわかる。

一方、父親の征二さんの思い出は、光子さんの何分の一……いや、十分の一にも満たないだろうか。全体の数も少ないし、そのほとんどに色がない。

光子さんの記憶に残る征二さんの姿と同じだった。家庭よりも仕事を優先し、女房子どもを食わせてやっているという自負と責任感と引き換えに、家庭で圧倒的に偉いのは自分なのだと信じて疑わない。そういう、昭和の父親そのものの男尊女卑、亭主関白、頑固親父の思い出ばかりが、達哉さんの記憶に残っているのだ。

だからなのだろうか、中学生になった頃から、達哉さんの思い出には、優しいお母さんに甘えるだけではなく、むしろ逆に、光子さんを励ましたり慰めたりという場面が増えてくる。

親孝行の思い出は、達哉さんがおとなになってからもたくさんあった。すっかりおばあちゃんになった光子さんのことを、達哉さんはほんとうに優しく見守っていた。

そんななか、とても印象深い光子さんの姿があった。

印象深い——と言ったあと、ナンユウくんは別の表現で言い直した。

きれいだった。きれいすぎて、怖かった。

具体的な出来事の記憶ではなかった。光子さんの横顔だけが浮かびあがっている。その顔が、むしょうに美しく、怖いほどだったのだ。

その光子さんが振り向いた。微笑んで声をかけた。

「たっちゃんが東京の大学に行きたいんだったら、お母さん、絶対に応援する。お父さんにも言ってあげるからね」

ということは、これは達哉さんの高校時代の思い出だった。

周防で暮らしていた頃——。

達哉さんが、光子さんの不倫をめぐって、湧き上がる疑念に蓋をしながら見ていた頃——。

怖いほどきれいだった光子さんは、微笑んだまま、かぶりを振った。

ううん、違う、全然違うから、という声が聞こえそうな表情だった。

だいじょうぶ、心配しないで、という声も聞こえてきそうだった。

色がついている。だから、達哉さんは、もしかしたら人生の最期に、光子さんのその笑顔と向き合うのかもしれない。

ナンユウくんはさらに達哉さんの記憶を覗こうとした。でも、そこに葛城さんの声が突き刺さるように響いた。

「行きましょう」

声と同時に、指先に静電気が走ったような痛みを感じて、ナンユウくんは達哉さんの背中から手を離してしまった。

目の前に広がる光景は、現実のものに戻っていた。

「いかがですか、ご自分で歩けますか」

「はい……申し訳ない、もう、だいじょうぶです」

ふらつきながらも立ち上がった達哉さんに、葛城さんは言った。

「僭越《せんえつ》なことを申し上げますが、よろしいですか」

「ええ……」

「私は、達哉さまがどんな決断をなさったとしても、光子さまは喜んで、幸せに旅立たれると信じています」

さっきまでの口調とは違う。切々と訴えかける一方で、すべてを包み込む温もりと広がりに満ちた声だった。

達哉さんも、救われたように「そうですか」と笑った。

その瞬間、迷いがすうっと消えていったのが、ナンユウくんにもわかった。

「では、あらためて、最後におうかがいします」

「はい……」

「周防の思い出に、家族以外の人が出ています。それはどうしましょうか」

葛城さんが微妙に言い方を変えたことにも、ナンユウくんは気づいた。

答えやすくなった——ような気がする。
達哉さんもそれを感じたのかどうか、すっきりした顔で答えた。

「そのまま残しておいてください」


雨は、二時間目が終わる頃にはどしゃ降りになった。

休み時間になってもベランダには出られない。教室の中では込み入った話はできないし、廊下で話していると、顔の広いナンユウくんには別のクラスの子が次々に声をかけてくるので、すぐに話の腰を折られてしまう。

それでも、途切れ途切れではあっても、葛城さんが最後に光子さんの走馬灯を仕上げた話は、昼休みになる前になんとか聞き出すことができた。


光子さんは、酸素吸入を受けながら昏々と眠っていた。

部屋には、看護師さんと達哉さんの奥さんがいた。達哉さんは奥さんと場所を入れ替わって光子さんの枕元に座り、「お母さん、来たよ」と声をかけて手をさすりはじめた。

医師が部屋に入って、いまの容態を説明した。血圧や心拍数は落ち着いていて、早朝の状態からはだいぶ持ち直した。ただし、やはり意識を取り戻すことはないだろう、と言われた。長くてもあと数日のうちに、眠ったまま、息を引き取ることになる。

医師はあらためて、終末期のケアについて確認した。入居時の話し合いで、終末期のケアは酸素吸入までで、あとは苦痛を和らげながら静かに最期を迎えることになっていた。「それでけっこうです」と達哉さんが言うと、医師は「おそらく、もう痛みや苦しみは感じられていないはずです」と言って、部屋を出た。

それを待っていたかのように、部屋の隅にいた葛城さんは達哉さんのすぐ後ろに場所を移した。ナンユウくんが隣に並ぼうとすると、きみはあっちだ、と顎をしゃくって元の場所に戻す。

走馬灯の最後の仕上げが始まった。沈黙のなか、目に見える動きはなにもなく、進められていく。走馬灯が滞りなく流れるように一枚ずつ絵の順番を確かめ、絵と絵の間隔を微調整して、詰めたり広げたりする。周防での不倫の記憶は、達哉さんのリクエストどおり、そのまま残した
――はずだ。

でも、それを確かめるすべはない。ナンユウくんにも、達哉さんにも。ブレーメン・ツアーズの社長が言っていたとおり、ほんとうに、これは詐欺と言われてもしかたのない仕事なのだ。

部屋に入って数分後、葛城さんは達哉さんに声をかけた。

「では、私たちは、これで」

達哉さんは「え？」と驚いて振り向く。

「絵のほうはご注文どおりに仕上げました」

「あの……」

「先ほど決めていただいたとおりに」

達哉さんはなにか言いかけたけど、顔がゆがむだけで、言葉にはならなかった。

車に戻るまで、葛城さんもナンユウくんも口を開かなかった。葛城さんのほうは自然体の沈黙だったけど、ナンユウくんは違う。言葉がいくつも、何度も、喉元まで出かかっていた。「あの

ー」の「あ」が、半分ほどため息のように漏れてしまったときもある。

車に乗り込み、シートベルトを締めると、さすがにもう我慢できなくなって、とりあえず無難な挨拶をした。

「……お疲れさまでした」

葛城さんは車のエンジンをかける。

「べつに疲れてない。いつもの仕事だ」

そっけなく返されると、むしろ逆に、話しやすくなった。

「でも、いまのって……仕事をほんとうにやったかどうか、わからないですよね」

思いっきり失礼な質問に、葛城さんは珍しく声をあげて笑って、言った。

「ばれてたか」

「――マジ？」

きょとんとするナンユウくんに、今度は真顔で「おとなをなめるな。口のきき方には気をつけろ」と言って、車を発進させた。

だよなあ、とナンユウくんは苦笑した。叱られたのに、ちょっとうれしい。

「達哉さんの記憶、なんでオレに覗かせてくれたんですか」

「あとから、どうだったどうだった、って訊かれるのも面倒だからな。少しは気がすんだか」

「っていうか……」

達哉さんがほんとうに母親思いの息子だというのは、よくわかった。その達哉さんが決めたことなら、葛城さんの言うとおり、光子さんは納得して、喜んで、走馬灯を眺めて旅立つだろう。

「半分すっきりしたけど、なんか、まだ、ちょっと……」

正直に言うと、葛城さんも、だろうな、とうなずいた。

「周防にいた頃の光子さん、いたんです。すごくきれいで、美人っていうか、なんか、セクシーっていうか、いかにも『おんな』っていうか……そういう言い方すると軽いし、下品になっちゃうんですけど……」

わかるよ、とまたうなずいて、「首を横に振ってただろう」と訊く。

「はい……見ました」

「どう思った？」

「違う違う、って打ち消してるような感じでした」

「じゃあ、なにを打ち消してると思った？」

わからない。近藤さんとの不倫のことかもしれない。まったく別のことなのかもしれない。色つきの思い出にも、色のない思い出にも、あの表情とつながりのありそうな場面はなかった。達哉さんが口に出して問いただしたのか。でも、なにを？　もともとは不倫とは無関係な場面が、たまたま記憶の中でぽっかりと浮かんでいて、それをこっちが勝手につなげているだけなのか。なにもわからないから、さっきからもやもやしているのだ。

「葛城さんは知ってるんですか、あれがどんな場面だったのか」

「知らない」

あっさり答えて、もっと軽く「達哉さん本人もわからないんじゃないか？」と笑う。

「忘れてるってことですか？　でも、記憶に残ってて、しかも色つきなんだから——」

「忘れるもなにも、実際には、あんな場面はなかった可能性だってあるんだ」

現実にあったものだけが思い出になるわけではない。日々の積み重ねがつくりあげた、かぎりなく現実に近いまぼろしだってある。

「一家団欒の思い出や、友だちと遊んだ思い出なんて、たいがいそうだ。この日の、この場所の、この出来事……なんて決められずに、なんとなくそんな感じの毎日だったよなあ、ということのほうが多いだろ」

「ああ、なんか、わかる気がします」

「幸せな思い出は、ほんとうはそのほうがいいんだ」

安らぎや楽しさがいつもそばにあれば、幸せが日常になって、思い出も日付や場所や出来事の一つひとつに縛られることはない。

「逆に、悲しい思い出は、この日の、この場所の、この出来事だけが、つらかったんだ、と決められるほうがいい」

たとえば子ども時代に日常的に虐待を受けていたら、悲しい思い出は、この日こんなひどい目に遭った、と決めることすらできなくなってしまう。

「……ですね」

神妙な顔でうなずいたナンユウくんは、「じゃあ——」と、話を達哉さんのことに戻した。

「あの光子さんは、高校生の達哉さんがずっと思ってたことが積み重なって浮かんだ顔なんですか」

「ああ、ずっと思って……願って、信じて、祈ってたんだろうな」

不倫なんてしていない、と打ち消してほしくて、首を横に振らせた。心配しないで、と微笑みを浮かべさせた。でもその一方で、光子さんが美しくなったことにも気づいていた。だから、あんなにも「おんな」を感じさせる横顔になった。

「いまの歳ならともかく、達哉さんはまだ高校生だったんだ。多感な時期の息子が母親と一つ屋根の下で暮らして、親父さんに相談することもできずに、ほんとうにキツかったと思う」

「……わかります」

「若い俺が言うのも生意気だけど、よくがんばった。高校時代の達哉さんも、いまの達哉さんも。さっきのパニックは、ぎりぎりの心の悲鳴だ」

「汗、びっしょりでした」

「きみが背中を支えなかったら、もっとひどいことになったはずだ」

記憶を覗いたから、ではない。

背中を支えて、手をあてること、それじたいに効果があった。

「記憶を覗く覗かないとは無関係に、覚えておくといい。背中に手をあてると体や心の混乱が収まる。落ち着きを取り戻すには、背中だ」

だから、ケガをしたときに、その場で簡単な治療をすることを「手あてをする」という――ナンユウくんには正直、「それって、たまたまの言葉遊びでしょ」という気もしないではなかったけど、続く言葉のほうが胸に染みた。

「自分で自分の背中に手をあてることはできないからな」

ナンユウくん自身、自分でがんばってみようと手を後ろに伸ばして、背中と左手を攣ってしまったのだ。

背中に手をあててくれる誰かがいる。それは幸せなことなんだと、素直に思えた。ほんの一瞬だけ達哉さんの話から離れて、父の日にお父さんの背中に手をあてたことを思いだしながら。

車は片側三車線の広い通りから、高速道路に乗った。

合流の苦手な葛城さんのためにランプウェイからは話を控えていたナンユウくんは、車が料金所から本線に入ると、そろそろいいかな、と口を開いた。

「達哉さん、走馬灯に周防の思い出を残しましたよね。それって、どう思いますか」

「どうもこうもない。決めるのは達哉さんだし、正しいも間違いもない。あとは達哉さんが納得できるかどうか、悔いが残らないかどうかだけなんだ」

「光子さんじゃなくて、達哉さん……ですか？」

「走馬灯は、亡くなる人のためにだけ回るんじゃない。のこされる人のためにも回るんだ」

確かにそうかもしれない。これは達哉さんの最後の親孝行であり、達哉さん自身にとっても、お母さんとの最後の思い出になるはずなのだ。

「じゃあ、よかったです」

ナンユウくんはほっとして笑った。「達哉さん、最後は納得して決めてましたもんね。過呼吸になっちゃうほど迷いまくった甲斐があったんだ」

よかった、ほんと、よかった、と喜びを嚙みしめるナンユウくんをよそに、葛城さんの返事はない。

運転に集中しているから、というだけではなかった。会話としては少し間延びしたタイミングで、葛城さんは言った。

「まあ……もう一回は、あるかな」

「――え？」

「悔いを残さないというのと、悔いをなくすっていうのは、違うからな」

「どういう意味ですか？」

ナンユウくんが勢い込んで訊いたとき、追い越し車線の車が乱暴に車線変更をして、すぐ前に割り込んできた。舌打ちしてブレーキをかけた葛城さんは、「話は高速を降りてからだ」と言って、ほんとうにそこから先は一言も口をきかなかった。

もっとも、羽田空港は高速道路と直結しているので、車の中では結局なにも話せなかった。空港ビルの駐車場に車を入れたあとも、葛城さんは話の続きが残っているのを忘れたのか――忘れたふりをしたのか、せかせかとナンユウくんの帰りのチケットを発券して、保安検査場まで連れて行った。

「ゲートをくぐるまで見届けるように、社長に言われてるからな」

ほら、さっさと行けよ、とうながす。

「だってまだ午前中ですよ。飛行機でも新幹線でも、夕方に東京を出れば楽勝で周防に帰れるんだから、オレ、なにかまだやります、手伝いますよ」

「もう仕事はない」

「会社の掃除とか……なんでもOKですけど」

いいから早く、と追い払われた。

しかたなく歩きだしたナンユウくんに、葛城さんは「また夏休みに遊びに来いよ」と声をかけて、笑った。

「遊びじゃなくて、バイトに来ます」

ナンユウくんが言うと、「好きにしろ」とそっけなく、でも笑顔のままで応えてくれた。

4

昼休みの体育館は、コンビニのスイーツを賭けてバスケットボールのフリースロー対決をしている生徒や、ストリート系のダンスを練習する生徒で、けっこうなにぎわいだった。

雨はあいかわらず強い。体育館の屋根に当たる雨音が途切れなく響く。

ナンユウくんとわたしは、二階の観覧席に座り、売店で買ってお湯も入れてきたカップ麺のお昼ごはんを食べながら、話を続けた。

ナンユウくんは、夕方に帰宅してからの話は、「ソッコーで風呂に入って、早めの晩めしガーッと食って、あとはもう寝ちゃった」とあっさり終えてしまった。

「だって、父ちゃんや母ちゃんになに話していいかわかんないから、寝るしかないだろ。思いっきり深かった、臨死体験ぐらいぐっすり眠った」

両親もなにも言わなかった。ナンユウくんが拍子抜けするほど淡々と、まるで日帰りで遊びに行っていたのを迎えるような感じだったらしい。

「オレの勘なんだけど……ブレーメン・ツアーズの社長が、なんか言ってくれた気がする。深掘りなしでスルーしてやってくれ、とか」

「うん、わたしもそう思う」

「まあ、それはそれで助かったんだけど、ずーっとシカトしてるわけにもいかない気もするし」

「それはそうでしょ」

「とりあえず今夜、どうすればいいかなあ、って……ゆうべ寝すぎちゃったから、今夜はもう眠れないと思うんだよなあ。マジ、困ってる」

そのわりには食欲旺盛で、カップ麺をあっという間にたいらげると、一緒に買ったカレーパンと牛乳でランチの後半戦に入る。

「はるちゃんは一人暮らしだから、そういうところ考えなくていいじゃん。うらやましいよ」

牛乳の紙パックにストローを刺しながら、「ってわけで――」と話のボールをこっちに放ってきた。「もうオレの話は終わったから、今度ははるちゃんの番でーす」

よろしくっ、と笑った。


ふうちゃんの話をどこまで伝えるか、午前中の授業の間ずっと考えていた。必要最小限――必要なものでも、言いたくなかったらパス。いったんはそう決めていたのに、話しはじめると、毛糸玉からするすると毛糸が引き出されるように、結局最初から最後まで、きれいにあらすじを話してしまった。

ナンユウくんの相槌が上手すぎる。

ふんふん、へえーっ、そうなんだ、うわっ、びっくり、マジかよ、で？　それからどうなったわけ？　うわーっ、それ、来るわあ、まいっちゃうなあ、それで？　それで？　っていうかそれすごくない？　マジマジマジ圧倒されちゃってるんですけど……。

マッサージの達人って、こんな感じなのかな、と思う。ほんとうに上手なマッサージを受けていると、肩こりを揉んでほぐしてもらうというより、揉まれていると、痛みのモトが勝手に体から出て行くものらしい。

ナンユウくんの相槌もそれと同じように、訊かれたから話すというのではなく、勝手に話がわたしの外に出て行って、それをあわてて言葉が追いかける感じだった。走馬灯の絵師として才能があるというのは、こういうところなのだろうか。

とにかく、土曜日の話は、あらかたナンユウくんに伝えることになった。

話が終わると、ナンユウくんは「なるほどなあ」と大きくうなずいて、「じゃあ、また行くんだ、東京に」と言った。

「――え？」

「違うの？」

「いや、だって……話、聞いてなかったの？　いま言ったでしょ、会わないって伯父さんに言った、って」

「聞いた。でも、会うだろ、はるちゃんは」

「ちょっと待ってよ、勝手に決めないでよ」

「オレも勝手かもしれないけど、はるちゃんも勝手じゃん」

「なんで？」

「自分に対して、すごく身勝手なこと言ってると思うけど」

自分に対して――。

身勝手――？

わたしはカップ麺をズルズルッと啜った。麺が伸びて、スープがぬるくなったカップ麺は、ちっともおいしくない。わたしの「なんで？」にナンユウくんはまだ答えていない。でも、それを訊くより、話を先に進めよう、と決めた。さっきのナンユウくんの両親についての話ではないけど、深掘りなしでスルー――それ、すごく、よくわかる。

「土曜日の夜は、わたしもゆうべのナンユウくんと同じように、ガーッと寝ちゃった。ほんと、なんか、海の底まで沈んじゃうような感じで」

日曜日の朝は、すっきりと目覚めた。

さあ、どうしようか、とベッドの中で思った。もともと日曜日は東京にいるはずだったのだから、予定なんてなにも決めていなかった。でも、服を着替えているうちに、これだな、とわかった。「ここに行きたい」ではなく、「行くのが当然でしょ」という感じだった。

「おじいちゃんとおばあちゃんのお墓参りしてきたの」

東京に出かける前にも「行ってきます」と二人に報告した。

「そのときにはまさかこういう展開になるとは思ってなかったんだけど、虫の知らせみたいなものがあったのかなあ……」

二人のお墓に「ただいま」と挨拶して、「びっくりすると思うけど、けっこうすごいことになってるよ」と、ふうちゃんのいまの状況を伝えた。

「――で、なんだったの？　なんか言ってた？」

「言うわけないでしょ、お墓なんだから」

「まあ、そうだけどさ……」

「でも、ナンユウくんの気持ち、わかる。わたしもおじいちゃんやおばあちゃんのリアクション知りたいもん、いまでも」

「だよな、ふつー、そうだよな」

「お墓に記憶が残ってるんだったらいいけどね」

ナンユウくんは、はなから冗談だと思って「だなー」と笑ったけど、じつを言うと、お墓の後ろ側に手をあててみたのだ。目をつぶって、深呼吸を繰り返し、おじいちゃんやおばあちゃんの記憶を少しでも探ってみたかった。

でも、やっぱり全然だめだった。なにも見えない。なにも聞こえない。

お寺に着いたのが朝の十時過ぎで、お昼前に帰りのバスに乗った。

「ほとんど二時間って、長すぎない？」

ナンユウくんに言われた。わたしも、いま振り返ると、そう思う。それでも、昨日はまったくその長さを感じなかった。

「ウチのお墓って、山の斜面にあるから眺めがいいんだよ。周防の街がほとんど一望できて、海も見えて、島もたくさん見えるし、天気がよかったら四国もうっすら見えて……」

あいにく昨日は四国までは見えなかったし、今日の雨の前触れで雲も多くて、風も強くて、海も荒れていたけど、お墓の近くにある東屋のベンチに座って街や海や空を眺めていたら、あっという間に時間がたった。いつまでたっても飽きなかった。お弁当や飲みものを持ってきていたら、夕方までだっていられただろう。

「で、景色を見ながら、どんなこと考えてたわけ？　お母さんのこととか、おじいちゃんやおばあちゃんのこととか、思いだしてた？」

「ぜーんぜん」

わたしは笑って首を横に振った。嘘をついたりごまかしたりしたわけではなくて、ほんとうに、ただ、ぼーっとしていただけだった。

ナンユウくんも最初は「マジ？」と半信半疑だったけど、すぐに「でも、まあ、そうなのかなあ、うん、わかる気もする」と言ってくれた。

午後二時前にウチに帰ってからは、掃除をしたり、お総菜をつくって冷凍したり、テレビを観たり、スマホをいじったり……いつもの日曜日の午後を過ごし、夜を過ごした。特別なことはなにもやっていないし、なにも考えていない。すごく冷静だった。すごく淡々としていた。だから、ほんとうは、すごーく、ヘンだったのかもしれない。

正直に言うと、ナンユウくんは「なんか、わかる気がする」と笑った。

「……そこがわかるんだったら、もっとわかってよ」

「なにが？」

「わたし、お母さんには会わないから」

ナンユウくんの推理、ぜーんぜん違ってるからね、と付け加えた。

ナンユウくんは手に持っていたカレーパンをギュッと押しつぶして、一口サイズにした。それを口に放り込んで、牛乳で喉に流し込んで言った。

「オレ、はるちゃんが、『お母さん』って呼んでる時点で、もう、決まりだと思ってるけどな」

わたしになにも応えさせず、席を立ってしまった。

5

五時間目の授業が始まると、激しい雨の音に遠くの雷が交じるようになった。空がゴロッと鳴るたびに、教室では女子の悲鳴があがる。もちろん本気は半分ほどしかなくて、残り半分は、授業の退屈しのぎ——話のつまらなさではシュウコウで一番の世界史だし。

でも、こういうときに誰よりも張り切るナンユウくんが、ずっと静かだった。クラスのみんなが期待を込めて目配せしても、動かない。机に頬杖をついて、ぼーっと窓の外を眺めるだけだった。

雷は、少しずつ周防に近づいてきた。ゴロッという音が、雲の上で響くのと同時に地面にも共鳴する。雷が鳴ったときの女子の悲鳴はしだいに本気度が増して、男子も笑って囃し立てなくなった。

教室には午前中から灯りがついていたけど、いまはむしろ外のほうが明るい。雨雲に覆われている空が明るいのは、激しい雷雨になる予兆だった。

クラスのみんなも、それをよく知っているから、五時間目が終わると一斉にスマホを出して情報を収集した。電車通学の生徒は、JRが止まると家に帰れなくなってしまう。路線バスも山間部は運行中止の恐れがあるし、自転車通学の子は、今日は自転車を学校に置いて徒歩で帰るしかないだろう。

休み時間の教室は話し声でざわつき、そこに雨の音と、ときどき雷が交じる。そんななか、ナンユウくんは自分の席に座ったまま、机に突っ伏していた。友だちに話しかけられても体を起こさず、返事もろくにしない。寝たふりをしているのだ――「推し」のアイドルの名前が聞こえると背中がピクッと動くのが、詰めの甘さだけど。

わたしもナンユウくんの席には行かない。誰かに話しかけられても生返事しかしない。わたしがいろんなことを考えているように、ナンユウくんも頭の中がいろんな考えごとでいっぱいなのだろう。

わたしの「いろんな」とナンユウくんの「いろんな」は、同じではない。でも、きっと、そんなに遠くなくて、じつはすぐそばにあったりして……。

それが、ちょっとうれしい。

六時間目は現代文だった。世界史とは逆に、話の面白さで人気の授業だけど、今日はみんなそわそわして上の空で聞いている。

空が一瞬明るくなったあと、大きな音とともに雷が落ちた。かなり近い。教室から本気の悲鳴があがった。

さらに続けざまに雷が鳴って、教室がざわめいた。先生がみんなを落ち着かせて授業に戻った矢先に、また雷が鳴った。

その直後、教室に甲高い声が響いた。

「ひえええええーいっ！　怖えええええーっ！」

ナンユウくんが机の下にもぐりこんで叫んだのだ。

教室は大いに沸いた。激しい雷雨でみんなの不安がつのっていただけに、ナンユウくんのボケがみごとにはまった。それまでおとなしかったのも効果を高めたのだろう、爆笑するだけではすまずに、立ち上がって頭上で拍手をする子も何人もいた。

「こらっ、北嶋！　なにをアホなことをしよるんじゃ！」

先生も、叱りながら笑っていた。

でも、机の下から這い出したナンユウくんは、みんなが戸惑うほどしょげ返っていた。

「先生……皆さん……授業の邪魔をしてすみません……」

震える声で言って、頭を深々と下げる。

先生は、いやいやいや、とあわてて首を横に振って「そないに気にせんでもええ」と言った。

「お詫びはええけえ、早う座れ」

「いえ……座れません」

「――え？」

「オレに、座る資格なんてありません！」

「はあっ？」

ナンユウくんは、目元に腕をあてて「うううっ」とうめく。クサい泣き真似だったけど、みんながツッコむ前に、高校野球の選手宣誓みたいに絶叫した。

「お詫びに……オレ、グラウンド十周してきます！　失礼します！」

みんなを唖然とさせたまま、ナンユウくんは教室から駆けだして、数十秒後、ほんとうにグラウンドに姿を現した。

雷が鳴り響くどしゃ降りの雨のなか、「うおおーっ！　うおおーっ！」と叫びながら、ずぶ濡れになって全力疾走する。

わかる。わかるよ、ナンユウくん。なにか、もう、思いっきり、めちゃくちゃなことをせずにいられない気持ち、わたしにもよくわかる。

雷が落ちた。その瞬間、グラウンドもナンユウくんも、フラッシュを浴びたみたいに白く光った。ベランダから見ていたみんなは「危ねえど！」「もうやめえや！」と怒鳴ったけど、ナンユウくんはすごく気持ちよさそうだった。

夜になると、大雨警報に洪水警報が加わった。雷注意報も消えない。ただ、ネットのお天気情報によると、激しい雷雨は今夜中に収まって、明日は朝から晴天だという。

この雨も今夜までなのか——。

わたしは自宅の二階から周防の街並みを眺めて、ため息をついた。時刻はまだ夜九時を回ったあたりでも、この雨では仕事にならないと早々に店じまいしたりオフィスをひきあげたりしたのか、街の灯りはふだんよりずっと少ない。

雨は早くあがってくれたほうがいいけど、もうちょっと降ってくれてもいいのにな、と思う。すべてを洗い流してしまうような勢いの雨に、「どんどん好きにしちゃって！」とお願いしたい。ナンユウくんもそう思って、自分の体を捧げるように、グラウンドを走ったのだろう。あんなに大粒の雨がどしゃ降りだったのだから、全身が痛かっただろう。ぬかるんだ土に足を取られそうになったことも何度もあっただろう。落雷の直撃を受けてしまう危険だってあった。雷が鳴るたびにドキッとしていたかもしれない。

でも、きっとそれが、ナンユウくんにはよかったのだ。だから全身をずぶ濡れにして、制服を泥跳ねで汚しまくっても、グラウンドを走りつづけた。「五周」にしておけばよかったのに、「十周」なんて言ってしまったものだから、後半はヘロヘロだったけど、とにかく気持ちよさそうだった。

ナンユウくんは十周走り終えると、カバンを教室に残したまま学校を出た。スマホに入れた定期券でバスに乗ってウチに帰ったのだろう。お客さん、大迷惑だっただろうな。

その後、ナンユウくんからの連絡はない。わたしも何度もＬＩＮＥの投稿を下書きしながら、迷ったすえ、アップはしなかった。それでいいよね、といまは思う。

お風呂のチャイムが鳴った。お湯張り完了。すぐにバスタオルと着替えを用意した。スマホは、いったん防水ケースに入れたけど、やっぱりいいや、と取り出してテーブルに戻した。

一時間ほど前に届いた大輔さんからのショートメールを、あらためて画面に表示した。

〈あと一日か二日はまともに会話ができると思うけど、その先は保証できないとのこと〉

ふうちゃんのこと。

わかるよ。すごくわかってるよ。

返事はしなかった。

大輔さんは電話もかけてきた。着信履歴は二回。二回目には留守番メッセージも残っていた。いつでもいい、今夜遅くてもいいし、明日になってからでもいいから、もし、気持ちが変わったら電話くれ——。

まだ返事はしていない。ぎりぎりまでわからない。

Tシャツとショートパンツになって、テラスに出た。誰かに見せるわけではないのに、Tシャツは一番のお気に入りの紺色のノースリーブを選んだ。

テラスから、庭にダッシュ——。

そのタイミングを狙ったかのように、雷が光って、すぐ近くに落ちた。


雨が痛い。降ってくる雨はもちろん、地面に跳ねてふくらはぎに当たる雨も、けっこう痛いのだ。

でも、気持ちいい。両手を肩の高さで広げて顔を真上に向けた。瞳に雨粒の直撃を受けてしまいそうなので、ぐっと力を込めて目をつぶった。まぶたに雨が当たる。うわ、かなり痛い。まぶたから力を抜いてしまうと、雨が当たった衝撃が目玉にも伝わって、脳震盪《のうしんとう》みたいになるかも。

雨はおでこにも当たる。頰にも当たる。鼻にも当たる。顎にも当たる。雷が光った。一瞬、まぶたに光が透けた。落ちた。破裂したような雷鳴が、空と地面、まとめて轟《とどろ》いた。

怖くはない。落ちて当たるなら、それでもいいや。

雨の痛みに慣れると、ちょっと物足りなさも感じてきた。昼間のナンユウくんのグラウンド十周、大正解だったんだな。

我が家の庭はさすがに走りまわるには狭すぎるので、両手を広げたまま、その場でコマのようにぐるぐる回った。

声もあげた。言葉にはならない。しなくていい。思いっきり大きな声で叫んでも、雨音が隠してくれるので近所迷惑にはならない。

目が回る。足がふらつく。裸足の指の間に泥が入り込む感覚が、むずがゆいような、くすぐったいような、なつかしいような……。

ぬかるみに足を取られた。体のバランスをくずして転びそうになった。足を踏ん張ってこらえようとしたけど、べつにいいじゃん、と思い直して――派手に転んだ。最初は四つん這い。でも、どうせだったら、と仰向けになって大の字に寝ころんだ。

背中がぬかるみに沈む。泥に後ろから抱きとめられているような気がする。

雨が刺さる。全身に刺さる。

仰向けになったまま大声で叫んだ。

「行くぞーっ！」

どこに。

「待ってろーっ！」

なにをしに。

体を起こす。庭の向こうに広がる周防の街並みは、雨に煙って視界がほとんどきかない。そんななか、照明の灯る新幹線の周防駅だけがぼんやりと浮き上がっている。駅を見つめ、大声で叫んだ余韻で荒くなった息を整えて、雨音に紛れて自分でも聞こえないほどの声で言った。

……ふうちゃん……。

天気予報どおり、雷雲は日付が変わる前に周防の上空から去った。雨脚もしだいに弱まっていき、夜中のうちにあがった。

日の出は、午前五時過ぎ――激しい雷雨が空気の汚れを洗い流してくれたおかげで、きれいな朝焼けだった。

わたしは午前四時にベッドから出た。睡眠時間は三時間ほどだったけど、すっきりと目覚めることができた。

ありあわせのもので朝食をすませ、冷蔵庫の中をチェックして、冷凍できるものはフリーザーに移した。しばらく留守にする。一日か二日か、三日か四日か……もっと長くなるのか、向こうに行ってみないとわからない。

パジャマのまま庭に出て、ゆうべ大の字に寝ころがった場所を目で探した。あのあとも雨は降りつづいていたので、地面はどこもぬかるんで、見分けはつかなかった。泥跳ねでテラスやガーデンチェアもずいぶん汚れてしまった。でも、そのぶん、植え込みのあじさいの青い色が鮮やかに見える。あんなに激しい雨だったのに、あじさいの花はほとんど散らずに残っていた。桜よりあじさいのほうが好きだったおばあちゃんの気持ち、よくわかる。

部屋に戻って身支度を整え、キャリーケースに、とりあえず三日分の着替えを入れた。最後に、失礼しまーす、と仏壇の中に手を伸ばした。おじいちゃんとおばあちゃんの戒名が並んだ位牌をキャリーケースに入れて、一緒に東京に向かう。きっと会いたいはずだ。おじいちゃんもおばあちゃんも、そして、ふうちゃんも。

新幹線の始発は、周防を六時四十分頃に出る岡山行きの『ひかり』だった。広島で『のぞみ』に乗り換えれば、十一時過ぎに東京に着く。ただし、バスの始発を待っていては間に合わない。だから、歩く。日の出と同時にウチを出た。山手地区はその名のとおり山の中腹に広がる住宅地で、緑も市の中心部より豊かなので、雨あがりの早朝はよくもやがかかる。今朝もそう。地面に叩きつけるような雨の名残で、草や土のにおいもふだんより濃厚に感じられる。

ガラガラとキャリーを引きながら、坂を下っていく。一時間も歩けば駅まで着くはずだし、街なかに入れば始発が早い路線のバスにも乗れるだろう。それに『ひかり』に乗り遅れたからといって、誰に迷惑をかけるわけでもない。そもそも、東京に向かうことは、まだ誰にも——大輔さんにも、葛城さんにも、伝えていないんだし。

それでも、この時刻にウチを出るからいいんだよね、と思う。朝陽が昇るのと一緒に旅立つのがいい。一日の始まりを、この旅の始まりに重ねたい。

わたしは、ふうちゃんとお別れをする。

でも、それは、なにかの終わりではなくて始まりだと思っている。

第十一章

1

いま、渋谷駅です——。

ブレーメン・ツアーズのオフィスに電話を入れて、応対してくれたダイブツさんに「すぐにそっちにうかがいます」とだけ言って切った。

でも、「すぐ」は、実際には小一時間もかかってしまった。美結さんが言っていたとおり、渋谷駅は田舎者には攻略できないダンジョンだった。

ダイブツさんも「いらっしゃい」ではなく「はい、お疲れさま。どうせ迷いまくったんでしょ?」と笑ってわたしを迎え、「迷う、ってダブルミーニングね」といたずらっぽい目配せまでした。

見抜かれている。

「朝イチで社長が言ってたの。はるちゃん、来るかもなあ、って……」

社長を振り向いて「当たりましたね」と声をかける。

スポーツ新聞を読んでいた社長は、紙面から目を離さずに言った。

「私より前に、葛城だ。彼が昨日言ってたんだ。また帰ってきますよ、って」

葛城さんもオフィスにいた。社長に話を振られると、パソコンでの作業を止めて席を立ち、わたしと目が合うと「思っていたより早かった」と寂しそうに笑った。「お母さんの具合、良くないのか」

「……はい」

「いまから会いに行くのか?」

「……はい」

そうか、わかった、とだけ応えて仕事に戻る。慰めも励ましも、アドバイスもない。でも、そのそっけなさが、間を二日空けただけなのに、むしょうになつかしかった。

話を引き取って、ダイブツさんが「新幹線で来たの?」と訊いた。

うなずくと、「飛行機のほうがダイレクトに着くからよかった、なんて途中で思わなかった?」と言われた。確かに、そう。日曜日に社長がナンユウくんを飛行機で帰らせた理由が、あらためてよくわかった。

新幹線は途中の停車駅が多すぎる。夜明けにウチを出たときにはしっかりと決意が固まっていたのに、列車に揺られていると、心まで一緒に揺らぎはじめた。もうすぐ駅に着くという車内アナウンスを聴くたびに、お尻が落ち着かなくなってしまった。特に、『ひかり』から『のぞみ』に乗り換えた広島駅のホームでは、博多や鹿児島中央に向かう下り列車が気になって気になって……。

東京駅までの切符を買ったあとで乗換アプリで調べると、渋谷に行くには一つ手前の品川駅のほうが近かった。でも、途中下車せずに東京まで乗った。終点までしっかり乗ったら、また決意が固まってくれるかもしれない。自分でもワケのわからない理屈だったけど、それが意外と大正解だった。

東京駅には東海道・山陽新幹線だけでもホームが何本もあり、列車の案内板も多い。そこに表示されている、たくさんの『のぞみ』の文字を見ているうちに、元気が出てきた。のぞみ、ある。希望、ある。気持ちが前向きになると、ホームや通路を進む足取りも力強くなったのがわかる。

その勢いの消えないうちに、と大輔さんに電話をかけた。

大輔さんは「東京？　いきなり東京なのか？」とあきれながらも、「一日でも早くてよかったよ」と言ってくれた。「明日やあさってになると、もう、どうなるかわからないからな」

もっとも、今日は仕事が立て込んでいて、午後の早い時間は身動きが取れないらしい。申し訳なさそうに謝って、「もしアレだったら、麻由子にすぐに連絡入れるけど……」とも言ってくれた。

でも、だいじょうぶ。むしろわたしも夕方のほうがいい。ふうちゃんと会う前に、ブレーメン・ツアーズに寄るつもりだったのだ。

だから――。

わたしはパソコンの作業に戻った葛城さんに声をかけた。

「いろんなこと教えてほしくて、来ました」

葛城さんは画面を見たまま、わかってる、とうなずいてから言った。

「急いでると思うけど、あと三十分ほど待ってくれ」

「はあ……」

「二度手間は嫌いなんだ」

きょとんとするわたしに、葛城さんからスマホを受け取ったダイブツさんが画面を見せてくれた。三十分ほど前に届いたショートメールだという。

〈午後イチに遊びに行きます〉

ナンユウくんから――。

「いいコンビだな、きみたちは」

社長は笑って言って、スポーツ新聞をゆっくりとめくった。


思っていたとおり、日曜日にナンユウくんが帰宅する前に、社長はお父さんとお母さんに「そっとしておいてください」と頼んでいた。

必ず近いうちに本人が家出の理由を打ち明けるはずですから――。

社長には確信があった。ただ、さすがに「近いうち」が「翌日」になるとは思っていなかった。

「ねえ、はるちゃん、月曜日に学校でなにかあったの？　ナンユウくんの迷いを吹っ切るようなこと」

ダイブツさんに訊かれて、すぐに思い当たった。まいっちゃうなあ、わかりやすすぎるよ、と苦笑いも浮かんだ。

どしゃ降りの雷雨のなかグラウンドを十周したことを伝えると、ダイブツさんも最初はびっくりしていたけど、「あの子らしいねえ」と納得顔で笑った。

「単純なんですよね」

「ほんとほんと、目に浮かぶ」

すると、社長がスポーツ新聞を広げて顔を隠したまま、口を挟んだ。

「遥香さんも、あんがい似たようなことをして東京に来たんじゃないのか」

「あなたも、意外とシンプルなところがありそうだしな」

顔は見えなくても、きっと社長はポーカーフェイスなのだろう。葛城さんも仕事に集中して、表情を変えない。そんな二人のぶんもダイブツさんは目を丸く見開いて「そうなの？」とわたしを見る。

しかたなく、「けっこう似たような感じで……はい」とうなずくと、ダイブツさんは「いーじゃない、いーじゃない、いーじゃないっ」と三連発で言って、目の形をタテ書き上カッコに変えた。

すっかり見抜かれている。悔しい。でも、自分のことを見抜いてくれる人がいるのは、土曜日にも感じたけど、ほんとうに悪い気分ではないのだ。

ダイブツさんは、話をゆうべのナンユウくんのことに戻した。

びしょ濡れになって学校を早退したナンユウくんに、お母さんは日曜日に続いて、あえてなにも事情を尋ねなかった。社長との約束を守ったのだ。おばさんの性格からすると、ほんと、キツかっただろうな。

ナンユウくんも帰宅して熱いシャワーを浴びたあとは、ずっと自分の部屋にこもっていた。でも、お母さんによけいな心配をかけないよう、部屋のドアに〈再起動中は操作しないでください〉と貼り紙をするところが、いかにもナンユウくんだった。

お母さんから連絡を受けたお父さんも、残業なしで早めに帰ってきた。両親がそろったところで、ナンユウくんも部屋を出た。

満を持して、再起動――。

「――え？」

ダイブツさんの話がいよいよ本題に入ろうとする矢先、社長の声が不意に聞こえた。

「ああ、たびたびすみません。ブレーメン・ツアーズの葛城です、先ほどはどうも……」

スポーツ新聞をデスクに置いたので、やっと顔が見えた。

スマホで誰かに電話をかけていた。

わざわざこのタイミングで、出ばなをくじくみたいに――?

でも、ダイブツさんに戸惑った様子はなく、なるほどね、はいはい、とうなずいた。葛城さんも表情を変えずにパソコンの作業を続ける。

「すみません、なにぶんせっかちなタチでして、催促するような格好になってしまって、恐縮です」

謝りながらわたしに目をやり、話を聞いているのを確かめてから、「それで――」と口調をあらためた。

「キタジマさん、そちらのほうは、いかがなものでしょうか」

キタジマ――ナンユウくんの苗字だ。

「ええ、はい、はい……」

相槌を打って「キタジマさん」の話を聞いた社長は、「ああそうですか、それはどうも」と頬をゆるめた。

「お忙しいなか、ご理解をいただいて、ほんとうにありがとうございます」

音声通話でもデスクに片手をついて、頭を深々と下げる。わたしにはなにがなんだかわからないけど、葛城さんとダイブツさんには話が見えていて、歓迎すべき展開になったのだろう。ダイブツさんは頭上で音をたてずに拍手をして、葛城さんも小さくうなずいた。

「じゃあ、ご主人はいま、周防の空港に向かっている、と」

社長は二人のほうを向いて、復唱した。ダイブツさんの拍手がガッツポーズに変わる。葛城さんもひとヤマ越えたみたいに息をついた。

「羽田には夕方五時前ですか。ああ、いい時間です、それまでには息子さんともしっかり話ができていると思います」

息子さん——やっぱり、「キタジマさん」って……。

「申し訳ありませんが、ご主人に伝言をお願いできますか……はい、まず、この番号をお伝えください。私のケータイです。それで、飛行機が羽田に着いたら、すぐにお電話を……ええ、私がお迎えにうかがおうと思っています」

ということは、電話の相手はナンユウくんのお母さんで、お父さんが、いま、東京に向かって……。

「今日は急な話なのでアレでしたが、今度はぜひ、お母さんにも直接お目にかかって……はい……ええ、わかります……」

しばらくお母さんが一人で話しつづけた。途中から社長の受け答えの声が沈み、相槌も励ましの言葉になっていたので、もしかしたらお母さんは泣いていたのかもしれない。

ダイブツさんが小声でわたしに教えてくれた。ゆうべのナンユウくんの「再起動」のくわしい話は、午前中に電話をかけてきたお母さんから聞いたのだという。

「だいじょうぶです」

社長はゆっくりと言った。力の抜けたしわがれ声なのに、頼もしそうに響く。

「彼は……息子さんは、強い。我々には、それがよくわかっています」

社長はそう言って、「お父さんやお母さんも、おわかりでしょう、それは」と笑った。頼もしさが、包み込む優しさに変わった。

電話を切った社長は、スマホをデスクに置くと、あらためてダイブツさんに目をやって、「話の腰を折って悪かったね、どうぞ、続けて」と、うやうやしい手つきでうながした。

ダイブツさんはタテ書き上カッコの目で「話の腰、かえって鍛えてもらえましたよ」と笑った。

「さぬきうどんみたいになったから、聞きごたえ、たっぷりです」

そして、わたしを振り向いて――。

「ナンユウくんの話、はるちゃんも、よーく嚙んで、嚙み切れなかったら飲み込んで、喉ごしで味わいなさい」

ウケ狙いで言っているだけのような、じつはすごくまじめなことを言っているような……。

2

ナンユウくんは、すべてを両親に語った。他人の記憶を覗ける自分の力や、ブレーメン・ツアーズの仕事のほんとうの中身、そして父の日にお父さんの記憶を覗いたことを、口を挟む余裕すら与えずに話しつづけた。

文句をつけたのではない。まったく逆。両親のためだった。そして両親が愛してやまない亡くなったお兄さんのためでもあった。

ダイブツさんは、「細かいところは、はるちゃんが脳内で補正してちょうだい」と前置きして、まるで大河ドラマのあらすじみたいにざっくりと伝えてくれた。

「お父さんやお母さんに、お兄さんの記憶が残ってることを教えてあげたんだって」

ただそれだけなのに、ナンユウくんの思いが、怖いほどリアルに胸に迫ってきた。

父ちゃん、心配しなくていいからね――。

ナンユウくんはお父さんを励ましたのだ。

父ちゃんは兄貴のことを少しずつ忘れちゃうのを心配してるかもしれないけど、全然だいじょうぶだから。何十年たっても、父ちゃんの記憶には兄貴のことが残ってるから。マジ、歳をとって思いだせなくなっても、死ぬ前の走馬灯で再会できるから、安心して。

母ちゃんもそうだよ――。

ナンユウくんはお母さんも励ました。

いまさ、兄貴が父ちゃんの記憶にしかいないと思った？　ひがんじゃった？　でも、だいじょうぶだから。だって、兄貴ってかわいくて賢かったんでしょ？　父ちゃんと母ちゃんの両方の記憶に残ってくれてる。うん。保証する。なんだったら、オレ、あとで母ちゃんの記憶も覗いてあげてもいいよ。

兄ちゃん、よかったね――。

ナンユウくんは裕くんも励ました。

兄ちゃん、いいなあ。三年しか生きてないのに、父ちゃんの記憶の中では永遠にいるんだよ、母ちゃんの記憶にも絶対にいるよ。だから、安心して。天国から父ちゃんと母ちゃんと、あと、会ったことないけど、ダメダメの弟のオレを見守ってよ、よろしくっ。

やだ。泣きそうになってしまった。

ダイブツさんは細かいことをなにも言っていないのに、ナンユウくんの声や表情がくっきりと思い浮かぶ。

ナンユウくんは話をこんなふうに締めくくった。ダイブツさんは軽く「自分のことも覚えてて、って言ったみたいよ」としか教えてくれなかったけど、わたしの胸にはそのときのナンユウくんの言葉が響きわたる。

だからさ、今度はオレのことも、ちらっと記憶に残してくれるとうれしいな、なーんて……だって、オレもせっかく生まれてきたんだし、兄ちゃんほどかわいくないし兄ちゃんよりけっこうバカだと思うけど、オレも父ちゃんと母ちゃんの息子なわけだから……ずっと覚えててよ、忘れてもいいけど、死ぬときには走馬灯で会ってよ、オレと……。

やめてよ。本気で、涙が出た。

もっとも、両親は感動する前に動揺してしまった。無理もない。いきなり「自分には記憶を覗く力があった」「ブレーメン・ツアーズの皆さんは他人の走馬灯が読み取れるし、描き替えることもできて、それを仕事にしている」なんて言われても、どうしていいかわからないし、へたをすればすぐさま病院に連れて行きたくなるだろう。

ナンユウくんもそれは覚悟していた。

「まあ、父ちゃんも母ちゃんも、いまはワケわかんなくてパニクってると思うけど、いつかわかる、うん、だいじょうぶっ。だから、もうちょっとだけオレの話を聞いて」

そして、明日——つまり今日、もう一度東京に行く、と言った。

「オレ、走馬灯の絵師になりたい。ブレーメン・ツアーズからも才能あるって言ってもらってるし」

それは嘘ではない。でも、「百年に一人って言われちゃったんだよね」は、ハッタリ。

どっちにしても、東京に行きたいというのは本気だった。

「ちょっとだけ手伝わせてもらった仕事があるんだ」

村松さん親子のこと――。

「オレ、あの仕事を最後まで見てみたい。オレにできることなんてないと思うけど、光子さんっていうおばあちゃんの走馬灯が最後はどうなるのか、息子の達哉さんがどうするのか……やっぱり、見てみたい」

リビングの床に膝をついて、土下座をした。

「お願いします！」

明日からしばらく学校を休ませてほしい。東京までの旅費も、お小遣いやお年玉の前借りということで出してほしい。

「向こうに着いたら、あとはブレーメン・ツアーズが面倒見てくれるから」

勝手に決めて、「社長に電話してくれれば、ぜーんぶ説明してくれる、って」――ぜーんぶ嘘をついた。

当然、両親がOKするはずがない。結局、学校をサボって東京に遊びに行くための、めちゃくちゃなホラ話ということになってしまった。

お父さんはすっかり怒って、早々に話を打ち切った。お母さんも、もうそれ以上は取り合ってくれなかった。

それでも、お母さんは、いつも食器棚の抽斗《ひきだし》に入れてある財布に、付箋のメモを貼り付けておいた。

〈東京に行くのなら必ず電話しなさい〉

今朝、ナンユウくんはふだんどおりにウチを出て、学校に向かうバスに乗って……シュウコウの正門前では降りずに駅に向かった。

財布には新しい付箋が貼ってあった。

〈3万円お借りします。周防の駅に着いたら電話します〉

約束どおり、ナンユウくんは電話をした。ただし、駅に着いたときではなく『のぞみ』に乗ってずいぶんたち、駅弁までたいらげた頃。「行ってくるね。くわしいことは会社に電話して。じゃあね」――通話時間、五秒。


ナンユウくんのお母さんらしいな、と思う。

なんだかんだ言って、おばさんはすごく優しい。

優しいから、亡くなったお兄さんを忘れることは、絶対にない。でも、ナンユウくんの居場所だって、心の中に絶対にある。

で、そんなお母さんの優しさを無視したようなナンユウくんのやり方も、やっぱり、「らしい」。こういうときに照れて、ボケて、ふざけて、ヒンシュクを買って、叱られて……それでやっと気が楽になる性格なのだ、アイツは。

ナンユウくんは、ブレーメン・ツアーズには電話すらかけなかった。葛城さんのスマホに新幹線の車中からショートメールを送っただけ。〈東京に向かってます。いま親に伝えました。電話が来たら、よろしく〉——土下座してお願いする絵文字が五連発で捺してあったらしい。

「電話だと叱られると思ったんじゃない？　ほんと、いまどきの若い子は自分のことしか考えてないんだから……」

まったくもう、とため息をつきながらも、ダイブツさんの目はしっかりタテ書き上カッコになっている。奈良や鎌倉の大仏さまのような、慈悲の心に満ちあふれているように見えなくもない。

葛城さんは、そのメールをオフィスで受けた。怒らなかった。それ以前に、驚いてもいなかった。報告を受けた社長も平然として、「わかった、じゃあ電話がかかってきたら、私に回してくれ」と言った。

「社長にも圭ちゃんにも、ぜーんぶお見通しってわけ。たいしたものよ、この親子は」

偉い偉いっ、ひょうひょうっと囃し立てて、葛城親子を困らせてしまうダイブツさんも、たいしたものだと、わたしは思う。

しばらくして、お母さんから会社に電話がかかってきた。

応対した社長は、まるで前夜の北嶋家のリビングに居合わせていたかのようにナンユウくんの話にしっかりと辻褄を合わせた。

「息子さんのことはご心配なく。東京にいる間は我々が責任を持ってお預かりします」

社長はそう言い切って、「それより——」と話を両親に振った。

「もしよかったら、ご両親も東京にいらっしゃいませんか。お二人でもいいし、お父さんかお母さんお一人……できれば、お父さんだけでも」

ナンユウくんが覗いたお父さんの記憶について、くわしく話したい。

「突然で、強引で、身勝手なお願いだというのは承知しています。ただ、息子さん……北嶋さんのご家族は、いま、とても大切な場所に立っていると思います。しっかりと向き合ってほしい、というのが我々の願いです」

お母さんは「相談してみます」と電話を切って、三十分後に社長が電話をかけると、お父さんが東京に向かうことを伝えた。

それが——いま、ここ。

すごいでしょ、とダイブツさんは言った。

「いきなり東京よ？　当日の誘いで、しかも、こんなワケのわかんない話で、仕事もあるのに……でも、来てくれるのよ、お父さん」

社長が横から、のんびりした声で付け加えた。

「おふくろさんの話しっぷりだと、どうも、おふくろさんも行く気満々だったみたいだなあ。でも、親父さんに止められたんだろ。親父と息子の二人きりで話したい、なんてな」

それを受けて、葛城さんも「賢明で、誠実で、優しい判断だと思います」と言った。

「いい両親じゃない、ほんとに」とダイブツさんが言うと、社長も「いい息子なんだ、彼は」と続け、二人の言葉をまとめるように、葛城さんは大きく何度もうなずいた。

3

「どーもっ、ごぶさたしてまーすっ」

約束よりだいぶ遅れてオフィスのドアを開け、「いやー、渋谷駅、大迷宮で、一生出られないかと思っちゃって……」と笑ったナンユウくんは、わたしを見て、しばらくフリーズしてしまった。ようやく口を開いても「オレを連れ戻しに来たわけ?」と、ワケのわからないことを言いだす。

「理屈が合わないでしょ、わたしのほうが先に来てるんだから」

「いや、でも、以心伝心とか」

「ないないないっ」

「だったら、なんでここにいるわけ?」

「いろいろあるの、こっちだって」

首を傾げたナンユウくんは、あ、そうか、という顔になって、言った。

「お母さんのことで……また来たわけ?」

「そう。国立に行って、会ってくる」

「今日、いまから?」

うなずくと、「ってことは……」と言いかけて、続く言葉を呑み込んだ。わたしにも、それ以上説明させずに、OKわかった、と手で話を止めた。

ナンユウくんはお調子者で、おしゃべりで、なんでもズケズケ言ってヒンシュクを買う人だけど、ほんとうに大切なときには、わたしなんかよりずっとおとなになる。

大輔さんとの待ち合わせは、午後三時に病院の玄関前だった。

ナンユウくんがわたしに負けないぐらい渋谷駅で迷ったせいで、時間はもうぎりぎりになってしまった。

葛城さんはナンユウくんの軽口をことごとく無視して、わたしたちと接客用のブースで向き合うと、いきなり本題を切り出した。

「ナンユウ、成城に行くぞ」

「――え？」

「村松さんに挨拶して、それでこの仕事は終わりだ」

「マジ、いいんですか？」

「だって、そうしたくて東京まで来たんだろう？　こっちの都合や考えも聞かずに、勝手に」

ナンユウくんに一言「すみません……」と謝らせたあと、「でも、まあ、それも悪くないか」

と笑う。

「確かに、いまの達哉さんの顔を見ておくのは、きみにとっても大事なことだからな」

「おととい会ったときと、違うんですか？」

「まったく違う」

「おとといも、パニックになったあとはすっきりしてたけど……」

「今朝、達哉さんから電話があって、走馬灯をまた描き替えた」

「――え？」

ナンユウくんだけでなく、わたしも驚いて声をあげた。葛城さんが日曜日にナンユウくんに言っていた「もう一回は、あるかな」が、ほんとうになったのだ。

「ゆうべまた、さんざん迷って、考え尽くしたあと、朝になって俺に電話をしてくれたんだ」

「……やっぱり、不倫の話は消す、って？」

「いや、違う。あれはあのまま残していい……というか、残さないとだめなんだ」

達哉さんの新たな、最後のリクエストは、走馬灯から一度は消した絵をまた戻してほしい、ということだった。

光子さんにとって大切な思い出は大切なまま残す。その一方で、光子さんがあんなに苦しんで、悩んで、達哉さんに後ろめたさや申し訳なさを背負いつづけた、ということも――。

「残すことになった」

ナンユウくんは「マジ？」と声をあげ、「なにを残したんですか？」と訊いたあと、なにかに思い当たった顔になった。

わたしにもわかる。あの絵だ、あの場面しかない。

不倫中の光子さんをじっと見つめる達哉さんの顔――。

葛城さんは自分からは答えを言わない。わたしたちが二人とも正解に行き着いているのを見抜いていた。

ナンユウくんは、深いため息をつくと、葛城さんに言った。

「あの達哉さんの顔って、具体的な現実の顔じゃないですよね」

「ああ……そうだ」

「周防にいた頃の光子さんは、ずーっと達哉さんに申し訳なく思ってた、っていうことですよね」

場所や日付を特定できないほど、日々、苦しみつづけてきた。罪悪感にさいなまれながら、それでも、近藤さんとの関係を断ち切れなかった。そんな歳月を思うと、わたしまで胃がきりきりしてくる。

「それって、光子さんにとってはつらい思い出ですよね。で、達哉さんは、つらい思い出をぜんぶ消すためにブレーメン・ツアーズに仕事を頼んだんですよね。だから葛城さんは最初のリクエストどおり、消したんですよね」

ナンユウくんは一つひとつ確認してから、「ワケわかんない……」と途方に暮れて、首を大きく横に振った。「せっかく消したのに、なんで最後に残すんだよ、そんなことしたら、意味ないじゃん……って思わない？」

答えは葛城さんではなく、ブースにぬうっと入ってきた社長が教えてくれた。

「いやあ、終わった終わった、いい仕事ができた。途中まではどうなることかと思っていたんだが、最後の最後に、やっと、ひさびさにきれいな走馬灯ができた」

ナンユウくんは「つらい思い出が残ったのに？」と不服そうに言う。

すると、葛城さんの隣に座った社長は、意外そうに訊き返した。

「つらい思い出のどこが悪いんだ？」

「いや、だって……」

「悔いのない人生は、そんなに幸せなのか？」

「――え？」

「葛城もきみに言ったらしいが、もう一回、言わせてくれ」

悔いを残さないというのと、悔いをなくすというのは、違う――。

「悔いは残らないほうがいい。うん、それはいい。でも、なくすことはできないんだ、人間は、誰も」

「ワケわかんない……んですけど……」

「わからなくていい。高校生がわかってどうする」

ハハッと笑って、「悔いはあるんだ、誰にだって。じゃあ、悔いをちょっとぐらい残した人生も悪くないぞ」と言う。「我が人生に一片の悔いなし、なんていうのは、どうもな、マンガなら格好いいが、なかなかそうはいかんだろう」

だから、と続けた。

「葛城も、最近なんとかわかってきたんだ」

社長の言葉に、葛城さんは肩をすぼめた。いま、二人は父親と息子ではなく、社長と社員でもなく、走馬灯の絵師の師匠と弟子の関係になっているのだろう。

「悔いのない人生が幸せな人生だと、みんな思っている。だから、私たちのお客さんも、すぐに後悔を取り除こうとしてしまう」

ナンユウくんがなにか言いかけたのを、でもなあ、と制して、諭すように続ける。

「悔いのない人生というのは、自分は一度も間違ってこなかったという、ずいぶんずうずうしい人生かもしれないぞ」

言葉に詰まったナンユウくんに、社長は同じ口調でさらに続けた。

「やってしまったことへの後悔や、やらなかったことへの後悔は、誰にでもある。それでいい……それだから、いいんだ、人というやつは。間違ったことをしてしまったときに、後悔すらしなかったら、ほんとうに、どうしようもないだろう？」

しわがれた社長の声は、ぐいぐい押してくるわけではないのに、ナンユウくんはうつむいた顔を上げられない。

「村松光子さんは、八十歳を過ぎて、認知症になっても、四十年以上前の不倫のことを息子の達哉さんに詫びた。ダンナの征二さんが生きていれば、征二さんにも詫びただろう。申し訳ないと思って、ずっと負い目を背負って……でも、その申し訳なさや負い目があるから、あの人は人生をまっとうできたのかもしれない。私はそう思うんだ」

だから、人生の最後の最後に、走馬灯で後悔を嚙みしめてもらうことは――。

「その人の人生への敬意だ。あなたはずっと間違いを悔やんできた。そのことへの拍手であり、ねぎらいだ。悔やみつづけても間違いは消えない。でも、間違えたことに気づかないと、悔やむことすらできないんだよ」

社長はずっと光子さんの話をナンユウくんに語っている。でも、わたしには社長の言葉がすべて、ふうちゃんとわたしに向けられているような気がしてしかたない。

「悔やむことは、人間にしかできないんだ」

社長はそう言って、「まあ、犬や猫に訊いたわけじゃないんだけどな」とボケた。

わたしたちは笑わなかった。わたしは笑う代わりに、大きく真剣にうなずいた。ナンユウくんは、苦しそうな顔になる。社長の言葉を頭では理解していても、まだ納得がいかないのだろう。

そんなナンユウくんに、社長は言った。

「人生は、スポーツの試合じゃないぞ」

「――え？」

「審判なんていないんだ。アウトかセーフか、正しいか間違ってるか、お互いに揉めればいいさ。貸し借りで場を収めてもいいし、押し問答の挙げ句、ケンカになってしまうのも、まあ、悪くない」

冷静で公平な第三者が、正解と間違いを判定するわけではない。決めるのは自分と試合相手。お互いが「これでいい」と認めれば判定は成立するし、認めなければ……。

「子どもの頃の遊びはみんなそうだろう？　なにをやるにしても、審判なんてみんなで交代しながら、なんとなくうまく進んでいくものなんだ」

確かに、そうだった。

「人生に審判がいたら、つらいぞ。あなたがあの日やったことは間違いでした、あなたの人生は不幸なものでした……なんて宣告されてしまうのは、私なら、嫌だな」

これも、確かにそう。

「記憶を覗けるというのは、審判になってしまうことでもある。正しさや間違い、幸せや不幸せを決めることもできる。だから――」

社長はわたしに目を向けて、言った。

「我々はスタンドに陣取る応援団にはなっても、審判になってはいけないんだ」

ふうちゃんのこと――だろうか……。


光子さんは、早朝に葛城さんが駆けつけて走馬灯の最後の描き替えをすると、まるでそれが伝わったかのように、血圧が一気に下がった。おしっこはゆうべからほとんど出ていないし、いまはもう、脈も取れなくなっているらしい。

「掛け値なしの、ぎりぎりで間に合ったんだ」

社長は葛城さんに「泊まり込んだ甲斐があったな」と笑いかけた。いったんは仕事を終えていても、もしかしたらもう一回あるかもしれない、の可能性を考えて――信じて、会社で待機していた。すごい、走馬灯の絵師とはそういう仕事なんだな、とわたしは思わず胸を熱くした。

一方、ナンユウくんは「でもさあ……」と口をとがらせた。

「消したものをまた戻すのって、ぶっちゃけ、どうなんですか？　不倫の記憶も罪悪感も残したままだったら、ぐるっと一周しちゃって、スタートラインに戻ったようなものじゃないですか」

するど、社長はあっさり言った。

「一周回って戻ろうが、走りだしてすぐにコケようが、そもそも見当違いの方向に走りだしていようが……べつにいいじゃないか」

実際に、きれいにふりだしに戻った仕事も、何度もあるらしい。お客さんが迷って迷って、描き加えた絵をまた消したり、消したものをまた戻したり、並べ替えもああでもないこうでもないと何度もやり直して……結局は元のまま。

「じゃあ、なにもしなかったのと同じ？」

「いや、全然違う。一周回ったあとのふりだしが、最初のふりだしと同じわけがないだろう」

「いや、だって――」

「だいいち、走馬灯には始まりも終わりもない。ただ延々と回りつづけるだけだ。どこがスタートでどこがゴールなのか誰にもわからないし、そもそもゴールなんてないのかもしれない」

社長はまた、わたしに目を移して続けた。

「ブレーメン・ツアーズのブレーメンは、グリム童話の『ブレーメンの音楽隊』から採った。それは葛城から聞いてるよな？」

わたしは黙ってうなずいた。

「ブレーメンは実際にいまもドイツにある街で、童話では、役立たずのロバとイヌとネコとニワトリが音楽隊に入るためにブレーメンを目指すんだ」

「はい……知ってます」

「でも、ロバたちはブレーメンには着かなかった。途中の森にあったドロボーたちのねぐらを奪って、そこで仲良く暮らすんだ」

そうだった、確かに。

「ブレーメンとは、たどり着けない場所のことなんだ」

なるほど、言われてみれば、わかる。

「ロバたちは最初に思っていた目的地にはたどり着けなかった。でも、あの童話はハッピーエンドだ」

「……ですね」

「だから私は、ウチの会社の名前に、ブレーメンを使ったんだよ」

たどり着けない街を目指す旅行会社――。

たどり着けないものがあった人生をハッピーエンドにする会社――。

「それが、私たちだ」

社長は、はにかみながらも胸を張った。

4

ナンユウくんは光子さんと達哉さんに会ったあと、社長と一緒に羽田空港に向かう。

お父さんが迎えに来ると知らされたときには声を裏返して驚き、「オレ、逃げていいですか」とまで言いだしたけど、「家出した息子を連れ戻すのは親の仕事だ」と社長に言われると、しょんぼりしながらも、ちょっとうれしそうな顔になった。

「じゃあ、今夜は父ちゃんも入れてもらって、みんなで宴会ですか？」

くじけない。へこたれない。お調子者の意地を見せた。

社長は、まいったなあ、しかし、という苦笑いを浮かべて、葛城さんに顎をしゃくった。葛城さんもすぐに、話のバトンを渡された意図を察して、いつにも増して陰気で冷静で愛想のない口調で、言った。

「親父さんが乗ってるのは五時前に羽田に着く便だ。向こうに戻る便はまだ何本もあるから、空港で話して、そのままトンボ返りしてくれ」

交渉の余地なし。さすがのナンユウくんも黙り込むしかなかった。そこに再び社長が声をかける。

「帰ってやれ。おふくろさんが待ってる」

ナンユウくんはうなずいた。言い返すことも、よけいな軽口をたたくこともなく、こくん、という音が聞こえてきそうなほど、素直に。

社長はわたしに目を移して、「遥香さんも今夜のうちに周防に帰ったほうがいい」と言った。

「伯父さんは泊まるように言ってくれるかもしれないが、今日は大切なものを持ってるからな」

大切なもの――。

「きみはいまから、一生に一度の時間を過ごすことになる。そこで感じたこと、考えたこと、受け取ったこと、渡したこと、受け取れなかったこと、渡せなかったこと……そういうのをぜんぶ、しっかりと持ち帰るんだ」

社長は両手でお椀をつくって、「大切なものは、明日になると消えてしまうかもしれない。だから今日のうちに、大切に持ち帰りなさい」と言った。

両手のお椀には、もちろんなにも載っていない。でも、手のひらの上に、ぼうっと光るものが見えたような気がした。

そして、社長はわたしたち両方を見つめて、言った。

「幸せに生きた人生と、幸せに締めくくられた人生とは違うんだ」

どんなに幸せな人生でも、締めくくりにしくじってしまうことがある。逆に、裏目続きで失敗や後悔ばかりの人生でも、最後の最後で笑えることだってある。

「我々には、お客さんの幸せな人生はつくれない。それは本人がつくるしかない。人生は本人しかつくれないんだ」

でも、その人生の締めくくりは違う。

「我々は、お客さんが人生を幸せに締めくくれるように手伝う仕事だ」

走馬灯を描く——新たに加えたり、消したり、順番を入れ替えたりして、臨終の瞬間を安らかに迎えられるように、微笑んで逝けるようにする。

「幸せな人生はいろいろある。経済的な幸せ、世の中での肩書きの幸せ、家族に恵まれる幸せ、夢が叶った幸せ……百人いれば百通りあるさ、幸せな人生というのは」

ところが、人生の幸せな締めくくりは、たった一つしかない。

「臨終の瞬間に、自分の人生をまるごと受け容れて、胸に抱きしめて、それから両手を広げて、人生を空に放ってやるんだ」

ギュッと抱きしめて、パッと放つ——。

それを手振りで繰り返した社長は、「たんぽぽの綿毛のようなものかなあ」と遠くを眺めて言って、続けた。

「最後の最後に遠くまで飛んでいく人生は、やっぱり、いい人生なんだ」

そして、「たとえ幸せではなくても、な」と付け加えた。

その言葉を聞いたとき、なぜだろう、歌が聞こえた。

ふうちゃん、ふらふら、ふーわふわ――。

ふうちゃん、ふらふら、ふーわふわ――。

実際には記憶に残っていないのに、若い頃のふうちゃんの声だと、わかった。


国立市には、わたし一人で向かう。

「母ちゃんとサシで会うわけ？」

ナンユウくんが心配そうに言った。

「伯父さんもいるから」

「でも、伯父さんって東京に住んでるんだろ？　周防チームははるちゃんだけだと不公平だから、やっぱりオレも行く」

「――はあ？」

「村松さんのことも大事だけど、はるちゃんのほうが若いんだし、未来あるし、昔からよく知ってるし。なにもできないけど、いないよりましだろ」

よくわからない理屈だったけど、ごめん、ツッコミ以前に言わせてほしい。

「ナンユウくん、五時前には羽田空港にいなきゃだめなんでしょ」

「あ……そっか」

のんきさにあきれる。でも、こういうときに自分のことをあっさり忘れて、わたしを心配してくれるのが、ナンユウくんなのだ。

社長は苦笑して「別行動でがんばれ。それぞれの大事な時間だ」と言った。

ダイブツさんも目をタテ書き上カッコにして、「だいじょうぶ、離ればなれでも両方うまくいく」と言ってくれた。「そうよね？　圭ちゃん」

話を振られた葛城さんは、いつもの無愛想で陰気な態度のまま「無責任に断言することはできないけど」と前置きして、続けた。

「二人とも、自分のために会うんじゃなくて、相手のために会うわけだから……それを忘れずにいるうちは、なんとかなるだろ」

わたしは、ふうちゃんのために。

ナンユウくんは、お父さんとお母さん、そしてお兄さんのために。

「そう、そうなのよ」とダイブツさんが話を引き取って、わたしに言った。

「はるちゃん、お母さんに最高の思い出をつくってあげなさい。走馬灯に絶対に残る大事な思い出を、しっかりお母さんの胸に刻んであげて、あなたの胸にも刻みなさい」

ナンユウくんにも向き直って続けた。

「お父さんの自慢の息子の思い出を、一つ増やしてあげなさい。お兄さんも一人きりだと寂しいから、弟が隣にいてあげなさい」

タテ書き上カッコになった目の端っこに、光るものが見えた。自分でもそれに気づいたダイブツさんは、照れ隠しなのだろう、大仏のポーズをとって、ナンユウくんとわたしに合掌させた。

葛城さんたちとはオフィスで別れた。わたしからの挨拶の言葉は、「お世話になりました」や「さようなら」ではなく、「行ってきます」――その気持ち、通じるといいけど。

社長は「じゃあ、また」と軽く応え、ダイブツさんは「渋谷駅で迷わないようにね」と笑って、葛城さんは「吉祥寺駅でも迷わないように」と陰気に釘を刺した。三人もお別れの言葉は口にしなかった。だから、わたしの気持ち、ちゃんとわかってくれてるんだな、と信じよう。

ナンユウくんもエレベーターの中で言った。

「いいなあ、はるちゃん。もう完全にメンバー扱いだもんな」

「ナンユウくんだってそうじゃない」

社長も葛城さんも呼び捨てにしているし、ダイブツさんも楽しそうにツッコミを入れて、ナンユウくんのことが可愛くてしかたないみたいだ。

「うん、でも……はるちゃんは超大型新人、期待のドラフト一位指名って感じだけど、オレって、なんか、必死にねばって弟子入りを認めてもらったパシリっぽくない？」

「もともとそういうキャラでしょ」

「下っぱキャラ？」

「じゃなくて、愛されキャラ」

だからこそ、社長はナンユウくんに「外まで遥香さんを送ってやれ」と言った。ダイブツさんは「よかったねー、はるちゃんとツーショット」とからかって、葛城さんは「こっちもすぐに出かけるから、早く戻ってこい」と、やっぱり陰気に釘を刺した。

「ナンユウくんって、絶対に愛されてるよ。ブレーメン・ツアーズだけじゃなくて……お父さんとお母さんにも、すごく愛されてる」

ナンユウくんは子どもみたいにモジモジしてしまった。とっさのことに照れ隠しのボケ方が見つからなかったのだろう。

エレベーターが一階に着いた。わたしは「照れるな、ナンユウ！」と、背中に軽くグーパンチをぶつけて、カゴの外に出た。ナンユウくんもダッシュで追いかけて、わたしの前に回り込んだ。

「はるちゃんも愛されてる」

本気でわたしをまっすぐ見つめる。

「じいちゃんやばあちゃんにもずーっと愛されてたし、母ちゃんにも愛されてる」

オレ信じてるもん、と続けて、両手でサムズアップをした。

「いまから、それを確かめに行くんだよ、なっ?」

わたしは黙ってうなずいた。なにかしゃべろうとすると、ちょっと……カッコ悪いことになってしまいそうだった。

第十二章

1

国立駅を発ったバスは、駅前の商店街を抜け、民家の建ち並ぶ通りをしばらく走ると、路線のメインルートからはずれて、緑豊かな一角に入った。

Ｇｏｏｇｌｅマップを覗くと、大きな病院や医療施設、療養施設、特別支援学校が集まって、それだけで一つの街をつくっていた。お医者さんの宿舎や看護師さんの寮、さらに看護専門学校まである。

名前に「総合」とついている病院や施設が多い。実際、その名にふさわしく一つひとつの建物が大きい。外来患者に入院患者、付き添いの人やお見舞いの人、医療スタッフに、いろいろな業者さん……出入りする人もたくさんいるので、区画のあちこちにある駐車場はどこもほとんど満杯だった。

バスは病院や学校の前の停留所をぐるっと巡ってから、またメインルートに戻る。その寄り道の途中——病院前の停留所で、わたしはバスを降りた。

停留所の近くのベンチには、大輔さんがいた。渋谷駅から電話を入れると、すでに大輔さんも移動中で「はるちゃんより少し先に着けると思う」と言ってくれたのだ。

会うのは土曜日以来、三日ぶり。土曜日とは違って、ネクタイこそ締めていなかったけど、きちんとジャケットを着ている。

「夜はどうしても抜けられない仕事があるから……悪いけど、どんなに引っぱっても四時過ぎ……半までだな」

一時間ほど。

「まあ、ふうの体力も、そんなには持たないと思うから、ちょうどいいんじゃないか」

「……はい」

「俺が帰ったあとは麻由子か美結にバトンタッチしようかとも思ったんだけど、やっぱり、それ、ちょっと違うよな」

わたしもそう思う。

「だいじょうぶです。一人で帰れます。土曜日もそうだったんだし」

「いや、よかったらウチに泊まって……」

「ありがとうございます。でも、やっぱり周防に帰ります」

大輔さんは微妙に納得のいかない表情を浮かべたけど、すぐに笑顔になった。

「わかった、思うようにするといい」

うんうん、と自分の言葉を確かめるようにうなずいて、照れくさそうに続けた。

「はるちゃん、なんか、土曜日よりもおとなっぽくなったんじゃないか?」

バス停のすぐ前には、大きな病院が建っていた。十一階建てで屋上はヘリポートにもなっている。東京都内でも指折りの規模の総合医療センターだと大輔さんが教えてくれた。十年ほど前にできたばかりなので、建物はまだ新しく、医療設備も最先端のものがそろっているらしい。

「でも、ふうが入院してるのは、ここじゃなくて、もっと小さな病院だ」

歩いて数分の隣町に、ホスピスに特化した個人病院がある。総合医療センターの緩和ケア科と連携して、患者さんが穏やかな最期を迎えられるよう、苦痛を取り除いている。

「ベッド数も十床ほどしかないから、低層マンションやアパート、よく言ってペンションみたいな感じだな。建物も、正直、古いよ」

国立駅からだと、バスで医療センターまで来るのが一番便利で、道もわかりやすい。

「よく考えてみたら、ここで待ち合わせたのは失敗だったかもなあ」

バス停をあとにして歩きながら、大輔さんは申し訳なさそうに言った。

「最初にすごい病院を見せたぶん、がっかりさせちゃったかな……」

「全然そんなことないです」

本音だった。わたしは逆に、バス停から医療センターの建物を見上げたとき、ひるんでしまった。こんな大病院でふうちゃんと再会――実質的には初めて対面するとは思ってもいなかったから。

小さな病院だと知って、ほんとうに安心した。わたしだけでなく、ふうちゃんだって、大病院よりそっちのほうが絶対にいいでしょ、とも思う。

「まあ、古くて小さな病院だけど、医者や看護師や介護士はみんな優しくて、ふうも居心地がいいみたいだ」

ほら、思ったとおり。頬がゆるんだ。予想が当たった。ふうちゃんと同じだった。ナンユウくんが一緒なら、いま聞いたでしょ、ふうちゃんのこと、ちゃーんとわかってるでしょ、と自慢するところだ――ナンユウくんにいてほしかったかな、やっぱり。

ふうちゃんが入院しているのは、『ラ・パーチェくにたち』という病院だった。名前はちっとも病院らしくないし、実際に二階建ての病棟の前に立つと、ペンションやマンションはほめすぎで、どう見ても古びたアパートだった。

「住所は府中市なんだけど、国立は人気のある街だからな」

大輔さんは苦笑して言った。周防のマンションやアパートにもよくある話だ。

「ラ・パーチェって、どんな意味ですか?」

「イタリア語で、安らぎ、なんだ」

わたしはうなずいて、タイル張りの建物を見つめた。外観がどうであれ、そのネーミングにすべてが込められている気がした。

「よし、じゃあ行こう」

大輔さんは先に立って門を開け、敷地に入った。ホスピスに特化した病院で、外来患者がいないからなのだろう、玄関は門からだいぶ奥まったところにあった。

広い前庭にはあじさいが咲いていた。玄関までの通路の両側に、あさがおの鉢も並んでいる。まだ花が咲く時季ではないけど、あとひと月もすればきれいな花を楽しめるだろう。でも、大輔さんによると、入院患者がここで過ごす日数は平均で二週間ほどらしい。ふうちゃんが入院したのは先々週だから、無理かもしれない……きっと、無理だろう。ふうちゃんが、あさがおよりあじさいのほうが好きだったらいいけど。

大輔さんは玄関を入ってすぐの受付カウンターで面会の手続きをした。もっとも、手続きといっても、ペンションのチェックインよりもユルくて、応対してくれた看護師さんもすごくフレンドリーだった。

エントランスフロアも、外来患者がたくさん来る病院のロビーとはまったく違う。ここに暖炉や薪ストーブがあったら、ほんとうにペンションのラウンジになりそうな、実際の床面積や天井高よりも、ゆったりとした雰囲気だった。

やっぱり、ふうちゃん、ここに入院して大正解――。

肩を何度も大きく上下に揺らし、両手をぶらぶらさせて、緊張をほぐす。

でも、受付を終えた大輔さんに「はるちゃん、行こう」と声をかけられた瞬間、体は急にこわばって、心拍数も跳ね上がってしまった。

ふうちゃんの部屋は、一階に三つある個室の一番奥――廊下の突き当たりだという。

「ふつうなら101号室とか103号室になるんだけど、ここは違うんだ。部屋番号じゃなくて、名前でそのまま呼ぶ」

ふうちゃんのいる部屋は「小川史恵さんの部屋」になる。

「部屋の数が少ないからできることかもしれないけど……そういうのって、なんか、いいよな。俺はすごく感心して、うれしくて、ふうが最後の最後にこの病院に入れたこと、よかったと思ってるんだ」

わたしも同感。

「だから、ほら……」

大輔さんは一番手前の部屋の前で立ち止まり、戸口の脇のネームプレートを見せてくれた。

確かにプレートに部屋番号はなく、入院している佐藤和子《さとうかずこ》さんの名前だけが記してある。

さらに、ドアにはコルクボードも掛かっている。ボードには、色をつけたコルクの切り文字の〈かずばあちゃん〉が貼られ、さらに佐藤和子さんが小さな子ども三人に囲まれた写真も貼ってある。

「曽孫《ひまご》さんなんだってさ」

部屋の中には、もっとたくさんの写真や、総勢二十名を超える子どもや孫からの寄せ書きも飾られているらしい。

「もう百歳近いから、大往生だよな」

「……ですね」

その隣の山本俊博《やまもととしひろ》さんの部屋は、〈山本〉と毛筆で書かれた木製の表札が両面テープで留めてあった。

「長年暮らしていた自宅の表札だ。一国一城の主になったのがよっぽどうれしかったんだろうな、認知症の初期の頃は、家を建てた頃の話ばかり繰り返してたらしい」

山本さんは今年九十歳になる。十数年前に奥さんに先立たれ、五年前まで一人暮らしを続けていたものの、認知症の症状が出て、施設に入らざるをえなくなった。地方の郡部にあった実家も息子さんや娘さんが相談して、処分してしまった。

「だから、この病院の、この部屋が、山本さんの最後の城というわけだ」

佐藤和子さんや山本俊博さんが、もうじき見るはずの走馬灯には、どんな絵が描かれているのだろう。微笑んでいられる絵ばかりだといいな。心から、思う。

廊下の突き当たりまで来た。

ふうちゃんの部屋のドアには、なんの飾りもなかった。戸口の脇のネームプレートには〈小川史恵〉とある。右肩が下がった子どもっぽい字だった。書いたのは、ふうちゃんではなく看護師さん——「本人は書かなかったんだ」と大輔さんは苦笑交じりに言った。

書けなかった、ではない。

「自分の名前を書く体力ぐらいはあったんだけど……気力のほうが、ちょっとな」

これだと、〈小川史恵〉と〈101号室〉に違いはない。

「でも、本人はもう、どうでもいいみたいなんだ、そんなことは」

この病院では、患者さんが入院前に使っていたものは、自宅からそのまま持ってくるように勧めている。食事は難しくても、白湯《さゆ》を飲むコップや顔を拭くタオルなどは、なるべく同じものを使ってもらう——少しでも我が家と変わらない環境で最期を迎えてほしい、という心づかいだった。

ところが、ふうちゃんは賃貸アパートを引き払い、家財道具もすべて処分して、手ぶらで入院したのだ。

「言葉のアヤじゃなくて、ほんとうに手ぶらで、下着の着替えすら持ってなかった」

入院にあたって、ふうちゃんは現金を病院に渡して、これで必要なものを買いそろえてください、と頼んだ。

「金額は充分だったし、おそらく余る。余ったら入院費用に回せばいいし、その入院費用や……亡くなったあとの最低限の葬儀や火葬や、霊園への納骨も……お金の用意や事務的な段取りも、ぜんぶ、すませてる」

きれいさっぱり、人生が終わる。霊園は合祀の納骨堂に申し込んでいるらしい。周防のお墓で両親と再会はしない。誰にもお金やお墓の世話の迷惑をかけずに、ふるさとから遠く離れた東京で、いろんな人たちと一緒に葬られる——生きているときと同じように、亡くなってからも、東京の雑踏の中にいるようなものかもしれない。それを、ふうちゃんは自ら望んだのだ。

「借金のほうも、俺に借りたぶん以外はなんとかなったみたいだし、俺のほうも、もういいって言ってやった。だからあいつは、肩の荷を下ろして、身軽に天国に行けるんだ」

大輔さんは、「ちょっとうらやましいよ」と笑って、「兄貴としては正直、寂しいけどな」と付け加えた。

ドアチャイムの脇には、入室してもいいかどうかを示す小さなライトがあった。ベッドに寝たままナースコールのようなボタンで操作できるらしい。

入ってもだいじょうぶなときには緑色に、誰にも会いたくないときには赤く灯る。いまは緑——大輔さんは指差し確認して念を押し、その人差し指でチャイムを押した。

小さな鈴を振ったような、優しい音が鳴る。

室内から返事はなかったけど、大輔さんは、入ろう、とわたしに目配せしてドアを開けた。

2

部屋はホテルやワンルームマンションのようなつくりだった。玄関を入るとすぐにクローゼットや洗面所やトイレがあって、短い廊下を進んだ先に居室がある。

ベッドは水回りの陰なので、戸口からは死角になって、ふうちゃんの様子をすぐには見ることができなかった。

「ふう、俺だ、兄ちゃんだ」

大輔さんは戸口から声をかけた。廊下を歩きながら「はるちゃん、来てくれたぞ」と続け、わたしには身振りで、ここでストップだ、と伝えた。

「よかったな、間に合った、うん、間に合ったんだ……」

大輔さんは居室に入って足を止め、ベッドのほうに体を向けた。

「具合どうだ？　しゃべれるか？」

返事はなかったけど、大輔さんはわたしにちらりと目をやって、いいぞ、こっちに来て、と手招きした。

緊張が一気に高まって、歩いていても体の重みが感じられない。

大輔さんはベッドの脇に立っていた。わたしはその隣に立って——やっと、ふうちゃんと会えた。

ふうちゃんはベッドを起こし、窓のほうに顔を向けていた。

「はるちゃんが来てくれたぞ」

大輔さんがあらためて声をかけると、ふうちゃんは無表情に窓の外を見つめたまま、顎を小さく動かした。聞こえている。気づいている。でも、こっちを振り向かない。

「よかったな、ずっと会いたがってたんだもんな……間に合ってよかった……ほんとうに、よかった……」

感極まって涙声になった大輔さんをよそに、ふうちゃんはまだこっちを見ない。

がりがりに痩せている。腕や脚は枯れ枝みたいだったし、目のまわりも、影ができるぐらい落ちくぼんでいる。細いだけではなくて、体ぜんたいが薄い。潤いや張りがなく、顔も首筋も手の甲も、パジャマで隠せないところはすべて、くすんだ色をしている。おばあちゃんが亡くなる直前もそうだった。生きるために必要なものは、もう体の隅々までは行き渡っていないのかもしれない。

そこまでは覚悟していたけど、ふうちゃんがそっぽを向いているとは思わなかった。具合が悪すぎて、大輔さんの声が聞こえないのか、それとも、もう来客に気づくことすらできないのだろうか。

窓の外は裏庭だった。あじさいが咲いていた。前庭よりずっと狭くても、植え込みはきちんと手入れされていて、あじさいの花の青い色は、むしろ前庭よりも鮮やかだった。

ふうちゃんは、そんな裏庭を見つめたまま黙っていた。最初は「え？　なんで？」と困惑していたわたしも、しばらくたつと、冷静になれた。正確には、醒めてしまった。

なつかしくない。

ふうちゃんは間違いなくわたしの母親で、わたしたちは十四年ぶりに会えて、これが最後の対面になるはずなのに、心がぴくりとも動かない。

いまのふうちゃんは、まだ死んでいない遺体のようなものだ。昔をなつかしんだり、捨てられたことを恨んだりするには、もっと元気でいてほしかった。

「おい、ふう……なんだよ、なに照れてるんだよ……」

さすがに大輔さんも、ふうちゃんの反応の鈍さにあせって、「せっかく会えたんだ、積もる話もいろいろあるだろ？」と言って、わたしにも目配せした。はるちゃんが話しかけてみろよ——

わかるよ、わかるけど、なつかしくないんだから……。

ふうちゃんがやっと、窓の外を見つめたまま、ささやくように言った。

「……積もる話、なくて、ごめんね」

謝った相手は、大輔さんではなく、わたしなのだろう。

「ものごころつく前に別れたら、思い出もできないから」

そう。わたしが醒めてしまうしかない理由も、きっと、そこ。

「怒っていいわよ」

目は向けなくても、わたしに語りかけた。

「恨んでもいいし、憎んでもいいし……忘れてもいいから」

わたしは黙って首を横に振った。そうしようと思ったわけではないのに、体が——そして心が、勝手にそのしぐさを選んだ。

そのまま、しばらく間が空いた。ふうちゃんはあいかわらず窓の外を見つめ、大輔さんも困り果てた挙げ句黙り込んでしまった。

ほんとうは、すぐに話を続けたかった。でも、ふうちゃんへの呼びかけの言葉が出てこない。部屋に入るまでは、「お母さん」と呼ぶつもりだった。実際には一度も口にしたことのない呼び方だ。三歳までのわたしは、ふうちゃんを「ママ」と呼んでいたらしい。記憶には残っていないけど、大輔さんが教えてくれた。

現実では使わなかった呼び名なら、冷静に道具扱いできると思っていた。これはお芝居のキャラの名前で、「お母さん」という役名の人と会っているつもりで呼べばいいんだから……。

甘かった。「お母さん」は強い。強すぎる。キャラの名前として割り切ることは、やっぱり、無理だった。かと言って、十四年ぶりに「ママ」と呼ぶのは、いかにも取って付けたような——お芝居の「お母さん」よりさらにつくりものめいてしまう気がする。

しかたなく、呼びかけなしで言った。

「……あじさい、見てるんですか」

ふうちゃんは一瞬だけ意外そうな顔になったけど、すぐに無表情に戻って、「見えるからね」と言った。「見えるから、見てる、それだけ」

「……好きなんですか、あじさい」

また意外そうな顔になって、すぐにまた無表情に戻り、「まあ、好きだけど」と言う。

「わたしも、あじさい、好きです」

ふうん、そう、とうなずいたふうちゃんに、わたしはさらに訊いた。

「あさがおと、あじさい、どっちが好きですか？」

今度はあきれたように短く笑って、「あじさい」と言う。

よかった。わたしは「じゃあ――」と続けた。「桜とあじさいは？」

ちょっとうんざりした様子のため息のあと、また「あじさい」と答えた。

よかった。ほんとうに。おばあちゃんは喜ぶだろうか。逆に怒ってしまうだろうか。おじいちゃんとおばあちゃんの位牌は、キャリーケースの中に入ったままだ。ここで出すのは、やっぱり、「なし」だろう。

代わりに、わたしは質問を重ねた。

「あじさいの花、赤いのと青いのとでは、どっちが好きですか」

今度はもう、返事をしてくれなかった。かまわない。伝えたいことは、あと少しだけ。

「わたしは、青が好きです」

いま窓の外に咲いているあじさいも、青。そして――。

「周防のウチの庭のあじさい、青いんです」

ふうちゃんは、息を深く吐いてから、「覚えてる」と言った。「あなたを置いて行ったときも、咲いてた」

まなざしが、やっと、わたしに向いた。

ふうちゃんは微笑んでいた。げっそりとやつれているので、笑顔にやわらかさはない。頬が動いたせいで、落ちくぼんだ目のまわりの翳りが、かえって際立ってしまったようにも見える。でも、わたしを見つめる表情は、確かに笑顔だった。

「もっと教えて」

笑顔のまま、言った。

「あなたの好きなもの、もっと教えて」

唐突な問いかけだった。でも、わたしの答えは、自分でも驚くほどすんなりと、そう問われるのを待っていたかのように、口をついて出てきた。

「学校の勉強は、国語の、古文が好きです」

うん、うん、とふうちゃんはうなずいて、続きを目でうながした。

「アイドルとかお笑いにはそんなに興味ないけど、動物の動画を観るのは好きです。特に猫のやつが好きかな」

好きなものは、ほかに――。

「スイーツはショコラ系ならなんでも好きだし、ごはんは、一週間連続でパスタでも全然オッケーです」

細かい「好き」を思いつくまま並べ上げるときりがないから、大きな「好き」について伝えることにした。

「一番好きな人は、おばあちゃんです。二番目がおじいちゃんです。二人とも亡くなったけど、いまでも好きな人のトップはおばあちゃんで、二番目がおじいちゃんで、これからもずっと同じだと思います」

ふうちゃんはゆっくりとうなずいた。ほっとしたようなしぐさだった。

「二階の窓から周防の街をぼーっと見てるのが好きで、夜になって新幹線が行ったり来たりするのを見るのが、特に好きです」

ふうちゃんの目は、いつのまにか閉じていた。眠くなったのだろうか。目を開ける体力すらなくなっているのかもしれない。でも、ふうちゃんはわたしの話をちゃんと聞いている。間違いなく。絶対に。理屈抜きで確信があった。

「好きなもの、たくさんあります。ありすぎて、どこから話したらいいかわからないし、いつまでたっても終わらないほどです」

ふうちゃんは目を閉じたまま、ふふっと笑い、さっきよりさらに安堵した様子で言った。

ありがとう、よかった。

ささやくよりもさらに細く、淡く、霞んだような声だった。大輔さんがわたしに目配せする。もっと近くで聞いてやってくれ、と身振りで伝え、自分はあとずさって、場所を空けてくれた。

わたしはためらいながらベッドに一歩近づいて、耳をすました。

「……よかった」

ふうちゃんは繰り返した。目はまだ閉じている。わたしはベッドに身を乗り出して、ふうちゃんとの距離をさらに詰めた。

「好きな、ものが、たくさん……あって、ほんとう、に……よかった」

息が浅いせいで、声は途切れ途切れになってしまう。耳に届くというより、口から出たらすぐにこぼれ落ちてしまう声を拾い集めて聞いているような感じだった。

ふうちゃんは肩の荷を下ろしたのだろうか。わたしがいま幸せなのを知って、我が子を捨てた罪悪感から救われて――よかった、と繰り返しているのだろうか。

違った。ふうちゃんは力を振り絞るように息を深く吸い込んで、さらに言った。

「好きなもの、これからも増やして……好きなものがいっぱいあると、楽しいから……よかった……はるちゃん、よかったね……」

安堵したのは、わたしのことだった。わたしに好きなものがたくさんあることを、ふうちゃんは、わたし自身のために、喜んでくれていたのだ。

わたしの名前も呼んだ。うんとひさしぶりのはずなのに、声の響きは自然だった。ずっと呼び慣れていて、ついさっきも口にしたばかりの名前のように。

ふうちゃんは目を開けた。わたしの顔が近くにあったので少し驚いた様子だったけど、もう、窓のほうを向くことはなかった。

「いま、名前、呼んでくれましたよね」

目を伏せたふうちゃんに「違います、怒ってるんじゃなくて」と笑って、続けた。

「もう一回呼んでもらっていいですか」

ふうちゃんは「え？」とわたしを見た。

「いまは、名前を呼ばれても、正直言って全然なつかしくないです。でも、あとでいつかなつかしくなると思うし、なります、絶対に。だから、名前、呼んでください」

何度でも、と付け加えた。


はるちゃん――。

親しい人や仲良しの友だちはみんな、わたしをそう呼んでいる。わたしもすっかり慣れていて、「小川さん」や「遥香さん」よりもずっと耳に馴染んで、自分自身との距離も近く感じられる。

でも、ふうちゃんがまた目をつぶって繰り返してくれた「はるちゃん」は、ほかの誰の「はるちゃん」とも違っていた。

喉がからからに渇いたときに飲むスポーツドリンクみたいに、耳から胸まで、すうっと流れていく。最後は、胸の奥の奥、「え、胸ってこんなに深かったっけ？」と言いたくなるようなところまで届いて、なにも余りものを残さずにきれいに染み込んで、消える。

すごい。

ただし、感動や感激とは、ちょっと違う。そもそも、昔のふうちゃんが呼んでいた「はるちゃん」を、わたしはまったく思いだせない。昔の声に戻って呼んでくれたら、もしかしたら記憶がよみがえるかもしれないけど、死が目前に迫った声では、初対面の人に初めて名前を呼ばれたのと変わらない。

でも、やっぱり、すごい。

ああ、溶けた、とわかったのだ。

ふうちゃんの口にする「はるちゃん」は、胸の奥の奥の、ここから染み込んで、わたしの中で溶けていく。わたしの一部になってしまったから、もう取り出すことはできない。でも、確かに、間違いなく、ふうちゃんの呼んでくれた「はるちゃん」は、わたしの中にある。

はるちゃん――。

目を閉じたまま、何度も呼んでもらった。立てつづけに呼ぶ体力は、もうない。「はるちゃん」と「はるちゃん」の間には、息継ぎよりも長い間が空いてしまう。

大輔さんは壁際にあった椅子をベッドの横に持ってきて、わたしを座らせてくれた。わたしも素直に従った。自分のために、というより、立ったままだと、ふうちゃんをあせらせてしまうかもしれないから。

大輔さんはさらに、スマホのボイスメモの画面をわたしに見せた。録音しておこうか、と訊いてくれたのだ。そうすれば、ふうちゃんの声はずっと――亡くなったあとも、残る。

でも、首を横に振った。記録に残さなくてもだいじょうぶ。「はるちゃん」は、しっかりと、わたしに染みた。わたしの一部になった。かすれた弱々しい声は、いずれは記憶が薄れ、どんな声だったかあいまいになって、最後は忘れてしまうだろう。かまわない。「はるちゃん」は、もう、わたしから離れない。

勉強でなにかを覚えるというのは、頭の中の整理棚に並べるようなものだ。高校受験のときに読んだ参考書に書いてあった。すぐに取り出せるように並べ方を工夫しておきなさい、と。

思い出も同じだと思っていた。頭の中に整理棚があって、わたしたちは「あのとき、あんなことがあったよね」と思いだせるように、無意識のうちに日付順に並べたり、場所やメンバーでタグ付けしたりしているんだと思い込んでいた。

だけど、いま、わかった。

自分の中に溶けてしまった思い出は、もう思いだせない。でも、ある。絶対にある。

そんな思い出が、人が亡くなってしまう——すべてが消えてしまう瞬間に、肉体から離れて、思い出の主とお別れをする。

走馬灯を見るというのは、そういうことなのかもしれない。

ふうちゃんは肩で息をしていた。しんどそうだ。吸う息は浅く、吐く息が深い。これ以上の負担はかけたくない。

「ありがとうございました」

ふうちゃんに声をかけて、頭を下げた。

そうじゃないよ——自分でもわかる。いま言うべき言葉は、お礼じゃない。いまやるべきことは、お辞儀じゃない。

「たくさん名前を呼んでくれて、うれしかったです……ほんとに」

そうじゃない、違う、そうじゃない……。

ふうちゃんは目を開けて言った。

「最後に、呼ばせて」

赤くなった目が、潤んでいく。「あなたの名前、もう一回だけ呼ばせて」

息をせいいっぱい深く吸ったふうちゃんは、声を出す前に嗚咽を漏らしてしまった。

「はるちゃん……ほんとうに、ほんとうに、ごめんね……」

わたしの体は勝手に動いた。声も勝手に出た。椅子から腰を浮かせて、ふうちゃんの手を握り、何度もかぶりを振りながら言った。

「そんなことない、そんなことない……お母さん、そんなことない……」

やっと、言えた。

ふうちゃんは泣いた。がりがりに痩せた細い背中を震わせて、嗚咽交じりの「ありがとう」と「ごめんね」を交互に繰り返した。

でも、泣き声は、ふうちゃんよりも大輔さんのほうが大きかった。

「よく言った、ふう、よく言ってくれた……はるちゃん、ありがとう、俺もうれしい、ありがとう……ふう、よかったなあ……」

わたしは黙って、ふうちゃんの手の甲をさすりつづけた。胸は熱くなっていても、涙は出てこない。まぶたの裏の、ぎりぎりのところで堰《せ》き止められていた。

冷静さが、頭の片隅に残っている。残さなくてはいけない、と自分に命じていた。

会えてよかった。間に合ってよかった。わたしも一緒に泣きたい。声をあげて泣きじゃくったら、いろいろなものが涙で洗い流されて、すっきりとお別れできるだろう。

でも、わたしは、ふうちゃんの手の甲に添えた自分の手をじっと見つめる。視界が涙で曇ったら、その隙に、手が別の場所に移ってしまうかもしれない。

ふうちゃんの背中に手をあてれば、記憶を覗ける。

だから怖い。

ふうちゃんの記憶に残る幼いわたしに、色はついているだろうか。どんな場面だろう。幸せな場面とはかぎらない。ほかの記憶だって、そう。たんぽぽの綿毛のように、ふわふわと風に吹かれるままの人生だったのだ。色つきの思い出は幸せなものばかりで、最期の走馬灯がおとぎ話のように「めでたし、めでたし」になるというのは、それこそ、おとぎ話だ。

ふうちゃんが不意に咳き込んだ。背中を折り曲げて、えずくように喉を鳴らす。

わたしはあわててふうちゃんの体を支え、背中をさすった。とっさのことでも、背中にあてた手の動きを止めてはいけない、と自分に命じるのは忘れなかった。

大輔さんはナースコールのボタンを手に取って、「ふう、看護師さん呼ぶか？」と訊いた。

「……ううん、平気」

咳が治まったあとも、わたしは背中をさすりつづけた。

覚悟を決めた。

「一つ訊いていいですか」

声をかけて、「お母さん」と言い添えた。二回目の「お母さん」は、最初のときよりすんなりと口にすることができた。

「お母さん……後悔とか、ありますか」

ふうちゃんは少し考えてから、首を横に振って言った。

「兄ちゃんには怒られると思うけど、いろんなこと、なんにも後悔してない」

大輔さんはハナを啜って「怒るわけないだろ、なに言ってるんだ」と泣きながら叱る。

わたしは背中をさする手を休めず、続けて訊いた。

「思いだしたくない記憶は、どうですか」

「はるちゃん、いまはそういう話は――」

大輔さんが割って入りかけたけど、ふうちゃんは微笑み交じりに答えてくれた。

「全然ない……そんなの」

さんざん泣いて、咳き込んで、ぐったりしているのに、表情には生気があった。声も聞こえやすくなった。最後の力を振り絞ってくれているのだ。

だから、わたしも、もう迷わない。

「いま会いたくない人は、いままで出会った人みんなと会って、お別れしたい」

「いない」

すぐに答えた。「会えるなら、いままで出会った人みんなと会って、お別れしたい」

「恨んでる人とか……」

ううん、と微笑んで打ち消した。「恨んでた人はいるけど、いま恨んでる人はいない」

自分から、さらに続けた。

「わたしのことを恨んでる人は、いると思う。いまでも許せないと思ってる人、たくさんいる。でも、そういう人にも、会ってもらえるなら最後に会って……謝りたい」

ひと息に言うと、さすがに限界だったのだろう、また咳き込んだ。わたしは背中をさすりながら、咳が治まるのを待って訊いた。「いま一番会いたい人は誰ですか」

ふうちゃんは、わたしを見つめて、「あなたに決まってる」と言った。

「幼稚園の頃や、小学生の頃や、中学生の頃のはるちゃんに……わたしが知らないあなたに、会えないけど……会いたい」

その瞬間、ふうちゃんが揺れた。ふうちゃんがにじんだ。わたしは初めて泣いた。やっと泣けた。うれしくて、悲しくて、悔しくて、でもやっぱりうれしくて、涙があふれた。

背中にあてた手が止まった。泣いたはずみに、うっかり——違う、わざと。

ほんの一瞬だけにする。つらい思い出が浮かんでくるなら、しかたない。

目を閉じた。息づかいのテンポを、ゆっくり、ゆっくり、下げていった。

女の子がいた。後ろ姿だ。学校帰りの寄り道なのか、公園でブランコを漕いでいる。背中の赤いランドセルが、近づいたり遠ざかったりする。そう、これは色つきの思い出だった。

女の子がいた。後ろ姿だ。ブレザーの制服を着た中学生が、同じ制服の男の子と歩いていた。女の子は落ち着いた様子なのに、男の子のほうはいかにもぎこちなく、並んで歩く間隔を気にしながら歩いていた。もしかしたら初デート、いや、女の子にはまったくそんな気はなくて、男の子が片思いしているだけなのかも。二人の制服は、緑の地色のチェックのスカートとパンツだった。だから、これもまた色がついている。

女の子がいた。後ろ姿だ。小学校に上がるかどうかの幼い子が、お母さんと手をつないで歩いていた。一緒に歌っているのか、つないだ手を前後に振って拍子を取っている。二人はおそろいの白いマフラーをしていた。手編みなのだろう、もこもことして暖かそうだった。つまり、これもやっぱり色のついた、走馬灯に描かれるかもしれない大切な思い出ということになる。

手を動かして、またふうちゃんの背中をさすった。目を開けて、まぶたの裏に残っていた涙をぬぐった。

三人の女の子は、みんな後ろ姿だった。顔はわからない。何年前の、どこの街の思い出なのかも、わからない。女の子たちを見つめて、ふうちゃんはなにを思っていたのだろう。色つきの思い出として記憶に残っていた。それだけでいい。

走馬灯には、小学生のわたしや中学生のわたしは決して登場しない。ふうちゃんは一番会いたい人には会えない。

でも、わたしは、いま、ここにいる。

「会いたいと思ってくれて、ありがとうございました」

ふうちゃんの背中から離した手は、ほんのりと温もっていた。

3

そこからは、大輔さんも交えて、ふうちゃんが幼い頃からの思い出をとりとめなくおしゃべりした。

大輔さんの提案だった。

「ふうは自分の残り時間をわかってるから、兄ちゃん、あえてはっきり言うけど……思い出話をたくさんしておくと、いいみたいだぞ」

認知症の人が回想療法を受けるのと同じで、脳の記憶が活性化するらしい。

「だから、ほら……旅立つときに走馬灯を見るっていうだろ。その走馬灯に大事な思い出がちゃんと残ってくれるんだ」

大輔さんの口から走馬灯という言葉が出て、ちょっとびっくりした。走馬灯の絵師という仕事があって、わたしにもその才能があるんだと打ち明けたら、大輔さんは驚くだろうか。わたしのメンタルを心配するかな。ブレーメン・ツアーズのことを詐欺グループだと疑うかも……。

大輔さんは、わたしが初めて聞く話をたくさん教えてくれた。ふうちゃんもなつかしそうに話を聞くだけでなく、自分から「兄ちゃん、覚えてる?」と思い出を語って、わたしを笑わせたり、びっくりさせたり、あきれさせたりしてくれた。

二人とも、半分はわたしのために話してくれているのかもしれない。ふうちゃんはどんな子どもだったのか、中学生や高校生の頃はどうだったのか——大輔さんは、思い出を一つ話すたびに「はるちゃんと似てないか?」と言った。逆にふうちゃんは、昔の自分を振り返っては「はるちゃんとは全然違うでしょう?」と笑う。

おじいちゃんとおばあちゃんの話もたくさん出てきた。ふうちゃんは両親がしつけに厳しかったことを話したけど、大輔さんは「そうか?」と少し不服そうに、二人ののんきなエピソードを語る。大輔さんは優しいお兄ちゃんで、ふうちゃんは、やっぱり、ずっと両親に申し訳なさを背負っていたのだろう。

わたしも、歳をとってからの二人の話をしてあげたかった。でも、大輔さんとふうちゃんの話がはずんでいるので、なかなか切り出せない。

でも、いいか。向こうの世界に行ったら、ふうちゃんが自分で直接聞けばいい。おじいちゃんもおばあちゃんも待っている。こんなに早く来るとは思わずに、いまごろあせっているかもしれない。ふうちゃんは絶対に叱られる——最初に、まだ四十代の若さで来てしまったことでお説教されるだろう。


ふうちゃんは思い出話に一区切りつくと、吸い飲みの白湯を啜り、リクライニングのリモコンを操作して、ベッドを少し寝かせた。

「ちょっと休憩……」

肩で息をして、吸い飲みを大輔さんに渡すと、力を使い果たしたみたいに目を閉じてしまった。

「もう、わたしの話はいい……聞くだけならできるから……はるちゃんの話、聞かせて」

そう言って、ベッドをさらに倒してフラットにした。


ヘタだなあ、とつくづく思った。

自分のことを話すだけなのに――教科書の要約や英文和訳とは違って、わたし自身のことを本人が話すのだから、難しいことなどなにもないはずなのに。

話は全然まとまらず、あっちこっちに飛んだ。小学校に入学したばかりの頃の思い出を話したあとは、いきなり高校受験前の話になった。好きな料理について話すときも、トンカツを食べるときは甘くて濃厚なトンカツソースが苦手で、どっちかというと醤油と大根おろしのほうが……って、それ、いま、言わなきゃいけない？

自分について、ふうちゃんにもっと教えてあげたい、もっと伝えておきたい。頭の中ではそう思っているのに、うまくいかない。好きなマンガと服とお菓子の話ばかり――違うでしょ、全然だめだよ、と思いながら、延々としゃべってしまった。

こんな話でいいんだろうか。ふうちゃんが知りたいこと、記憶に刻みたいこと……走馬灯に出てきそうな思い出……ほんとうは、もっと大事な話を聞きたいんじゃないか……。

でも、ふうちゃんは、ずっと微笑んで聞いてくれた。目は閉じたままで、相槌も少しずつ間遠になったけど、「やだあ」と笑ったり、「まいっちゃうね」とあきれたりしながら。

そして、わたしの話が途切れたタイミングで、言った。

「はるちゃん……朝ごはんは、いつもなにを食べてるの？」

ふうちゃんまで、ここで、それ、訊かなきゃいけない――？

しかたなく、「パンです」と答えた。「トーストにして、バターと、はちみつかジャムかママレード……最近はあんこも、たまに」

「おかずは？」

「基本、卵は絶対です。ゆで卵とか、目玉焼きとか、卵を割るのを失敗したらオムレツにしちゃうとか……あとは野菜を炒めて、たまに粉末のスープをつけたりして」

ほんとうに、つくづく、なんてことのない話だった。

でも、ふうちゃんはそれを満足そうに聞いたあと、目を閉じたまま「いいこと教えてあげようか」と言った。

「……はい」

「目玉焼きは、フライパンのすぐ上で殻を割るといいから」

「そうなんですか?」

「黄身がふっくらするの」

ふうちゃんは大事な仕事を終えたみたいに息をついて、「初めてお母さんらしいこと教えてあげた」と笑った。

うれしそうな笑顔だった。その笑顔を見て、わたしも気が楽になった。やっとわかった。子どもがお母さんにおしゃべりするのは、なんてことのない話や、どうでもいいような話でも――そういう話だから、いいんだ。

そこからは急に舌がなめらかになった。いまのわたしについて、子どもの頃からのわたしについて、時間の順序や話題のつながりなんて考えず、シャッフルして裏返しにしたトランプをめくるように、思いつくまま語った。

大きな出来事ではなく、ささやかで、地味な話ばかりだ。こんな機会がなければ忘れたままだった思い出もたくさんあるし、よみがえるのはこれが最初で最後になる思い出だってあるだろう。

でも、語っていると、だんだん楽しくなってきた。

思い出を語るのは、わたしという人間をつくっていたジグソーパズルのピースを一つずつはずして、また戻すようなものだ。どうってことのない絵柄や形のピースでも、手に取ってじっくり見ると、けっこう好きかも、ぜんぶ……。

ふうちゃんのおかげだ。ふうちゃんが「あなたの話を聞かせて」と言ってくれたから、いろいろな出来事を思いだすことができて、思い出を語ることで、わたしは、わたしを好きになった。

ふうちゃんは、もうすぐ正真正銘のひとりぼっちになるわたしに、「自分のことを好きになる」というプレゼントをしてくれたのだろう。


目を閉じたままのふうちゃんに、わたしは話しつづける。思い出はいくらでも浮かんでくる。いつまでも話していたい。

でも、ふうちゃんの体力は限界だった。呼吸は落ち着いていたけど、相槌の間隔が広がって、声も寝息とほとんど変わらない。じつはもう、わたしの話は聞こえていないのかもしれない。

大輔さんがわたしに目配せした。わたしもうなずいて、ふうちゃんの耳元で「ありがとう」と切り上げた。「思い出、たくさん聞いてくれて、うれしかったです」

すると、ふうちゃんの口が動いた。

「――え？　なに？」

わたしはふうちゃんの顔に自分の顔をうんと寄せて、頬と頬が触れるほどの距離で言った。

「がんばって、もうちょっとだけ、大きな声でしゃべって」

その願いに応えて、ふうちゃんは、ほんのわずか、でも、せいいっぱいに声を張ってくれた。

歌っているんだ、とわかった。

ふうちゃんが、歌う。

メロディーはない。言葉もほとんど聞き取れない。でも、それは確かに歌だった。わたしもよく知っている歌だったのだ。

ふうちゃん、ふらふら、ふーわふわ――。

家族や友だちが、幼いふうちゃんをからかって、囃し立てる。マイペースすぎる性格や行動にあきれたり怒ったりしながら、笑って歌う。

ふうちゃん、ふらふら、ふーわふわ――。

幼いふうちゃんは、「ふらふら」や「ふーわふわ」に込められた微妙なニュアンスがわかっていたのかどうか、その歌を自分のテーマソングのようにして、みんなと声を合わせて歌ったり、ときには一人で、いつまでも飽きずに歌っていたのだと、おばあちゃんに昔聞いたことがある。

ふうちゃん、ふらふら、ふーわふわ――。

人生の最期の時を間近にして、心だけ幼い頃に戻っているのだろうか。痛みも苦しみもないあの頃を自由に巡っているのだろうか。

ふうちゃんの歌を涙ぐんで聴いていた大輔さんは、やがて、声を出さずに一緒に歌いはじめた。

ふうちゃん、ふらふら、ふーわふわ――。

歌が止まる。ふうちゃんは目を閉じたまま微笑んで、また口を小さく動かした。

新しい歌だった。同じテンポで、同じ抑揚だけど、歌詞が違っていた。

はるちゃん、はるばる、とんでいけ――。

大輔さんが、こらえきれないようにうめいた。嗚咽交じりに「そうだよ……歌ってたんだ、はるちゃんが赤ちゃんの頃……」と教えてくれた。

はるちゃん、はるばる、とんでいけ――。

わたしを抱っこしたふうちゃんは、自分の歌を何度か歌ったあと、歌の主人公を「はるちゃん」に変えるのだ。「はるちゃん、はるばる」と歌って、「とんでいけ」のところで両手を伸ばして「高い高い」をしてくれる。赤ちゃんの頃のわたしは、それが大好きだったのだという。

ふうちゃんの心が戻っていたのは、幼い頃ではなくて、わたしと二人で暮らしていた頃だった。

涙があふれた。もう止まらない。声をあげて、赤ちゃんみたいに、わんわん泣いた。

4

ふうちゃんはそのまま眠ってしまった。部屋に来てくれた看護師さんによると、意識レベルは下がりつつあっても脈拍や血圧は安定しているので、いますぐ……という状態ではないらしい。

ほっとした。だからこそ――。

「じゃあ、これで帰ります」

大輔さんに言った。「もうお別れはできたから、すぐに周防に帰ります」

さっきも同じやり取りをしたので、大輔さんにも心の準備はできていたのだろう、「うん、わかった」と言ってくれた。「来てくれてありがとう。ほんとうに、ありがとう」

「ううん、違います、逆です。お母さんに会えてうれしかったし、お母さんがわたしに会いたいと言ってくれて……ほんとうに、うれしかったです」

お母さん――という言葉を、やっと、すんなり言えるようになった。それだけでも、来てよかった。絶対によかった。「お母さん」を一度も口にしない人生は、やっぱり寂しい。「お父さん」

は言わないままになってしまいそうだけど、そこは、まあ、いいか。

わたしの走馬灯に父親のことは決して出てこない。それでいい。死ぬ前に父親の嫌な記憶がよみがえってしまうのは悔しいし、父親がもしもすごくいい人だったら、会えないまま死んでしまうのは、もっと悔しい。

「もしものときには……もちろん連絡するけど、おそらく、間に合わないと思う」

「はい……だいじょうぶです」

「そのあとの最後の見送りは、ウチの家族だけになると思うけど、はるちゃんも来てくれるかな」

少し考えたあと、小さく首を横に振った。

もうお別れはすんでいる。ふうちゃんは最後の力を振り絞って、がんばって、ふうちゃんの歌とはるちゃんの歌を聴かせてくれた。力尽きて冷たくなった姿は見せたくないと思うし、わたしも見たくない。

「親不孝かもしれないし、身勝手だと思うけど……ごめんなさい」

大輔さんは、最初からわたしの答えがわかっていたみたいに、うんうん、とうなずいて言った。

「ふうも、目が覚めたら、きっと同じことを言うような気がする」

親子なんだもんな、と付け加えて、わたしをまた泣かせた。

国立駅にバスで戻って、一橋大学まで歩いた。土曜日に初めて国立に来たとき、大輔さんが教えてくれたことを思いだしたのだ。

学生以外でも自由に入れるキャンパスは、ふうちゃんのお気に入りの場所で、ベビーカーを押してよく散歩していたらしい。わたし自身に記憶はなくても、きっと、ここでふうちゃんが「はるちゃん、はるばる、とんでいけ」を歌ってくれたこともあるのだろう。

平日の夕方なので、キャンパスを行き交っているのは学生さんがほとんどだったけど、ご近所らしい人たちの姿もちらほら見える。幼い子どもを連れているお母さんも、いた。

ベンチに座って、キャンパスの様子を眺めた。校舎はどれも古い。十数年前――ふうちゃんとわたしが散歩していた頃と変わらないのだろう。自転車に乗った学生さんも多い。これも、おそらく昔と同じはずだ。

記憶にはなにも残っていない。でも、十数年前、わたしはこの風景を確かに見ていた。いまは思いだせなくても、もしかしたら走馬灯に出てくるかもしれない。


スマホにショートメールが届いた。

葛城さんから――。

〈先ほど、午後4時35分、村松光子さまは安らかに永眠なさいました。最期は達哉さまに手を握られて、駆けつけたお孫さんたちにも見守られて、痛みも苦しみもなく旅立たれました〉

読み終えた頃に、続けて、もう一便。

〈手前味噌ではありますが、微笑んでおられたように思います〉

そっかあ、とベンチから夕暮れの空を見上げた。東京は周防よりずっと東にあるから日没も早い。空の色は少し暗くなっていた。でも、沈む夕陽に見送られて、一番星を目指して空に舞い上がっていくというのも、いいな。

光子さんが見た走馬灯を確かめることは、誰にもできない。悲しい思い出をすべて取り除き、周防での燃え上がるような不倫の思い出は残しつつ、でも引き換えに背負いつづけた罪悪感も消し去ることはなく……という、注文どおりの走馬灯になったのかどうか、達哉さんをはじめ、のこされた人たちはそれを信じるしかない。

思いきり怪しい仕事だ。達哉さんが総額でいくら支払ったのかは知らないけど、一週間泊めただけのわたしが受け取った謝礼を考えると、ふつうの人が気軽に頼めるような相場ではないのだろう。詐欺すれすれと言われればそうかもしれない。高額の寄付で問題になっている宗教団体とどこが違うんだ、と問いただされたら、けっこう危ないかもしれない。

でも、わたしは、走馬灯の絵師という存在を信じる。認める。大事だよね、とも思うし、もしも奇跡的にふうちゃんの容態が持ち直して、あと一ヶ月ぐらい生きられそうになったら、社長や葛城さんにお願いして、可能なかぎり長期のローンを組んでもらって、ふうちゃんの走馬灯を……しないかな、やっぱり。

三便目のメールが来た。

〈達哉さまは最後はずっと光子さまに「ありがとう」と言いつづけていました。それは感謝を伝えるだけでなく、光子さまが長年背負ってきた重荷を下ろすのを手伝うことでもあったのだと思います〉

うん、うん、うん、と何度もうなずきながら文面を読んでいたら、さらに――。

〈このたびはたいへんお世話になりました。では、また〉

型どおりのお礼の挨拶よりも、〈では、また〉のほうを、しっかり受け止めることにした。

幼い子どもの笑い声が聞こえた。女の子がお母さんに「高い高い」されていた。

ふうちゃん、ふらふら、ふーわふわ――。

たんぽぽの綿毛を、ふと思いだす。

ブレーメン・ツアーズの社長にたんぽぽの話を聞かされたときにも、この歌のことを思いだした。今度は逆に、歌にたんぽぽを重ねた。ふらふらと、ふわふわと、風に乗って、頼りなく、でも自由に……遠くまで。

はるちゃん、はるばる、とんでいけ――。

これもたんぽぽの綿毛みたいだ。抱っこしたわたしにこの歌を歌って、最後に両手で持ち上げて「高い高い」をして……。なんだかそれは、社長が話してくれた人生の幸せな締めくくり方にも似ている。

臨終の瞬間に、自分の人生をまるごと受け容れて、胸に抱きしめて、それから両手を広げて、人生を空に放ってやるんだ――。

社長の言葉があらためて胸に染みる。光子さんもそうなのかな。そうだったら、ほんとうに、いいな。もうじき、追いかけるように、わたしのお母さんだって。

ふうちゃん、ふらふら、ふわふわ、はるばる、とんでいけ――。

病気になってしまった体から解き放たれて、遠くまで飛んでいって……青空に溶けてしまえば、こうやって上を向くだけで、いつでもふうちゃんに会える。

まなざしを空から戻し、さっきの親子連れを探した。すぐそこにいたはずの二人の姿は、もう、どこにも見えなかった。

エピローグ

「じゃあ、お母さんの過去、ほとんどなんにも覗いてないわけ？」

ナンユウくんは驚いて、あきれていた。

「わざわざ病院まで行って、チャンスは山ほどあって、実際に背中に手もあてて……それでなにも――」

「しなかった」

わたしはきっぱりと言った。

「あ、だったらアレか、生きてるうちにもう一回東京に行って――」

「会わないし、行かない」

「それってゆうべのオレのＬＩＮＥを無視したのと関係ある？」

「ごめん、同じこと訊いていい？」

ゆうべの十時十五分に、ナンユウくんから〈どうだった？〉と投稿があった。

でも、わたしも同じ午後十時十五分に、〈どうだった？〉と送っていたのだ。

タッチの差でナンユウくんのほうが先だったけど、既読がついたのはほぼ同時だった。わたしはナンユウくんの返事を待ってから自分の話をしようと思っていて、ナンユウくんも同じように思っていたらしく、そのまま――途中からは意地の張り合いみたいな格好になって、お互いに既読スルーで一晩たってしまったのだ。

結局、月曜日の朝の繰り返しで、それぞれの〈どうだった？〉に応える報告をすることになった。始業前の教室のベランダでじゃんけんをして、今度はわたしが負けて、ふうちゃんとの再会について話した。

「じゃあ、はるちゃんは知りたくなかったわけ？　お母さんのこと」

「知りたくないっていうより、知らなくていい、って思ったんだよね」

「なんで？」

もどかしそうに訊いたあと、わたしの返事をさえぎって、続けた。

「だって、お母さんの人生を知ってるのって、本人しかいないだろ？　家族がいないし、知り合いとも縁を切ってるし、伯父さんだってお母さんの人生、ぜんぶ知ってるわけじゃないよな」

「うん、知らないことのほうが多いと思う」

「あと、持ち物もないんだったら……マジ、いまのうちに記憶を覗かないと、細かいところは全然わかんないままになっちゃうじゃん」

わたしは軽くうなずいて、「いいよ、それで」と言った。

「でも、あとになって知りたくなったらどうする？」

「ならないと思うし、なったらなったで、しかたないよ」

強がっているのでも醒めているのでもなく、素直な気持ちだった。ふうちゃんの人生は、たぶん人一倍、いろんなことがあった。その「いろんな」は、楽しいことばかりではないはずだし、わたしに知られたくないことだってあるだろう。じゃあ知らないままでいてあげよう、と決めたのだ。

「いままでずーっと謎の存在だったんだから、これからも謎とか秘密があったほうが、ふうちゃんらしいと思う」

「絶対に後悔しない？」

「するかもしれないけど、それも含めて、いい、だいじょうぶ」

ナンユウくんは「まあ、べつに……はるちゃんの自由なんだけどさ」と首をかしげてから、気を取り直して、笑った。

「でも、なんか、はるちゃんの気持ちもわかる」

「そう？」

「オレも、もう、父ちゃんの記憶は覗かないと思うし、母ちゃんの記憶も覗かないと思う」

だって怖いじゃん、とおどけて身震いして、自分自身の〈どうだった？〉の報告を始めた。


ナンユウくんとお父さんは、羽田空港の到着ロビーで会った。

ナンユウくんを車で空港まで連れてきた社長は、お父さんに簡単な挨拶をすると、あっさり「じゃあ、私はこれで」と踵を返してしまった。

引き留める間もないすばやさだった。するするっと歩きだすと、すぐにロビーの雑踏に紛れて、背中を見分けられなくなった。

「一瞬だったんだ。社長って背も高いし、雰囲気も独特だろ？　無気味なオーラがあるっていうか……」

遠くから見ても目立つはずなのに、人混みの中に入ったら一瞬で消えて、どこにいるのかわからなくなってしまった。

「神隠しかと思ったよ、マジ」

「あ、でも、そういう感じ、なんとなくわかる」

ナンユウくんも「高校生の中でも消えたりして」と校舎の下に目を落とした。もうすぐ始業のチャイムが鳴る。校舎の昇降口は、遅刻ぎりぎりで正門をくぐった滑り込みセーフの生徒で混み合っていた。

「社長だけ背広で、まわりはみんなシュウコウの制服でも……死角とか盲点に入ったみたいに、パッと消えちゃうんだ」

あの社長なら、ほんとうに、それ、ありそうだった。

とにかく、ナンユウくんとお父さんはロビーに取り残され、途方に暮れてしまった。

「いきなり親父と二人きりにされちゃって……なにから話していいかわからないよな」

お父さんのほうも同じだった。落ち着きなく目をさまよわせて「東京は蒸し暑いのう」とか「飛行機、思うたより空いとったわ」とか、どうでもいい立ち話を続けるだけだった。

帰りの飛行機のチケットは、社長が取ってくれていた。到着ロビーでお父さんと落ち合ったのが夕方五時過ぎで、帰りの便は羽田発七時ちょうど——チェックインの時間を考えると、一時間ほどしか使えない。もっと遅い時間の便にしなかったことが、社長のメッセージだったのかもしれない。

「ねえ、展望デッキに行かない?」

ナンユウくんのほうから誘った。お店に入るより、外のほうが話しやすいし、正面から向き合わずにすむ。

それが大正解だった。展望デッキに出ると視界がいっぺんに広がった。遠くにシルエットになった富士山まで見える。しかも、飛行機が離陸したり着陸したり、地上を移動したり、コンテナが降ろされたり、タラップが横付けされたり……常になにかが動いているので、ベンチに並んで座っていても、視線を向ける場所に困らずにすむ。

「オレよりも親父のほうが、ほっとしてた」

そのとき、始業のチャイムが鳴った。

ナンユウくんとわたしは顔を見合わせ、小さくうなずき合った。

ベランダから教室に戻り、そのままなにくわぬ顔で廊下に出た。学校の用事でーす、先生に用事を頼まれたんでーす、わたしたち日直でーす……と無言でアピールすべく、あえて落ち着いて歩いた。各教室に向かう先生たちとすれ違うと「おはようございます」と挨拶もした。

体育館に行こうぜ、そうだね、と目配せを交わして、渡り廊下を進む。いまからホームルームの時間なので、体育館は誰も使っていないはずだ。

階段を下りていたら、クラス担任の園田先生が階下から来た。さすがに担任の先生はごまかせない。しかも、こっちは二人そろって昨日学校を休んでいるのだ。

あんのじょう、園田先生は「おぅ、小川、北嶋、どこに行くんな」と声をかけてきた。「昨日も、なんで届けも出さんと学校を休んだんじゃ」

わたしたちはまた、すばやく目配せした。

「すみません、いま落とし物を捜してるんで、失礼しますっ」

先にわたしがダッシュすると、ナンユウくんも「下痢でーす、トイレ行きまーす」と、おなかを押さえて駆けだした。

そんなわけで、話の続きは、無人の体育館の観覧席で——。

ベンチに隣り合わせで座ったおかげで、緊張が少しほぐれたものの、話のほうはなかなか本題に入らない。お父さんは「羽田空港いうんは、ほとんど埋め立て地なんじゃのう」とか「あそこに見えるんは富士山か。意外と近《ちけ》えのう。噴火したら東京もおおごとじゃ」とか……ロビーにいたときよりさらにどうでもいいことしか言わない。

でも、じつは、ナンユウくんはそれを喜んでいた。

「親父って、はるちゃんも知ってると思うけど、きちょうめんで、なんでもしっかり段取りをつける人なんだよな。できることはそつなくやるし、できないことは最初から手をつけないし、いつも冷静なんだよな。だから、こんなにあせって、困ってるの、初めて見たんだよ」

自分のせいで急に仕事を休ませて、東京まで来てもらって、困らせて、悪いなあ、とは思った。でも、その一方で、正反対のことも思う。

「オレが親父を困らせてるわけだよな。親父はオレのせいで困ってるし、オレのために困ってるんだよ。それって……なんか、うれしくない？」

ちょうどそのタイミングで、葛城さんから、光子さんが亡くなったという報せが届いた。わたしが一橋大学のキャンパスで受け取ったのと同じ内容だった。

「親父にも教えたんだ。光子さんと達哉さんの話を、おとといよりもうちょっとくわしく」

ナンユウくんとわたし、そして葛城さんが、光子さんの記憶や達哉さんの記憶を覗いたことも、ぜんぶ――。

「記憶を覗くとか、走馬灯の絵を描き替えるとか……おととい話したときよりはましだったけど、やっぱり、正直言って、親父はまだ半信半疑以下だった」

だよね、とわたしもうなずいた。

「でも、親父、しっかりと話を聞いてくれたんだよ」

ナンユウくんは、うれしそうに言った。「途中で止めたり、適当に相槌を打って流したりするんじゃなくて、ずっと本気で聞いてくれたんだ」

達哉さんは、悔いを残さず光子さんを見送ることができた。

社長と葛城さんに連れられて介護棟を訪ねたナンユウくんを、達哉さんは廊下で迎えてくれた。

そのときの様子を、ナンユウくんはくわしくは教えてくれなかった。

「カッコよかったよ、達哉さん。イケメンとか、そういう意味じゃないんだけど、サイコーの顔だった」——細かく説明しようとすればするほど、カッコよさが薄れてしまいそうな気がするから、それ以上は言えない。「オレ国語が苦手だから、ごめん」と謝られたけど、言いたいことはよくわかるし、言えないことを無理に言いたくない気持ちは、もっとよくわかる。

社長とナンユウくんは廊下で挨拶するとすぐに羽田空港に向かい、光子さんの臨終には葛城さんだけが立ち会った。最後の最後を見せてもらえなかったことも、最初はちょっとがっかりしたけど、介護棟を出て青空を見上げた瞬間、だよな、うん、そうだよな、と納得できたのだという。

「これもうまく言えないんだけど、ごめんな」——うまく言えないことが増えるのって、意外と悪くないんじゃない？

その話を最後まで聞いたお父さんは「そうか……そりゃあよかった」と、嚙みしめるように、大きくうなずいた。「親を送る息子に悔いが残っとったら、親が一番つらいけえ」

「じゃあ——」

ナンユウくんは思わず言った。これ訊いていいのかな、マズいかな、と迷ったけど、お父さんと目が合うと、逆に覚悟が固まった。

言うしかない。訊くしかない。そもそも、これを言えなければ、二人で会っている意味がない。

「父ちゃんは？」

「……うん？」

「父ちゃんは、悔いはない……よね」

裕くんのこと――。

「兄貴とお別れするとき、父ちゃんも母ちゃんも、悲しいことは悲しいけど、後悔とかはしてなかったよね？　だって、病院でできるかぎりのことをしてあげて、病気は治らなかったけど、思いっきり可愛がってたんだし、やるだけのことはやったんだから、後悔なんてないよね？」

そうであってほしい、と祈りながら訊いた。

でも、お父さんは、離陸する飛行機を目で追いながら言った。

「なんぼでもある」

飛び立って高度を上げる飛行機と一緒に、お父さんの顎も上がる。

「きりがないほどあるわ、そんなもん」

飛行機をさらに目で追う。背筋も首も伸ばし、体をひねる。

「子どもを亡くした親に後悔がないはず、なかろうが……」

最後はほとんどナンユウくんに背中を向ける格好になった。

ナンユウくんはしょんぼりして、コンテナをいくつもつないだタグ車が駐機場からターミナルビルに向かうのを見つめた。お父さんの口調は叱るほど強くはなかったけど、静かなぶん、かえって悲しさや寂しさが染みた。

それでも、飛行機が見えなくなってから体の向きを戻したお父さんは、すっきりしたように息をついた。胸のつかえが取れたのか、そこからはお父さんが話を先に進めていった。

「順番の後先を間違えとるかもしれんけど……ありがとうな」

ナンユウくんにお礼を言った。記憶を覗いてくれたことに感謝した。そのおかげで、亡くなった裕くんの思い出がたくさん残っていることがわかったから。

「三つで死なせた子どものことを十何年やそこらで忘れてしもうたら、親として失格じゃけぇ……よかった、ほっとした」

返事に困って黙っていたら、お父さんは不意に頭を下げた。両手を膝について、深々と体を折った。

「すまんかった」

裕くんの思い出がたくさん記憶に残っていることを、今度は詫びた。

「いまのウチの子はおまえしかおらんのに、裕のことを忘れてやれんのよ……すまんのう、ほんまにすまん……」

ナンユウくんは、それを聞いて――。

「なに言ってんだよ」

苦笑交じりに言った。自分でも意外な表情と口調になった。「けっこうおとなっぽかったんだよ」とナンユウくんはわたしに言った。「なんか、親父と一瞬、友だち同士みたいな感じになって……」

その表情と口調のまま、お父さんの横顔に向かって続けた。

「そんなの全然いい、いいに決まってる、なに言ってんの逆だよ全然逆だよそんなの、謝るときってここじゃないでしょ、いまじゃないでしょ、兄貴のこと忘れちゃったら、そのときオレに謝ってよ、でしょ？　でしょ？　父ちゃんと母ちゃんが覚えてないと、オレ、兄貴のことなんにも知らないんだから……」

「忘れりゃあせんわい」

お父さんも笑って言った。「わしらが忘れるわけがなかろうが、親なんじゃやけえ」

でも、その声はすぐに、苦しそうに沈む。

「じゃけえ、すまんのじゃ、おまえにはすまんのじゃ……」

ナンユウくんは首を横に振る。

「オレが、ごめん、だってば」

「そげなことありゃあせん、すまんことしたんよ、おまえには」

「オレ、父ちゃんの記憶、勝手に見てごめん、中身を教えちゃってごめん」

「謝らんでええ、もうやめえ、謝るんはわしのほうなんじゃやけえ」

「勝手に見て、見るだけで黙ってればいいのに、オレ、バカだから父ちゃんに教えちゃって、こんなにキツい思いさせて、めっちゃ後悔してる」

「ええんじゃ、そげなことはもうええ、わしがいけんのじゃ、わしが謝らんといけんのじゃ、すまん、すまんかった……」

「ごめんなさい、ごめん、ほんと、ごめん……」

そして、「すまん」と「ごめん」が同時に途切れたタイミングで、二人は顔を見合わせて——。

お互いに泣き笑いの顔になった。

「そのとき思ったんだけどさ」

ナンユウくんはわたしに言った。「オレと親父って、けっこう、顔が似てるんだな」

わたしはあきれて笑ってしまった。

「いまごろ気づいてどうするの」

「なにが?」

「ナンユウくんって、お父さん似だよ。お母さんよりもお父さんに似てる。目元の雰囲気とか、そっくり」

子どもの頃からずーっとそう思ってたよ、と付け加えると、ナンユウくんはにらめっこに負ける直前のような表情になった。

笑えっ、ナンユウ――。

「ねえねえねえ」

わたしは勢いをつけて言った。「帰りの飛行機で、コンソメスープ飲んだの?」

ナンユウくんは「そうそうそう」と膝を思いっきり叩いて、「飲んだ飲んだ、美味かったーっ」と顔をくしゃくしゃにした。まばたきに力を入れすぎたせいで、目尻に光るものが見えてしまった。ごまかすの、ヘタだなあ。

「お代わりしたの?」

「いや、それがさあ……聞いてくれる?」

「聞いてあげる」

「する気満々で、けっこう熱かったんだけど、ソッコーで飲んだわけ。で、すぐにお代わりした」

「じゃあ、いいじゃん」

「でも、二杯目もすぐに飲んで、もう一回お代わりしようとしたら、親父が止めるんだよ。みっともないことするな、恥ずかしい、って。ほんと、見栄っぱりなんだよなあ……」

そろそろ教えてあげようかな、と思った。

本人は気づいていないかもしれないけど、ナンユウくんはさっきからお父さんのことを「親父」と呼んでいる。いままでは、わたしに話すときも「父ちゃん」だったのに。

教えてあげたら喜ぶだろうか。照れるだろうか。逆ギレして怒りだすだろうか。それとも……。

やっぱり、やめた。

お友だちを泣かせてはいけません、と幼稚園の先生に言われていた。それを守るのは、友情の第一歩だと思う。


ふうちゃんは、翌週の水曜日の朝、静かに息を引き取った。

わたしと会ったあと、一週間以上も生きてくれた。お医者さんが驚くほど、がんばった。しかも、痛みに苦しむ様子は一切なく、ただ昏々と眠っていた。

「きっと、その間ずーっと、長い長い夢を見ていたんだよ」

ふうちゃんの死をわたしに電話で伝えた大輔さんは、さばさばとした声で言った。

「実際にはありえなかった、はるちゃんを育てる日々を、夢の中でたどり直していたんじゃないのかな……」

寝顔はずっと穏やかだった。ときどき微笑んだりもして、そのまま、向こうの世界に旅立っていった。

「はるちゃんと会えたからだよ。わざわざ周防から東京に来てくれたおかげだ。はるちゃんは、親らしいことをなに一つしなかった母親に、最高の親孝行をしてくれたんだ」

ありがとう、と何度も言ったあと、大輔さんは、これからのことを確認した。

「斎場で荼毘《だび》に付して、そのまま、霊園に合祀する。それでいいかな」

お別れの儀式はない。わたしは亡きがらのふうちゃんにも、お骨になったふうちゃんにも、会うことはない。

「はい……お願いします」

迷わず答えた。

「今年のお盆は、おばあちゃんもふうも初盆だから、周防で一緒にお経をあげてもらうけど、夏休み中に東京に来られるかな。もしよかったら、東京でも墓参りぐらい――」

もちろん行くつもりだ。ブレーメン・ツアーズで、走馬灯のことをもっと知りたいし。

オフィスにはナンユウくんもいるはずだ。夏休みには見習いのアルバイトをすることになっている。今度は両親公認だった。二人が走馬灯の話をどこまで信じてるかはわからない。でも、ナンユウくんの「オレ、あの会社で仕事をしたい」という本気は、信じてくれているのだ。

ウチだって――将来のことは、仏壇の中のおじいちゃんやおばあちゃんよりも、空の上のふうちゃんに話そう。絶対に「いいよ、好きにしなさい」と言ってくれるはずだ。わたしは親孝行をした。お返しに、ふうちゃんは子どものやりたいことに理解ある母親をよろしく。

わたしたちは、終わってから始まる親子になれるのかもしれない。

ふうちゃんが亡くなったのは、七月七日――七夕だった。

周防では毎年この日を中心に七夕まつりが開かれる。メイン会場になるのが、村松さん親子と一緒に歩いた銀天街だった。

七月上旬はまだ梅雨明けしていないので、七夕が雨の日になってしまうことも多い。でも、アーケードの銀天街は、天気には左右されずに飾りつけができる。大きな笹飾りがいくつも並んで、市内の幼稚園や小学校の子どもたちが書いた短冊が吊るされている。そばにはテーブルと椅子もあって、行き交う人たちが自由に短冊に願いごとを書いて、笹に飾ることもできる。

にぎやかではあっても、由緒正しい歴史があるわけではない。商店街の大売り出しの拡大版というか、口実というか……始まったのは、一九七〇年代前半からだという。

高齢者の皆さんからの評判は、あまりよくない。もともと周防では旧暦の七月、つまりいまの八月に七夕の笹飾りをしていたし、県内でもそっちのほうが主流だった。それを銀天街のアーケード完成のイベントにくっつけて無理やり七月に変えた、という経緯があったのだ。

実際ウチのおじいちゃんやおばあちゃんは「わざわざ梅雨のさなかに祭りをせんでもよかろうが」「銀天街の都合だけで決めんといてほしいわ」と文句ばかり言っていたけど、大輔さんが中学生になるまでは毎年家族で銀天街に出かけていたらしい。もちろん、幼い頃のふうちゃんも。

一九七〇年代前半からのイベントなら、光子さんと達哉さんも、出かけたことがあるだろうか。あるよね、きっと、と決めた。

陽が暮れかかった頃にウチを出た。空は晴れている。織姫と彦星も会えるだろう。

友だち数人と浴衣を着て、バスで銀天街に向かった。車内でのおしゃべりはナンユウくんのことで持ちきりだった。ナンユウくんは、銀天街の特設ステージで開かれる『周防クラフトサイダー早飲み大会』に出場する。地元の地下水とハチミツ、柑橘類でつくったサイダーを一気飲みするスピードを競い、飲み終えたあと十秒以内にゲップが出たら失格……なんか、小学生っぽいイベントだけど、ナンユウくんは昨日の予選をトップ3で通過して、優勝候補の一角に躍り出たのだ。

シュウコウの男子二十人ほどと両親が応援に駆けつけるらしいから、わたしは遠慮する。でも――がんばって、ナンユウくん。

シャッター通りになりつつある銀天街も、さすがに七夕まつりのときは、それなりのにぎわいを見せる。でも、昔はまっすぐ歩くのも難しいほどで、スリまで出没していたらしい。街に走馬灯があるなら、きっと当時のことがなつかしく描かれているはずだ。

光子さんは、七夕まつりの夜、ここを誰と歩いたのだろうか。いまより人口が多いとはいっても、やっぱり狭い街だ。不倫相手の所長と歩くわけにはいかないだろう。なにかと多感な高校生の達哉さんと二人でお出かけ、というのもなさそうだ。

できれば、七夕らしく単身赴任中の征二さんが帰ってきて、ひさびさに家族そろって歩いてほしい。

もちろん、たとえ現実がそうだったとしても、それは光子さんの走馬灯には描かれない思い出だった。でも、征二さんが見た走馬灯には出ていたかもしれない。そこが一致しないところが、夫婦とか、家族とか、人間というものの難しさや面白さなのだろうか。

何十年か先に達哉さんが見るはずの走馬灯はどうだろう。ひさしぶりに訪ねた周防の街での思い出が残っているとうれしい。わたしやナンユウくんも登場するのかな。

銀天街の先のほうに、パパに肩車された幼い女の子がいた。ひょろりとしたお父さんは肩車がしんどそうだけど、女の子はかまわず、頭上の笹飾りに触ろうと手を伸ばしている。

ふうちゃんは、七夕、どうだったのかな。

ふだんも「ふらふら、ふーわふわ」なのだから、七夕まつりの夜には、もう、大変だろう。おじいちゃんとおばあちゃんは「そっちに行ったらいけん、危ねえがな」「歌わんでええけえ、前を向いて歩きんさい」と、はらはらしどおしだったはずだ。大輔さんが「ふう、兄ちゃんと手をつなごう」と言ってくれて、しばらくはおとなしく歩いていても、やがて興味を惹かれるものを見つけると、手を離して、とことこと向かって……迷子になったことだってあるかも。

ふうちゃんが今朝見たばかりの走馬灯にそんな場面があったら、わたしもうれしい。

幼い頃のわたしも、出ていてほしい。

そして、『ラ・パーチェくにたち』で会ったわたしも走馬灯に写し取られていたなら、ほんとうに——会えてよかった、お母さんに。


銀天街をひと巡りしたあと、笹飾りの短冊を書くコーナーに寄って、みんなで一人一枚ずつ書いた。

友だちの願いごとは受験や部活、あとはダイエットのことだったけど、わたしは迷ったすえに、こんなことを書いた。

〈はるか、ブレーメンまで、飛んでいけ！〉

友だちには「ワケわかんねーし」「『はるか』って、はるちゃんの名前？」「ブレーメンってなんだっけ、ラーメンの種類？」と不評だったけど、かまわない。えへへっ、と笑って受け流して笹に吊るした。

グリム童話の『ブレーメンの音楽隊』では、動物たちはブレーメンにはたどり着けなかった。でも、ハッピーエンドだった。

ふうちゃんの人生も、ふらふら、ふわふわ、はるか彼方のブレーメンまで――たどり着けなくても、飛んでいってくれたら、いいな。

笹飾りに手を合わせた。「七夕って拝むんだっけ？」と驚く友だちにかまわず、わたしは目を閉じて、ゆっくりと頭を下げた。

ウチに帰ると、すぐに服を着替えた。梅雨時なので夜になっても湿度が高い。浴衣は涼しそうに見えて意外と蒸し暑いのだ。

お風呂にお湯を張る間、庭に出て涼んでいたら、LINEにナンユウくんからの投稿があった。サイダーの早飲み大会、飲み干すタイムはトップだったけど、八秒後にゲップが出てしまって、あえなく失格したらしい。〈でも、絶対に走馬灯に残る名場面だった〉――走馬灯をムダづかいしないほうがいいと思うよ。

まだ新幹線が一時間に何本も走っている時刻なので、周防の街を東西に行き交う新幹線を見ているだけでも飽きない。周防駅に停車するためにゆっくりと走る列車よりも、光の帯になって駆け抜ける通過列車のほうが、見ていて胸が躍る。やっぱり、わたしも遠くへ飛んでいくタイプなのだろう。

キッチンから、お風呂のお湯張り終了のチャイムが聞こえた。

リビングに戻ろうとしたら、部屋の灯りが届かない庭の茂みに小さな光が浮かんでいることに気づいた。

黄緑色の光だった。

煌々と光るのではなく、息をしているみたいに、明るさを増したり暗くなったりを繰り返す。

ほたるだ。近くに仲間はいない。ぽつんと、一つだけの灯りが、ともる。

ほたるの時季は五月半ばから六月にかけてなので、七夕に見ることはめったにない。このほたるは長生きしすぎたのか。それとも幼虫から成虫になるのが遅かった、のんびり屋なのか……そっちのほうがいいな。

のんびり屋のほたるが、ふわっと飛んだ。光が糸を引いた。ふわ、ふわ、ふわ、と頼りなさそうな飛び方をして、光もそれに合わせて、ふらふらと揺れる。

だから、このほたるは——。

光は少しずつ高くなる。茂みはわたしの膝ほどの高さだったけど、やがて光は背丈を超え、屋根を超えて、夜空をのぼっていく。

ふわふわ、ふらふら。

ふらふら、ふわふわ。

実際のほたるの光はもうとっくに夜の闇に紛れてしまったのに、見えない光がわたしの目に染みて、視界をにじませる。

わたしは夜空に向かって両手を振った。

見えない光が溶けた涙は、まばたくたびに無数のしずくになり、それが星になって……夜空に、いま、天の川が浮かんだ。

カバーイラスト　丹下京子
ブックデザイン　鈴木成一デザイン室

本書は、日本海新聞、大阪日日新聞、山口新聞、宮崎日日新聞、北國新聞、富山新聞、福島民報、新潟日報、大分合同新聞、デーリー東北、北羽新報、福井新聞、沖縄タイムス、函館新聞、上毛新聞、山陽新聞、愛媛新聞、岩手日日新聞、釧路新聞の十九紙に、二〇二一年八月〜二〇二三年三月の期間、順次掲載された作品に、加筆修正したものです。

重松 清《しげまつ・きよし》

一九六三年岡山県生まれ。早稲田大学教育学部卒業。出版社勤務を経て執筆活動に入る。九一年『ビフォア・ラン』でデビュー。九九年「ナイフ」で坪田譲治文学賞、「エイジ」で山本周五郎賞、二〇〇一年「ビタミンF」で直木賞、一〇年「十字架」で吉川英治文学賞、一四年「ゼツメツ少年」で毎日出版文化賞を受賞。小説作品に『定年ゴジラ』『流星ワゴン』『疾走』『とんび』『ひこばえ』『ルビィ』『ハレルヤ!』『めだか、太平洋を往け』『かぞえきれない星の、その次の星』など多数。

はるか、ブレーメン

二〇二三年四月五日　第一刷発行

著者　重松 清
発行人　見城 徹
編集人　菊地朱雅子
編集者　黒川美聡
発行所　株式会社 幻冬舎
〒一五一-〇〇五一 東京都渋谷区千駄ヶ谷四-九-七
電話 〇三(五四一一)六二一一〈編集〉
〇三(五四一一)六二二二〈営業〉
公式HP https://www.gentosha.co.jp/
印刷・製本所　中央精版印刷株式会社

検印廃止

Printed in Japan ISBN978-4-344-04096-0 C0093
この本に関するご意見・ご感想は、下記アンケートフォームからお寄せください。https://www.gentosha.co.jp/e/